Herta Bleeker

Daje

oder die Träume hinterm Deich

Ostfriesland-Roman

Handlung und Personen sind frei erfunden. Ähnlichkeiten mit realen Begebenheiten und lebenden oder bereits verstorbenen Personen wären rein zufällig und nicht beabsichtigt.

Impressum:

Verlag:	Enno Söker, Marienkamper Straße 1, 26427 Esens, Tel. 04971/9105-0 info@soeker-druck.de, www.soeker-druck.de
Fotos Umschlag:	Titelseite / Foto: Privat Rückseite / Fotos: Archiv Herta Bleeker
Umschlaggestaltung:	Verlag Enno Söker, Esens
Illustrationen:	Thilo Köpsel
Herstellung:	Satz, Druck und Gesamtherstellung Enno Söker, 26427 Esens
1. Auflage:	März 2017

ISBN: 978-3-941163-25-6

Herta Bleeker

Daje

oder die Träume hinterm Deich

Ostfriesland-Roman

VERLAG
ESE

Protagonisten

Daje Fischer, verheiratet mit
Keno Fischer, Matrose,
ihre Kinder:
Line, Okka, Marleen, Teela, Adda, Mina, Thore, Eggo, Keno

Dajes Nachbarn und Freunde am Deich

Hagen Fischer, Kenos Vetter
Marie Fischer, seine Frau und Dajes Freundin
Emma, Dajes Freundin
Peter Roolfs, Nachbar und Freund
Heiko Heikes, Bauer
Flora Heikes, seine Frau und Dajes Freundin

Auf dem Gut in der Westermarsch

Gutsherrin Tilda Ahlers
Gutsherr Ludolf Ahlers, ihr Mann
Siemke Freese, genannt Oma Siemke, Mutter von Tilda.
Hilla, Zofe der Gutsherrin
Johann, Großknecht aus Grimersum
Else und Geeske, Mägde
Frieso und Renke, Knechte

Bekleidungsgeschäft in Norden

Hero Sührmann, Inhaber
Uda Sührmann, seine Frau
Keke Swinje, 1. Näherin
Ottilie Booken, Näherin
Reena Meiners, Verkäuferin

Gasthaus in Esens

Gastwirt Gerd Harms und Frau

1902

Ende November

Vom eisigen Nordwest getrieben, jagte die „Aurelia“ mit geblähten Segeln über die Nordsee. Die Viermastbark hielt Kurs auf Hamburg. Sie kam aus Chile. In der Hafenstadt Antofagasta hatte die Mannschaft Salpeter geladen und sich nach einigen Wochen Aufenthalt wieder auf den Rückweg gemacht. „Wenn das Wetter anhält, sind wir bald im Hamburger Hafen“, gab der Kapitän am Morgen der Mannschaft bekannt. Der Steuermann nickte bekräftigend und Jakobus, der Maat, befahl den Matrosen, rein Schiff zu machen. Keno Fischer, seit zwanzig Jahren auf großer Fahrt, wurde zusammen mit Gedo aus der Hafenstadt Emden zum Deckschrubben eingeteilt.

Die anderen Matrosen reinigten unter Deck die Kombüse und die Kojen. Während Keno und Gedo die Schrubber schwangen, frischte der Wind weiter auf. Besorgt sah Keno den dunkelgrauen, tiefhängenden Wolkenbergen nach, die über die Bark hinwegfegten. In all den Jahren auf dem Meer hatte er oft erlebt, dass aus einer frischen Brise in Sekundenschnelle ein starker Sturm werden konnte. Doch nicht nur Orkane hatte er erlebt. Auch Frost, Hagel, Schnee und Hitze. Tagelangen Regen. Heftige Blitze und Gewitter, die manchen gestandenen Seemann noch das Beten lehrten. Alles das hatten er und die Mannschaft überstanden. Dabei nie Schiffbruch erlitten. Sogar das gefährliche Kap Hoorn hatten sie auf ihren Fahrten immer heil umrundet. Salpeter transportierte die „Aurelia“ erst seit ein paar Jahren. Das Mineralsalz wurde für die Herstellung von Dünger, Farben und Sprengstoff benötigt. Und der Import hatte sich für einige Reeder als einträglicheres Geschäft erwiesen als Tee und Tabak.

Keno hatten die Jahre auf großer Fahrt viel Kraft gekostet. Der Ostfriese fühlte sich alt und erschöpft. Und so hatte er sich an Ostern entschlossen, die große Fahrt aufzugeben. Am bevorstehenden Weihnachtsfest wollte er seine Familie damit überraschen. Vor der Fahrt nach Chile hatte er dem Reeder Hansen seinen Entschluss mitgeteilt. In all den Jahren hatte Keno zu ihm ein gutes Verhältnis entwickelt. Der Reeder hatte ihn verstanden. „Komm, Fischer", hatte er gemeint: „lass uns in meinem Kontor noch einen Schnaps auf die Zukunft trinken. Was auch immer sie uns bringt." Dabei hatte er seinen Matrosen nachdenklich betrachtet. Sein zerfurchtes Gesicht, das die Spuren des rauen Seelebens aufwies. Das in den Jahren schütter gewordene Haar, das unter der Wollmütze hervorkam, als Keno sie abnahm. Und er sah dessen, von der harten Arbeit gebeugte Gestalt. „Ich verstehe dich gut! Wir sind ja beide in den Fünfzigern. Auch ich denke immer öfter darüber nach, ob ich nicht schon jetzt meinem ältesten Sohn meinen Stuhl in der Reederei überlasse." Bei den Worten hatte er seinen Blick aus dem Fenster hinaus, zum Hafen gewandt. Auf das bunte Treiben am Kai geblickt und mit einem unterdrückten Seufzer hinzugefügt: „Aber das fällt mir verdammt schwer." Mit Handschlag hatten sie sich wenig später voneinander verabschiedet. Keno war zu seiner letzten großen Fahrt an Bord gegangen. Auf den Basaren in Antofagasta hatte er voller Freude auf zu Hause mit Gedo Weihnachtsgeschenke gekauft. Keno für seine Frau und die zahlreichen Kinder und der jüngere Matrose für seine Eltern und Geschwister. Die Gaben lagen jetzt in ihren Seesäcken. Zu Hause würde Daje, Kenos Frau, sie in Zeitungspapier wickeln und unter den Baum legen. Und erst nach der Bescherung wollte er ihnen erzählen, dass er nicht mehr fortgehen würde.

In den zwanzig Jahren, überlegte Keno, während er dem Wind trotzend den Schrubber schwang, war er immer nur für einige Wochen am Deich gewesen. Seine Frau hatte sich allerdings nie darüber beschwert. Daje hatte ihn schließlich geheiratet, obwohl sie wusste, dass er auf große Fahrt ging. Doch unvermittelt fiel ihm ein – und der Gedanke traf ihn wie ein Blitz –, dass sie eigentlich nicht gefragt worden war. Denn er hatte einfach… Keno stand im Wind. Vergaß alles um sich herum, während er sich zum ersten Mal fragte, ob sie sich damals einen anderen Mann gewünscht hätte. Einen, der vor Ort war. Einen, wie … Bevor er den Gedanken zu Ende denken konnte, riss ihn Jakobus aus seiner Starre, weil er schrie: „He, Keno! Schläfst du? Ich hab' den Befehl zum Reffen gegeben. Also ran an die Tampen, bevor der Sturm die Segel zerfetzt." Erst jetzt sah Keno, dass der Sturm zu einem Orkan geworden war, der die Bark schüttelte, und dass die dunklen Wolken sich in heftigen Hagelschauern entluden. Durch den heulenden Wind und eisigen Hagel eilte Keno mit Gedo an den ihm zugewiesenen Mast. Auch die anderen Matrosen an Deck versuchten, die Segel zu raffen. Zogen mit aller Kraft an den Tampen. Doch sie hatten gegen das Unwetter keine Chance. Der Kapitän kam an Deck. Gab dem Maat einen Befehl. Als Jakobus schrie: „Alle sofort in Sicherheit bringen!", lösten auch Keno und Gedo ihre vom Ziehen fast gefühllosen Hände von den Tampen und versuchten, gegen den Sturm ins Innere der Bark zu gelangen. Plötzlich hörten sie über sich ein ungeheures Krachen …

1. Kapitel
Dezember

Daje machte sich schon früh am Morgen mit ihren drei jüngsten Töchtern auf den Weg ins Dorf. Nachbar Heiko Heikes stand vor seinem Kuhstall. Er kam ihnen entgegen und prophezeite besorgt: „Wir kriegen Schnee! Ich spüre es in meinen Knochen. Besonders im Rücken.“ Mit schmerzverzogenem Gesicht legte er eine Hand in sein Kreuz. Fügte leise stöhnend hinzu: „Hab die ganze Nacht vor Schmerzen wieder nicht geschlafen. „Das tut mir leid“, sagte Daje verständnisvoll, „dann legst du dich nach dem Melken am besten mit einer Wärmflasche wieder ins Bett.“ Doch Heiko schüttelte tapfer den Kopf, bevor er beteuerte: „Nee, nee. Geht schon. Die Arbeit im Stall wartet auf mich. Ich mache eine Mittagsstunde. Das muss reichen.“ Daje zog das gestrickte wollene Tuch fester über ihren zu dünnen Mantel und wünschte, während sie weiterging: „Gute Besserung. Und grüße Flora von mir. Wie sehen uns ja sicher am Sonntag.“ Sonntagnachmittags trafen sich die vier Nachbarinnen im Wechsel zum Tee. Emma, Flora, Marie und Daje. Am kommenden Sonntag war sie an der Reihe. Dann klönten sie. Tranken Tee und auch einen Aufgesetzten. Heiko versprach, die Grüße auszurichten. Humpelte in den Stall zurück, während Daje ihren Töchtern am Deich entlang folgte. Dabei setzte sie sorgsam ihre Schritte auf den verschneiten und rutschigen Boden.

In dicke Strickjacken verpackt und mit Wollsocken in den Holzschuhen, liefen die Mädchen schnatternd wie eine Schar Gänse vor ihr her. Daje spitzte die Ohren, als die zwölfjährige Teela schätzte: „Ich bin gespannt, ob Fiete wieder im Unterricht einschläft.“ Schadenfroh fuhr sie fort: „Wenn Lehrer Hauptmann das sieht, bekommt Fiete wieder Haue mit dem Rohrstock.“ Bevor Daje sich dazu äußern konnte, fügte ihre Tochter selbstgerecht hinzu: „Aber er hat selber schuld, wenn er den ganzen Morgen mit dem Kopf auf dem Pult liegt und schläft.“ Adda, acht Jahre alt, stimmte ihr zu. „Der ist sowieso dumm! Vergisst ja auch dauernd die Hausaufgaben.“ Daje schnaubte unwillig. Betonte streng: „Der arme Junge hat ein schweres Leben so ohne Mutter. Er kümmert sich um den Haushalt und seine jüngeren Geschwister. Muss morgens und abends bei den Nachbarn melken und seinem Vater auch auf dem Kutter helfen. Kein Wunder, wenn er dann in der Schule müde …“ ist, hatte sie sagen wollen. Doch der ziehende Schmerz in ihrer Leiste nahm ihr die Luft. Für einen Moment blieb sie stehen. Atmete tief durch und fuhr gepresst fort: „Seid dankbar, dass ihr noch beide Eltern habt und auch genug zu essen.“ Sie schnappte erneut nach Luft. Die Mädchen kamen zu ihr. Fragten besorgt: „Geht es dir nicht gut, Mutter?“ Daje winkte mit einem beruhigenden Lächeln ab. „Doch, doch! Bin nur etwas aus der Puste. Lauft ruhig vor. Wir sehen uns heute Mittag.“ Erleichtert stoben sie davon.

Daje ging langsam, mit einer Hand ihren Bauch stützend, weiter und erreichte wenig später den Hafen von Norddeich. Sie staunte immer wieder über die Veränderungen der letzten Jahre. Konnte sich noch gut an die ins Watt gebaute, hölzerne Brücke erinnern. Inzwischen waren mehr als zehn Jahre vergangen, dass ein neuer Anleger gebaut worden war. Eine Mole, vierzig Meter breit und zwei Meter über dem Wasserspiegel liegend. Wie alle Norddeicher machte Daje der Anblick immer wieder stolz. Auch das alte Fährhaus war einem Neubau gewichen. Der ragte nun stattlich über den Deich hinaus. Täglich fuhren im Wechsel zwei Schiffe und ein Raddampfer zur Insel Norderney. Auch nach Juist gab es einen festen Fahrplan. Daje war noch nie auf einem der Schiffe mitgefahren. Doch die lufthungrigen Gäste aus dem Binnenland sah man immer häufiger aus der Bahn steigen und hinüber zu den Inseln fahren.

Heute Morgen war nicht viel los am Hafen. Sie sah, wie einige Scheuerleute ein Schiff mit Torf und Holz beluden. Auch Bierfässer und große Kisten mit Lebensmitteln trugen sie hinauf. Ein paar Passagiere warteten an Deck, die Hände reibend und vor Kälte trippelnd, darauf, dass das Schiff ablegte. Dajes Blick glitt weiter zu den Kuttern, die inzwischen mit Muscheln und Krabben zurückgekehrt waren. Der Duft der frisch gekochten Meereskrebse stieg ihr in die Nase. Doch nicht nur ihr. Rasch kamen einige Hausfrauen herbeigelaufen und stellten sich wartend an den Anleger. Die Fischer hatten gerade ihre Ware an Land gebracht, da stürzten die Frauen sich schon darauf. Kreischten laut, wie die Möwen, die die Kutter begleitet hatten und ebenfalls hofften, einige Krabben zu bekommen. Eine junge Frau bat höflich: „Ein Pfund von den Krabben, bitte." Sie wurde von einer kräftigen, ganz in schwarz gekleideten Matrone zur Seite gedrängt. „Nix da! Erst bin ich dran. Ich will ein Kilo von den Miesmuscheln." Doch auch sie wurde übertönt. „Nein", kreischte eine dritte, „zuerst bin ich dran." Daje wandte sich kopfschüttelnd ab. Sie hatte keine Lust, sich zu den streitenden Frauen zu gesellen. Beschloss, dass es den abendlichen Zwiebelstipp eben ohne Krabben geben würde.

Vom Hafen lief sie in Richtung Dorf. Auf der Straße kam ihr Hagen, ein Vetter ihres Mannes Keno, mit seinem Fahrrad entgegen. Dahinter hatte er zwischen zwei Metallstangen einen Anhänger befestigt, in dem Behälter mit Muscheln und Krabben standen. Er war auf dem Weg in die Küstenstadt Norden, wo er die Fischgeschäfte und den wöchentlichen Markt belieferte. Daje begrüßte ihn erfreut. „Moin, Hagen." Ihr strahlendes Lächeln machte sein Herz weit und ihm erneut bewusst, dass sie die Frau war, die er vor vielen Jahren hatte heiraten wollen. Er wusste es noch, als wäre es gestern gewesen, als sein Vetter aus heiterem Himmel und mit Siegerlächeln verkündet hatte: „Hab' mit Karl gesprochen. Ich werde Daje heiraten." Hagens entsetzten Einwand: „Aber will sie dich denn auch heiraten?", hatte Keno fortgewischt. „Sie ist Mitte zwanzig. Karl ist froh, wenn er sie unter der Haube hat. Ist schon alles mit Handschlag zwischen ihm und mir besiegelt."

Sehnsüchtig glitten Hagens Augen über Dajes rundes, noch immer hübsches Gesicht, das von der Kälte gerötet war. Blieben dann an ihrem kräftig gewölbten Bauch hängen. Auch dieser Anblick weckte Sehnsucht in ihm, denn seine Ehe mit Marie war bisher kinderlos geblieben. Sie wurde zwar schwanger, doch verlor sie die Kinder immer in den ersten Monaten wieder. Sehnsüchtig kehrte er mit der Frage: „Wie geht es dir?", zu Dajes Gesicht zurück. Sie sah in sein vom Wetter gegerbtes Gesicht, in dem die stahlblauen Augen besonders hervorstachen, und antwortete: „Siehst ja: Rund und gesund.“ Hagen ging nicht darauf ein. Er wusste, dass er, auch wenn es ihr schlecht gehen würde, keine Klagen von ihr zu hören bekam. Stattdessen zeigte er auf die tief hängenden dunklen Wolken über der Nordsee, die der eiskalte Wind schnell vor sich hertrieb. „Wir kriegen Sturm! Und bei der Kälte bringt er sicher Schnee mit.“ Als wollte die Natur seine Worte bestätigen, erfasste eine plötzliche Bö den Saum ihres langen Kleides. Daje geriet ins Taumeln. Hagen umfasste sie. Hielt sie fest, bis sie wieder sicher stand. Für einen Moment sah er ihr tief in die Augen. Daje hielt seinem Blick stand. Trat dann einen Schritt von ihm fort und sagte leise, mit gekrauster Stirn: „Jetzt muss ich aber los.“ Hagen riss sich zusammen. „Einen Moment noch.“ Er nahm ein Stück Zeitung aus dem Anhänger. Faltete eine Tüte daraus. Befüllte sie reichlich mit den noch warmen Krabben und legte sie in ihren Korb. „Für dich und die Kinder.“ „Danke“, sagte Daje erfreut, „grüß’ Marie schön von mir.“ Bevor sie ging, sah sie ihm noch einmal forschend in die Augen. Doch darin stand nur Freundlichkeit. Und sie sagte sich, dass sie seinen Blick falsch gedeutet hatte.

„Beeil dich aber jetzt“, riet er ihr, „ich mach’ mich auch auf den Weg.“ Daje lächelte ihm zu und ging weiter in das kleine Fischerdorf. An den niedrigen Häusern und ärmlichen Katen vorbei. An manchen waren die Fensterläden schon geschlossen oder erst gar nicht geöffnet worden. So blieb die Wärme länger im Haus. Aus den Schornsteinen kringelten sich Rauchfahnen, die sich nach einer Weile mit den Wolken vermischten. Im Frühjahr und Sommer saßen die Frauen der Fischer vor den Türen und pulten die Krabben. Für den Eigenbedarf oder die Kunden in der Stadt. Bei der herrschenden Kälte saß jetzt niemand dort. Nicht einmal einen Hund oder eine Katze sah Daje auf ihrem Weg. Nur eine einzelne Krähe saß auf einem Zaun. Als sie an ihm vorüberging, erhob sich der Vogel mit einem lauten „Kraah, Kraah!“, in die Luft. Ließ sich jedoch etwas weiter, auf einem anderen Zaun wieder nieder.

Der Kolonialwarenladen befand sich in einem der Häuser, direkt an der Straße. Beim Öffnen der Tür brachte Daje ein Glöckchen in Bewegung und die Ladenbesitzerin herbei. Meta, klein, rundlich und pausbäckig wirkte auf den ersten Blick freundlich. Doch kannte man sie besser, stellte man fest, dass sie berechnend und hinterhältig war. Stiekum, wie Emma, Dajes Nachbarin, Metas Charakter bezeichnete. Missbilligend betrachtete die den kräftigen Bauch ihrer Kundin. Auch Meta war mit einem Seemann verheiratet, hatte aber nur zwei Kinder, die inzwischen erwachsen waren. „Lass mich in Ruhe. Ich hab Kopfschmerzen“ war ihr Verhütungsmittel, wenn ihr Mann ihr zu nahe kam. Sie vermutete, dass er sich in fremden Häfen holte, was sie ihm verweigerte. Doch das war ihr egal. Während sie nach Dajes Wünschen fragte, versuchte sie ein Gespräch zu beginnen. „Kommt Keno zu Weihnachten?“ Ein einsilbiges: „Ja“ war die Antwort. Auch auf die Frage: „Wann ist es denn so weit bei dir?“, bekam sie nur ein: „Bald“ zu hören. Daje wusste aus Erfahrung, dass die Geschäftsfrau alles das, was sie erfuhr, mit dem nächsten Kunden bekakelte. Leider hatte sie in einer rührseligen Minute Meta einmal anvertraut, wie schwer es ihr fiel, dass Keno so oft fort war. Die Kinder ihn kaum kannten und sie mit der ganzen Verantwortung alleine dasaß. Wenig später war sie von einer anderen Deichbewohnerin darauf angesprochen worden. Es war ihr sehr unangenehm gewesen und so hatte sie sich geschworen, Meta nichts Persönliches mehr zu erzählen. Dabei lechzte die Geschäftsfrau danach, Neues zu erfahren. Geschichten, die sie den anderen Kunden, zusammen mit deren Einkäufen, gratis über den Tresen reichen konnte. Sie ärgerte sich, dass Daje so wortkarg war. Auf ihrem Gesicht erschienen rote Flecken, und ihre blassblauen Augen traten noch mehr als sonst hervor. Daje betrachtete sie amüsiert und dachte, dass Meta mit den roten Wangen und hervorstehenden blauen Augen den Engelsputten in der Norder Ludgerikirche ähnelte. „Und wenn du platzt“, beschloss sie im Stillen, „von mir erfährst du nichts mehr.“ Um sich Luft zu machen, stieß Meta ein Geräusch aus, dass sich anhörte wie das Fauchen eines Drachen. Was sie in Dajes Augen auch war. Allerdings kein Feuer, sondern Gift speiender. Mit viel Lärm füllte Meta ein Viertel der ostfriesischen Teemischung aus einer großen Dose in eine Papiertüte. In verschiedenen Größen hingen die braunen Tüten an einem schlangenförmigen Gestell über dem Tresen.

Während sie Mehl und Zucker abwog, unternahm Meta einen weiteren Versuch, Daje auszufragen. „Wann muss Marleen auch noch in Stellung?“ Die knappe Antwort „Demnächst“ ließ Meta für den Moment verstummen. Als Daje bat: „Schreibst du die Einkäufe bitte auf? Ich bezahle, wenn Keno seine Heuer bringt“, antwortete Meta mit einem herablassenden: „Tja, dann werde ich mal so freundlich sein. Ich hoffe nur, dass du es nicht vergisst.“ Daje gelang es, mit einem freundlichen „Tschüss!“ den Laden zu verlassen. Draußen sah sie, wie aus dem heftigen Wind in kurzer Zeit ein orkanartiger Sturm geworden war, der dicke Schneeflocken vor sich hertrieb. Mit gesenktem Kopf, den Korb mit den Einkäufen fest im Arm, machte sie sich auf den Heimweg.

2. Kapitel

Zuhause angekommen, schloss sie erst einmal die Fensterläden, die der Wind ihr immer wieder aus der Hand reißen wollte. Sah dann nach, ob das schwere Holzbrett zum Schutz des Wassers auf der Zisterne lag, und betrat das Haus durch den Stall. Dort standen ihre Kuh Rosa, die unruhig mit den Füßen scharrte, und ihr im Herbst geborenes Kälbchen. Inzwischen fraß das Kalb auch Heu. So blieb Rosas Milch für Dajes Familie. Sie strich ihnen beruhigend über den Kopf. Die Kuh muhte, als Daje leise sagte: „Keine Angst, ist nur der Sturm.“ Nachdem sie das Tau etwas fester um die Stange gezogen und Wasser in der Tränke aufgefüllt hatte, legte sie ihnen Heu hin. Außer der Kuh besaß sie einige Hühner und einen Hahn. Die Köpfe in den Federn verborgen, saßen sie dicht aneinandergedrängt auf ihrem Rick. Daje öffnete die Tür zum Wohnraum. Feuchte Wärme und der Duft von frisch Gebackenem schlugen ihr entgegen. Ihre ältesten Töchter saßen mit einer Handarbeit beschäftigt hinter dem Tisch, auf der langen Bank aus dunklem Eichenholz. Die vierzehnjährige Marleen sprang auf. Rief besorgt: „Gib mir das nasse

Tuch, Mutter! Du siehst ja ganz erfroren aus." Fürsorglich schob sie den einzigen Ohrensessel näher an den Tisch heran. „Bitte, Mutter. Setz dich." Adda erzählte, dass sie wegen des Sturms vor dem Ende des Unterrichts nach Hause geschickt worden waren. Mit einem Kichern vermutete sie: „Der Lehrer hatte wohl Sorge, dass wir wegfliegen." „Seine Sorge war berechtigt", sagte Daje, „hab mich draußen auch kaum auf den Beinen halten können." Dabei dachte sie an die Bö am Hafen. An Hagen, der sie gestützt hatte und an seinen liebevollen Blick. Teela riss sie mit den Worten: „Wir haben die Graupensuppe gegessen. Das durften wir doch?", aus ihren Gedanken. „Ja, das durftet ihr." Beruhigt strickte Teela an dem komplizierten Muster weiter. „Thore und Eggo machen eine Mittagsstunde", rief Mina. „Und ich", schwatzte Adda dazwischen, „hab heute eine Eins im Lesen bekommen." Marleen hob die Hand. „Hört auf zu quasseln! Ihr seht doch, dass Mutter ganz erschöpft ist." Daje war tatsächlich sehr müde. Für einen Moment schloss sie die Augen und spürte, wie sich das Kind in ihrem Bauch bewegte. Es schien sich zu strecken. Sie legte eine Hand darauf und sagte leise: „Ja, ja. Hab dich nicht vergessen." Doch das stimmte nicht ganz. Oft verdrängte sie, dass die Geburt des Kindes kurz bevorstand.

Ihr unbewusstes Seufzen wurde von Teelas Ausruf: „Kriegen wir jetzt endlich eine Waffel?", übertönt. Auf Dajes fragenden Blick erklärte Marleen: „Ich hab welche gebacken. Hab gedacht, dass wir die zum Tee essen könnten." Mit Trotz in den Augen erwartete sie, dass Daje deshalb mit ihr schimpfte. Denn sie durften nicht ungefragt Lebensmittel nehmen. Aber ihre Geschwister hatten gebettelt: „Bitte, Marleen! Die Waffeln sind so lecker, wenn du sie machst." Zu ihrem Erstaunen sagte ihre Mutter jedoch: „Schön! Ich hab auch Hunger." Marleen verteilte die Teetassen. Holte die Schale mit der Milch von einem Regal in der Nähe des Ofens. Auf der Milch hatte sich inzwischen eine dicke Rahmschicht gebildet. Marleen stellte den Teller mit den Waffeln auf den Tisch. Daje sah zufrieden, dass die Mädchen ein ganzes Stück mit ihrer Strickarbeit vorangekommen waren. Erst vor ein paar Tagen hatten sie einen von Hagens Seemannspullovern aufgeribbelt. Marie hatte ihn mit den Worten: „Er trägt ihn nicht mehr" vorbeigebracht. Das dunkelblaue Garn lag, zu dicken Knäueln gewickelt, in einem großen Korb. Aus der Wolle ihrer Schafe, die den Winter in Heikos Stall verbrachten, hatte Daje Garn gesponnen. Zusammen mit der aufgeribbelten Wolle war es so viel, dass es für mehrere Kinderjacken ausreichen würde. Und die mussten bis zum Weihnachtsfest fertig werden. Marleen befüllte die Lade des Teestövchens mit etwas Glut aus dem Ofen und stellte die Kanne darauf. Nachdem der Tee gezogen war, schenkte sie ihn ein und verteilte die Waffeln. Daje biss hungrig in ihre. Sie genoss die eintretende Stille, die nur vom Tosen des Sturmes, dem Knistern des Herdfeuers und dem eifrigen Kauen der Kinder unterbrochen wurde.

Allerdings war die Ruhe nicht von langer Dauer. Nachdem sie das Gebäck verzehrt hatten, griffen die Mädchen zu ihrem Strickzeug. Während die Nadeln klapperten, bat Teela: „Mutter, bitte, erzähl uns eine Geschichte." Daje war keine große Erzählerin. Aber es gab eine Geschichte, an die sie sich bei dem herrschenden Sturm besonders gut erinnerte. Sie nahm ihr Strickzeug in die Hand und begann: „Als ich noch jung war, stürmte es auch oft. Manchmal dauerte es Tage, bis es wieder ruhig wurde. Unsere Mutter befürchtete jedes Mal, dass das Wasser über den Deich kam." Sie überlegte, bevor sie sagte: „Ihr wisst doch sicher noch, dass die Kate von meinen Eltern ganz nah am Deich stand?" Die Mädchen nickten heftig. Ließen gespannt ihr Strickzeug sinken. Teela fragte mit großen Augen: „Und dann? Was habt ihr dann gemacht? Hattet ihr Angst?" Daje nickte. „Ja, aber es war auch abenteuerlich. Denn meine Mutter holte ihre kleine Holzkiste aus dem Küchenschrank. Das war für uns das Zeichen, dass sie mit uns auf den Heuboden steigen wollte. Sie legte ein Brot, Butter und ein Messer in einen Weidenkorb und stellte ihn an die Leiter. Wir mussten an der Pumpe einen Eimer mit Wasser füllen und dann trugen meine Brüder alles hinauf." Adda fragte: „Was war in der Kiste drin?" Daje überlegte. „Unsere Geburts- und die Heiratsurkunde meiner Eltern. Und noch einige andere wichtige Dokumente. Was genau darin war, habe ich erst erfahren, nachdem meine Eltern gestorben waren." Marleen beugte sich vor. „Sind solche wichtigen Sachen auch in deiner bunten Holzkiste drin, die im Küchenschrank steht?" „Ja. Das sind sie." Mina drängte: „Und weiter?" „Nun, auf dem Heuboden setzten wir uns dicht zusammen. Lauschten auf den heulenden Sturm. Auf sein Rütteln am Gebälk und hofften, dass das Wasser nicht über den Deich kam."

Sie erinnerte sich, dass ihre Mutter in regelmäßigen Abständen aus der Luke in den Wohnraum hinuntergesehen hatte, um zu gucken, ob das Wasser schon in der Stube stand. Daje und ihre Brüder hatten dann immer befürchtet, dass ihre rundliche Mutter das Gleichgewicht verlor und hinunterfiel. Die Kinder hörten gespannt zu, als Daje fortfuhr: „Aber wir hatten auch an jenem Tag Glück. Gegen Morgen hatte sich der Sturm beruhigt und das Wasser sich zurückgezogen." Sie verstummte, doch sofort baten die Kinder mit blitzenden Augen: „Weiter, Mutter. Wie ging es weiter? Die Geschichte ist doch noch nicht zu Ende, oder?" Daje ließ ihr Strickzeug sinken. „Nein, sie geht noch weiter." Sie richtete ihren Blick nach innen und fuhr nachdenklich fort: „Wir sind nach draußen gegangen, um nachzusehen, ob etwas kaputt war. Zum Beispiel Ziegel vom Dach geweht oder Büsche ausgerissen worden waren." Sie räusperte sich. Erzählte in die gespannten Gesichter um sich herum: „Einige Äste waren von den Bäumen abgerissen, aber sonst war nichts passiert. Doch als wir zum Deich sahen, stand dort ein Kutter. Stellt euch vor, der Kapitän hatte bei dem Sturm die Kontrolle über ihn verloren und war auf den Deich aufgelaufen." Die Kinder lauschten atemlos. „Aber", berichtete sie weiter, „zu unserem Glück war er nicht weitergerutscht, sondern auf der Deichkrone stehen geblieben." Über Dajes Gesicht huschte ein Lächeln, bevor sie sagte: „Ihr wisst ja, dass Großmutter sehr abergläubisch war. An diesem Tag glaubte sie, dass der Klabautermann den Kapitän ärgern wollte, indem er seinem Kutter einen falschen Weg gewiesen hat." Die Mädchen winkten ab. „Ach, den gibt es doch gar nicht! Oma wollte uns damit nur Angst machen." Realistisch fragten sie: „Aber wie ist der Kutter da wieder runtergekommen? Und ist dem Kapitän etwas passiert?" Daje schüttelte den Kopf. „Nein, passiert ist ihm nichts. Eine Schaluppe hat den Kutter am nächsten Tag wieder auf die See gezogen und zum Dank hat der Kapitän den Helfern am

Hafen einen Krug Bier spendiert." Erleichtert über das gute Ende der Geschichte, seufzten die Kinder auf.
Daje blickte auf die mit Vögeln und Blumen verzierte Pendeluhr an der Wand. Keno hatte sie von einer Fahrt aus Chile mitgebracht. Überrascht sah sie, wie viel Zeit beim Erzählen vergangen war und stand entschlossen auf. Legte ihr Strickzeug in den Korb zurück und sagte: „Genug erzählt! Wir haben noch zu tun." Marleen und Teela schlüpften in ihre Jacken. Erklärten: „Mutter, wir gehen schon jetzt zum Melken zu Heikes rüber. Bevor es dunkel ist." „Ja", antwortete Daje mit gerunzelter Stirn, „obwohl es mir nicht recht ist, dass ihr bei dem Sturm noch hinausgeht. Aber da Heiko es so im Rücken hat …" Marleen beruhigte sie. „Wir nehmen uns an die Hand. Wird schon nichts passieren." Adda bot an: „Ich melke Rosa." Daje hob die Schultern. „Kannst es ja probieren, aber du weißt ja auch, dass sie bei Sturm keine Milch geben will." Adda wollte es dennoch versuchen. Wenig später kam sie mit der fast leeren Kanne zurück. Schimpfte empört: „Rosa ist aber sehr eigen!" Daje schmunzelte. Sie legte Torf im Ofen nach und stellte den Topf mit den Kartoffeln fürs Abendessen darauf. Adda schlug sich an die Stirn und rief: „Oh nein! Ich hab ganz vergessen, dass ich noch Hausaufgaben machen muss!" Flink holte sie ihre Tafel aus dem Schulranzen. Rutschte auf die Bank und schrieb gleich darauf mit Kreide säuberlich fünf Reihen: „Ich darf nicht schwatzen." Daje legte ein Bröckchen Schweinefett in ihre große Pfanne. Häutete Zwiebeln. Schnitt sie in Ringe und warf sie in das geschmolzene Fett. Später würde sie Mehl darüberstäuben und mit Wasser ablöschen. „Dank Hagen haben wir heute doch Krabben in unserem Stipp", teilte sie zufrieden mit.

Mina trat mit Thore an der Hand neben sie. „Fühl mal bitte, Mutter. Hat er Fieber?" Daje legte ihre Hand auf seine Stirn. Sah besorgt auf seine geröteten Wangen und die feuchten Löckchen, die an seinen Schläfen klebten. Thore neigte immer wieder zu Fieber mit starkem Husten. Er war ihr Sorgenkind, bei dem sie in seinem kurzen Leben schon manche Nacht gewacht hatte. „Nein", sagte sie erleichtert, „glücklicherweise nicht. Aber er hat bestimmt Hunger nach dem lan-

gen Mittagsschlaf. Nicht wahr, min Jung?“ Sie zerzauste seine blonden Haare, während er sich die Augen rieb. „Zieht eure Nachthemden an und wascht das Gesicht und die Hände. Wir können bald essen.“ Marleen und Teela kamen herein. Ihre nassen Sachen hatten sie in der Scheune zum Trocknen aufgehängt. Teela sagte: „Schöne Grüße von Onkel Heikes. Er war sehr froh, dass wir trotz des Wetters gekommen sind. Meinte aber, dass es wohl noch weiter schneien wird.“ Adda sah erfreut von der Tafel auf. „Müssen wir dann nicht in die Schule? Dann könnte ich doch meine Hausaufgaben auch morgen noch machen.“ Daje hob eine Augenbraue. „Die machst du bitte jetzt fertig. Beeil dich! Wir wollen essen.“ Sie prüfte, ob die Kartoffeln gar waren und stellte die Pfanne in die Mitte auf den Tisch. Die Kartoffeln schüttete sie rundherum. Adda schrieb die letzten Buchstaben und räumte ihre Tafel fort. Als alle am Tisch saßen, faltete Daje die Hände. „Lieber Gott, wir danken dir für diese Mahlzeit. Amen.“ Das war das Stichwort. Die Kinder stürzten sich auf die Kartoffeln und in kürzester Zeit war die Pfanne blitzsauber. Sie tranken Wasser statt Milch und schoben sich gähnend von der Bank.
Marleen spülte das Geschirr in einer Schüssel auf dem Tisch, während Teela es abtrocknete. Auf Dajes Frage: „Müsst ihr noch Pipi machen?“, hob Thore zögernd die Hand. „Ich muss! Aber ich geh nicht allein.“ Er hatte nicht nur Angst vor den Mäusen im Stall, die futtersuchend um seine Füße huschten, sondern auch die abergläubischen Reden seiner Großmutter ernst genommen. „Denkt immer daran“, hatte sie mit erhobenem Zeigefinger und herabgesenkter Stimme gesagt, „dass der Klabautermann nicht nur auf den Schiffen Schabernack treibt, sondern auch im Plumpsklo auf der Lauer liegt, um die kleinen Kinder zu holen.“ Damit hatte sie verhindern wollen, dass die Kinder sich unnötig lange dort aufhielten. Doch Thore traute sich seitdem nicht mehr allein aufs Klo. Adda musste auch. „Ich komm mit dir!“ bot sie an. Entzündete den Docht in einer Laterne mit einem Kienholz und ging mit ihm in den Stall hinüber. Gleich darauf hörte man das Gackern der aufgeschreckten Hühner. Thores ängstlichen Schrei und Addas beruhigende Worte. „Sind doch nur die Hühner. Hab keine Angst! Ich bin doch bei dir.“

Etwas später wünschten, bis auf Marleen, die Kinder ihrer Mutter eine gute Nacht und stiegen in die Butzen. Teela teilte sich eine mit Mina, Adda mit Marleen. Daje schlief auf einem Bettgestell hinter einem Vorhang, zusammen mit ihren Söhnen am Fußende. Daje hörte, wie Teela und Mina miteinander tuschelten. Streng sagte sie: „Psst! Ruhe jetzt!" Eingeschüchtert schwiegen die Mädchen. Teela voller Neid. Denn an Ostern war Marleen aus der Schule entlassen und im Mai konfirmiert worden. Seit September war sie vierzehn und galt nun als erwachsen. Sie durfte länger aufbleiben und erfuhr Dinge, die die Jüngeren nicht wissen sollten. Teela hoffte, dass ihre Schwester wieder mit ihren Geschwistern schlafengehen musste, sobald der Vater nach Hause kam. Bei der Feststellung fielen ihr auch die Geräusche ein, die dann wieder von der Schlafstätte ihrer Eltern kommen würden. Weil sie die nicht einordnen konnte, hatte sie ihre ältesten Schwestern Line und Okka danach gefragt. Die beiden arbeiteten in einem Gasthaus in der Stadt Esens und waren zu Besuch dagewesen. Line hatte kurz überlegt und dann gesagt: „Also gut. Ich erklär dir das. Als wir einmal bei Heikes auf dem Hof waren, ist der Bulle fast auf die Kuh gesprungen." Nach einem Blick in Teelas entsetztes Gesicht hatte sie eingeschränkt: „Na ja, nicht so richtig, aber er hat sich mit den Vorderbeinen von hinten an die Kuh geklammert und sein Ding ..." Für einen Moment hatte sie die Hände vor ihr Gesicht gelegt, gekichert und dann weiter erzählt. „Nun, sein geschwollenes Ding hat er in die Kuh gesteckt. Als ich gefragt hab, was die da machen, hat Heiko uns erzählt, dass der Bulle da was reinspritzt und daraus die Kälber entstehen." Triumphierend hatte sie mit der Feststellung: „Und bei den Menschen wird das auch so gemacht!" ihren Vortrag beendet. Teela hatte die Hände auf ihre Ohren gelegt und gerufen: „Hör auf! Das ist ja eklig." Sie wollte sich nicht vorstellen, dass ihre Eltern sich wie Tiere benahmen. Line hatte gelacht und gesagt: „Eines Tages wirst du das auch mit deinem Mann tun und Kinder bekommen."

3. Kapitel

Auch Marleen wusste um das Geheimnis zwischen Mann und Frau. Allerdings verschwendete sie keinen Gedanken daran. Wollte weder einen Mann noch Kinder haben. Sondern einen Beruf erlernen und ihr eigenes Geld verdienen. Aber sie wusste nicht, wie ihre Mutter darüber dachte. Denn bisher hatte noch keine ihrer Schwestern den Wunsch geäußert. Sie wollten, so wie ihre Mutter, heiraten und Kinder bekommen.

Marleen setzte eine Kanne Tee auf und nahm am Tisch Platz. Daje saß mit geschlossenen Augen im Ohrensessel, die geschwollenen Beine auf einen Hocker gelegt. Noch immer tobte und pfiff der Sturm ums Haus. Er rüttelte an den Fensterläden und Dachziegeln. Daje erschauderte. „Wir werden das Feuer im Herd heute Nacht anlassen“, sagte sie zu Marleen, „sonst wird es morgen den ganzen Tag nicht warm. Ich werde hier sitzen bleiben und darüber wachen.“ Eine Nacht im Sessel machte ihr nichts aus, denn in den letzten Wochen einer Schwangerschaft konnte sie sowieso nicht gut schlafen. Marleen überlegte, wie sie ihrer Mutter erklären sollte, wie sie sich ihre Zukunft vorstellte. Am besten nicht gleich mit der Tür ins Haus fallen, nahm sie sich vor. Doch als ihr Blick die Beine ihrer Mutter streifte, platzte sie heraus: „Wie erträgst du nur dein Leben, Mutter? Dauernd schwanger zu sein und dicke geschwollene Beine zu haben, muss doch schrecklich sein. Hast du dir so ein Leben gewünscht, als du jung warst?“ Nachdem ihr bewusst wurde, was sie gesagt hatte, schlug sie die Hand auf ihren Mund. Sah vorsichtig zu Daje hinüber, die ruhig weiterstrickte. Sie wollte gerade nachhaken, als Daje ruhig und mit einem nachsichtigen Lächeln antwortete: „Dann solltest du gar nicht erst heiraten.“

Marleen hob ihr energisches Kinn, warf die dicken, dunkelblonden Zöpfe über die Schulter zurück und meinte überzeugt: „Ich will ja gar nicht heiraten.“ Daje sah über die Nadeln zu ihr. „Was willst du denn dann, mein Kind? Etwa eine alte Jungfer werden?“ Die Antwort kam prompt: „Nein, Schneiderin! Und damit mein Geld verdienen.“ Daje ließ verblüfft das Strickzeug sinken. „Schneiderin? Wozu das denn? Du kannst doch nähen.“ Marleen schüttelte heftig den Kopf. „Wenn ich für die reichen Leute nähen will, reicht das nicht aus, was ich kann.“ Etwas abfällig fügte sie hinzu: „Wir nähen ja immer nur einfache Sachen.“ Daje dämpfte Marleens Enthusiasmus. „Wir sind einfache Leute. Die Reichen werden ihre Kleider bestimmt nicht von dir machen lassen. Sie gehen in die Stadt Norden zu Sührmann.“ Marleen nickte begeistert. „Ich weiß! Darum will ich ja dort eine Schneiderlehre machen. So lerne ich, was die reichen Leute verlangen.“ Daje schwieg, während sie zu dem blauen Garn einen weißen Faden nahm und eine Reihe damit strickte. Zufrieden betrachtete sie das Ergebnis, dann ihre Tochter und sagte mit sanfter Stimme: „Schuster, bleib bei deinen Leisten!“ Den Spruch wandte sie an, wenn ihre Kinder sogenannte Flausen hatten. Ideen, die wie Schweifsterne über den Himmel sausten und im Nichts verpufften. Marleen ärgerte sich, weil ihre Mutter nicht einmal in Erwägung zog, dass sie andere Vorstellungen vom Leben hatte als sie selbst. Sie warf ihre Handarbeit in den Korb neben sich. Grummelte: „Du verstehst mich eben nicht!“ Laut sagte sie: „Ich geh schlafen. Gute Nacht.“ Daje spürte, dass sie verstimmt war. Freundlich antwortete sie: „Schlaf gut, mein Kind.“

Als Marleen neben Adda in der Butze lag, fragte sie sich, warum ihre Mutter sie nicht ernst nahm. Und sie überlegte, ob Daje sich ihr eigenes Leben so vorgestellt hatte, wie es war. Mit den vielen Schwangerschaften. Der nie enden wollenden Arbeit und einem Mann, der zur See fuhr. Mit dem Gedanken „Morgen frage ich sie danach“, kuschelte sie sich an ihre Schwester, die eine wohlige Wärme ausstrahlte. Daje beendete die Strickreihe und legte das Teil zur Seite. Sie stocherte in der Glut im Herd und legte Torf nach. Nahm die wollene Decke aus ihrer Hochzeitstruhe und setzte sich in den Sessel zurück. Während ihre Hand sanft über ihren Bauch glitt und sie das Leben darin spürte, dachte sie über Marleens Worte nach. In gewisser Hinsicht hatte ihre Tochter recht. Daje war das zwölfte Mal schwanger. Zwei Schwangerschaften waren vorzeitig durch eine Fehlgeburt beendet worden. Und ein Sohn tot geboren worden. Sie hatte seinen Tod lange nicht verwunden. Inzwischen hoffte sie sehr, dass das Kind in ihrem

Bauch, das anscheinend Purzelbäume schlug, ihr letztes war. Sie konnte es hoffen, dachte sie, aber es war müßig, darüber nachzudenken oder zu klagen. Keno kam nach monatelanger Abwesenheit zurück und verlangte sein Recht als Ehemann. Da brauchte sie ihm nicht mit Hebamme Jannas Verhütungsvorschlägen zu kommen. Das hätte ihn höchstens verstimmt. Sie seufzte leise. Auch wenn Marleen etwas anderes wollte: Die Aufgabe der Frauen war es, zu heiraten, Kinder zu bekommen und für sie und das Wohlergehen der Männer zu sorgen. Nähen für reiche Leute? Ein Traum, aber er würde zerplatzen. Wie die Seifenblasen, die die Kinder am Waschtag aus der Waschlauge schlugen. Besser war es, sich so wie sie, früh genug mit den Gegebenheiten abzufinden. Daje setzte sich bequemer hin. Stopfte die Decke fester um sich. Und während draußen der Sturm mit eisiger Hand den Schnee über das flache Land ausbreitete, strickte sie weiter.

4. Kapitel

Sie erwachte vom ersten Licht des neuen Tages. Zu ihrem Ärger war sie doch eingeschlafen und das Feuer anscheinend heruntergebrannt. Vorsichtig stellte Daje ihre Beine, die wieder schlanker als am Abend zuvor waren, auf den Fußboden. Zuckte erschrocken zurück. Er war eiskalt. Ebenso die Wände, an denen die gefrorene Feuchtigkeit glitzerte. An die Scheiben hatte der Frost in der Nacht Eisblumen gemalt. Daje erhob sich steif. Im Herd befand sich glücklicherweise noch Glut in der Asche. Sie zog die Aschelade heraus. Entleerte sie in den Eimer neben der Tür zum Stall. Schichtete einige Torfstücke auf die Glut. Beim Anblick der Torfstücke musste sie an Peter denken, ihren Nachbarn, der als Torfgräber für die Fehngesellschaft arbeitete. Er hatte ihr im Spätsommer eine Fuhre vorbeigebracht. Es war guter Torf. Trocken und fest. Geld hatte er dafür nicht gewollt. Aber „Du kannst für mich waschen“, vorgeschlagen, „weißt ja, dass mir die Hausarbeit schwer fällt. Putzen und waschen hab ich nie gemusst. Dafür seid schließlich ihr Frauen da.“ Peter war seit einiger Zeit Witwer. Im Winter, wenn er nicht ins Moor ging, wurde ihm der Tag lang. Dann ging er zu den Nachbarn zum Elfführtje. Aber eigentlich wünschte er sich in seiner kleinen Kate eine Frau. Eine, die ihm den Haushalt führte und das Bett wärmte. Daje hatte sich vorgenommen, für ihn danach Ausschau zu halten.

Als das Feuer prasselte, schob sie den gefüllten Kessel auf das Ofenloch. Die Zeit, bis das Wasser kochte, nutzte sie, um sich zu waschen und anzuziehen. Sie füllte etwas von dem eiskalten Wasser aus der Pumpe in die Waschschüssel. Benetzte ihr Gesicht. Wischte mit einem Tuch über ihre Achseln und die vollen Brüste. Im Sommer sprangen die Kinder und auch sie bei Hochwasser in die Nordsee. Im Winter stellte sie nach Möglichkeit alle zwei Wochen die Zinkwanne zum Baden vor den Herd. Vor Kälte bibbernd zog sie nun hastig den Boostrock über die Unterwäsche. Die schwarzen Wollstrümpfe über die Beine. Stieg in ihr weites schwarzes Kleid, das aber inzwischen über dem Bauch tüchtig spannte. Sie war gerade dabei, die zahlreichen Knöpfe zu schließen, als Marleen und gleich darauf Teela, gähnend und die Augen reibend, aus den Butzen kletterten. Erstaunt riefen: „Oh, du bist schon auf?“, während sie an ihr vorbei in den Stall liefen. Daje schloss den letzten Knopf. Löste ihr langes Haar. Fuhr mit der Bürste darüber. Sie nahm es mit der Hand zusammen und schlang es zu einem Dutt, den sie im Nacken mit einem Haarnetz fixierte. Band die schwarz-weiß gepunktete Schürze um und sagte zu Marleen, die hereinkam: „Beeilt euch. Heiko wartet sicher schon. Bevor ihr rübergeht, müsst ihr bitte bei uns einen Weg freischaufeln.“

Daje schlug mit einem Klöppel auf ihren Gong neben der Tür. Mina und Adda krochen gleich darauf aus den Butzen. Daje nickte ihnen zu. „Guten Morgen, Kinder. Adda, du gehst mit in den Stall. Und du, Mina, hilfst den Jungen beim Anziehen.“ Im Stall begrüßte Rosa sie mit einem kräftigen „Muh!“ und prall gefülltem Euter. Sie trat an die Stalltür, die die Älteren beim Hinausgehen offen gelassen hatten. Staunend sah sie, wie ihre Welt sich über Nacht verändert hatte. Die Bäume und Büsche neben dem Haus hatten weiße Hauben erhalten und der Acker war eine fast weiße Fläche. Nur die Grünkohlstrünke lugten hervor und der Weg, den Teela und Marleen inzwischen freige-

schaufelt hatten. Daje hatte auf Frost gehofft, damit sie den Kohl endlich ernten und einkochen konnten, aber auf den Schnee hätte sie gut verzichten können. Sie stieg die kurze Treppe zum Dachboden hinauf und holte den Kufenschlitten herunter. „Damit dürft ihr zur Schule fahren", sagte sie zu Adda, die angezogen in den Stall kam. Erfreut fragte ihre Tochter: „Auch am Nachmittag am Deich rodeln?" Daje lächelte. „Mal sehen. Wenn sonst nichts Besonderes ist." Unaufgefordert brachte Adda den Eimer aus dem Plumpsklo zur Jauchegrube. Füllte etwas Asche hinein und stellte ihn ins Loch zurück. Daje molk Rosa. Das Ergebnis war erfreulich. „Na?", fragte sie: „hast du dich wieder beruhigt?" Die Kuh hob den Kopf und muhte kräftig. Während Adda neues Stroh unter sie und das Kälbchen streute und die Eier aus den Nestern nahm, ging Daje in die Küche zurück. Sie kochte die Milch und streute fein gemahlenen Hafer hinein. Mina kam herein und setzte sich zu ihren Geschwistern. Während die Kinder wenig später ihren Brei aßen und ihren Tee tranken, schnitt Daje Scheiben von einem großen Brot ab. Bestrich sie dünn mit Schmalz. Legte je zwei übereinander. Wickelte sie in kleine Baumwolltücher und verstaute sie in den Holzranzen der Kinder. Gewohnheitsmäßig wanderte ihr Blick über die Rückseiten der drei Ranzen. Der Lehrer schrieb nicht nur die Zensuren, sondern auch andere Mitteilungen für die Eltern darauf. Auf Minas stand tatsächlich eine Eins, was Daje zufrieden sah. Zuletzt band sie an jeden der Ranzen ein Stück Torf, für den Ofen in der Schule. „Es wird Zeit!", drängte sie, „ihr werdet bei dem Wetter für den Schulweg sicher länger brauchen als sonst."
Die Kinder schlüpften in ihre dicken Wolljacken und in die Klumpen. Nahmen den Schlitten und liefen hinaus, während Daje ihnen mahnend nachrief: „Aber nicht bummeln!" Teela würden sie auf dem Weg bei Heikes abholen, die dort mit Marleen Frühstück bekam. Daje wollte gerade ins Haus zurückgehen, als sie sah, wie Emma, ihre Freundin, auf dem Deich entlangkam. Sie grüßte die Mädchen mit einem knappen: „Moin! Hab leider keine Zeit", wobei ihr heftiger Atem weiße Wölkchen in der eisigen Luft hinterließ. Bei Daje angekommen, stemmte sie keuchend ihre linke Hand in die Taille, während die rechte ihren obligatorischen Handarbeitsbeutel umklammerte. Daje

trat zur Seite. „Komm rein“, sagte sie munter, „der frühe Vogel fängt zwar den Wurm, aber was treibt dich bei diesem Wetter so zeitig her?“ Sonst entlockten Dajes Sprüche Emma ein Lächeln. Diesmal blieb ihr Gesicht ernst. Sie ging an ihr vorbei und flüsterte: „Ich hab Post für dich.“

5. Kapitel

Emma war Anfang vierzig. Unverheiratet, nachdem der Mann, mit dem sie verlobt gewesen war, an Masern gestorben war. Danach hatte keiner mehr um sie geworben. Nachdem ihre Eltern ebenfalls gestorben waren, lebte sie allein in dem kleinen Häuschen im Dorf. Ihren Lebensunterhalt verdiente sie mit dem Stricken von Seemannspullovern und Strümpfen. Die Wolle dafür gewann sie von den Schafen, die sie in ihrem Garten hielt. Sie ließ die Wolle in der Schönfärberei in der Küstenstadt Norden dunkelblau und schwarz einfärben und verkaufte die fertigen Sachen auf dem Wochenmarkt in der Stadt. Sie strickte ständig und überall. Besonders gern bei ihren Nachbarn, wobei sie dann immer das Neueste erfuhr und es anschließend, wie der Bote den „Courier“, von Haus zu Haus brachte. Zwar war sie dabei nie böswillig, aber sie verstand es, aus einer Mücke einen Elefanten zu machen.

Den Brief der Reichspost, der in ihrem Beutel steckte, hatte Emma von Hagen erhalten. Der wiederum vom Postboten, der nach einem erschrockenen Blick auf den Absender mit den Worten: „Ich kann das nicht überbringen!“ zu ihm gekommen war. „Wer weiß, was darin steht? Nachher fällt sie vor Schreck in Ohnmacht. Und schwanger ist sie auch. Nee, nee, da geh du man selber hin.“ Hagen hatte den Brief geöffnet. War zu Emma gegangen, die nur wenige Häuser weiter wohnte und hatte sie eindringlich gebeten: „Bring es ihr bitte schonend bei!“

Emma quetschte, noch immer außer Atem, ihren drallen Körper hinter den Tisch. Ließ dann erst einmal sich und dann den Strickbeutel auf die Bank fallen. Mit leisem Aufbegehren dachte sie: „Warum muss immer ich der Überbringer von schlechten Nachrichten sein?“ Während sie das halbfertige Vorderteil eines Pullovers aus ihrem Beutel zog und zu stricken begann, versuchte sie Zeit zu gewinnen. Daje hatte inzwischen Tee gemacht. Sie blieb jedoch unschlüssig vor dem Tisch stehen, weil die sonst immer vor Neuigkeiten übersprudelnde Emma so beängstigend still war. Sogar die mitgebrachte Zeitung, aus der sie gerne vorlas, lag noch ungeöffnet auf dem Tisch. Daje warf einen Blick auf die Titelseite. Überflog einen Bericht vom gestrigen Wintereinbruch. Nichts Schlimmes. Doch unvermittelt spürte sie wieder das Ziehen in der Leiste. Wie um das Ungeborene zu schützen, legte sie beide Hände auf den Bauch.

Als sie sah, wie Emma das Stricken unterbrach, langsam ein Papier aus ihrem Beutel zog und den Mund öffnete, wich Daje abwehrend einen Schritt zurück. Emma drückte ihr das Blatt regelrecht in die Hand. Sprudelte hervor: „Es ist furchtbar! Schrecklich! Es tut mir ja so leid, aber du wirst es überstehen. Hast ja noch deine Kinder und …“ Sie verstummte, als sie sah, wie Dajes Gesichtsausdruck während des Lesens versteinerte. „Wir bedauern“, las sie, „Ihnen mitteilen zu müssen, dass Ihr Ehemann, Herr Keno Fischer, bei der Rückfahrt aus Chile bei Sturm über Bord geschwemmt wurde. Sein Seesack mit seiner verbliebenen Habe wird Ihnen demnächst zugestellt. Auch eine Entschädigung steht Ihnen zu, deren Auszahlung wir veranlassen werden.“ Emma sah, wie das Blatt aus Dajes Hand zu Boden schwebte. Wie die Farbe aus ihrem Gesicht wich und sie am Tisch Halt suchte. In dem Augenblick kam Marleen herein. Sie hatte ihre Arbeit bei Heikes erledigt und wollte sich jetzt der eingeweichten Wäsche annehmen. Als sie in das kreidebleiche Gesicht ihrer Mutter sah, schob sie ihr in einer raschen Bewegung einen Stuhl unter. Daje sank wortlos darauf.

Marleen hob das Papier vom Boden auf und legte es nach einem flüchtigen Überfliegen auf den Tisch. Ihr Blick glitt fragend zu Emma, die hilflos die Schultern zuckte. Da Marleen nichts anderes

einfiel, fragte sie: „Mutter, soll ich Tee einschenken?" Daje nickte stumm. Emma sah von einer zur anderen. Auf dem Weg hierher hatte sie sich die schrecklichsten Reaktionen auf den Brief ausgemalt. Mit allem hatte sie gerechnet, aber nicht mit dieser unheimlichen Ruhe. Heftig die Nadeln schwingend, suchte sie nach tröstenden Worten, doch ihr fielen keine ein. Marleen schenkte den Tee ein. Emma trank ihn viel zu heiß und ließ sich sofort wieder nachschenken. Auch die Mürbeteigplätzchen, die in einer Schale vor ihr standen, verschwanden nach und nach in ihrem Mund. Daje saß noch immer reglos auf dem Stuhl. Dabei glich ihr Gesicht einer Maske. Undurchsichtig. Verunsichert legte Emma das letzte Plätzchen zurück. Begann stotternd: „Ich kenne einen Fall, da … da … war der Mann gar nicht tot, sondern war nur … nur … verschollen. Nach Jahren ist er zurückgekommen und war ..." Sie hatte sagen wollen: „Gesund", aber das lastende Schweigen im Raum ließ sie verstummen. Unterbrochen wurde es von Thore und Eggo, die unter dem Tisch mit ihrem Holzauto gespielt hatten, hervorkrochen und sie Hand in Hand mit großen Augen ansahen. Marleen legte fürsorglich ihre Hände um die Schultern ihrer Brüder. „Kommt, ihr dürft euch draußen einen Schneemann bauen." Kaum waren sie hinausgegangen, da erhob Daje sich langsam von ihrem Stuhl, um im nächsten Moment mit schmerzverzogenem Gesicht zusammenzusinken.
Auf ihrem Kleid bildete sich ein nasser Fleck, der immer größer wurde. Emma starrte entsetzt darauf. So schnell es ihr möglich war, kam sie hinter dem Tisch hervor. Marleen, die allein wieder hereinkam, erschrak, als sie ihre Mutter auf dem Boden sitzen sah. Doch dann zog sie den Vorhang vor dem Bett zur Seite und flehte, ihre Angst unterdrückend: „Mutter! Bitte! Du musst dich hinlegen." Mit Emma schaffte sie es, Daje aufzuhelfen und zum Bett zu schleppen. Gleich darauf lag diese mit geschlossenen Augen und zusammengepressten Lippen, während die Wehen sie überfielen. Sie bemerkte nicht, dass Emma nach kurzer Absprache mit Marleen das Haus verließ, um Janna, die Hebamme zu holen. Sie bekam auch nicht mit, dass ihre anderen Töchter plötzlich in der Tür standen und in stummem Entsetzen zu ihr hinsahen. Die Schule fiel aus, weil der Lehrer

mit einer Erkältung im Bett lag. Nach einem Blick in Marleens Gesicht und deren geraunten Worte: „Mama kommt nieder!“ ordnete Adda in knappen Worten an: „Wir gehen zu Bauer Heikes rüber.“ Teela wandte sich sofort, in der Hoffnung auf ein zweites Frühstück, zum Gehen. Mina nahm die Jungen an die Hand, denen Marleen hastig eine Jacke, Mütze und Klumpen angezogen hatte.

6. Kapitel

In der Nacht hatte ihre Sau sechs Ferkel geworfen. Deren Geburt hatte sich bis in die Morgenstunden hingezogen und Heiko und Flora deshalb kaum geschlafen. Während die Ferkelchen jetzt an den Zitzen ihrer Mutter saugten, hatte Heiko sich mit den Worten: „Ich leg mich noch ein Weilchen aufs Ohr“, nach der Stallarbeit wieder ins Bett gelegt. Trotz seiner Müdigkeit und der Rückenschmerzen war ihm nach körperlicher Nähe gewesen. Flora hatte ihn mit einer liebevollen Geste und den Worten: „Jetzt nicht!“, hinausgeschoben. Nun lag er schnarchend in der Kammer, während sie auf dem Küchensofa eingenickt war. Als das Klopfen an der Tür zu ihr durchdrang, fuhr sie erschrocken hoch. Strich sich flüchtig über das Haar. Band ihre Schürzenbänder fest und öffnete. Flora sah erstaunt auf die fünf Kinder herunter. „Was macht ihr denn hier? Warum seid ihr Mädchen nicht in der Schule?“ Mina flüsterte mit einem besorgten Blick auf die Jungen, denn die hatten den ganzen Weg über geweint: „Marleen hat uns hergeschickt. Mutter kommt nieder. Und unser Lehrer ist krank.“ Flora atmete erleichtert aus. Sie hatte schon einen Schreck bekommen, dass etwas Schlimmes in Dajes Familie passiert sei. Doch eine Geburt war nichts Dramatisches, sondern alltäglich. Weit öffnete sie die Tür und sagte herzlich: „Dann kommt man herein. Ich hab Brot gebacken. Und mein Pflaumenmus habt ihr auch noch nicht probiert.“ Die Kinder betraten die große gemütliche Küche und hatten gleich darauf, bei einer dicken Scheibe frischen Brotes, die beängstigende Szene in ihrem Zuhause vergessen.

Janna wohnte in einer winzigen Kate direkt am Deich. Inzwischen fast fünfzig Jahre alt, ging sie ihrer Arbeit mit Leidenschaft und einem schier unerschütterlichen Glauben nach. Sie freute sich mit den Müttern über jedes Kind, das es schaffte, gesund auf die Welt zu kommen und dort zu bleiben. Viele Jahre hatte das Kindbettfieber Frauen das Leben gekostet. Auch Janna hatte einige Male erfolglos dagegen gekämpft. Doch von Doktor Kremer, der als Arzt auch für die Menschen am Deich zuständig war, hatte sie den Rat bekommen, sich vor der Untersuchung einer Schwangeren die Hände mit Chlorkalk zu waschen. „Das tötet die Keime ab. Ich hab ein Buch darüber. Das kann ich dir gerne einmal ausleihen." Der Mediziner Ignaz Semmelweiß, der das Buch geschrieben hatte, erklärte darin die Maßnahmen zur Verhütung von Infektionen nach einer Geburt. Seitdem wusch sich Janna, bevor sie die Schwangeren untersuchte, sehr gründlich die Hände mit Chlorkalk, den sie in der Apotheke kaufte. Hielt ihre Nägel kurz, damit sich darunter keine Keime ansammeln konnten. Desinfizierte ihre Gerätschaften, indem sie sie auskochte und hielt die Frauen zur Sauberkeit an. Darüber hinaus machte sie ihnen Vorschläge zur Verhütung. Zum Beispiel riet sie ihnen in deftigen Worten, ihren Männern zu sagen, dass sie „vorm Singen aus der Kirche gehen sollten." Wenn die Frauen daraufhin verständnislos guckten, erklärte sie geduldig: „Er soll seinen Samen ins Betttuch spritzen und nicht in dich. Nur so kann man eine Schwangerschaft verhindern." Auf solche Ratschläge reagierten die Frauen mit großer Verlegenheit. Manche mit Entsetzen, dass Janna so offen über etwas sprach, das ins Dunkel und unter die Bettdecke gehörte. Sie beteten lieber zu Gott, dass er sie vor weiteren Kindern verschonte. Wenn sie trotzdem schwanger wurden, war es eben sein Wille. Janna seufzte leise. Denn erst vor einigen Tagen hatte sie einer jungen Frau sagen müssen, dass sie schon wieder schwanger war. Dabei war das jüngste gerade mal vier Monate alt.
Als Emma die in den Angeln quietschende Tür aufstieß und vor Sorge außer sich rief: „Du musst sofort kommen. Daje kriegt ihr Kind!" sagte sie ruhig: „Immer langsam mit den jungen Pferden. Du weißt doch, dass es bei ihr immer länger dauert. Wie lange hat sie denn schon Wehen?" Emma fühlte sich plötzlich schuldig. Hätte sie nicht …

In dem Versuch sich reinzuwaschen, stieß sie hervor: „Seit einer halben Stunde etwa. Ging ganz plötzlich los. Der Schreck hat das wohl ausgelöst.“ Janna runzelte die Stirn. „Wieso Schreck? Was ist denn passiert?“ Emma schluchzte: „Ich … ich kann nichts dafür! Konnte doch nicht wissen, dass sie gleich Wehen kriegt. Und dass Keno verunglückt ist, kann ich auch nichts für.“ Janna, die Daje seit vielen Jahren kannte, war entsetzt. „Was hast du gesagt? Keno ist verunglückt?“ Emma nickte so heftig, dass ihr die schwarze Haube fast vom Kopf flog. „Ja, ja. Der Reeder aus Hamburg hat einen Brief geschickt. Und als Daje den gelesen hat, ist sie plötzlich vor Schmerzen zusammengebrochen. Hab sie zusammen mit Marleen dazu gebracht, sich hinzulegen.“ Janna zögerte nicht länger. „Sturzgeburt“, dachte sie von Panik ergriffen, „hoffentlich keine Sturzgeburt.“ Schnell warf sie ihren wollenen Umhang über. Ergriff ihre Tasche und stürmte aus dem Haus. Emma versuchte, mit ihrem flotten Schritt mitzuhalten, was auf dem mit Schnee bedeckten Boden schwierig war. Laut und heftig gestikulierend, klagte sie: „Ich bin schuld! Hab ihr schließlich die Post von der Reederei gebracht. Hagen wollte das ja nicht. Nun weiß ich auch, warum.“ Ihr Weinen wurde heftiger. Janna blieb stehen und umfasste Emmas Schultern. Schüttelte sie sanft. Sah ihr in die Augen und sagte: „Unsinn, das bist du nicht. Weder an Kenos Unglück noch an den Wehen.“ Sie drückte sie fest an sich und fügte resolut hinzu: „Komm! Jetzt müssen wir erst einmal sehen, was wir für sie tun können.“

Daje versuchte, nicht zu stöhnen oder zu schreien. Schließlich kannte sie den Wehenschmerz. Irgendwann war er vorbei. Doch heute kam noch ein anderer Schmerz dazu. Keno ist tot, hämmerte es in ihrem Kopf. Du bist Witwe! Marleen sah in das Gesicht ihrer Mutter. Auf die zusammengepressten Lippen, die ein weißer Rand umgab. Sie hoffte sehr, dass Emma bald mit der Hebamme zurückkam. Die Wartezeit überbrückte sie mit hektischer Betriebsamkeit. Legte Torf im Herd nach. Stellte den gefüllten Wasserkessel darauf und legte saubere Tücher bereit. Sie gab Rüböl in die Lampe über dem Tisch und sah dabei immer wieder besorgt zu ihrer im Lampenschein sich windenden Mutter. Deren Gesicht war inzwischen von einem Schweißfilm überzogen. Als Daje voller Qual rief: „Wo bleibt Janna?", trat sie zu ihr und sagte: „Sie kommt bestimmt gleich." Marleen war entsetzt. Nie hätte sie gedacht, dass eine Frau unter den Wehen solchen Schmerzen ausgesetzt war. Bei den Geburten ihrer Geschwister war immer ihre Großmutter dagewesen. Mit den sanften Worten: „Geht an den Deich spielen! Ich rufe euch, wenn es da ist", hatte sie die Kinder hinausgeschickt und erst das fertig gewickelte Kind ihnen als neues Geschwisterchen präsentiert. Fröhlich waren sie dann losgezogen, um den Nachbarn den neuen Erdenbürger mit dem Spruch: „Bi uns is een Kind upstahn" anzukündigen. In den letzten Monaten ihres Lebens hatte die Großmutter bei ihnen gewohnt. Für einen Moment sah Marleen sie wieder im Ohrensessel am Fenster sitzen. Den Spucktopf in der Hand. Das Gesicht von tiefen Falten durchzogen und von wächserner Blässe. Tag für Tag hatte sie darin gesessen. Sogar darin geschlafen und immer weniger Luft bekommen, bis der Tod sie an einem Herbstabend geholt hatte. Wie ein schlechtes Omen erschien Marleen in diesem Augenblick die Vision und sie schüttelte, das Bild verdrängend, den Kopf. Mit beinahe beschwörenden Blicken sah sie zur Tür, die zu ihrer großen Erleichterung gleich darauf geöffnet wurde.

Janna kam herein, hinter ihr eine atemlose Emma, die sich auf die Bank fallen ließ. Ihren Kopf für einen Augenblick in die Hände stützte und wie nach einem rettenden Anker zu ihrem Strickzeug griff. Der Anblick der Hebamme beruhigte Daje. Geduldig wartete sie, bis Janna sich die Hände in der Schüssel mit dem heißem Wasser gewaschen und die Fingernägel geschrubbt hatte. Janna registrierte mit einem Blick, dass alles für die Entbindung Benötigte bereit lag. Sie nickte Marleen aufmunternd zu und sagte zu Daje gewandt: „Also, dann wollen wir mal nachgucken, wie weit die Geburt ist." Es war zum Glück keine Sturzgeburt. Sie vermutete, dass Daje schon längere Zeit Wehen gehabt hatte. Der Muttermund war sogar so weit geöffnet, dass sie pressen durfte. Ohne einen Mucks gab Daje dem Druck des Kindes nach. Nachdem Janna dem rotgesichtigen Winzling einen Klaps auf den Po versetzt hatte, erklang zaghaftes Weinen.

„Du hast einen Jungen, Daje", sagte Janna, „und es ist alles dran. Wie soll er denn heißen?" Die frisch Entbundene betrachtete ihren neugeborenen Sohn. „Wir nennen ihn den kleinen Keno. Nach seinem Vater." Janna trennte die Nabelschnur und bevor sie ihn in eine Decke wickelte, hielt sie den Jungen einen kurzen Moment ins Licht. Sagte sehr leise: „Mach deiner Mutter keinen Kummer." Sie reichte ihn seiner großen Schwester, bevor sie sich wieder Daje zuwandte. Marleen setzte sich verstört mit ihrem Bruder in den Ohrensessel an den Herd. So schlimm hatte sie sich die Geburt eines Kindes nicht vorgestellt. Emma machte sich nützlich, indem sie Tee aufsetzte. Während Janna die Nachgeburt holte, achtete keine der Frauen auf Marleen, die regungslos im Sessel saß. Erst als Janna sich die Hände gewaschen hatte und bat: „Bringst du den Jungen jetzt deiner Mutter?", erhob Marleen sich mit wackeligen Knien. Janna bekam Mitleid mit der jungen Frau. Sie hatte schon bärenstarke Männer umfallen sehen, die das Geschrei oder Gestöhne ihrer Frauen nicht ertragen hatten, obwohl sie im Nebenraum gewesen waren. Zu Emma gewandt orderte sie: „Hol uns erst mal einen Schnaps. Den Tee trinken wir später." Marleen reichte Daje das Kind. Brachte dabei ein kaum hörbares: „Herzlichen Glückwunsch" hervor. Zu ihrem Erstaunen glich ihre Mutter in keiner Weise mehr der Frau, die sich vor Schmerzen gewunden hatte. „Danke für deine Hilfe, mein Kind", sagte Daje freundlich und nahm das Neugeborene an sich.

Sie betrachtete das winzige, rote Gesicht und meinte lächelnd: „Da wird sein Vater ja Augen machen, dass er schon da ist. Sollte doch eigentlich ein Christkind werden." Als sie in die bestürzten Gesichter um sich herum sah, und das plötzliche Aufschluchzen ihrer Tochter vernahm, wurde ihr bewusst, was sie gesagt hatte. Für einen Moment hatte sie das Unglück vergessen. Sie holte tief Luft. Räusperte sich. Sah Janna in die Augen und fragte: „Du weißt, was passiert ist?" „Ja. Mein herzlichstes Beileid, Daje. Das tut mir sehr leid für euch." Sie reichte Marleen einen Schnaps. „Trink!", befahl sie, „der bringt deinen Kreislauf in Schwung und wieder Farbe in dein Gesicht." Marleen, die sich normalerweise davor ekelte, stürzte den Schnaps auf einmal herunter. Er brannte in der Kehle und trieb ihr Tränen in die

Augen, aber sie bekam wieder Farbe. Auch Daje nahm ein Glas. Janna ging nach dem Teetrinken mit dem Versprechen: „Ich komme morgen früh wieder.“ Emma machte sich gleichzeitig auf den Weg zu Heikes.

7. Kapitel

Flora hatte die Kinder den ganzen Tag beschäftigt. Sie hatte den frisch gefallenen Schnee fegen, in der Vorratskammer die in Kisten mit Sand gelagerten Äpfel wenden und die verdorbenen aussortieren lassen. „Die nur Druckstellen haben, nehmen wir mit in die Küche. Daraus kochen wir Apfelmus“, schlug sie den Kindern vor. Begeistert stimmten sie zu. Zur Melkzeit kam Heiko herein. Stellte fest: „Marleen kommt heute sicher nicht, aber ihr könnt mir und Teela beim Melken und Stallausmisten helfen.“ Es war schon dunkel, als Emma hereinkam und berichtete. „Das Kind ist da. Ein kleiner Junge.“ Sie setzte sich an den Küchentisch. Stöhnte, die Hände an den Kopf gestützt: „Was für ein Tag!“ Flora lachte. „Ja, ja. Manche Tage haben es in sich. Aber nun hat sie es ja hinter sich. Hoffentlich ist es für sie das letzte Kind. Ist denn alles gut verlaufen?“

Emma zögerte. „Mit ihr und dem Jungen wohl, aber ...“ Ihr Blick glitt zur Tür, während sie flüsterte: „Wo sind die Kinder?“ „Sie helfen im Stall. Soll ich sie holen?“ Emma schüttelte heftig den Kopf. „Nein! Ich muss dir erst etwas erzählen.“ Leise berichtete sie, wobei ihr plötzlich Tränen über die Wangen liefen: „Keno ist auf See geblieben. Bei Sturm wohl über Bord gefallen.“ Flora starrte sie entsetzt an. Sank langsam auf ihren Stuhl und stieß hervor: „Ach du lieber Gott.“ Nach einem Moment sprang sie wieder auf. Holte die Flasche mit dem Aufgesetzten aus ihrem Küchenschrank hervor. Schenkte zwei Gläser voll und murmelte: „Auf den Schreck muss ich einen trinken.“ Mit einem Schluck leerte sie das Glas. Stellte es mit einer heftigen Bewegung auf den Tisch zurück und schimpfte: „Aber wir haben das ja immer kommen sehen! Warum musste er auch ...“ Sie holte Luft

und fügte etwas ruhiger hinzu: „Arme Daje. Und die armen Kinder. Obwohl", gab sie, die Gläser ein weiteres Mal füllend, zu bedenken, „sie ihren Vater ja kaum kannten." Sie nippte an ihrem Glas. „Wie hat Daje die Nachricht denn aufgenommen?" Emma zuckte die Schultern. Hielt sich an dem Glas fest und antwortete: „Viel hat sie noch nicht dazu gesagt. Wie auch? Hat doch gleich Wehen gekriegt und jetzt schläft sie."
Die Tür wurde geöffnet. Die Kinder kamen herein. Unsicher sahen die Frauen ihnen entgegen. Adda, die sehr sensibel für Stimmungen war, krauste die Stirn und sah Flora fragend in die Augen. Die Bäuerin senkte den Blick. Stand auf und meinte leise: „Nun, dann geht man mit Emma nach Hause. Schöne Grüße und sagt eurer Mutter, dass wir sie morgen besuchen kommen." Sie zog Emma zur Seite. „Sagst du im Dorf Bescheid?" „Ja, das mache ich." Nachdem sie die Tür hinter ihnen geschlossen hatte, meinte Flora mit einem tiefen Seufzer: „Was für ein Elend aber auch."

Daje schlief hinter dem geschlossenen Vorhang, als die Kinder heimkamen. Marleen legte einen Finger auf die Lippen. Bat ihre Geschwister, sich auszuziehen und fürs Schlafen fertig zu machen. Eingeschüchtert von ihrer ernsten Miene und den knappen Anweisungen, aßen sie die gekochten Kartoffeln mit Stipp. Dabei ließen sie den Vorhang nicht aus den Augen. Hofften, dass er geöffnet wurde und ihre Mutter wohlbehalten dahinter hervorkam. Eggo begann zu weinen. Drängte: „Ich will zu Mutter!" Marleen beruhigte ihn. „Sie schläft. Ein Kind zu bekommen ist anstrengend. Sicher wird sie bald wieder wach." Sie zog den kleinen Bruder auf ihren Schoß. Strich ihm sanft übers Haar. Daje war von seinem Schluchzen aufgewacht. Doch sie blieb liegen und dachte darüber nach, was sie den Kindern sagen sollte. All die Jahre, die Keno zur See gefahren war, hatte sie befürchtet, dass ihm etwas passieren könnte. Die Gefahren auf dem Meer waren nicht zu unterschätzen. Wobei Stürme, Seepiraten und Havarien nur einige davon waren. Und jetzt das …
Mit einem unterdrückten Stöhnen stieg sie aus der Butze. Zog den Vorhang langsam zur Seite und zeigte ihr gefasstes Gesicht den Kin-

dern. Thore hopste von Marleens Schoß. Lief zu Daje und umschlang sie mit den Armen. Sie strich ihm über die Wange. Sagte bestimmt: „Es geht mir gut! Setz dich wieder.“ Vorsichtig ließ sie sich auf ihrem Stuhl nieder. Sah in die fragenden Augen ihrer Kinder. Mit leiser, doch fester Stimme erklärte sie: „Euer Vater ist leider auf See verunglückt. Er ist ...“, sie brach ab. Brachte das Wort „tot“ nicht über die Lippen. Die Kinder starrten sie mit offenem Mund an. Bevor sie etwas sagen konnten, fuhr sie fort: „Und ihr habt einen Bruder bekommen.“ Mit einer schwachen Geste zeigte sie auf die offen stehende Lade der Kommode. „Ihr dürft ihn anschauen und dann geht ihr schlafen. Es ist spät.“ Erstaunt betrachteten sie das Neugeborene. Nur die drei Ältesten wussten, dass er aus dem Bauch ihrer Mutter gekommen war. Die Jüngsten glaubten hingegen noch an das Märchen vom Storch. Sie streckten einen Finger aus und berührten vorsichtig die weiche Wange des Kindes. Thore fragte skeptisch: „Ist das wirklich keine Puppe?“ In dem Moment begann der Neugeborene zu schreien. Thore machte erschrocken einen Satz rückwärts. Marleen nahm lächelnd das Kind aus der Lade. Hielt es ihren Brüdern hin und sagte: „Wie ihr hören und sehen könnt, ist das keine Puppe. Er schreit, weil er Hunger hat.“ Sie reichte den Kleinen ihrer Mutter. Hob Eggo und Thore in Addas Butze und meinte: „Die nächsten paar Tage dürft ihr hier schlafen. Mutter braucht ihre Ruhe.“ Hoch erfreut drehten sich die Jungen auf die Seite und waren gleich darauf eingeschlafen.
Während Daje stillte, gingen Marleen und Teela in den Stall. Ungewöhnlich still erledigten sie die Arbeit. Bewarfen sich weder mit Stroh noch spritzten sie sich mit Wasser nass, wie sie es manchmal taten. Die Ereignisse des Tages hatten sie überwältigt. Marleen bot freiwillig an, den Eimer aus dem Plumpsklo zur Grube zu bringen. „Dann komme ich eben an die frische Luft.“ Teela war das nur recht. Sie fror und wollte in ihre Butze kriechen. „Bleib nicht zu lange draußen, sonst erfrierst du!“, rief sie Marleen noch nach, bevor sie die Stalltür hinter ihrer Schwester anlehnte. Friedliche Stille lag über der See. Marleen leerte den Eimer. Sie stellte ihn neben die Stalltür und stapfte einige Schritte durch den weichen Schnee. Der eisige Nordwind biss ihr dabei in die Wangen. Doch es machte ihr nichts aus. Er gab ihr das

Gefühl, lebendig zu sein. Der Tod des Vaters und die Geburt des Bruders hatten ihr auf brutale Weise bewusst gemacht, wie nah beides zusammenlag. Sie atmete die eisige Luft tief ein, bis ihre Lungen schmerzten.
Erst als es wieder in dicken Flocken zu schneien begann, kehrte sie ins Haus zurück. In der Küche auf dem Fußboden, halb unter der Bank versteckt, lag noch das von der Geburt verschmutzte Laken. Obwohl sie sich davor ekelte, nahm sie es mit spitzen Fingern auf. Stopfte es im Stall mit dem Wäschestampfer in einen Eimer mit Wasser. In der Küche deckte sie die Glut im Herd ab. Warf noch einen Blick auf den kleinen Keno und ihre Mutter. Als sie sah, dass beide schliefen, drehte sie den Docht der Lampe herunter. Schlang eine Decke um sich. Stopfte sich ein Kissen unter den Kopf und rollte sich wie eine Katze auf der Bank zusammen. Das Schreien ihres jüngsten Bruders weckte sie in der Nacht. Für einen Moment blieb sie schlaftrunken auf der Bank sitzen. Eigentlich hatte sie erwartet, dass ihre Geschwister ebenfalls wach werden würden. Aber alles blieb ruhig. Sie tastete sich in der vom Mond erhellten Nacht zur Lade und nahm das hungrige Kind heraus. Ging damit zu ihrer Mutter hinüber und drückte sanft ihre Schulter. Mit geschlossenen Augen öffnete Daje ihr Hemd, und Marleen legte das Kind an ihre Brust. Sie kroch auf die Bank zurück und war gleich darauf wieder eingeschlafen, während der Säugling an der Brust seiner Mutter weiterschlief.

Mit der Nachricht: „Es schneit schon wieder“, betrat Janna das Haus. Daje saß am Herd im Ohrensessel und stillte. Die Kinder waren fertig angezogen, gekämmt und aßen ihren Brei. „Wie geht es dir?“ Janna betrachtete die Wöchnerin aufmerksam. „Mir geht es gut.“ Janna fühlte ihr den Puls. Er schlug gleichmäßig. Trotzdem fragte sie: „Wirklich? Bist aber ziemlich warm.“ Daje winkte ab. „Liegt am Ofen.“ Im Versuch zu scherzen, fügte sie hinzu: „Marleen hat ja ordentlich eingeheizt. Da kriegt man einen heißen Kopf.“ Janna kannte Daje lang genug und wusste, dass sie eine starke Frau war. Gewohnt, ihr Leben mit den Kindern in unerschütterlicher Ruhe zu meistern. Janna setzte sich an den Tisch und bat: „Auch wenn es dir gut geht, möchte ich, dass du dich noch ein paar Tage schonst. Lass deine Töchter die Arbeit machen. Oder Emma soll kommen. Die hilft euch gern." Daje winkte ab. „Marleen schafft das schon. Und Emma hat gestern genug geholfen." Janna nahm Daje das Kind ab und reichte es Marleen. Sagte zu den jüngeren Kindern: „Ihr geht bitte in den Stall. Ich muss eure Mutter untersuchen." Als sie hinaus waren, bat sie: „Leg dich einen Moment auf dein Lager, Daje. Ich möchte deinen Bauch abtasten." Marleen hielt unwillkürlich den Atem an, während Janna die Wöchnerin untersuchte. Sie atmete erleichtert aus, als die Hebamme versicherte: „Fühlt sich alles richtig an. Hast du Schmerzen?" Daje schüttelte den Kopf. „Nein! Es geht mir wirklich gut." Janna sah ihr in die Augen. „Und die andere Sache?" Ohne Zögern kam Dajes Antwort: „Das Leben geht weiter."

8. Kapitel

Emma hatte den anderen Bewohnern am Deich mitgeteilt, dass Keno verunglückt und sein Sohn geboren war. „Der eine kommt, der andere geht", sinnierten die einen. Und: „Kenos Geist steckt jetzt bestimmt in dem Kleinen", orakelten die Abergläubischen unter ihnen. Doch alle hatten Mitleid und hofften, dass so ein Schicksal ihnen erspart bleiben würde. Nachdem Janna die Kate wieder verlassen hatte, um einer Erstgebärenden im Dorf beizustehen, klopfte es an die Tür. Davor standen Dajes Freunde, denen Emma zuvor eingeimpft hatte: „Ihr sprecht sie aber nicht auf das Unglück an. Ich glaube, dass sie noch gar nicht verstanden hat, was passiert ist. Bestimmt wird sie irgendwann selbst davon anfangen." Sie versprachen es und so drückten sie Daje nur die Hand. Sagten leise: „Glückwunsch zu deinem Sohn und herzlichstes Beileid zu deinem schweren Verlust."

Alle hatten ihr etwas mitgebracht. Hagen einen Krug mit eingelegten, gesalzenen Heringen, von denen er wusste, dass sie die gerne aß. Heiko und Flora legten einen geräucherten Schinken auf den Tisch. Emma Mullwindeln und Marie ein paar gestrickte Jäckchen für das

Neugeborene. Peter hatte eine Flasche Doornkaat dabei. Sie warfen einen flüchtigen Blick in die Lade, in der das Kind lag. Standen etwas unschlüssig in dem niedrigen Raum, bis Emma auf die Bank rutschte und den anderen bedeutete, ebenfalls Platz zu nehmen. Erleichtert, dass er etwas tun konnte, um die bedrückte Stimmung aufzulockern, bat Peter Marleen: „Hol mol de Glasen, Wichtje. Nun gifft erst mol een Söppke.“ Flora hatte Teekuchen mitgebracht, den sie in einer großen Blechdose auf den Tisch stellte. Sie war die Bäckerin für alle Nachbarn, denn sie besaß einen steinernen Backofen in ihrem eigenen Backhaus. Samstags kamen die Deichbewohner, die keinen Ofen besaßen, und ließen ihr Brot bei ihr backen. Thore kletterte ganz selbstverständlich auf Floras Schoß und ließ sich von ihr mit dem Kuchen füttern. Hagen hingegen traute sich kaum, Daje ins Gesicht zu sehen, denn Emma hatte ihm ausführlich von der dramatischen Reaktion auf den Brief der Reederei berichtet. Nun war er sehr froh, nicht der Überbringer gewesen zu sein. Die Fischer im Hafen hatten am Morgen Geld gesammelt und er überreichte es ihr mit den Worten: „Es tut allen sehr leid. Und sie lassen dich grüßen.“
Daje dankte ihm und den anderen für die Aufmerksamkeiten. Sie sah das Mitleid und die Unsicherheit in den Augen ihrer Freunde, und entschloss sich, ihnen zu helfen. Als wäre es ein ganz normaler Besuch, fragte sie zu Flora gewandt: „Hast du deine Marmelade am Montag auf dem Markt gut verkauft?“ Flora, froh ein Gesprächsthema zu haben, antwortete bereitwillig: „Ja! Bin fast alle Gläser mit der Johannisbeermarmelade und auch das Pflaumenmus losgeworden. War aber nicht so viel Kundschaft wie sonst. War denen wohl zu kalt.“ Dazu konnte Hagen auch etwas sagen. „Stimmt! Aber bei diesem Wetter können wir sowieso nicht mehr zum Fischen rausfahren. Dann bleibt Zeit zum Netze flicken und den Kutter überholen.“

Nun fanden auch die anderen Männer ihre Stimmen wieder. Während Marleen Tee einschenkte, begannen sie sich zu unterhalten. Heiko war politisch sehr interessiert und ein Anhänger des Kaisers. Nicht nur aus der örtlichen Zeitung, sondern auch bei ihren sonntäglichen Elführtjes in der Kneipe „Jerusalem“ in Norden, saugte er alles auf,

was es in der Politik und darüber hinaus Neues gab. Begeistert meinte er nun: „Harm Klein hat erzählt, dass sein Sohn nach Wilhelmshaven geht, um dort auf der Kaiserlichen Werft zu arbeiten." Peter hatte auch davon gehört. „Ja", antwortete er, „das hat Otto Renken auch von seinem Sohn erzählt. Der fängt ebenfalls da an. Aber ich fragte mich, wofür der Kaiser so viele Schiffe braucht. Und dann auch noch Kriegsschiffe? Was hat er vor? Will er Krieg anzetteln?" Er machte eine nachdenkliche Pause. Heiko nutzte sie zu dem Einwand: „Unsinn! Aber es ist wichtig, gute und seetüchtige Schiffe zu haben. Und es schafft Arbeitsplätze. Früher konnten es sich doch nur die Reichen leisten, in Urlaub zu fahren. Aber inzwischen ..." Er dachte an all die Gäste, die mit der Bahn anreisten und zu den Inseln fuhren. Immer öfter waren Familien mit Kindern dabei. Er schaute in die Runde und betonte: „Urlaub kann sich nun auch immer öfter die Arbeiterklasse leisten." Hagen und Peter nickten halbherzig. Peter war kein Anhänger des Kaisers, sondern Sozialist. August Bebel vertrat eher seine politische Meinung. Er zuckte die Schultern und meinte ernst: „Warten wir mal ab, was der Kaiser vorhat. Trotz seiner sozialen Handlungen ist und bleibt er ein Hochwohlgeborener. Die Arbeiter sind ihm doch egal. Außerdem finde ich es nicht richtig, dass er Bismarck damals entlassen hat. Immerhin hat der die Sozialversicherung auf den Weg gebracht." Heiko holte Luft, setzte zu einer Entgegnung an. Doch bevor eine heftige Debatte beginnen konnte, fügte Peter auf seine ruhige Art hinzu: „Aber wie auch immer: Jeder hat ein Recht auf seine eigene Meinung. Darüber sollten wir aber heute nicht diskutieren."
Heiko schloss den Mund und sah ein, dass es tatsächlich nicht der richtige Zeitpunkt für politische Streitgespräche war. Peter füllte die Gläser ein weiteres Mal. Emma schluckte den Rest ihres Kuchens hinunter. Nahm sich ein neues Stück. Bevor sie es sich in den Mund stopfte, meinte sie trocken: „Ich glaube, dass Bismarck in erster Linie gerne essen mochte." Die Männer warfen sich einen Blick zu. Heiko seufzte und sagte sich, dass eine Antwort unnötig war. Frauen hatten keine Ahnung von Politik, und Emma schon mal gar nicht. Die hatte bei ihren Worten die ausladende Steinfigur des ehemaligen Reichskanzlers auf dem Marktplatz in der Stadt Norden vor Augen gehabt.

Als die Männer nicht auf ihre Worte eingingen und ein anderes Thema begannen, kaute sie zu Ende und wandte sich dann Flora und Daje zu. „Was gibt es sonst zu erzählen?“

Keiner der Anwesenden achtete dabei auf Marie, die mit sehnsüchtigem Blick neben der Lade mit dem Neugeborenen stand. Sie hatte einen Finger in seine winzige Faust gesteckt und als er ihn umklammerte, liefen ihr die Tränen über die Wangen. Denn nach der letzten Fehlgeburt hatte Janna ihr strengstens verboten, wieder schwanger zu werden. „Hagen muss sich von dir fernhalten. Die nächste Schwangerschaft kann dich dein Leben kosten. Und was nützt deinem Mann eine tote Frau!“ Auf die Feststellung hatte Marie nicht geantwortet. Peter brachte das Gespräch auf das Wetter. „Na, Heiko. Was glaubst du, wie lange der Winter andauern wird?“ Heiko runzelte die Stirn. „Wird ein Auf und Ab sein“, befürchtete er, „wie der Schmerz in meinen Knochen. Gut, dass wir genug Vorräte haben.“ Er sah zu Daje hinüber. „Auch Kartoffeln haben wir reichlich geerntet. Wenn du nicht hinkommst…“ Er ließ den Satz offen. Daje dankte für die angebotene Hilfe. Doch plötzlich fühlte sie sich sehr erschöpft. Verstohlen gähnte sie hinter vorgehaltener Hand. Hagen sah das. Er stand auf und ordnete an: „Wir gehen jetzt nach Hause. Daje braucht ihre Ruhe.“

Hastig erhoben sich alle. Schlüpften in ihre feuchten, in der Wärme des Raumes inzwischen dampfenden Jacken, und stellten sich an die Tür. Marie stand noch immer neben dem Neugeborenen. Hagen hielt ihr den Mantel hin und sagte leise: „Komm, meine Liebe. Wir müssen auch gehen.“ Marie beugte sich zu dem Kleinen und küsste sanft die weiche Wange, wobei schon wieder Tränen in ihren Augen schimmerten. Hagen schob sie zur Tür, die Peter inzwischen geöffnet hatte. Kälte kam ins Haus, begleitet von dicken Schneeflocken. Er schloss die Tür hastig wieder, als Daje bat: „Hagen, könntest du die Briefe“, sie nahm zwei Kuverts aus dem weiß gestrichenen Küchenbüfett, bevor sie fortfuhr: „für mich mit zur Reichspost in der Stadt nehmen? Line und Okka in Esens wissen ja noch nicht, was passiert ist. Und auch meine Brüder in der Krummhörn müssen es erfahren.“ Daje hatte die Briefe am frühen Morgen geschrieben und sie ursprünglich dem Reichspostboten mitgeben wollen. Doch ob der an diesem Tag kommen würde, war nicht sicher. Hagen verstaute die Kuverts in der Innentasche seiner Jacke. „Mach dir keine Sorgen. Ich bring sie auf den Weg.“

Nachdem endlich alle gegangen waren, setzte sich Daje erschöpft in den Sessel zurück. Legte ihre Beine hoch und war gleich darauf eingenickt. Als es wenig später klopfte, öffnete Marleen die Tür. Vor ihr stand Meta, die Besitzerin des Kolonialwarenladens. „Darf ich eben hereinkommen?“ Daje hatte einen leichten Schlaf. Unwillig betrachtete sie den Gast und überlegte, was Meta zu ihrem Besuch veranlasst haben könnte. Dass sie nur zum Kondolieren und Gratulieren gekommen sein könnte, glaubte sie nicht. Marleen spürte die Anspannung, die der Besuch in ihrer Mutter auslöste. So ging sie nicht hinaus, sondern begann den Tisch abzuräumen. Meta hatte sich auf die Bank gesetzt. Schob die benutzten Tassen auf dem Tisch herum. Marleen fühlte sich zu der Frage gedrängt: „Möchten Sie eine Tasse Tee?“ Meta nickte und betrachtete den kleinen Keno ausgiebig. „Sieht aus wie sein Vater.“ Daje nahm die Aussage ohne Kommentar hin. Marleen schenkte den Tee ein und blieb wachsam neben ihrer Mutter stehen. Als Meta sagte: „Ich wollte nur fragen, wie es dir geht“, reichte Daje ihrer Tochter das Kind mit den Worten: „Er braucht eine neue Windel.“ Marleen wickelte ihn wie immer auf dem Küchentisch. Dass er ein richtiger Junge war, bewies er mit einem Strahl Pipi, der knapp neben Metas Tasse auf den Tisch spritzte. Mit einem angeekelten Gesichtsausdruck zog die ihre Tasse näher zu sich heran. Marleen stammelte eine Entschuldigung: „Oh ..., das sollte nicht sein, aber er kann ja nichts dafür. Ist noch so klein.“ Geübt wickelte sie ihren Bruder fest in ein frisches Mulltuch und eine Decke und legte ihn in seine Lade zurück.

Als Thore kurz darauf sagte: „Ich muss Aa machen!“, war Meta der Appetit auf eine weitere Tasse Tee vergangen. Während Marleen mit ihm in den Stall hinüberging, presste Meta hervor: „Es tut mir sehr leid, was mit Keno passiert ist. Könnt ja meinem Mann auch zustoßen. Seefahrt ist eben gefährlich.“ Daje antwortete nicht. Noch immer fragte sie sich, was Meta wirklich von ihr wollte. Deren Blick fla-

ckerte, als sie herausplatzte: „Wie willst du das denn jetzt finanziell schaffen? Ich meine, so ohne festes Einkommen?“ Daje betrachtete sie kühl. „Ich wüsste nicht, was dich das angeht.“ Meta rutschte unruhig auf der Bank herum. Holte tief Luft und sagte: „Ich krieg noch Geld von dir.“ Lauernd fügte sie hinzu: „Da denkst du doch dran?“ Daje sah Meta solange in die Augen, bis sie ihren Blick senkte. Langsam aufstand und meinte: „Ich muss schließlich auch sehen, wo ich bleib.“ Daje stand auf. Ging zur Tür und öffnete sie weit. Während die Kälte auf leisen Sohlen ins Haus kam, betonte sie mit erhobenem Kopf: „Ich bin noch niemandem etwas schuldig geblieben!“ Meta zog die Schultern ein und lief mit gerafften Röcken an ihr vorbei, durch den knirschenden Schnee, davon.
Daje warf die Tür hinter ihr zu und ging zum Sessel zurück. Ließ sich schwer hineinfallen und stieß hervor: „Dieses raffgierige Weib.“ Kummer und Trauer stiegen in ihr auf. Marleen kam herein. Stellte fest: „Meta ist aber schnell wieder gegangen!“ Daje antwortete nicht. Erst als Marleen ihr unbeholfen die Hand auf die Schulter legte, fand sie die Kraft, den Blick zu heben. Das besorgte Gesicht ihrer Tochter zeigte ihr, dass sie sich nicht gehenlassen durfte. Sie wischte sich über die Augen und ordnete an: „Du wäschst bitte endlich die Wäsche aus, bevor sie anfängt zu stinken. Und ich werde zusehen, dass das Essen fertig wird.“

9. Kapitel

Gastwirt Gerd Harms saß in Esens am Pult in seinem Kontor und las im „Anzeiger für Harlingerland“, dass sich durch den Schnee die Lieferungen mit der Küstenbahn verzögerten. Gerd erwartete einige Fässer Bier aus Jever und Wein aus einer hessischen Region. Nun hoffte er, dass sie noch vor dem Fest eintrafen. Er sah von der Zeitung auf, als der Postbote mit dem Gruß: „Moin, Harms“, hereinkam. Er las die Adressen auf den Kuverts, bevor er sie dem Gastwirt reichte. „Heute ist nicht viel für Sie dabei. Eigentlich nur

Rechnungen." Er reichte sie Gerd. Einen behielt er in der Hand. „Aber ich hab hier einen Brief vom Deich für Sie. Absender ist die Mutter Ihrer Dienstmädchen." Gerd Harms kannte den Boten seit langem und auch seine Neugier. „Danke, Kloster", sagte er, während er den Brief aus Norddeich in der Hand hin und her drehte. „Hm", schätzte er laut, „muss wohl etwas Wichtiges sein. Warum sonst sollte die Mutter mir schreiben?" Kurz entschlossen schlitzte er mit seinem Brieföffner das Kuvert auf. Faltete den Inhalt auseinander und las. Betroffen meinte er: „Ach je, die arme Frau! Als hätte sie es nicht schon schwer genug, mit den vielen Kindern." Besorgt dachte er darüber nach, wie Frau Fischer deren Unterhalt in Zukunft ohne das Einkommen ihres Mannes sichern wollte. Der Reichskanzler Bismarck hatte zwar in seiner Regierungszeit zusammen mit Kaiser Wilhelm die Sozial- und Rentenversicherung eingeführt, aber würde die auch in Frau Fischers Fall zahlen? Gerd war so in Gedanken, dass er ganz vergaß, dem Postboten den üblichen Schnaps anzubieten. Kloster wartete noch einen Moment. Doch Harms schien seine Anwesenheit vergessen zu haben. Der Bote tippte kurz an seine Mütze und ging hinaus.

Gerd trat zu der Klingel, die mit der Küche verbunden war, und zog an dem Strang. Wenig später erschien Okka. Knickste und fragte höflich: „Möchten Sie Ihren Tee?" Gerd zog die goldene Taschenuhr aus seiner Westentasche. Meinte erstaunt: „Du hast recht. Es ist Teezeit. Meine Frau schläft noch?" Okka verneinte. „Sie kleidet sich gerade an. Ich soll Ihnen ausrichten, dass sie den Tee nicht mit Ihnen trinkt, sondern nach Holtgast zu Ihrer Tochter fahren möchte." Harms' hatten zwei Töchter, die beide mit Großbauern verheiratet waren. Eine in Holtgast, die andere in der Stadt Jever. Seine Frau besuchte ihre Mädchen abwechselnd einmal in der Woche. Harms nickte gedankenverloren. Murmelte dann: „Ach ja, stimmt. Das hat sie ja heute Morgen schon gesagt." Dann hob er den Kopf. Steckte die Uhr zurück und meinte: „Nun gut. Dann bring den Tee und deine Schwester gleich mit. Ich habe euch etwas zu sagen." Schwer ließ er sich zurück in seinen Lehnstuhl fallen. Vor vielen Jahren waren seine Eltern verstorben.

Er wusste noch, wie traurig er nach deren Tod gewesen war und hoffte, dass die Mägde die Nachricht mit Fassung trugen.
Okka kam mit Line und dem Teetablett zurück. Sie stellte es auf sein Pult und blieb mit ihrer Schwester in gebührendem Abstand stehen. Um seinen Auftrag gegenüber seinen Dienstmädchen zu erfüllen, erhob sich Gerd. „Ja, also", begann er zögernd. Nahm den Brief in die Hand und erklärte: „Ich habe Post von eurer Mutter bekommen." Die jungen Frauen wechselten einen überraschten Blick, denn meistens schrieb die Mutter ihnen persönlich. Harms fuhr fort: „Leider muss ich euch mitteilen, dass euer Vater auf See verunglückt und dabei verstorben ist." Mit einer leichten Verbeugung gab er ihnen die Hand. „Mein herzlichstes Beileid." Okka und Line sahen sich entsetzt an. Ihr Vater war tot? Aber er sollte doch zu Weihnachten nach Hause kommen. Harms wich den Blicken der Frauen aus, indem er den Brief noch einmal las. Diesmal bis zum Schluss. „Aber es gibt auch eine gute Nachricht: Ihr habt einen Bruder bekommen. Er heißt Keno." Line räusperte sich und fragte: „Möchte unsere Mutter, dass wir sofort nach Hause kommen?" Gerd sah auf den Brief und meinte: „Nein. Eure Mutter schreibt, dass es reicht, wenn ihr wie geplant zu Weihnachten nach Hause kommt. Außerdem können wir euch in der Vorweihnachtszeit sowieso nicht entbehren. Es muss noch gebacken und geputzt werden. Das Essen vorgekocht und die Gardinen in der Gaststube gewaschen werden." Er machte eine Pause und fuhr dann fort: „Am besten nehmt ihr die Bahn am Heiligen Abend. Ich werde eurer Mutter eine Trauerkarte schicken und ihr eure Grüße ausrichten."
Okka und Line knicksten und zogen sich in die Küche zurück. Still in ihre Gedanken versunken, verrichteten sie ihre Arbeit, denn beide wussten nicht, wie sie mit der Nachricht umgehen sollten. Ihr Vater hatte ihnen nie so nahe gestanden. Und wie ihre Mutter mit dem Verlust umgehen würde, konnten sie nicht einschätzen.

Am Morgen des Heiligen Abends kam ihr Dienstherr zu Line und Okka in die Küche. Er legte einige Päckchen auf den Tisch. „Für euch und eure Familie. Meine Frau lässt ausrichten, dass ihr nach dem zweiten Weihnachtstag wieder hier sein müsst. Wir haben Silvester ja eine Gesellschaft. Dafür brauchen wir jede Hand.“ Die Mädchen versprachen es. Er sah in ihre ernsten Gesichter und überlegte, wie er sie auf andere Gedanken bringen konnte. Während er über sein rundes Kinn strich, meinte er: „Hab ich euch eigentlich schon mal erzählt, dass ich damals mit meinem Vater und einigen anderen Esenser Bürgern die allererste Fahrt der Küstenbahn mitgemacht habe?“ Die jungen Frauen schüttelten den Kopf, während sie das Frühstücksgeschirr spülten und abtrockneten. Er setzte sich an den Tisch. Lehnte sich gemütlich zurück. Faltete seine Hände über dem ausladenden Bauch und begann: „1883 war das. Es war ein historisches Ereignis für uns und ich weiß noch, wie aufgeregt alle waren, als wir in den Norder Bahnhof einfuhren.“ Er zögerte kurz, bevor er eifrig fortfuhr: „Schließlich hatte es lange gedauert, bis diese Bahnlinie genehmigt worden war. Für die Handelsleute war das ein großer Gewinn, müsst ihr wissen. Endlich konnten sie ihre Waren mit der Bahn transportieren lassen.“ Okka stellte die Teller in die große Anrichte zurück. Wischte anschließend mit einem Lappen über den Tisch.“ Er beugte sich vor. Stützte seine Arme darauf und fuhr fort: „Wir wurden nach der fast zweistündigen Fahrt mit Applaus begrüßt. Der Bürgermeister der Stadt …“ er überlegte kurz. Meinte dann: „Johannes Adalbert König, hieß der damals, hielt eine Rede und dann gab es für alle Doornkaat.“

Okka und Line waren mit dem Abwasch fertig. Mussten jedoch noch das Mittagessen vorbereiten. Ihr Dienstherr schien Zeit zu haben. Line setzte sich zu ihm. Begann die gekochten Kartoffeln zu pellen. Okka schnitt sie in Scheiben. Dann goss sie gut gewürzte Fleischbrühe darüber. Gab Schinken- und klein geschnittene Zwiebelwürfel dazu. Vorsichtig wendete sie den Salat. Bis zum Abend würde er gut durchgezogen sein. Gerd Harms saß tief in Gedanken versunken. Er dachte an den heftigen Schwips, mit dem die Esenser damals die Rückfahrt angetreten hatten. Doch das, sagte er sich, behielt er besser für sich. Langsam stand er auf und sagte: „Ich wünsche euch eine gute Heimfahrt und verlasse mich darauf, dass ihr am zweiten Feiertag zurückkommt.“

Nachdem ihr Dienstherr hinausgegangen war, atmeten Line und Okka auf. Sie beeilten sich mit ihrer Arbeit und erreichten pünktlich den Mittagszug. Mit anderen Fahrgästen saßen die jungen Frauen in einem Waggon, dessen Scheiben zugefroren waren, sodass die verschneite Landschaft ihren Blicken verborgen blieb. Die Bahn ratterte und holperte über die Gleise. Hielt quietschend am Bahnhof in Holtgast und nahm noch ein junges Paar auf. Sie hielten sich an der Hand und setzten sich dicht nebeneinander auf eine Bank. Warfen sich immer wieder verliebte Blicke zu und schienen alles um sich herum vergessen zu haben. Line sah das mit Neid. Wie gern wäre sie an Stelle der jungen Frau gewesen. Leise seufzend wandte sie ihren Blick von dem Paar ab. Langsam nahm die Bahn wieder Fahrt auf, um in Hage anzuhalten. Halb erfroren kamen sie am Nachmittag am Bahnhof in Norden an. Da sie den Fahrschein nur bis Norden gelöst hatten, gingen sie den Weg zum Deich zu Fuß.

Überrascht stellten Okka und Line fest, dass die Stimmung bei ihnen daheim nicht anders war als all die Weihnachten zuvor. Nur das schwarze Band um das Bild ihres Vaters war neu. Ihre Mutter sprach jedoch weder über den Vater noch darüber, was passiert war. Da die Mädchen wussten, dass Daje nicht gern über Gefühle sprach und am liebsten alles mit sich allein ausmachte, fragten sie nicht nach. Erst als Okka wie jedes Jahr den Baum schmücken wollte, sagte Daje leise: „Vater hat doch immer einen besorgt. Und ich hab nicht daran gedacht. Tut mir leid.“ Bestürzt gewahrte Okka den feuchten Schimmer in den Augen ihrer Mutter. Hastig sagte sie: „Das ist doch nicht so schlimm. Haben wir eben keinen Baum.“ Daje drückte ihre Hand und versprach: „Aber dafür gibt es ein gutes Essen.“ Sie hatte ein Stück des Schinkens aufgeschnitten, den Peter nach Kenos Unfall mitgebracht hatte. Damit den Zwiebelstipp angereichert.
Am Nachmittag klopfte es an der Tür. Das Geräusch ging unter im Gekreische der Kinder, die Marleen gerade der Reihe nach in der Zinkwanne vor dem Herd badete. Als es erneut, diesmal kräftiger klopfte, sahen die Frauen sich erstaunt an. In Daje wallte ein Gefühl der Hoffnung auf. Sollte Keno doch … War alles vielleicht ein Irrtum,

so wie Emma vermutet hatte? Mit einem Ruck und stark klopfendem Herzen riss sie die Tür auf. Zu ihrer Ernüchterung stand dort nicht Keno, sondern Hagen. Neben ihm ein junger Mann, der einen Seesack über der Schulter trug. Hagen trug einen Nadelbaum, den er in letzter Minute an einem Marktstand in der Stadt ergattert hatte. Er übergab ihn Daje mit den Worten: „Hab mir schon gedacht, dass ihr keinen ..." Das letzte Wort ging im Jubel der Kinder unter, die vor Freude hüpften und sich herzlich bei ihm bedankten. Daje ließ auch den jungen Mann eintreten. Obwohl es ihr nicht recht war, dass Hagen am Heiligen Abend und dazu noch unangekündigt einen Fremden mitbrachte. Sie bat die Männer am Tisch Platz zu nehmen.
Hagen zeigte auf den jungen Mann und erklärte: „Das ist Gedo aus Emden. Er war mit Keno auf der Bark." Okka öffnete nach einem flüchtigen Blick auf die Männer eine Lade unter einer der Butzen, in der unter anderem der Baumständer verwahrt wurde. Marleen hatte gerade Eggo fertig gebadet und angezogen. Sie scheuchte die Jungen mit Adda und Mina in den Stall und zog die Tür hinter ihnen zu. Gleich darauf konnten sie hören, wie sie sich kichernd bemühten, abwechselnd durchs Schlüsselloch zu sehen. Als Line ein Tuch davor hängte, entlockte das enttäuschte Gemurmel auf der anderen Seite allen ein Lächeln. Gedo verfolgte das Geschehen interessiert. Auch bei ihm daheim ging es so lebhaft zu. Auf See hatte er es sehr vermisst. Daje saß bei den Männern und überlegte, was sie ihnen anbieten sollte. „Möchtet ihr Tee oder einen Schnaps?" Hagen antwortete: „Ich hätte gern einen Schnaps. Und ich glaube, Gedo kann auch einen vertragen." Daje gab Marleen ein Zeichen. Gleich darauf standen Gläser und die Schnapsflasche auf dem Tisch. Daje schenkte ein und sagte zu ihren Töchtern: „Geht ihr bitte nach euren Geschwistern gucken?"
Als sie hinausgegangen waren, erhob sich Hagen. Trat an die Lade, in der das Neugeborene mit geöffneten Augen lag. Er nahm es heraus und sagte ihn vorstellend: „Das ist der kleine Keno." Gedo strich dem Kind vorsichtig über die Wange und erzählte: „Ich habe deinen Vater gekannt, kleiner Mann. Er war ein guter Matrose." Daje betrachtete den jungen Matrosen. Schenkte die Schnapsgläser noch einmal voll, bevor sie fragte: „Weißt du, wie das Unglück passiert ist?" Gedo sah

zu Hagen. Als der aufmunternd nickte, begann er: „Ja, ich war dabei.“ Und dann erzählte er: „Wir waren nur noch drei Tage von Hamburg entfernt. Lagen gut vor dem kräftigen Wind, der uns rasch voranbrachte.“ Er überlegte, dann fuhr er fort: „Am Morgen des Unglücks hatte der Maat Order gegeben, rein Schiff zu machen.“ Wieder unterbrach er sich. Gedo sah Daje in die Augen. In ihrem Blick lag Hoffnung. Doch er musste sie zunichte machen und so berichtete er hastig weiter. „Keno schrubbte zusammen mit mir das Deck, als der Wind plötzlich zu einem Orkan wurde. Wir versuchten noch die Segel zu reffen. Aber als der Kapitän sah, dass wir gegen das Unwetter nichts ausrichten konnten, gab er den Befehl, uns unter Deck in Sicherheit zu bringen.“ Gedo nahm sein Glas und stürzte den Schnaps auf einmal hinunter. Er räusperte sich kräftig und fuhr fort: „Wir hatten es fast geschafft. Doch dann brach ein Mast. Er erwischte Keno und fegte ihn über Bord.“ Daje sah ihn mit feuchten Augen stumm an. Gedo blickte unsicher zu Hagen. Der junge Matrose hatte sich auf dem Weg zum Deich genau überlegt, was er sagen wollte. Aber jetzt war er sich nicht mehr sicher, ob er die richtigen Worte gefunden hatte. Hagen nickte ihm zu und meinte: „Es war höhere Gewalt, Daje. Keiner konnte etwas dafür.“

Daje streckte die Hand aus. Legte sie dem jungen Mann auf den Arm und sagte leise: „Danke, dass du gekommen bist.“ Gedo stand auf und holte den Seesack von der Tür, neben die er ihn gestellt hatte. „Darin sind Kenos persönliche Sachen. Und auch …“ Geschenke, hatte er sagen wollen. Doch Hagen unterbrach ihn: „Du wirst ja sehen, was noch darin ist. Wir müssen jetzt gehen. Gedo muss den letzten Zug erreichen. Und Marie erwartet mich.“ Der Matrose reichte Daje die Hand. „Ich wünsche Ihnen trotz allem ein schönes Fest, Frau Fischer.“ Während die Männer durch die verschneite Landschaft davongingen, begleitete Hagen das aufgeregte Kichern von Dajes Kindern. Und betrübt dachte er an sein eigenes, schmuckes, doch so stilles Haus im Dorf. Denn auch wenn Daje ihren Mann verloren hatte, blieben ihr wenigstens die Kinder. Gedo dagegen hoffte, den letzten Zug Richtung Emden zu erreichen, damit er das Fest mit seiner Familie feiern konnte.

10. Kapitel

Daje schloss die Tür hinter den Männern. Gedos Worte hatten den letzten Hoffnungsschimmer in ihr gelöscht. Keno würde nie mehr zurückkommen. Sie holte tief Luft. Schnäuzte sich die Nase und verdrängte den Gedanken für den Moment. Mit einem Kienholz entzündete sie die Kerzen am Baum, den Okka mit Äpfeln, Strohsternen und den selbstgezogenen Stearinkerzen weihnachtlich geschmückt hatte. Sie legte Torf im Ofen nach. Zwar besaßen sie nicht viel und waren in Trauer. Das Schicksal hatte unvermittelt, grausam zugeschlagen. Trotzdem sollte das Weihnachtsfest für die Kinder schön werden. Die brennenden Kerzen verbreiteten ein warmes, sanft flackerndes Licht, das dem einfachen Raum Glanz verlieh. Daje prüfte, ob alle Geschenke, in Zeitungspapier verpackt und mit Wolle verschnürt, unter dem Baum lagen. Sie nahm Kenos Seesack hoch. Überlegte kurz, ob sie ihn öffnen sollte. Doch dann stellte sie ihn erst einmal hinter den Baum. Sie würde den Inhalt in einer stillen Stunde durchsehen. Mit der Hand strich sie das weiße Tischtuch glatt, das nur zu besonderen Anlässen aus ihrer Hochzeitstruhe geholt wurde. Dann läutete sie das Weihnachtsglöckchen.

Ehrfürchtig betraten die Kinder den Raum. Bestaunten mit großen Augen den Weihnachtsbaum. Stumm standen sie, bis Adda mit fester Stimme begann: „Von draußen vom Walde komm ich her. Ich muss euch sagen, es weihnachtet sehr.“ Sie sagte das Gedicht von Anfang bis zum Ende auf. Daje strich ihr kurz übers Haar. Sagte liebevoll: „Das hast du gut gemacht, mein Kind.“ Doch als die Mädchen das Lied „O Tannenbaum“ anstimmen wollten, schüttelte sie energisch den Kopf. „Vergesst nicht, dass wir in Trauer sind. Wir werden nicht singen, sondern eine Minute eurem Vater zu Ehren schweigen.“ Beschämt, weil sie in ihrer Weihnachtsfreude nicht mehr an das Unglück gedacht hatten, standen die Kinder einen Moment sprachlos da. Ihre Verlegenheit währte indes nur kurz. Als Daje ihnen ihre Geschenke gab, die Strümpfe, die neuen Kleider für ihre Puppen und die Strickja-

cken, überschlugen sie sich fast vor Freude. Zeigten sich gegenseitig, was sie bekommen hatten. Auch Okka und Line holten ihre Geschenke unter dem Baum hervor. In den Paketen ihres Dienstherren waren neue Schürzen, Strümpfe und Kopfkissenbezüge. Für ihre Brüder zwei bunte Blechautos. Tee, Kluntjes und Karamellbonbons für die restliche Familie. Auch über die von Marie gebackenen Weihnachtsmänner aus Lebkuchenteig freuten sie sich. Daje bekam ein Überhandtuch, das von Okka liebevoll mit dem Spruch „Morgenstund hat Gold im Mund“ bestickt worden war. Line, der fürs Handarbeiten das Talent fehlte, übergab ihrer Mutter eine hübsch bemalte Vase.
Okka, auf Genauigkeit bedacht, schaute, ob alle Päckchen geöffnet worden waren und fand den Seesack hinter dem Baum. Sie streckte ihn Daje hin und sagte: „Schau, Mutter. Nun hättest du fast Vaters Seesack vergessen, den der junge Mann vorbeigebracht hat.“ Schon standen alle Kinder erwartungsvoll um sie herum. Thore meinte: „Warum machen wir den nicht auf, Mutter? Vielleicht sind da Geschenke für uns drin. Vater hat uns zu Weihnachten immer etwas mitgebracht.“ Daje gab nach. „Nun gut! Dann öffnen wir ihn eben jetzt.“ Sie löste die Schnur. Und dann sahen die Kinder mit offenem Mund zu, wie sie aus Kenos verbliebener Habe drei kleine Puppen hervorzog. Bunt gekleidet, mit pechschwarzem Haar und braunen Gesichtern. Adda, Mina und Teela strahlten, als sie ihnen die Püppchen reichte. Als nächstes zog Daje einige mit Vögeln, Fischen und Seemotiven bedruckte Seidentücher heraus. Sie gab Line, Okka und Marleen je eins. Das vierte behielt sie für sich. Zum Schluss fand sie kleine geschnitzte Tierfiguren aus Holz. „Die sind sicher für euch“, vermutete sie, bevor sie den Jungen die Tiger, Löwen und Elefanten reichte.
Thore staunte ehrfürchtig. Mina schluchzte mit tränenüberströmtem Gesicht: „Vater hat für uns alle Geschenke gekauft! Er wollte sie uns selber geben. Und nun …?“ Über die Gesichter ihrer Geschwister kullerten ebenfalls Tränen, als ihnen bewusst wurde, dass der Vater tatsächlich nie wiederkommen würde. Dass sie sein Vermächtnis in den Händen hielten. Daje schluckte den Kloß in ihrem Hals herunter. Räusperte sich und erklärte: „Freut euch, dass seine Gaben trotzdem den Weg zu uns gefunden haben. Haltet sie in Ehren.“ Sie räumte den

Sack zur Seite. „Jetzt werden wir essen. Den Rest packe ich ein anderes Mal aus."
Wenig später saßen alle um den Tisch herum. In die feierliche Stille, die dem von Daje gesprochenen Gebet folgte, platzte Thore, der sehr nachdenklich dagesessen hatte mit der besorgten Frage: „Muss Vater wohl in der kalten See frieren?" Seine Geschwister ließen erschrocken ihre Hände sinken. Sahen vorsichtig zu ihrer Mutter hinüber. Auf deren Gesicht erschien ein betroffener und zugleich ratloser Ausdruck. Bevor Daje eine passende Antwort fand, versicherte Marleen mit ruhiger, fester Stimme: „Nein, das muss er sicher nicht. Vater ist beim lieben Gott. Er sitzt dort auf einer Wolke und sieht uns zu. Dabei freut er sich, dass es uns so gut geht und wir seine Geschenke bekommen haben." Ihre Geschwister atmeten auf. Für sie alle war diese Vorstellung sehr tröstlich. Daje warf Marleen einen dankbaren Blick zu. Auch Thore schien die Antwort zu genügen. Er fragte nicht weiter.

Als ihre Söhne glücklich und müde in ihren Butzen lagen und der Abwasch erledigt war, setzte Daje sich zu ihren Töchtern an den Tisch. Stillte den Kleinen, während sie den Erzählungen über ihren Alltag in Esens lauschte. „Alle vierzehn Tage haben wir unseren freien Nachmittag", berichtete Line. „Meistens treffen wir dann am Drostentor oder am Friedhof der Sankt-Magnus-Kirche, die anderen Dienstmädchen. Mit denen unterhalten wir uns gern." Sie erwähnte nicht die männlichen Dienstboten und Knechte, die ebenfalls am Drostentor herumlungerten. Dabei hofften, ein williges Mädchen zu treffen. Line warf einen schnellen Blick zu Okka. Doch die hatte nicht zugehört. Sie stopfte umsichtig die Löcher in einem Strumpf, den sie aus Dajes Handarbeitskorb genommen hatte.
Marleen hörte interessiert zu. Schließlich musste sie selber bald in Stellung gehen. Da war es gut, wenn man in etwa wusste, was einen erwartete. „Schimpft die Herrschaft oft mit euch? Wenn ihr zum Beispiel etwas falsch macht?" Line verneinte. „Nur, wenn sie Kopfschmerzen hat. Dann geht man ihr besser aus dem Weg." Sie überlegte und fuhr dann fort: „Frau Harms ist allerdings viel strenger mit uns als ihr Mann. Er ist gutmütig und freundlich und erzählt gerne

Geschichten. Sie denkt immer nur darüber nach, was die Leute wohl sagen könnten. Trägt uns ständig auf, dass wir uns in der Öffentlichkeit benehmen sollen." Sie äffte die Stimme ihrer Herrschaft nach und warnte mit erhobenem Finger: „Keine Liebeleien! Dass mir keine Klagen kommen." Ihre Schwestern lachten. Marleens Blick ruhte nachdenklich auf Line. Sie fragte sich, wie die Menschen auf dem Gutshof Ahlers wohl waren. Daje räusperte sich. Empfahl, ihre Töchter der Reihe nach ernst ansehend: „Man muss seine Pflicht tun. Freundlich und bescheiden sein. Dann wird man auch gut behandelt." Line wusste es besser: „Das stimmt nicht immer, Mutter. Ich kenne Mägde, die nett und freundlich sind, und trotzdem nicht gut behandelt werden. Wir haben eben Glück gehabt mit unseren Dienstherren." „Das ist ja schön für euch", gab Daje zu, „dann wollen wir mal hoffen, dass Marleen es bei Ahlers auch gut haben wird."

Okka war müde. Sie stand auf und wünschte: „Gute Nacht! Ich leg mich schlafen." Sie und Line hatten sich ein Lager auf dem Heuboden aufgeschlagen. Marleen bat ihre Mutter: „Darf ich auch dort schlafen?" Daje hatte nichts dagegen. Meinte nur: „Aber nicht mehr so lange klönen." Die drei jungen Frauen stiegen die kurze Treppe hinauf. Legten sich ins Heu, das auf ihrer Haut piekste und etwas muffig roch. Doch das störte sie nicht. Nachdem sie eine Decke über sich gebreitet und die richtige Liegeposition gefunden hatten, erzählte Line: „Weißt du, Marleen, beim Spazierengehen in Esens hat sich schon manches Paar gefunden. Vielleicht treffe ich meinen Zukünftigen ja auch mal am Drostentor, oder an der Kirche oder sonstwo. Wir werden ja sicher noch länger dort arbeiten. Und dann …" Sie dachte an das verliebte Paar in der Bahn und seufzte sehnsüchtig. Dann drehte sie sich auf die Seite und stellte sich schlafend. Okka hatte sich schon längst auf die Seite gerollt. Sie kannte die Hoffnungen ihrer Schwester zur Genüge und konnte sie nicht mehr hören. Marleen war enttäuscht, dass Line ihren Satz nicht beendet hatte, aber da ihre Schwestern schliefen, schloss sie ebenfalls die Augen. Line horchte auf die gleichmäßigen Atemzüge. Dann drehte sie sich vorsichtig auf den Rücken zurück. Verschränkte die Arme hinter ihrem Kopf und sehnte sich nach einem Mann, der sie freite.

Line und Okka waren trotz des Sturms, der seit dem ersten Weihnachtsfeiertag über das Land brauste, mit der beängstigend schwankenden Bahn nach Esens zurückgefahren. „Wir müssen, Mutter!" hatte Line auf Dajes Einwand: „Und wenn euch etwas passiert?", beteuert: „Unsere Herrschaft braucht uns in der Gastwirtschaft." Daje hoffte, dass sie gut angekommen waren. In der Silvesternacht saß sie mit Marleen und Teela am Tisch, während die Kleinen seit Stunden schliefen. Sie tranken stark verdünnten Grog mit dem Rum, den Keno letztes Jahr mitgebracht hatte. Marleen schlug vor: „Wir sollten uns etwas wünschen! Aber wir dürfen die Wünsche nicht laut sagen." Daje hielt das für einen guten Vorschlag. „Schön", sagte sie, „dann schließt eure Augen und stellt euch vor, was ihr vom neuen Jahr erwartet." Daje hatte ursprünglich drei Wünsche gehabt. Der erste war, dass sie ihre Kinder auch im nächsten Jahr satt bekam. Der zweite, dass alle gesund blieben. Ihr dritter Wunsch hatte sich nach Gedos Besuch erübrigt: Was Keno betraf, gab es nichts mehr zu wünschen. Marleen wünschte sich, dass die Zeit bei Ahlers schnell vorüberging, damit sie ihre Lehre zur Schneiderin beginnen konnte. Teela hatte keine Wünsche. Sie pickte eifrig mit dem Finger die Krümel der Neejohrskoken aus der Schale, die vor ihr stand.

11. Kapitel

1903

Januar

Gerade wurde es hell, als Daje mit Marleen und Teela in die Stadt aufbrach. Adda und Mina hatten Winterferien und waren bei den Jungen zu Hause geblieben. Daje wollte in der Stadt Holz kaufen. Damit das Feuer unter dem Waschtopf füttern und den restlichen Torf für das Heizen im Haus behalten. Zufrieden sah sie, dass der Schnee wegtaute, und wie Heiko sagte, ein milder Januar bevorstand. Sie musste schmunzeln, als ihr bewusst wurde, wie sehr sie sich auf seine Vorhersagen verließ. Während sie hinter den Mädchen die Norddeicher Straße herunterlief, dachte sie über ihre finanziellen Mittel nach. Kenos letzte Heuer war mit der Reichspost gekommen. Auch eine kleine Entschädigung hatte die Reederei in Hamburg ihr geschickt, weil es ein Unfall gewesen war. Davon hatte sie zuerst die Schulden bei Meta bezahlt und sich geschworen, nie wieder dort anschreiben zu lassen. Alles in allem würden sie mit dem restlichen Geld und dem, was sie mit dem Waschen auf Meiers Hof und ihren beiden Putzstellen verdiente, auskommen. Aber danach…

Die Mädchen ahnten nichts von den Überlegungen ihrer Mutter. Sie freuten sich herauszukommen. Denn in die Küstenstadt gingen sie nur am Sonntag zum Kirchgang oder zum Beestmarkt, der einmal jährlich stattfand. In der Stadt angekommen, liefen sie in die Brückstraße zu Holzhändler Strohmann. Der junge Herman, der zusammen mit seinem Vater Dodo das Geschäft führte, begrüßte sie freundlich. Auch er wusste von dem Unglück, das die Familie getroffen hatte. Betrübt sagte er: „Nun sitzt du allein da mit deinen Kindern.“ Mit einem leichten Schulterzucken fügte er bedächtig hinzu: „Aber was sollst du dich grämen: ist nun mal dein Schicksal.“ Er betrachtete sie interessiert. Trotz ihrer zahlreichen Geburten und ihres fortgeschrittenen Alters war sie noch recht ansehnlich. Konnte sicher den einen oder anderen Mann für sich interessieren. Vielleicht einen Witwer, überlegte er. Sie könnte ihm den Haushalt führen und wäre wieder versorgt. Sein Gesicht hellte sich auf, als er Teela und Marleen betrachtete. Angetan stellte er fest: „Moi Wichters hest du. Mussen se neet in Stellung?" „Ja“, sagte Daje: „Marleen fangt bi Ahlers in Westermarsch an un Teela het noch Tied.“ Er überlegte einen Moment, dann fragte er zögernd: „Bi Ahlers …? Worum daar? Bi Jerusalem söken se een Magd. Wor dat ne beter för se?“ Daje wehrte ab. „Se sall up de Good woll klor worn.“ Er hob die Schultern. „Wenn du dat meenst. Must sülms weten.“ Er legte ihnen einen großen Sack Brennholz in den Handwagen. Daje bezahlte den überraschend niedrigen Preis. Er zwinkerte ihr zu und meinte: „All good. Koop din Kinner wat dorför.“

Die Mädchen fassten die Griffe des Handwagens und wenig später liefen sie den Neuen Weg hinauf. Marleen ging sehr nachdenklich neben ihrer Mutter her. Als sie fragte: „Mutter?“, hörte Daje es zwar, spürte aber gleichzeitig, wie ihr die Milch in die Brüste schoss. Sie begann schneller zu laufen. Marleen passte sich ihren Schritten an. „Mutter, bitte, können wir noch bei Sührmann wegen einer Lehrstelle fragen?“ Daje stieß ein unwilliges Schnauben aus. „Kind“, rügte sie, „hör endlich damit auf! Du bist auf dem Gut für ein Jahr bestellt. Das ist Pflicht und kann man nicht absagen.“ Der scharfe Ton ließ Marleen beleidigt schweigen. Teela trottete hinter ihnen her. Mit großen Augen blieb sie vor einer Konditorei stehen. Die dort ausgestellten Torten, Pralinen und Kuchen ließen ihr das Wasser im Munde zusammenlaufen. „Hier würde ich gerne arbeiten!“, rief sie laut: „dann dürfte ich bestimmt mal die eine oder andere Köstlichkeit naschen.“ Marleen hatte ihre Worte gehört. Schließlich waren sie laut genug gewesen. Sogar einige Passanten drehten sich zu ihrer Schwester um. Marleen dachte mit innerlichem Augenverdrehen, dass ihre Schwester wirklich nur ans Essen dachte. Sie dagegen hatte ein richtiges Ziel. Und das würde sie erreichen, da konnte kommen, was wollte.

Etwas später bogen sie in die Osterstraße ein. Bei der Apotheke gegenüber der Gaststätte „Jerusalem“ blieb Daje stehen und sagte: „Ich geh eben Waschsoda kaufen. Ihr wartet hier und benehmt euch!“ Während sie das Gebäude betrat, schauten die Mädchen interessiert die vorbeigehenden Leute an. Es waren überwiegend Frauen, die ihre Einkäufe erledigten. Marleen betrachtete aufmerksam deren Kleidung. Schwarze Baumwollröcke mit weißen Blusen und darübergebundenen Tüchern. Auch ihre Hauben waren von einem tristen Schwarz. „Wie langweilig sie alle gekleidet sind“, dachte sie, als Teela sie anstieß und raunte: „Schau mal! Die Dame dort.“ Marleen hielt die Luft an. Starrte mit offenem Mund der Frau nach, die gerade an ihnen vorbeirauschte. Sie trug einen taubenblauen Mantel mit eng anliegendem, plissiertem Oberteil, schmaler Taille und weit fallendem, bodenlangen Rock. Dazu einen Schal, der über ihren Hut gebunden war und dessen Enden über ihren Rücken herab fielen. Marleens sehnsüchtiger Blick folgte ihr. „So einen Mantel möchte ich auch mal nähen." Teela warf ihr einen ungläubigen Blick zu. Meinte: „Dann musst du aber einen reichen Mann heiraten, der dir den Stoff dafür kaufen kann." Marleen lächelte nachsichtig. Antwortete überzeugt: „Dafür muss ich nicht heiraten. Ich werde für reiche Leute nähen. Die können sich solche Stoffe nämlich leisten." Teela musste lachen. „Glaubst du immer noch daran, dass du eine Schneiderlehre machen darfst?" Marleen hob stolz ihren Kopf. „Ja, das tue ich! Und ich werde es schaffen. Du wirst es schon sehen." Gleich darauf kam Daje aus der Apotheke und sie liefen zurück zum Deich.

12. Kapitel

Am zweiten Februar musste Marleen ihr Dienstjahr in der Westermarsch antreten. Und am zweiten Februar des folgenden Jahres würde es enden. In Marleens Augen war es jedoch reine Zeitverschwendung. Bevor sie aufbrach, versuchte sie erneut, Daje umzustimmen. „Mutter, bitte! Was soll ich auf dem Gut denn noch lernen? Ich kann doch schon alles." Zu ihrer Enttäuschung antwortete Daje: „Es wird dir nicht schaden zu sehen, wie es bei anderen Leuten zugeht. Wirst dort bestimmt viel fürs Leben lernen." Marleen stampfte leicht mit dem Fuß auf. „Gut, Mutter", sagte sie, „ich geh dort hin, aber anschließend werde ich Schneiderin." Daje hob eine Augenbraue. Sah ihr in die Augen und antwortete: „Das sehen wir dann. Jetzt erfüll erst einmal auf dem Gut deine Pflicht und denk immer daran: Reden ist Silber. Schweigen ist Gold. Sei bescheiden und gehorsam." Mit einem Tätscheln ihrer Schulter und den mahnenden Worten: „Mach mir keine Schande", schob sie ihre Tochter aus dem Haus. Marleen schlenderte, in der Hoffnung, ihre Mutter würde ihre Meinung doch noch ändern, betont langsam am Deich entlang. Nach einigen Metern

wandte sie sich noch einmal um. Doch Daje war bereits ins Haus zurückgegangen.
Tränen der Enttäuschung liefen Marleen über das Gesicht. Sie wischte sie mit einer ungeduldigen Geste fort. Lief schneller, während das taufeuchte Gras ihren Kleidersaum nässte. Ihr Trotz erwachte mit jedem Schritt, den sie sich weiter von ihrem Elternhaus entfernte. „Ich werde“, sprach sie laut vor sich hin, „das Jahr auf dem Gut durchstehen. Was auch immer mich dort erwartet. Und danach mache ich eine Schneiderlehre.“ Mit Schwung verlagerte sie das Gewicht ihres Koffers von der rechten in die linke Hand. Viel hatte sie nicht von zu Hause mitgenommen. Ein Nachthemd, ein weiteres Kleid, etwas Unterwäsche und ein Paar Hausschuhe. Lange Wollstrümpfe zum Wechseln. Den unvermeidlichen kratzigen Boostrock trug sie unter ihrem Kleid. Eine Bürste, die ihre im Moment zu festen Zöpfen geflochtenen Haare bändigen sollte, befand sich ebenfalls darin. Ein Stück Seife, in einen Waschlappen gewickelt, und ein Handtuch. Von ihren Schwestern wusste sie, dass sie von ihrem Dienstherren ebenfalls Kleidung bekommen würde.
Auf ihrem Weg ging sie an einigen Arbeitern vorbei, die an diesem milden Tag mit den Reparaturen am Deich beginnen wollten. Der Gezeitenstrom hatte am Deich genagt. Die Beschädigungen mussten mit Grassoden und Stroh ersetzt werden, bevor das Wasser oder der nächste Sturm weiteren Schaden anrichten konnten. Die Männer winkten ihr zu. Sie grüßte mit einem „Moin“ zurück. Auf dem Weg entlang des Deiches hatten die Ackerwagen und Kutschen tiefe Spuren hinterlassen. Ein Pferdewagen, beladen mit Milchkannen, die leise klirrend aneinander schlugen, kam Marleen entgegen. Sie sprang zur Seite. Der Mann hob dankend die Hand. Während er leise schnalzend die Pferde näher an den festeren Rand des Weges führte, rief sie: „Moin, können Sie mir sagen, wie weit es noch bis Gut Ahlers ist?“ Der Milchkutscher zeigte mit dem Daumen hinter sich. „Noch ungefähr vier Kilometer. Halt dich links, dann kommst du von allein hin.“ Marleen bedankte sich und wünschte ihm eine gute Weiterfahrt.
Schneller als erwartet stand sie vor der langen Einfahrt. Ein hölzerner Torbogen, auf dem der Name „Gut Ahlers“ stand, zeigte ihr, dass sie

am Ziel war. Mit schnellen Schritten und aufmerksamem Blick lief sie über den sauberen Vorplatz, auf dem vereinzelte Pfützen bewiesen, dass es in der letzten Zeit geregnet hatte. Marleens Selbstsicherheit geriet einen Moment ins Wanken. Alles war ungewohnt groß und fremd. Doch sie hatte sich vorgenommen, hinzunehmen, was auch immer sie erwartete. Sie lief zum Haupteingang. Stieg die Stufen bis zu der dunkelgrün gestrichenen, weiß gerahmten Haustür hinauf. Legte ihre Hand auf den schweren Messingtürklopfer. Schlug ihn mehrmals gegen das Holz. Wartend trat sie einen Schritt zurück. Zu ihrem Erstaunen wurde die Tür nur wenig später geöffnet. Eine sehr schlanke Frau, kaum älter als sie selbst, mit einem mageren, blassen Gesicht, bedachte sie mit einem Blick aus erstaunlich grünen Augen und der vorsichtigen Frage: „Was kann ich für dich tun?"
Sie hielt Marleen für eine der Bettlerinnen, die in diesem Winter täglich vor der Tür gestanden hatten und alle fortgescheucht worden waren. Dafür hatte Hilla, ihre Zofe, auf Befehl des Gutsherren gesorgt. „Wir haben nichts zu verschenken!", hatte er auf Tildas Bitte, doch großzügiger zu sein, getönt. „Soll das Pack doch arbeiten gehen. Mir schenkt auch keiner etwas." Obwohl Tilda kaum noch aus ihrem Zimmer herauskam, wusste sie, dass es im Winter keine Arbeit gab. Voller Mitleid sah sie die Menschen vom Hof schleichen. Hätte dann am liebsten ihr Fenster geöffnet. Sie zurückgerufen und ihnen ein Stück Brot in die Hand gedrückt. Tilda tat es nicht und verachtete sich dafür. An diesem Morgen fühlte sie sich mutiger als sonst. Vielleicht war sie deshalb zur Tür gegangen. Ein Stück Brot in der Tasche ihres Kleides versteckt, falls wieder eine hungrige Person um Essen bitten sollte. Denn, auch wenn die Temperaturen inzwischen stiegen, würde es noch eine ganze Weile dauern, bis die Feldarbeiter wieder Geld verdienten.
Doch die junge Frau vor der Tür sah nicht hungrig aus. Im Gegenteil. Sie wirkte gesund und kräftig. Marleen hielt die Gutsherrin für eine Magd. Schließlich hatte sie die Vorstellung, dass die Herrin des Anwesens in ein schönes kostbares Kleid gewandet sein musste. Nicht in ein schlichtes dunkles, das ihr darüber hinaus viel zu weit war. Sie beschloss, dass sie einer Magd gegenüber keine übertriebene Höflich-

keit zeigen musste. Erklärte selbstbewusst: „Ich bin Marleen und für heute hierher bestellt.“ Zu ihrem Erstaunen wich die Frau einen Schritt zurück. Legte ihre Hand auf die magere Brust, während ihre Augen sich weiteten und ihre Wangen noch blasser wurden. Innerhalb weniger Sekunden registrierte sie Marleens glänzendes Haar. Die klaren, blaugrauen Augen die den ihren standhielten, und den Schmelz der Jugend auf dem schmalen Gesicht. Mit einer für sie ungewöhnlich heftigen Handbewegung flüsterte sie: „Der Dienstboteneingang ist da hinten. Du musst nur ...“ Sie schwankte und Marleen, die befürchtete, dass die junge Frau jeden Moment zusammenbrach, sagte hastig: „Danke! Ich finde den Weg. Gehen Sie nur wieder hinein.“ Sie stieg die Stufen hinunter, während hinter ihr die Tür leise geschlossen wurde.

13. Kapitel

Marleen lief ein Stück um das Gebäude herum. Aus einem Fenster fiel helles Licht. Sie trat an die Tür daneben und klopfte. Als geöffnet wurde, schlug ihr Wärme entgegen und sie sah in das faltige, verschwitzte Gesicht einer, wie ihr schien, recht alten Frau. Über dem schwarzen Kleid trug sie eine weiße Schürze und auf dem Kopf eine gestärkte Haube. Ein prüfender Blick aus runden grünlichbraunen Augen fixierte sie, bevor sie sagte: „Du musst Marleen sein.“ Streng fügte sie hinzu: „Und du kommst spät! Wir haben schon gewartet.“ Ohne eine Entschuldigung abzuwarten, fuhr sie fort: „Ich bin Frau Freese.“ Sie zögerte, als ginge es die junge Magd eigentlich nichts an, bevor sie hinzufügte: „Die Mutter der Gutsherrin. Aber alle nennen mich Oma Siemke.“ Marleen knickste höflich, so wie Daje ihr geraten hatte, und trat in die Küche.

Mitten im Raum blieb sie stehen. Sah mit offenem Mund staunend um sich. Zu beeindruckend war der Anblick, der sich ihr bot. Sie sah auf die spiegelblanken kupfernen Töpfe über dem riesigen Herd. Die hohen Regale mit den vielen Tellern, Tassen, Schüsseln und Terrinen.

Den langen Tisch mit zwei passenden Bänken. Auf dem glänzend polierten Herd dampfte es aus verschiedenen Töpfen. Zwei junge Frauen saßen am Tisch und schnitten Gemüse klein. Sie tuschelten miteinander, bis Oma Siemke sie zur Ordnung rief: „Habt ihr nichts zu tun? Die Kartoffeln müssen auch noch geschält werden." Sofort verstummten die Mägde, die offensichtlich älter als Marleen waren und beugten sich eifrig über ihre Arbeit. Die Alte betrachtete sie einen Moment. Erklärte dann: „Die beiden albernen Weiber sind übrigens Else und Geeske." Marleen lächelte ihnen zu, wobei ihr auffiel, dass die eine blond und recht unscheinbar und die andere dunkel und ... Sie bremste ihre Gedanken. Dachte daran, was Daje dazu gesagt hätte: „Urteile nie nach dem Äußeren!" Marleen spürte, wie Oma Siemke sie von oben bis unten prüfend ansah. „Hast du Hunger?" Als sie heftig nickte, stellte sie ihr eine Scheibe Brot, die dünn mit Schmalz bestrichen war, und einen Becher Tee hin. Befahl: „Setz dich und iss. Danach zeige ich dir, was du zu tun hast."

Die Wärme des Tees munterte Marleen auf. Ließ ihr Selbstbewusstsein zurückkehren und ungefragt sagen: „Ich war zuerst an der Haupttür. Die Frau, die mir geöffnet hat, sah krank und traurig aus. Ist das auch eine Magd?" Else und Geeske starrten sie entsetzt an, bevor sie einen vorsichtigen Blick auf Oma Siemke richteten. Marleen hakte nach. „Ist das keine Magd? Wer war es denn dann?" Oma Siemke wusste im ersten Moment nicht, ob sie die Frage beantworten sollte. Denn normalerweise öffnete Hilla, die persönliche Zofe ihrer Tochter, die Tür. Doch die war weder blass noch kränklich, geschweige denn traurig. Es konnte also nur Tilda gewesen sein. Was die allerdings dazu gebracht hatte, nachdem sie seit zwei Jahren kaum aus ihrem Zimmer herauskam, war Oma Siemke ein Rätsel. Bisher hatte aber auch noch keine der Mägde gewagt, offen auszusprechen, was jeder sehen konnte. Dieses Mädchen schien anders zu sein. Um weitere Spekulationen von ihrer Seite im Keim zu ersticken, erklärte sie scharf: „Das war keine Magd, sondern die Gutsherrin. Doch es steht dir nicht zu, über ihr Aussehen oder ihr sonstiges Verhalten zu sprechen oder zu urteilen." Sie sah, wie Marleen zusammenzuckte und fuhr eine Spur sanfter fort: „Im Übrigen hast du nichts mit ihr zu tun. Ich bin für euch zuständig. Und“, sie klopfte den Löffel am Topfrand ab, „dass du es gleich weißt: Ich bin streng, aber gerecht und erwarte saubere Arbeit, die sofort zu erledigen ist.“ Sie legte den Löffel zur Seite. „So, und nun zeige ich dir, wo du schlafen kannst.“

Als sie hinausgingen, begannen Else und Geeske erneut zu tuscheln. Die Alte drehte sich an der Tür um und befahl: „Ihr macht gefälligst eure Arbeit. Wenn ich zurück bin, seid ihr fertig.“ Sie führte Marleen durch einen langen Flur in den hinteren Gebäudetrakt. Stieg dann kurzatmig vor ihr her eine knarrende Treppe hinauf. Sie sah, wie Marleen die Nase krauste und erklärte: „Das sind die Tiere. Hier drunter sind die Ställe.“ Sie betraten einen weiteren Flur, von dem einige Türen zu verborgenen Kammern führten. Oma Siemke öffnete eine davon. Tatsächlich schlug ihnen feuchtwarme Luft, die nach Kuhstall roch, aus dem winzigen Raum entgegen. Unter schrägen Wänden, an denen eine stockfleckige Tapete klebte, standen zwei einfache Holzkästen in denen Strohsäcke lagen. Dazwischen ein Nachtschränkchen. An einer Wand eine Kommode. Darüber ein fast blinder Spiegel. Ein winziges Dachfenster ließ ein wenig Licht herein. „Einen Ofen gibt es nicht. Allerdings“, fügte sie nach einem Moment hinzu, „kannst du auch im Kuhstall oder bei den Schweinen schlafen. Dort ist es warm.“ Marleen hatte zu Hause schon im Stall geschlafen, aber sie würde es mit der Kammer erst einmal versuchen. „Danke“, sagte sie höflich, „aber ich schlafe lieber hier.“

Sie legte ihren Koffer auf das Bett an der rechten Wand. Zeigte auf das zweite und fragte neugierig: „Und wer schläft da?“ Oma Siemke warf ihr einen kurzen Blick zu. „Niemand.“ Leise fügte sie hinzu: „Seit dem letzten Winter nicht mehr.“ Obwohl es sie nichts anging, fragte Marleen: „Wer hat denn vorher hier geschlafen?“ Die Alte krauste die Stirn. Dieses Mädchen war wirklich sehr neugierig. Sie würde sie an einer kurzen Leine halten müssen. Nach einem Moment antwortete sie aber doch. „Hier hat Bea geschlafen. Aber im letzten Winter …“ Marleen bohrte nach. „Was war denn im letzten Winter? Wo ist sie jetzt?“ Oma Siemke seufzte. „Sie war krank. Niemand konnte ihr helfen.“ Blaugraue Augen starrten sie entsetzt an. „Ist sie gestorben? Was hatte sie denn?" „Lungenentzündung. Wenn du weißt, was das ist." Marleen nickte heftig. „Ja, das weiß ich. Einer meiner Brüder hat eine schwache Lunge. Meine Mutter hat immer Angst, dass er diese schreckliche Krankheit bekommt und daran stirbt." Sie sah ihre Mutter vor sich, wie sie Thore mit Schweineschmalz eingerieben und nicht aus den Augen gelassen hatte, solange er fieberte und hustete. Tiefes Mitleid mit den Eltern des Mädchens überkam sie. Oma Siemke sah die Tränen in Marleens Augen und sagte hastig: „Ja, das ist eine schreckliche Krankheit. Und man kann nichts dagegen tun, aber", setzte sie aufmunternd hinzu, „oben beim Herrgott wird es ihr bestimmt besser gehen." Mit den Worten: „Genug getratscht!", schob sie Marleen aus dem Zimmer. „Jetzt holen wir dir eine Schürze und dann ran an die Arbeit."

14. Kapitel

Hinter Oma Siemke betrat Marleen die Wäschekammer. Staunte über die Größe der Schränke, in denen sich blütenweiße Laken, Bett- und Kissenbezüge stapelten. Handtücher und Tischdecken aus feinstem Leinen lagen faltenfrei aufeinander. Auf einem Tisch am Fenster war eine wollene Decke ausgebreitet, über der ein weißes Tuch lag. Daneben stand ein Bügeleisen. Marleen sah sofort, dass es ein neueres Modell war. Eines mit einem Bolzen, der im Herd aufgeheizt wurde. Bei ihr zu Hause gab es noch ein altes Eisen. Das wurde mit glühendem Torf beheizt und war recht stumpf, obwohl ihre Mutter es regelmäßig mit Schlämmkreide scheuerte. Unbewusst strich sie mit der Hand über die Bügelfläche. Oma Siemke bemerkte es: „Das Bügeln gehört zu deinen Pflichten. Ich hoffe, dass du das kannst." Marleen nickte und ließ ihren Blick neugierig durch den Raum gleiten. Er blieb an einem zugedeckten Gegenstand haften. Sie fragte sich, ob es das war, was sie vermutete.

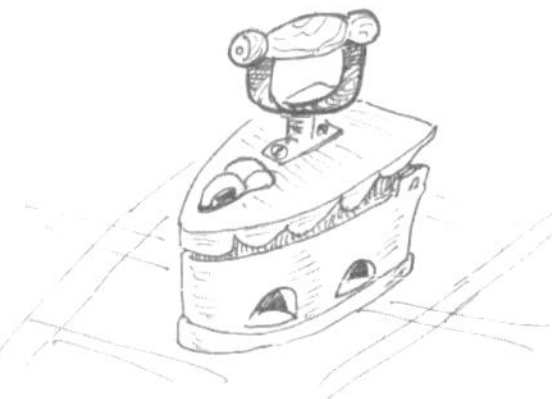

Bevor sie fragen konnte, öffnete die Alte einen weiteren Schrank. Entnahm ihm eine weiße und eine dunkle Schürze. Dazu passende Kopftücher. Reichte Marleen beides. „Du bindest die weiße um. Aber bei Schmutzarbeiten trägst du die dunkle darüber. Nur einmal in der Woche gibt es eine frische. Pass also auf, dass sie möglichst lange sauber bleibt.“ Sie half ihr, die Schürze umzubinden, die rundum und am Latz mit Rüschen verziert war. Sah ihr dann aufmunternd in die Augen. Meinte eindringlich: „Wenn du Kummer oder Sorgen hast, kannst du jederzeit zu mir kommen.“ Das Mädchen lächelte. Knickste und sagte: „Danke.“ Oma Siemke klopfte ihr leicht auf die Schulter. „So, und nun geht‘s los.“

Marleen folgte ihr in die Küche zurück. „Du kannst Else und Geeske beim Kartoffelschälen und Gemüseputzen helfen. Um zwölf muss das Essen fertig sein. Für die Herrschaften und für die Knechte. Später zeige ich dir den Stall und das Waschhaus. Auch die Backstube wirst du kennenlernen.“ Marleen setzte sich an den Tisch und begann die Kartoffeln und danach die Pastinaken zu schälen. Für die Knechte gab es einen Schnippelbohneneintopf. Das waren geschnittene grüne Bohnen, die in Salz eingelegt waren. Sie schmeckten herzhaft, aber etwas säuerlich. Marleen mochte sie nicht gern. Sie nahm sich vor, beim Essen mehr Kartoffeln zu nehmen und nur wenig von den Bohnen. Pünktlich richteten die Mägde das Essen für die Herrschaften auf Platten und in Schüsseln an. Um zwölf Uhr betrat eine junge Frau die Küche. Sie trug eine weiße Schürze mit Spitzenbesatz und eine weiße Haube auf dem hochgesteckten dunklen Haar. Sie nickte der alten Frau flüchtig zu, während sie die Mägde übersah. Auf ihre hochnäsig gestellte Frage: „Ist das Essen fertig?“, zeigte Oma Siemke auf die gefüllten Platten. „Gut, dann bringe ich es jetzt hinein.“
Marleen sah ihr interessiert nach. „Wer war das denn?“ Geeske, die sehr schüchtern war und selten etwas sagte, sah Else an, die bereitwillig Auskunft gab: „Das war Hilla. Die Tochter von einem Geschäftsfreund des Gutsherren. Bildet sich ein, etwas Besseres zu sein. Kann sich alles herausnehmen. Nie wird sie dafür gescholten.“ Oma Siemke warf ihr einen strengen Blick zu. „Es geht dich nichts an, wie sie be-

handelt wird. Ich behandle alle gleich, wie du weißt. Also!", sie klatschte in die Hände, „kümmert euch lieber um das Essen. Die Knechte kommen gleich und haben Hunger." Wenig später saßen die jungen Männer um den Tisch herum. Schlangen den kaum abgekühlten Eintopf herunter. Dabei warfen sie scheue Blicke auf Marleen. Geeske und Else sahen ihnen nach, als sie hinausgingen. Stießen sich in die Seiten und kicherten. Oma Siemke runzelte die Stirn. Tadelte: „Benehmt euch! Wenn ihr weiter so albern seid, wird euch nicht einmal ein Knecht heiraten." Die Mägde zogen die Köpfe ein und begannen, den Tisch abzuräumen. Zu Marleen gewandt befahl sie: „Komm mit!" Sie zeigte ihr zuerst die Putzkammer. Dort standen Blecheimer in verschiedenen Größen. Besen und Schrubber hingen an Haken. Tücher, große und kleine, Wischlappen und Feudel lagen sorgsam zusammengefaltet auf Regalen. Marleen staunte: So viele Dinge allein für den Putzgebrauch hatte sie noch nie gesehen. Ihre Mutter benutzte immer ausrangierte Bettlaken, die sie in passende Stücke schnitt. Auch Trockentücher stellte sie daraus her. Säumte sie mit der Hand und verzierte sie mit Stickereien.

Staunend folgte Marleen Oma Siemke gleich darauf über den Hof zu den Ställen. Vereinzelt erklang ein Muhen, dann hörte sie Wiehern und das Gackern von Hühnern. Die Alte öffnete eine Stalltür, die laut in den Angeln quietschte. Murmelte dabei: „Die muss ja wohl geölt werden." Sie traten in den Stall und das Gegacker wurde lauter. Oma Siemke schloss die Tür hinter Marleen. „Später kommt das Hühnervolk nach draußen. Die Wiesen müssen erst abtrocknen. Von dem nassen Gras werden sie sonst krank." Im Stall war es angenehm warm, aber es roch recht streng. Oma Siemke führte sie zu dem Hühnerhaus. „Die meisten Eier findest du hier in den Nestern. Aber sie legen sie auch woanders ab. Also, guck immer genau, wo du hintrittst." Marleen sah routiniert das Stroh auf dem Boden durch und vergaß auch nicht die Ecken. Fand ein paar Windeier, denen die harte Schale fehlte. Sie legte sie vorsichtig oben auf die anderen. „Die kann man zum Backen noch benutzen, nicht wahr?" Oma Siemke nickte ihr wohlgefällig zu. Mit dem Korb im Arm folgte Marleen ihr in den Kuhstall.

„So", sagte die Alte, „hier sind die Kühe, bis sie wieder auf die Weide können." Fünfzehn Rinder standen auf Stroh, in Boxen aus Holzbrettern. Das Futter lag in einer Rinne vor ihnen. Zu Marleens Erleichterung sagte Oma Siemke: „Melken musst du nicht und auch nicht ausmisten. Das machen die Stallknechte. Du musst nur die Milch holen, die wir in der Küche verbrauchen, und die Kannen sauber schrubben." Sie ging weiter an den Kühen entlang und erklärte: „Die Milch wird übrigens von dem Milchwagen der Molkerei in Norden abgeholt. Von dort bekommen wir unseren Käse, den Quark und die Butter. Johann holt dort einmal die Woche ab, was wir zum Leben brauchen." Sie wandte sich zu ihr um und sagte: „Früher hat ihn oft die Gutsherrin begleitet." Sie verstummte, als ein junger Mann hereinkam. Er hob grüßend die Hand an seine Mütze.
„Das ist Johann. Der Großknecht", sagte die Alte zu Marleen gewandt, „der war heute Mittag nicht zum Essen da." Marleen spürte den Blick des jungen Mannes und sah verlegen zu Boden. Die Alte lachte: „Musst ja nicht gleich rot werden. Der tut dir schon nichts." Der Mann kam näher. „Moin, Oma Siemke", sagte er, „ich hab es heute Mittag nicht geschafft. Ich musste mit Ahlers nach Aurich fahren. Pferde ansehen. Er will die Zucht erweitern." Oma Siemke hatte noch nichts davon gehört. Allerdings war das nicht ungewöhnlich. Ihr Schwiegersohn sprach weder mit ihr noch mit seiner Frau über seine Geschäfte. Sie seufzte leise, denn ihr Mann war in der Hinsicht ganz anders gewesen. „Nun", sagte sie, „er wird ja wissen, was er tut." Johann sah ihr kurz in die Augen. Hob leicht die Schultern und enthielt sich einer Antwort. Er nickte Marleen zu und verließ nach einem prüfenden Blick auf die Kühe den Stall. Oma Siemke klopfte einer besonders hübschen Kuh auf das ausladende Hinterteil und stellte vor: „Das ist übrigens Gerta, unsere beste Milchkuh." Marleen spürte den Blick der Kuh, die sie unter langen Wimpern hervor musterte. Hastig antwortete sie: „Die ist wirklich schön." Zufrieden muhend wandte Gerta sich wieder ihrem Futter zu. Oma Siemke lachte: „Manchmal glaube ich, dass sie versteht, was wir sagen." Sie schob Marleen vor sich her und erzählte: „Im Frühjahr und Sommer haben wir Feldarbeiter." Die Alte fuhr fort: „Deine Herrin …" Sie brach ab. Überlegte und

erzählte: „Früher ist die Gutsherrin jeden Montag mit Johann in die Stadt zum Wochenmarkt gefahren, aber inzwischen ..." Sie wedelte mit der Hand als wollte sie ihre Gedanken verscheuchen und beendete den Satz mit: „Nun lass uns aber schnell machen. Wir haben noch viel zu tun."
Geeske und Else hatten die Küche aufgeräumt, abgewaschen und den Boden geschrubbt. Es roch frisch nach grüner Seife. Die alte Frau trat an den großen Herd. Öffnete die Ofenklappe und legte Holz nach. Sie drehte sich zu Marleen um. „Das Feuer muss immer anbleiben. Sobald die Glut weniger wird, muss nachgelegt werden. Vergiss das nie!" Das junge Mädchen nickte. „Das kenne ich", sagte sie, „zu Hause haben wir am Abend die Glut mit Asche abgedeckt, damit sie nicht ausgeht." Die Alte lächelte. „Ja, so machen wir das hier auch. Allerdings", fügte sie nach einer winzigen Pause hinzu, „wird hier nur die Küche geheizt. Es ist eine Anordnung vom Gutsherren und keiner darf sie missachten." Marleen wunderte sich kurz darüber, aber im Grunde genommen, war es ihr egal. Sie würde sich schließlich überwiegend in der Küche aufhalten. Am Nachmittag mussten sie für die Knechte Tee machen, zu dem sie frischen Apfelkuchen bekamen. Danach, neben dem Essen für die Herrschaften, Kartoffeln pellen, aus denen dann für das Abendessen Bratkartoffeln zubereitet wurden.

15. Kapitel

Den ersten Abend in ihrer feuchten Kammer konnte Marleen nicht einschlafen, obwohl sie sich einen Backstein aus dem Ofen mit hinaufgenommen hatte. Sie vermisste ihre Schwestern, ihre Mutter und die Geräusche ihres Zuhauses. Zudem musste sie an die Magd denken, die hier geschlafen hatte und so jung gestorben war. Plötzlich vernahm sie ein Geräusch. Sie wusste, dass sich nebenan Geeske und Else eine Kammer teilten. Trotzdem musste sie an die Geschichten ihrer Großmutter denken, von den Verstorbenen, die nachts umherirrten. War es Bea, die im Bett neben ihr den letzten Atem ausgehaucht hatte und deren Geist nicht zur Ruhe kommen konnte? Gerade wollte sie sich ängstlich die Decke über den Kopf ziehen, als das Geräusch erneut erklang. Sie hörte genauer hin. Es war ein Schluchzen, das aus der Kammer neben ihr zu kommen schien. Als sie eine Stimme hörte, richtete sie sich auf. Schob sich aus dem Bett und trat an die Wand. Vor Kälte zitternd, stand sie in ihrem dünnen Nachthemd und hörte, wie Else mit drängender Stimme sagte: „Nimm es nicht so schwer. Es ist ja nichts passiert. Und vielleicht kommt es nicht wieder vor.“ Die Antwort, die Geeske gab, wurde von Schluchzern unterbrochen. „Ja. Aber ...“, sie schien Luft zu holen. Dann fuhr sie fort: „Es – es – es ... war so schrecklich. Und ich hatte solche Angst.“ Elses beruhigendes: „Sch, sch, sch“ zeigte Wirkung. Das Schluchzen verebbte, und als sie aufmunternd meinte: „Bestimmt kommt es nicht wieder vor“, war Marleen der Ansicht, dass Geeske einen Albtraum gehabt haben musste. Nebenan wurde es wieder still. Marleen legte sich zurück ins Bett und schlief ein.

Vom ersten Hahnenschrei wurde sie geweckt. Schnell stand sie auf. Wusch sich mit dem eiskalten Wasser aus der Kanne, das sie in die danebenstehende Porzellanschale füllte, schlüpfte in ihre Sachen vom Vortag und ging als erstes in den Stall. Dort schlug ihr wohltuende Wärme entgegen. Die Knechte, die Marleen schon bei den gestrigen Mahlzeiten gesehen hatte, molken. „Moin, hübsche Deern. Komm mal rüber zu uns!“, riefen sie ihr zu. Das hörte Johann, der gerade hereinkam. Er zögerte, ob er die Knechte zur Ordnung rufen sollte, denn er wusste, dass es Mägde gab, die gern mit den Knechten schäkerten. Diesem Mädchen schien das Geplänkel unangenehm zu sein. Sie wusste gar nicht, wohin sie schauen sollte. Bekam zum Vergnügen der Männer sogar einen roten Kopf. So rief er streng: „Hört auf damit!“ Die Knechte verstummten. Sie hatten gewaltigen Respekt vor dem Großknecht, der wegen seines Wissens über den Umgang mit Pferden hoch im Ansehen des Gutsherren stand. Johann kam mit einer gefüllten Milchkanne zu ihr. Lächelte und fragte: „Wie bist du denn hierher gekommen?“ Sie sah ihn erstaunt an. „Zu Fuß.“ Er lachte. „Das meine ich nicht. Ich wollte wissen, warum du gerade auf diesem Hof eingesetzt bist." Marleen lachte ebenfalls. „Ach so! Ich bin in der Norddeicher Schule ausgewählt worden." Er betrachtete sie interessiert. „Du bist vom Deich?" Sie war überrascht. „Ja, du auch? Ich kenne dich gar nicht." Johann schüttelte den Kopf. „Nein, ich bin aus der Krummhörn. Genauer gesagt aus Grimersum." „Oh, das kenne ich. Die Brüder meiner Mutter arbeiten auch in der Krummhörn. Einer als Knecht in Wirdum, der andere in Pewsum. Onkel Jörn bei einem Dorfschiffer in Eilsum." Sie hätte sich gern noch ein wenig länger mit ihm unterhalten, aber Oma Siemke hatte sie zur Eile ermahnt. So nickte sie ihm kurz zu und ging hinüber zum Hühnerstall. Sammelte dort die Eier ein und lief in die Küche zurück.

Dort wurde schon fleißig gearbeitet. Die Alte steckte mit den Händen im Brotteig. Sagte streng: „Wo bleibst du denn? Wir haben heute viel zu tun. Hol mal schnell einen Beutel Mehl aus der Speisekammer und dann mach dich an das Frühstück für die Herrschaften." Der Tadel ließ Marleen erröten. Sie ärgerte sich über sich selbst. Dabei hatte sie sich auf dem Weg hierher vorgenommen, ihrer Mutter keine Schande zu machen. Und nun fiel sie gleich am ersten Morgen unangenehm auf. Hastig kam sie der Aufforderung nach. Betrat die neben der Küche gelegene Vorratskammer. Beim Anblick der dort gelagerten Vorräte vergaß sie alles um sich herum. Mit offenem Mund starrte sie auf den Überfluss. Bei ihr zu Hause war die Speisekammer kaum als solche zu erkennen und nach dem Winter so gut wie leer. Doch hier gab es einen Lagerraum neben der Küche. Er war ganz gefliest. An allen Wänden standen Regale, die fast überquollen. Ganze Schinken hingen an Haken von der Decke herab, Würste in verschiedenen Größen und Macharten. Steintöpfe mit Sauerkohl und Schnippelbohnen standen auf dem Boden. Säcke mit Mehl und Zucker lagen auf den Regalen. Eingekochte Marmelade, Apfelkompott und Pflaumen in Gläsern. Allein der allem anhaftende Geruch genügte, damit Marleens Magen sich vor Hunger zusammenzog. Nach kurzem Suchen fand sie das Mehl und ging in die Küche zurück.

Bevor Oma Siemke sie erneut tadeln konnte, sagte sie schnell: „Ich hab es nicht gleich gefunden. Es liegen so viele Lebensmittel dort." Die Alte antwortete nicht, während sie ihr das Säckchen abnahm.

Mehl über den Teig stäubte, Brotlaibe formte und auf ein großes Holzbrett legte. Sie war nicht ärgerlich. Schließlich war es Marleens erster Tag und sie gab den Mädchen schon ein wenig Zeit, sich einzugewöhnen. Sie war gespannt, wie anstellig diese sich zeigen würde. Mit der Aufforderung: „Du musst mir helfen, die Laibe ins Backhaus hinüberzubringen", bezog sie Marleen wieder mit ein. Else und Geeske waren nirgendwo zu sehen. Auf ihre Frage: „Wo sind die anderen?", erklärte Siemke: „Geeske bringt gerade dem Gutsherren das heiße Wasser für seine Rasur und Else hat ebenfalls genug zu tun. Genauso wie du. Also, beeil dich." Nachdem sie die Laibe in den großen Ofen geschoben hatten, mahnte sie erneut zur Eile. „Nun schnell das Frühstück vorbereiten."

Mit knurrendem Magen legte Marleen auf ihre Anweisung Blutwurst, Leberwurst und fetten Schinken auf eine Platte. Weichen Käse, der einen verführerischen Duft verströmte. Sie füllte Ouark in einen kleinen Tontopf, den sie neben die verschiedenen Brotsorten und die goldgelbe Butter auf ein großes Tablett stellte. Marleen hätte viel darum gegeben, nur etwas von den Köstlichkeiten probieren zu dürfen. Oma Siemke zeigte auf einen Topf auf dem Herd. „Die Eier müssten auch fertig sein und vergiss nicht die Marmelade." Marleen schreckte die Eier vorsichtig mit kaltem Wasser ab, wobei sie wieder ein tadelnder Blick traf. „Du musst ein bisschen schneller arbeiten. Gleich kommen die Knechte und wollen frühstücken. Also, Tempo!" Mit knurrendem Magen übergab sie Hilla, die mit einem ungeduldig fordernden: „Endlich fertig?", plötzlich hinter ihr stand, das Tablett. Bevor Marleen vor Hunger übel wurde, sagte Oma Siemke: „Nun musst du für die Knechte und uns Tee ansetzen und Brot aufschneiden. Der Haferbrei steht auf dem Herd. Verteil ihn auf die Teller, damit er abkühlen kann. Marmelade und Schmalz stehen dort auf dem Bord." Marleen sah, dass grüner Schimmel am Rand des Marmeladentopfes klebte. Rief angeekelt: „Aber da ist Schimmel dran!" Oma Siemke verzog verächtlich das Gesicht: „Sei nicht albern", rügte sie. „Kratz ihn einfach runter. Den Rest kann man gut essen." Marleen schluckte einen Kommentar herunter. Während sie frühstückten begann die Alte die anstehenden Arbeiten des Tages aufzuteilen. „Marleen, du wirst heute das Silber aus dem Salon putzen, die Karaffen auf der Anrichte und die Kerzenleuchter. Schlämmkreide und Lappen findest du in der Putzkammer. Du kannst dich dort an den Tisch setzen. Aber ordentlich putzen. Ich werde die Sachen anschließend kontrollieren. Else“, fuhr sie fort, „nachdem du Holz geholt hast, wirst du den Kohl und die Kartoffeln für den Eintopf schneiden. Geeske wird noch im Stall zu tun haben. Also, beeilt euch!“

Marleen lief, nachdem sie die Küche aufgeräumt hatten, in die Putzkammer hinüber. Holte einige Lappen und das Putzmittel aus einem Schrank. Breitete alles auf dem Tisch aus, der am Fenster stand, und begann die erste Karaffe zu putzen. Sorgfältig polierte sie die kunstvollen Verzierungen. Trat ans Fenster und hielt die Karaffe gegen das Licht. Zufrieden wollte sie weiterputzen, als sie Geeske aus einem der Ställe kommen sah. Marleen wusste, dass Oma Siemke sie dort hingeschickt hatte. Doch sie erschrak über das Aussehen der Magd. Das Haar fiel ihr wirr ins Gesicht. Ein Schürzenband war abgerissen, sodass die Schürze unordentlich an ihr herunterhing. Geeske sah mit einem gehetzten Blick um sich und rannte mit wehenden Röcken zum Kücheneingang hinüber. Sie bemerkte nicht, dass Marleen sie beobachtete. Besorgt putzte die die anderen Gegenstände fertig und ging in die Küche zurück. Dort saßen Else und Geeske. Vor sich eine Schüssel mit getrockneten Erbsen, die sie auslesen mussten. Geeskes Haar war ordentlich geflochten und die Bänder an ihrer sauberen Schürze gebunden. Besorgt fragte Marleen: „Ich hab dich vorhin aus dem Stall kommen sehen. Geht es dir gut?“ Bevor Geeske antworten konnte, sagte Else schnippisch: „Wie du siehst, geht es ihr gut. Doch statt neugierige Fragen zu stellen, solltest du uns lieber helfen.“

16. Kapitel

Die ersten warmen Sonnenstrahlen hatten das Land am Deich soweit getrocknet, dass man es bestellen konnte. Nach einem milden Januar und Februar hatte sich der Winter im März noch einmal mit Frost und Schnee gegen das Frühjahr zur Wehr gesetzt. Doch jetzt, Mitte April, nahte unaufhaltsam der Frühling. Daje hatte die schwere lehmhaltige Erde umgegraben und die Frühkartoffeln eingesetzt. Mit ihrer Egge zog sie Furchen, um die Pastinaken- und Rübensamen einsäen zu können. Mit den Bohnen musste sie allerdings noch warten. Die durften erst nach den Eisheiligen gepflanzt werden. Daje zog sie auf dem Fensterbrett vor. Auch die Kohlsetzlinge kamen später in die Erde.

Während sie arbeitete, lag Keno in einem Wäschekorb auf der Bank vor dem Haus und schlief. Er war ein ruhiges Kind, das ihr nur Freude machte. Nachts schlief er durch. Am Tag lag er zufrieden glucksend im Korb. Thore und Eggo knieten auf der Erde und spielten mit ihren Kieselsteinen, die Hagen ihnen vom Hafen mitgebracht hatte. Konzentriert übten sie, wer sie am weitesten werfen konnte. „Kommt!“, rief sie ihnen zu. „Ihr könnt mir helfen und die Rillen wieder zuschütten.“ Sie musste ein weiteres Mal rufen, bevor die Jungen reagierten. Thore zog Eggo an der Hand hoch und hinter sich her, wobei der Kleine beinahe über sein langes Kleidchen stolperte. Daje lächelte über seine Tolpatschigkeit. Band ihm das Kleid hoch und zeigte den Jungen, was sie tun sollten. Als sie fertig waren, richtete sie sich auf. Sagte zufrieden: „Das habt ihr gut gemacht. Jetzt geht wieder spielen. Den Rest schaff’ ich allein.“

Bevor sie ihre Hacke in die Hand nahm, sah sie zu Rosa und ihrem Kälbchen hinüber, die auf einem eingezäunten Stück grasten. Den Zaun hatte Keno gezogen, um zu verhindern, dass die Kuh über den Deich trabte und das Salzwasser trank. Das Kälbchen war ein ganzes Stück gewachsen. Sie dachte daran, dass Heiko neulich gefragt hatte, ob sie es ihm nicht verkaufen und Rosa erneut von seinem Bullen decken lassen wollte. Daje betrachtete ihre letzten Hühner und den Hahn, die auf der Suche nach frischen Würmern über die Wiese stelzten. Einige hatten im Winter dran glauben müssen. Sie beschloss, dass drei Hühner zur Gesellschaft des Hahns ausreichten. Später würde sie Heiko einige seiner Küken abkaufen und großziehen. Mit einem kurzen Blick zu ihren Söhnen lief Daje ins Haus und holte ihr schärfstes Küchenmesser. Noch bevor das Huhn ahnte, wie ihm geschah, hielt sie es fest. Setzte das Messer an und schnitt ihm mit einer schnellen Bewegung die Kehle durch.

Wenig später saß sie neben dem Weidenkorb auf der Bank und rupfte es. Überlegte dabei, dass sie daraus einige Mahlzeiten bereiten konnte. Sie legte das gerupfte Huhn zur Seite, um in der Küche heißes Wasser zu holen, als sie Marie und Emma sah. „Moin, Daje!“, rief Emma, „gibt es bei dir eine Tasse Tee? Hab auch Kekse mitgebracht.“ Sie warf einen flüchtigen Blick auf den Säugling, während Marie ihm sehnsüchtig über die Wange strich, bevor sie den Freundinnen in die Küche folgte. Daje stellte den großen Topf mit dem Huhn auf den Herd. „Hühnersuppe hilft gut bei Erkältung“, ließ Emma wissen, während sie ihr Strickzeug in die Hand nahm. „Ich hab diesen Winter unsere kranken Nachbarn damit versorgt. Aber ich habe ja genug davon. Hühner meine ich“, fügte sie kichernd hinzu. Sie wandte sich an Marie. Die hatte nicht zugehört. Sie lauschte nach draußen, in der Hoffnung, dass Keno wach würde.

Daje setzte Tee auf und nahm ebenfalls ihr Strickzeug in die Hand. Emma schüttete ihren Tee in die tiefe Untertasse. Schlug dann vor: „Marie, wenn du die Kinder so sehr magst, könntest du doch auf sie achten, wenn Daje zum Waschen und Putzen geht. Es wäre für sie sicher eine große Hilfe.“ Marie war begeistert. „Ja! Das würde ich sehr gerne tun! Hab doch Zeit genug.“ Daje freute sich über das Angebot. „Da wäre ich dir sehr dankbar, Marie! Denn dann können die Mädchen an den Tagen wieder in die Schule gehen. Wenn es dir recht ist, hol ich die Jungen nach der Arbeit wieder bei dir ab.“ Bedauernd fügte sie hinzu: „Tja. Marleen fehlt uns eben an allen Ecken.“ Sie dachte daran, dass ihre drittälteste Tochter am letzten Sonntag zum

ersten Mal zu Besuch gewesen war. Sie hatte von dem Gut erzählt. Von Oma Siemke, die streng, aber freundlich zu den Mädchen war. Daje hatte es sehr beruhigt, dass Marleen dort gut zurechtkam.
Marie war lächelnd in Gedanken versunken. Sie freute sich darauf, bald Kinder in ihrem Haus zu haben. Als der Kleine schrie, lief sie hinaus und kam mit den Worten: „Oh, wie hübsch er ist!" mit ihm auf dem Arm wieder herein. Emma, die eigene Kinder nicht vermisste, verdrehte über Maries Begeisterung die Augen. Daje öffnete die Knöpfe an ihrem Kleid, streckte ihre Hände aus und sagte liebevoll: „Na, dann gib mir mal den kleinen Schreihals rüber."

17. Kapitel

Der Tag auf dem Gut begann damit, dass Else verspätet in die Küche gestürmt kam und aufgelöst rief: „Geeske spuckt sich die Seele aus dem Leib!" Sie bebte vor Aufregung. Marleen war inzwischen nicht nur im Stall gewesen, sondern bereits mit den Vorbereitungen für das Frühstück der Herrschaften und der Knechte fertig. Oma Siemke äußerte sich nicht zu Elses Verspätung, sondern lief an ihr vorbei in den Gesindetrakt. Sie wollte sich ein eigenes Bild von Geeskes Leiden machen. Sie traf sie, bleich wie der Quark für die Herrschaften, in ihrer Kammer an. Sie hatte sich wieder aufs Bett gelegt. Neben sich die Schüssel mit dem Erbrochenen. Siemke sah Geeske besorgt an. „Was fehlt dir? Hast du etwas Falsches gegessen?" Die junge Frau richtete sich auf. Hob die Beine von ihrem Lager und sagte leise. „Glaub nicht. Mir ist schon länger übel. Aber ich hab mich noch nie übergeben müssen. Erst heute." Tief betrübt fügte sie hinzu: „Es tut mir so leid!" Siemke hatte die Verantwortung für die Mägde. Die nahm sie sehr ernst und ihr Gefühl sagte ihr, dass hier etwas ganz und gar nicht stimmte. „Also gut, Geeske. Dann gehen wir heute in die Stadt zu Doktor Kremer. Er muss dich untersu-

chen.“ Mit ängstlich geweiteten Augen nickte die Magd. Froh, dass Oma Siemke nicht schimpfte, sondern ihr half.
Nach dem Frühstück bat die Alte den Knecht Johann, die Kutsche anzuspannen und sie in die Stadt zu fahren. Verteilte ihre und Geeskes Arbeit auf Marleen und Else. Trieb sie dabei zur Eile an. „Ich hoffe, dass wir nicht so lange fort sind. Aber ihr werdet das schon schaffen.“ Sehr besorgt schob sie Geeske vor sich her aus der Küche. Else verzog sich zum Abstauben der Möbel in den Wohntrakt. Marleen begann die Kartoffeln, Zwiebeln und Pastinaken zu schälen und kleinzuschneiden. Sie sollte daraus eine Kartoffelsuppe kochen. Die Herrschaften bekamen einen Braten zu Mittag, den Oma Siemke glücklicherweise schon am Vortag zubereitet hatte. Marleen musste nur noch Kartoffeln und Gemüse als Beilagen vorbereiten. Sie arbeitete zügig. Spülte anschließend das Geschirr und räumte wieder auf. Während die Suppe garte, deckte sie den Tisch für die Dienstboten und bereitete das Tablett für die Herrschaften vor.
Es war fast Mittag, als die Küchentür heftig aufgestoßen wurde und eine vor Wut schäumende Oma Siemke hereingestürmt kam. Hinter ihr eine schluchzende Geeske. Die Alte blickte wild um sich. Dann atmete sie einige Male tief durch. Nahm den Wasserkessel. Schob ihn auf das Herdloch und erklärte den erstaunten Mägden: „Ich brauch erst mal eine Tasse. Vorher kann ich nicht denken.“ Marleen blickte von Geeskes verheultem Gesicht zu der wütenden Oma Siemke. Obwohl es neugierig war, konnte sie sich die Frage: „Was fehlt Geeske denn? Ist es schlimm?“, nicht verkneifen. Oma Siemke raunzte: „Das geht dich nichts an! Kümmere dich lieber darum, dass das Essen fertig wird.“ Marleen zuckte zusammen. Zeigte mit beleidigtem Gesicht auf den Herd. „Es ist alles fertig. Ich muss es nur noch auf den Tisch stellen.“ Die Alte folgte ihrem Blick und fauchte: „Dann tu es doch endlich!“ Sie hatte es gerade ausgesprochen, da tat es ihr schon leid. Marleen konnte schließlich nichts für das, was Geeske widerfahren war. Dafür war ein anderer verantwortlich. Und den hätte sie in diesem Moment am liebsten in Stücke gerissen.
Als die Tür zum Hof geöffnet wurde und die Knechte hereinkamen, spürten sie, dass Oma Siemke eine Laus über die Leber gelaufen war.

Dass es eine besonders dicke gewesen sein musste, spürten sie daran, dass sie jeden einzelnen böse ansah und voller Bitterkeit hervorstieß: „Was hat sich Gott nur dabei gedacht, als er euch Männer schuf?“ Erschrocken duckten sie sich, bekamen einen roten Kopf und schlangen hastig, mit gesenktem Blick, die viel zu heiße Kartoffelsuppe herunter. Sobald die Teller leer waren, stießen sie die Stühle zurück und liefen hinaus. Marleen sah ihnen nach. Dann zu Oma Siemke, die mit lautem Geklapper ihren Stuhl zurückschob und ebenfalls hinauslief. Marleen schüttelte verständnislos den Kopf. Was war bloß los? Waren plötzlich alle verrückt geworden? Sie räumte die Teller zusammen und trug sie zum Waschtisch. Begann das Geschirr zu spülen, während Else sich automatisch ein Trockentuch nahm, und Geeske den Herd reinigte. Keine sagte ein Wort. Doch plötzlich schlug die Magd die Hände vor ihr Gesicht und begann bitterlich zu weinen. Else legte den Teller aus der Hand, den sie gerade abtrocknen wollte, und stattdessen eine Hand um Geeskes Schulter. Drängte: „Was hat der Arzt gesagt? Bist du schlimm krank?“ Die junge Frau schluchzte und zitterte. Else schob sie auf einen Stuhl. Reichte ihr ein Taschentuch. Nach einer Weile hob Geeske ihr Gesicht und sagte leise: „Ich bekomme ein Kind und hab solche Angst.“

Marleen ließ erschrocken den kupfernen Topf zurück ins Spülbecken fallen. Das Wasser spritzte hoch und nässte ihre Schürze. Doch sie bemerkte es kaum. Sie trocknete ihre Hände an einem Handtuch ab und drehte sich zu Geeske um. Mit allem hatte sie gerechnet, aber nicht damit. Schwanger!!! Kinder bekam man doch nur, wenn man verheiratet war oder sich, wie die sogenannten leichten Mädchen, herumtrieb. Nun fragte sie sich mit selbstgerechtem Abscheu, mit wem die Magd sich eingelassen haben mochte. Dann fiel ihr ein, dass ihre Mutter immer sagte: „Stille Wasser sind tief.“ Vielleicht war Geeske auch so ein stilles Wasser. Zeigte sich nach außen schüchtern und unschuldig und war in Wirklichkeit ein Flittchen? Doch sie schämte sich sofort für den Gedanken. „Urteile niemals, ohne es genau zu wissen“ war auch ein Spruch ihrer Mutter, der ihr nun einfiel. Sie hörte Else leise mit Geeske sprechen. „Hast du Oma Siemke erzählt, wer das

war?“ Ein heftiges Nicken, begleitet von erneutem Weinen war die Antwort. Dann stieß sie schluchzend hervor: „Ich musste es ihr doch sagen! Weiß doch nicht, was ich tun soll.“ Marleen fühlte sich ausgeschlossen. Nachdem sie den Abwasch erledigt hatte, sagte sie spitz: „Ich geh bügeln. Falls Oma Siemke mich sucht.“ Ob die beiden ihre Worte verstanden hatten, ließen sie sich nicht anmerken.
Marleen ging in die Wäschekammer hinüber. Dort fiel ihr ein, dass sie den Bolzen für das Bügeleisen im Herd vergessen hatte. Ärgerlich trat sie zurück in den Flur und stieß fast mit Oma Siemke zusammen. Die hatte sich wieder gefasst. Klang ruhig wie immer, als sie sagte: „Du hast den Bolzen vergessen.“ Marleen dankte ihr mit einem Nicken. Sie war noch immer gekränkt. Denn sie hasste es, unberechtigt gescholten zu werden. Schweigend bereitete sie das Bügeleisen vor und nahm das erste Wäschestück aus dem Korb. Oma Siemke bedauerte, dass sie Marleen so angefahren hatte. Aber nach dem Arztbesuch war sie so in Rage gewesen, dass sie gar nicht gewusst hatte, wie sie sich beruhigen sollte. Ihr erster Gedanke war gewesen, die junge Frau wieder nach Hause zu ihren Eltern zu schicken. Sie hatte den Gedanken von sich geschoben, denn sie wusste, dass die Leute sehr arm waren.

Während sie tief in Gedanken wahllos in den Wäschekorb griff, geriet ihr eine Bluse der Gutsherrin in die Hand, in der ein Riss gewesen war. Marleen hatte ihn vor dem Bügeln ausgebessert. Siemke betrachtete die Naht. Die feinen, akkuraten, kaum sichtbaren Stiche. Ihr fiel ein, dass Marleen am Anfang erzählt hatte, ihrer Mutter beim Nähen ihrer Kleider geholfen zu haben. Als sie beeindruckt sagte: „Du nähst sehr gut! Kannst du auch mit einer Maschine nähen?“ antwortete Marleen bedauernd: „Nein, aber ich würde es sehr gerne lernen. Zu Hause nähen wir noch alles mit der Hand.“ Oma Siemke betrachtete sie einen Moment. „Auch das, was du trägst?“ Es war nur ein einfaches Kleid aus Baumwolle, aber sehr sauber verarbeitet. Als Marleen nickte, krauste die Alte nachdenklich die Stirn, wobei sie meinte: „Früher haben wir alles nähen lassen. Inzwischen …“ Sie brach den begonnenen Satz ab. Sagte knapp: „Wie auch immer. Jetzt sieh erst mal zu, dass du die Wäsche fertig bekommst.“

18. Kapitel

Hilla betrat die Küche. Zeigte mit spitzem Finger auf Marleen und befahl mit säuerlichem Gesichtsausdruck: „Du sollst zur Gutsherrin kommen.“ Oma Siemke erhob sich und bot an: „Ich bring dich hin!“ Marleen sah an sich herunter. Stellte beruhigt fest, dass ihre Schürze sauber war. Die Wohnräume der Gutsbesitzer befanden sich im vorderen Trakt des Hauses. Marleen war dort noch nie gewesen. Geeske und Else putzten, aber nur Hilla durfte den Schlafraum der Herrin betreten und säubern.

Aufgeregt lief Marleen durch die große Diele hinter Oma Siemke her. Dabei sah sie aufmerksam um sich. Zahlreiche Bilder hingen an den Wänden, die sie interessiert betrachtete. Bei ihnen zu Hause gab es ein Hochzeitsfoto ihrer Eltern und eines ihrer Großeltern väterlicher- und mütterlicherseits. Außerdem das mit dem Trauerband geschmückte Bild ihres Vaters. Aber hier hingen richtige Gemälde, die Männer und Frauen, alt und jung, schön und weniger ansehnlich zeigten. Dazwischen Fotografien mit dunkel gekleideten, ernst ausschauenden Menschen. Ein großes Gemälde, das über dem Treppenaufgang hing, erregte ihre besondere Aufmerksamkeit. Es zeigte eine Frau, die in stolzer Haltung auf einem langbeinigen Pferd mit goldbraunem Fell saß. Sie trug Jagdkleidung. Auf dem Kopf einen Hut, an dem eine Fasanenfeder steckte. Fasziniert blieb Marleen davor stehen. „Wer ist das?“ Oma Siemke zögerte. Dann sagte sie leise: „Die Gutsherrin.“ Marleen betrachtete das Bild genauer. Das war Frau Ahlers? Nie wäre sie auf die Idee gekommen, die blasse dünne Frau, die ihr am ersten Tag die Tür geöffnet hatte, mit der schönen und stolzen Frau auf dem Pferd zu vergleichen. Ohne nachzudenken stieß sie hervor: „Oh, da sah sie aber ganz anders aus!“ Als sie keine Antwort bekam, drehte sie sich der Alten zu. Sah ihre plötzlich geröteten Augen und den kummervollen Ausdruck auf deren Gesicht. Hastig sagte sie: „Ich hab das nicht böse gemeint. Nur …“ Unsicher, ob nicht jedes weitere Wort ein Fehler war, brach sie ab.

Marleens Worte hatten Oma Siemke getroffen, weil sie der Wahrheit entsprachen. Auch sie war jedes Mal erschüttert, wenn sie sah, was in

den letzten Jahren aus ihrer Tochter geworden war. Vor ihrer Ehe war Tilda selbstbewusst und ungestüm gewesen. Hatte immer genau gewusst, was sie wollte. Aber inzwischen wirkte sie willenlos und aller Kraft beraubt. Um ihrer Tochter nahe zu sein, hatte Oma Siemke nach dem Tod ihres Mannes beschlossen, auf das Gut zu ziehen. Ludolf hatte es zuerst nicht gewollt. Doch als sie ihm anbot, sich um das Gesinde und den Ablauf des Haushalts zu kümmern, hatte er zugestimmt. Seitdem bewohnte sie ein feuchtes Zimmer neben der Küche und bekam eine winzige jährliche Leibrente.
Während Marleen der Alten auf dem mit Holzdielen belegten Boden folgte, beneidete sie die Gutsherrin um ihr prunkvolles Leben und wünschte sich für später ein ähnliches. Ihr Blick glitt über die an den Wänden stehenden, großen bauchigen Schränke. Auch die Geweihe von Rehen und Hirschen und die ausgestopften Fasane entgingen nicht ihrem Blick. Ebenso wenig der Kristallleuchter in der Mitte der großen Diele. Alles war prunkvoll und strahlte das Vermögen der Gutsbesitzer aus. Vor einer Tür blieb die Alte stehen. „Sprich nur, wenn du gefragt wirst“, riet sie, bevor sie Marleen an sich vorbei eintreten ließ. Die nickte. Ging hinein und sah bewundernd um sich. So viel Pracht hatte sie noch nie gesehen. Ein großer, blau-weiß gekachelter Kamin stand an der Stirnseite des hohen Raumes, über dem sich eine stuckverzierte Decke wölbte. Stühle und Tische mit kunstvoll gedrechselten Beinen. Die Sitzkissen der Stühle waren mit geschmackvollem Stoff bespannt. Zwei Sofas mit hoher Rückenlehne standen rechts und links vor dem Kamin. Dazwischen ein Tischchen, das mit Fliesen belegt war.
Auf den Sofas saßen Tilda Ahlers und ein Mann. Marleen vermutete, dass es der Gutsherr war. Die Herrin war noch blasser und schmaler als in Marleens Erinnerung. Sie wagte kaum den Blick zu heben, während ihr Mann den seinen interessiert über Marleen gleiten ließ. Er war ihr sofort unsympathisch. Sie ließ es ihn spüren, indem sie ihren Blick von ihm ab und der Gutsherrin zuwandte. Sank in einen Knicks und wartete. Ahlers spürte ihre Abneigung. Gereizt befahl er: „Sieh mich gefälligst an. Ich bin der Herr im Haus.“ Sie drehte sich ihm langsam zu. Presste die Lippen aufeinander. Sah ihm starr in die Au-

gen, während er sagte: „Oma Siemke hat mir erzählt, dass du sehr gut nähen kannst. Einige Kleider meiner Frau müssen geändert werden. Sie sind zu weit.“ Er bedachte seine Gattin mit einem verächtlichen Blick, bevor er hinzufügte: „Sie braucht ein passendes für den Kirchgang am Sonntag.“ An dem Tag ließ er regelmäßig die Kutsche anspannen und fuhr mit seiner Frau in die katholische Kirche nach Norden. Tilda war es inzwischen egal, wie sie aussah. Er jedoch legte großen Wert auf die Meinung der Öffentlichkeit. Ein weit an ihr herabhängendes Kleidungsstück war nicht vorteilhaft und hätte der Gemeinde Anlass zum Tratschen gegeben. So war er höchst erfreut, dass die neue Magd nähen konnte. „Am besten fängst du noch heute damit an. Ich werde Oma Siemke sagen, dass sie dir die Zeit dafür gibt. Aber näh ordentlich! Ich werde die Sachen kontrollieren.“ Marleen knickste. Antwortete höflich: „Sehr wohl.“ Sie wunderte sich, dass die Gutsherrin nichts dazu sagte. Es ging doch um ihre Kleider. Da aber Oma Siemke ihr geraten hatte, nur zu sprechen, wenn sie gefragt wurde, hielt sie den Mund. Der Gutsherr schlug sich mit seinen kräftigen Händen zufrieden auf die Knie. „Gut! Damit du weißt, wie viel du ändern musst, und auch zur späteren Anprobe, kommst du dann ausnahmsweise ins Schlafzimmer meiner Frau.“ Nach einem weiteren Knicks ging Marleen hinaus.

19. Kapitel

Daje hatte die beiden älteren Jungen schon früh am Morgen zu Marie gebracht und lief, Keno in einem Tuch um den Bauch geschlungen, zu Meiers Hof. „Bei diesem Schmerlapp arbeitest du?“, hatte Emma am Tag zuvor gefragt. Und mit angeekelt verzogenem Gesicht und klappernden Nadeln hinzugefügt: „Da sieht es doch aus, als würde sie nie sauber machen.“ Daje hatte nur die Schultern gezuckt und geschwiegen.

Emma übertrieb, was Meiers Haushalt betraf. So penibel sauber wie bei ihr selber war es schließlich nirgendwo. Emmas Häuschen ähnelte

einer Puppenstube, mit handgearbeiteten Deckchen auf den glänzend polierten Möbeln und gehäkelten Gardinen an den kleinen Fenstern. Selbst auf dem Dielenboden zeigte sich nie ein Stäubchen. Doch Emma lebte allein. Bei Kalla Meier auf dem großen Hof waren es sieben Kinder, ihr Mann, die Schwiegereltern und zahlreiche Knechte, die ein und aus liefen. Auch wenn sie von morgens früh bis abends spät schuftete, wurde sie mit der Arbeit nicht fertig. Die Familie war recht vermögend. Besaß außer Milchvieh auch Ländereien, auf denen Kartoffeln und Gemüse angebaut wurden. Kalla hätte gern eine Magd fürs Haus eingestellt. Das verbot ihre Schwiegermutter, die auf dem Hof noch immer das Regiment führte. Ihr Argument: „Was sollen denn die Leute denken, wenn eine andere Frau hier sauber macht? Das kommt nicht in Frage." Die einzige Arbeit, bei der sie fremde Hilfe erlaubte, war das Wäschewaschen. Die junge Frau hatte sich mit ihren Pflichten abgefunden. Zu ihrer Erleichterung war sie nach dem siebten Kind nicht wieder schwanger geworden. Ihr ältestes war inzwischen fünfzehn und das jüngste fünf Jahre alt. Alle mussten auf dem Hof mithelfen.
Als Daje das Wäschehaus betrat, stand Kallas Schwiegermutter Aafke bereits dort. Eine drahtige kleine Frau, Ende sechzig. Im Befehlston sagte sie: „Heute haben wir viel zum Waschen. Wir können aber die Wäsche sicher auf die Wiese zum Trocknen legen. Die Sonne scheint warm genug." Besorgt fragte Daje: „Kommt Stine heute nicht zum Helfen?" Die ältere Frau schüttelte den Kopf: „Nein, sie ist krank. Aber wir schaffen das schon. Kalla hilft nachher auch mit." Bevor sie mit der Arbeit begann, nahm Daje Keno aus dem Tuch. Holte etwas Heu. Legte es in eine leere Futterkrippe und Keno darauf. Dann krempelte sie die Ärmel ihres Kleides auf. Stellte das Waschbrett in den Bottich mit dem heißen Seifenwasser und begann Stück für Stück der schon am Vorabend eingeweichten Wäsche sauber zu rubbeln. Die gereinigten Teile warf sie in einen Bottich mit frischem Wasser. Aafke spülte die Sachen, um sie danach in einer Schleuder auszuwringen.
Als Keno zu weinen begann, stellte Daje fest, dass die Sonne schon hoch am Himmel stand. Sie wischte sich mit einem Zipfel ihrer Schürze den Schweiß von der Stirn und legte den Kleinen an ihre

Brust. Während er trank, kam Kalla zu ihnen. Sie war eine hübsche Frau, der man die viele Arbeit inzwischen jedoch ansah. Kalla hatte Brote mit Schinken und Leberwurst und große Kannen mit Suppe und Bier für die Feldarbeiter vorbereitet. „Mahlzeit“, sagte sie fröhlich. „Ihr kommt ja gut voran. Wenn ich vom Feld zurück bin, helfe ich euch.“ Sie stellte Daje und ihrer Schwiegermutter einen Teller mit Broten, Bier und eine Kanne Tee mit den Worten hin: „Stärkt euch erst einmal, bevor ihr weitermacht.“ Warf einen flüchtigen Blick auf den Säugling. „Hübsch! Aber noch mehr Arbeit! Und nun, wo du allein bist …“ Als Daje sich nicht dazu äußerte, zuckte Kalla die Schultern und beendete den Satz mit: „Tja, so ist das nun mal.“ Bevor sie mit dem beladenen Pferdekarren aufs Feld fuhr, fragte sie: „Wie kommt Marleen denn in Westermarsch zurecht?“ Daje steckte ihre Brust ins Kleid zurück. Legte Keno zum Bäuern an ihre Schulter und während sie von den Stullen nahm, antwortete sie: „Gut, soviel ich weiß.“ Kalla kannte Ahlers, weil er ihrem Mann schon einmal ein Reitpferd verkauft hatte. Er war ihr nicht sympathisch gewesen. Allein sein abschätzender Blick, mit dem er sie von oben bis unten angesehen hatte. Als wäre sie ein Pferd, das taxiert werden musste. Aber vielleicht kam Marleen ja mit ihm klar. Sie schwang sich auf den Karren. Rief, bevor sie das Tier mit einem Zungenschnalzen in Bewegung setzte: „Na, denn man to.“ Daje aß ihr Brot auf. Trank einen langen Schluck von dem kühlen Bier. Legte Keno in die Krippe und kehrte ans Waschbrett zurück.

20. Kapitel

Bevor sie mit den Vorbereitungen fürs Abendessen beginnen mussten, saß Marleen jeden Nachmittag in der Wäschekammer und änderte die Kleider der Gutsherrin. Marleen hatte bei Tilda Maß genommen und sich darüber erschreckt, wie dünn die Herrin war. Oma Siemke hatte ihr den Umgang mit der Nähmaschine gezeigt. Wie man den Faden einfädelte. Das Rad drehte und dabei das Pedal betätigte. Innerhalb kurzer Zeit hatte sie das Prinzip verstanden und brauchte keine Hilfe mehr. Während sie die Nähte auftrennte, bewunderte sie die kostbaren Stoffe, die sie bisher noch nie in den Händen gehalten hatte. Allein das Kleid aus dunkelrotem Chintz mit dem spitzenbesetzten Ausschnitt ließ sie bewundernd die Luft anhalten. Dabei stellte sie sich vor, wie es wäre, ein ganzes Kleid aus diesem wunderschönen Stoff zu nähen. Vom Zuschneiden bis zum Säumen. Ihre Mutter benutzte keine Schnittmuster. Sie trennte die getragenen, oftmals geschenkten Kleider auf und schnitt sie nach den Maßen der Kinder neu zu. Marleen durfte die Teile mit feinen Stichen zusammennähen und Daje setzte sie dann zu einem Kleidungsstück zusammen. „Mama, warum benutzt du keine Schnittmuster? So wie in einer Schneiderei“, hatte Marleen oft gefragt und die pragmatische Antwort: „Geht doch auch so“ erhalten.

Als es Zeit für die Anprobe war, hängte sie sich das geänderte Kleid über den Arm und ging zum Schlafraum der Gutsherrin. Klopfte, worauf wenig später ein: „Herein!“ erklang. Sie öffnete und trat in einen großen, vom rötlichgoldenen Licht der späten Nachmittagssonne durchfluteten Raum. Ein breites Bett aus glänzendem dunklem Holz mit einem Baldachin aus beige und rot gestreiftem Stoff stand mit dem Kopfteil an der rechten Wand. Auch der Schrank, der fast eine ganze Wand einnahm, war aus dunklem Holz. Die Fenster, die zum Hof zeigten, wurden von Vorhängen in den Farben des Baldachins umrahmt. Auf dem Boden lag ein rot-beiger Teppich, dessen Farben sich in dem fein gestreiften Polster des Sessels, auf dem die Gutsherrin saß, widerspiegelten. Das Zimmer zeigte den Wohlstand seiner Besitzer. Nur das unglückliche Gesicht der Frau passte nicht ins Bild. Tilda Ahlers las in einem Buch. Sie war noch im Morgenrock, obwohl bereits später Nachmittag war. Marleen blieb abwartend an der Tür stehen. Erst, nachdem die Gutsherrin die Seite zu Ende gelesen hatte, sah sie auf. Ihr Blick, der aus weiter Ferne zu kommen schien, blieb an Marleen haften. Die knickste und sagte eifrig: „Ich hab zwei Ihrer Kleider dabei. Würden Sie die bitte anprobieren?“ Tilda steckte sorgfältig ein gesticktes Lesezeichen zwischen die Seiten des Buches.

Dann legte sie es auf ein Tischchen mit fein eingearbeiteten Intarsien, die Reiter auf ihren Pferden, Rehe, Hirsche und Hasen bei einer Jagd zeigten. Sie bedeutete Marleen, näher zu kommen. „Du musst mir helfen!", bat sie. Stand auf und drehte ihr den Rücken zu. Mit einem Schütteln ihrer schmalen Schultern ließ Tilda ihren Morgenrock fallen. Ließ ihn achtlos auf dem Boden liegen. Marleen hob ihn auf. Legte ihn auf den Sessel. In ihrem seidenen Unterkleid hob Tilda die Arme, damit Marleen ihr eines der Kleider überstreifen konnte. Es saß perfekt. Sie probierten das andere, und auch das passte. Aber letztendlich wollte sie wieder in ihren Morgenrock schlüpfen. Auf Marleens Frage: „Wollen Sie nicht lieber eins der Kleider zum Abendessen tragen?", schüttelte Tilda müde den Kopf. „Ich esse nicht zu Abend. Sondern gehe sehr früh schlafen." Erschöpft, als hätte sie eine schwere Arbeit erledigt, ließ sie sich wieder in den Sessel am Fenster sinken.
Marleen betrachtete besorgt das blasse Gesicht der Gutsherrin. Sie wollte ihr etwas Gutes tun. Fragte: „Soll ich Ihnen Tee bringen? Oder etwas anderes?" Tilda lauschte der besorgten Stimme und schloss für einen Moment die Augen. Öffnete sie und meinte, wobei sie ihren Blick intensiv über das junge Mädchen gleiten ließ. „Du bist hübsch." Nach einem Moment fügte sie leise hinzu: „Ich war auch einmal hübsch." Marleen musste an das Gemälde in der Diele denken. Verglich es mit der Frau vor ihr. Bei näherem Hinsehen konnte man die Ähnlichkeit entdecken. Wie bei der Frau auf dem Pferd waren ihre Haare von einem goldenen Blond. Die Augen von intensivem Grün. Die Wimpern dunkel und lang. Allerdings schien ein Schatten über ihrer Schönheit zu liegen, der ihr den Glanz nahm.
Bevor sie es verhindern konnte, öffneten sich Marleens Lippen und heraus kamen die Worte: „Aber warum haben Sie sich so verändert?" Tilda starrte sie an. Nach einer ganzen Weile, in der Marleen sich ärgerlich fragte, warum sie immer aussprechen musste, was sie dachte, fragte Tilda: „Warum?" Es klang erstaunt, als würde es ihr erst jetzt bewusst. Dann schüttelte sie sehr langsam den Kopf. Nahm das Buch vom Tischchen und begann zu lesen. Marleen sah es als Zeichen, dass sie gehen durfte. Mit einem Knicks verließ sie den Raum und lief über

den langen Flur, der zur Diele führte. Plötzlich hörte sie laute, männliche Stimmen. Sie wollte nicht lauschen, aber auch nicht an ihnen vorbeigehen.
Rasch stellte sie sich neben einen der großen Schränke und sah, sich etwas vorbeugend, den Gutsherren und Frieso, einen der Stallknechte. Sie standen unter dem Kristalllüster, und zu ihrem Entsetzen hörte sie Ahlers sagen: „Ich befehle dir, sie zu heiraten. Du hast sie schließlich geschwängert!“ Der junge Mann schüttelte heftig den Kopf. „Aber ... aber ... Das kann ich nicht. Ich bin schon einem anderen Mädchen aus unserem Ort versprochen. Wir wollen bald heiraten.“ Ahlers packte ihn an den Schultern. „Du wirst die Verbindung lösen und Geeske heiraten. Hast du verstanden? Sonst“, seine Stimme wurde eisig, „verlierst du deine Arbeit. Und du wirst nirgendwo eine andere finden. Dafür werde ich sorgen.“ Frieso senkte den Kopf. Ballte seine Hände zu Fäusten und nickte unmerklich. Marleen stand neben den Schrank geduckt. Eine Hand auf ihren Mund gepresst. Es war ungeheuerlich, was sie gehört hatte.
Als die Männer verschwunden waren, lief sie in die Küche. Stemmte die Hände in die Seiten und sprudelte hervor: „Frieso hat Geeske geschwängert und nun muss er sie heiraten. Ha, der Feigling wollte es zuerst nicht, aber der Gutsherr hat ihm gedroht, und nun wird er es ...“ Sie verstummte. Sah erst jetzt, dass die Magd neben Oma Siemke am Tisch saß. Ein Blick in die Gesichter der Frauen zeigte ihr, dass sie schon Bescheid wussten. Die Alte erhob sich mühsam. Trat neben Marleen. Legte ihr schwer eine Hand auf die Schulter. Sah ihr in die Augen und sagte in eindringlichem Ton: „Es ist nun mal, wie es ist. Und du wirst darüber kein Wort verlieren. Zu niemandem! Hast du das verstanden?“ Marleen nickte stumm. Ihre Empörung erlosch so schnell, wie sie gekommen war. Voller Mitleid betrachtete sie die junge Frau, die einen treulosen Mann heiraten musste. Doch die wich mit hochrotem Gesicht ihrem Blick aus.

21. Kapitel

Der Sommer kam. Doch statt Sonne und Trockenheit prophezeite Heiko Heikes schlechtes Wetter: „Wir werden Anfang Juli schon das Korn mähen. Es wird Regen geben.“ Und so gingen Mina und Adda in der ersten Juliwoche vor Sonnenaufgang zu Heikes’, um Flora zu helfen, die für die Feldarbeiter kochen musste. Sie hatten die Ernte gerade eingebracht, als es sintflutartig zu regnen begann. Heiko freute sich, dass er sein Korn in der Scheune hatte. Einige andere Bauern am Deich und im weiteren Umland standen fassungslos vor ihrem vernichteten Getreide. Auch Daje und die jüngeren Kinder waren bei dem Regen nicht aus dem Haus gekommen. Erst als die Wege wieder begehbar waren, machte sie sich auf den Weg zu Meiers. Marie saß auf der Bank neben ihrem Haus und pulte die Krabben, die Hagen ihr gebracht hatte. Sie stellte die Schüssel zur Seite. Rief erfreut: „Hab schon auf meine süßen Schätze gewartet!“ Sie drückte den kleinen Keno sanft an sich und auch Thore und Eggo bekamen einen herzhaften Kuss. Daje betrachtete Marie unauffällig. Ihr Anblick beruhigte ihr schlechtes Gewissen, denn sie stellte fest, dass Marie aufblühte, seitdem sie auf die Kinder achtgab. Wie eine Blume, die endlich die richtige Pflege bekam. „Onkel Hagen nimmt euch heute Nachmittag wieder mit zum Hafen“, versprach Marie Thore und Eggo, „dann dürft ihr helfen, die Netze zu flicken.“ Am Abend, Daje hatte sich verspätet, waren die Jungen schon fort. „Hagen hat sie nach Hause gebracht“, berichtete Marie. Daje war ihre Verspätung unangenehm. „Es tut mir leid“, sagte sie zerknirscht, „bei Meiers war mehr Arbeit, als wir gedacht hatten. Kommt sicher nicht wieder vor.“ Marie beruhigte sie strahlend: „Das macht doch nichts. Das nächste Mal leg ich die Jungen gleich hier zum Schlafen hin.“

Hagen saß vor Dajes Haus auf der Bank. Die langen Beine von sich gestreckt, rauchte er mit Genuss seine Pfeife. Der Rauch, der dabei aufstieg, hing an dem schwülen Abend noch lange in der Luft, bevor er sich auflöste. Daje setzte sich zu Hagen. Er nahm die Pfeife aus dem Mund und erzählte: „Die Jungen schlafen. Deine Mädchen hab ich ebenfalls ins Bett geschickt." Daje sah zu ihm auf. „Danke." Plötzlich hatte sie das Bedürfnis, ihren Kopf an seine Schulter zu legen. Nur für einen Moment schwach sein zu dürfen. Er war schließlich nicht nur Kenos Vetter, sondern ihr darüber hinaus ein guter, verlässlicher Freund. Sie unterdrückte das Bedürfnis, denn sie wusste nicht, wie er darauf reagieren würde. Stattdessen fragte sie: „Möchtest du einen Klaren trinken? Bier hab ich leider keins." Er schüttelte den Kopf. „Nein, danke. Ich hab mir einen Becher mit Wasser genommen." Nach einer Weile, in der sie beide schwiegen, fuhr er fort: „Den Handwagen hab ich in den Stall gestellt." Daje dankte erneut. Hagen sog scharf die Luft ein. Stieß dann hervor: „Hör auf, dich dauernd zu bedanken. Keno war schließlich mein Vetter. Auch wenn ich nicht damit einverstanden war, dass er auf große Fahrt ging, tut mir sein Tod auch weh."

Er schwieg eine Weile. Dann wandte er sich ihr zu. Nahm ihre Hand in seine und sagte: „Hör mal, Daje. Willst du nicht endlich für deinen Mann den kirchlichen Segen einholen und seinen Namen in den Grabstein seiner Eltern gravieren lassen? Auch wenn er nicht dort begraben ist, gäbe es einen Ort, an dem er unvergessen bleibt." Daje schwieg und so fuhr er fort: „Außerdem ist der kleine Keno noch nicht getauft." Als sie noch immer nichts sagte, wandte er sich ihr zu. Meinte mit einem verständnisvollen Blick in ihre traurigen Augen: „Es ist sicher schwer, endgültig Abschied zu nehmen, aber denk darüber nach. Keno ist tot. Bestattet im Meer. Er wird nicht wiederkommen." Daje sah an ihm vorbei. Hagen seufzte leise. Dann stand er auf und riet: „Geh schlafen. Du siehst müde aus." Daje sah ihm nach, wie er mit langen, festen Schritten in der Abendsonne davonging. In der Stille, die nur ab und zu vom Kreischen einer Möwe unterbrochen wurde, dachte sie: „Marie hat Glück. Hagen ist ein guter Ehemann und wäre ein wunderbarer Vater." Auch wenn der Gedanke schmerzte, musste sie sich eingestehen, dass Keno nicht so gewesen war. Er hatte finanziell für sie gesorgt, aber darüber hinaus ... Tränen stiegen in ihr auf. Und sie weinte endlich um den Mann, den das Meer sogar im Tod nicht losgelassen hatte.

Sie beschloss in der Stille des Abends, Hagens Rat anzunehmen und mit dem Pastoren ihrer Kirche über einen Gottesdienst für Keno und der Taufe des Kleinen zu sprechen. Nach der Kirche könnte sie ihre Freunde und ihre Brüder aus der Krummhörn zum Tee einladen. Und sie würde mit dem Steinmetz in der Stadt sprechen. Zufrieden mit diesen Entscheidungen sah sie um sich. Das Abendrot war inzwischen der Dämmerung gewichen. Nur noch einige rötlichgelbe Streifen am Horizont zeugten von dem zu Ende gehenden Tag. Sie sah zum Himmel hinauf, an dem die Sterne wie kleine Lämpchen nach und nach aufleuchteten und fühlte sich wie von einer großen Last befreit. Mit dem gemurmelten Spruch „Nimm hin, was nicht zu ändern ist. Das Leben geht immer weiter“ hob sie die Hand. Schickte einen abschiednehmenden Gruß Richtung Nordsee und ging ins Haus.

22. KAPITEL

Der Augusttag zeigte sich von seiner freundlichsten Seite. Heute fand die Eheschließung von Geeske und Frieso statt. Marleen hatte mehrmals versucht, mit der Magd darüber zu sprechen, ob es nicht eine andere Möglichkeit gab, als einen ungeliebten Mann zu heiraten. Doch Geeske hatte nur abgewinkt und in ihr Taschentuch geschluchzt. Nun stand sie, in ein verwaschenes Kleid gehüllt und vor Aufregung zitternd, neben ihrem zukünftigen Mann. Der sah ebenfalls alles andere als glücklich aus. Seine Gesichtszüge schienen wie zu Stein erstarrt. Vor kurzem hatte er mit tiefer Trauer die Verlobung mit seiner Jugendfreundin gelöst. Die Tränen, die sie vergossen hatte, würde er für immer in seinem Herzen verwahren. Nicht einmal das bei gebrochenem Eheversprechen fällige Kranzgeld konnte ihren Kummer lindern. Tragisch war, dass durch sein Verhalten ein Makel auf ihr lag, der es ihr in der Zukunft schwer machte, einen neuen Freier zu finden. Sie war verlassen worden. Jeder Mann würde sich fragen, ob mit ihr etwas nicht stimmte.

Damit Frieso mit Geeske zusammenleben konnte, hatte Ahlers ihm eine der kleinen Katen auf seinem weitläufigen Land verpachtet. Schließlich würden die beiden weiterhin für ihn arbeiten. Geeske hatte ihren Eltern bei einem Besuch von ihrer Eheschließung erzählt. Die hatten es erleichtert hingenommen, dass eine ihrer Töchter versorgt war.

Pastor Kreuzer kam am Vormittag mit der Kutsche auf den Hof gefahren. Oma Siemke bat ihn sofort ins Haus. Versorgte ihn mit Tee und Kuchen und schenkte ihm einen Schnaps ein. Während der Trauungszeremonie sprach er über gute und schlechte Zeiten, die das Paar erwarteten und beendete die Trauung mit dem Spruch: „Bis dass der Tod euch scheide.“ Ganz zum Schluss, als alle das Vaterunser gesprochen hatten, ließ er bei den Worten: „Gott wird strafen die Lebenden und die Toten“, einen strengen Blick über die Runde schweifen. Alle außer dem Gutsherren senkten bestürzt die Köpfe. Der ging mit einem schiefen Grinsen und einem Schulterzucken darüber hinweg. Auch Marleen zog sich die Worte nicht an. Sie hatte ein reines Gewissen.

Registrierte jedoch jede Regung der Anwesenden. Fragte sich, warum Frieso, der doch schon mit einer anderen verlobt gewesen war, seine Hände nicht von Geeske hatte lassen können. Fragte sich auch, ob alle Männer so waren. So untreu und verlogen. Der Gutsherr hatte Ringe aus billigem Metall besorgt. Frieso und Geeske steckten sie sich gegenseitig an. Dabei liefen ihr die Tränen über das Gesicht. Und sie schwor bei sich, ihm eine gute Frau zu sein und ihrem Kind eine gute Mutter. Zu Trauzeugen waren Oma Siemke, die mit grimmigem Gesicht alles verfolgte, und Hilla, weil sie schon einundzwanzig war, bestimmt worden. Um Hillas Mund spielte ein verächtliches Lächeln, während sie über die Hochzeitsgesellschaft hinwegblickte. Von der Gutsherrin war nichts zu sehen.
Nach der Trauung gab es in der Küche ein einfaches Essen für die frisch Vermählten und die Dienstboten. Der Gutsherr spendierte ihnen ein Fässchen Bier mit den Worten: „Trinkt auf mein Wohl!“ Als er sich wenig später auf sein Pferd schwang und davonritt, folgten ihm die Blicke der Zurückbleibenden. In keinem las Marleen Bedauern, nur große Erleichterung, als er aus ihrem Blickfeld verschwunden war.

Regelmäßig ging Daje sonntags mit den Kindern und einigen anderen Deichbewohnern zum Gottesdienst in die Ludgeri-Kirche. Die stand groß und eindrucksvoll zwischen dem alten Friedhof und dem mit uralten Bäumen bewachsenen Marktplatz der Küstenstadt. Die Männer eilten nach der Kirche zu einem Elführtje ins „Jerusalem“. Daje wartete, bis Pastor Kreuzer den Gläubigen die Hand geschüttelt und einen guten Heimweg gewünscht hatte. „Herr Pastor?“ Er reichte ihr die Hand. „Was kann ich für dich tun, mein Kind?“ Sie sah dem älteren Herrn, der nicht nur sie, sondern auch ihre Töchter konfirmiert hatte, in die Augen und fragte: „Wären Sie bereit, meinem auf See gebliebenen Mann in einem Gottesdienst seinen Segen zu geben und anschließend meinen jüngsten Sohn zu taufen?“ Der Pastor wusste von Dajes schwerem Verlust und freute sich über ihre Bitte. Mit seiner sanften Stimme versprach er: „Das mache ich gern, mein Kind. Schenk ihm seine ewige Ruhe mit Gottes Segen.“

Am Nachmittag kamen Flora, Emma und Marie zu Daje. Die Männer schliefen zu Hause ihren Rausch aus. Die Frauen tranken Tee, aßen Floras Butterkuchen und gönnten sich ein Glas von Emmas Aufgesetztem. Dabei waren sie nicht untätig. Emma strickte. Marie häkelte an einem winzigen Jäckchen, welches das Erstaunen der anderen hervorrief, das sie aber ohne zu fragen hinnahmen. Flora stopfte Heikos Socken. Daje war dabei, die Teile einer neuen Hose für Thore zusammenzunähen. Die Mädchen saßen in ihren Sonntagskleidern draußen auf der Bank. Auch sie waren mit einer Handarbeit beschäftigt. Unterhielten sich leise, während sie auf ihre Brüder achteten, die auf einem Schaukelbrett zwischen den Bäumen saßen. Daje erzählte von dem Gottesdienst für Keno und der Taufe des Jungen. „Ich möchte seine Taufpatin werden“, bat Marie, „und auch Hagen würde das Amt gern übernehmen.“ Daje nickte zustimmend und freute sich, dass es für alles eine Lösung gab.

23. Kapitel

Marleen stand auf der Leiter im Obstgarten und sammelte die reifen Äpfel in einem Korb. Es war die Sorte Boskop, die sich besonders gut für Apfelkuchen und Kompott eignete. Geeske stand unten und hielt die Leiter fest. Meinte ängstlich: „Hoffentlich fällst du nicht runter.“ Marleen sah zu ihr herab und meinte humorvoll: „Dann fängst du mich hoffentlich auf.“ Die Vorstellung ließ Geeste kichern. Marleen betrachtete die Äpfel kritisch. Der starke Regen im Sommer hatte nicht nur dem Korn und den Kartoffeln, sondern auch den Früchten an den Bäumen geschadet. Die Äpfel, die während des Unwetters nicht herabgefallen waren, besaßen braune Stellen oder waren von fleißigen Würmern bewohnt. Sie reichte den gefüllten Korb zu Geeske hinunter. Nach einem Blick darauf stellte die fest: „Bin gespannt, wie die Birnen aussehen.“ Marleen

kletterte von der Leiter. Sie zuckte die Schultern, bevor sie antwortete: „Nicht viel anders. Wir müssen eben das Beste daraus machen." Nachdem einige Körbe gefüllt waren, pflückten sie die Birnen, die ebenfalls wurmstichig waren, und gingen in die Küche zurück. Dort schälten und schnitten sie die Früchte. Kochten sie in Gläser ein und machten aus einem Teil Dörrobst. Oma Siemke kam herein. „Beeilt euch lieber mit dem Einkochen", riet sie, „morgen früh kommt der Schlachter. Drei Schweine müssen an die Leiter." Die schwangere Geeske schüttelte sich. Klagte weinerlich: „Muss ich dabei sein? Das Quieken der Schweine und den Blutgeruch kann ich im Moment nicht ertragen. Dann muss ich wieder spucken." Oma Siemke verdrehte die Augen. Solche Empfindlichkeiten waren ihr fremd. Trotzdem brachte sie der jungen Frau Verständnis entgegen. „Nun gut", ordnete sie an, „dann bleibst du im Haus und kochst für alle das Essen."
Der Schlachter kam im ersten Morgengrauen. „Moin, Wichters. Denn man los." Wenig später hing das erste Schwein an der Leiter. Das Blut wurde in einem großen Bottich aufgefangen und, noch warm, von Else und Marleen gerührt. „Das ergibt eine leckere Wurst", frohlockte Oma Siemke. Bis zum Abend zerteilten sie im Schlachthaus die Schweine. Kochten das Fleisch ein und drehten die Würste. Die besten Stücke wurden in einer Salzlake gepökelt und zum Trocknen aufgehängt. Der Vorrats- und Dörrraum füllte sich zusehends. Oma Siemke behielt einige Stücke von dem Fleisch zurück. „Morgen gibt es Snirtjebraa!", verkündete sie, „da werden die Knechte sich freuen." Auch Marleen freute sich auf das Essen. Schließlich gab es selten genug Fleisch für das Personal.

Anfang Oktober wurden die Kühe wieder aufgestallt und es begann die Zeit, in der sie ihre Kälber bekommen sollten. Manchmal wurde ein Kalb auch im Sommer oder im Frühling geboren. Aber am liebsten war es den Knechten, wenn die Kühe im Stall unter ihrer Aufsicht kalbten. Das kostete sie oft den wohlverdienten Schlaf. „Heute Nacht waren es vier Kälber", erzählte Renke, wobei er ein herzhaftes Gähnen zu unterdrücken versuchte. „Eins hätte es fast nicht geschafft. Lag verkehrt herum. Aber", er zeigte auf Johann und fügte hinzu: „er hat

es in letzter Minute gerettet. Es einfach gedreht und nun saugt es bei seiner Mutter.“ Johann sah stolz und etwas verlegen zu Marleen hinüber. Als sie ihn bewundernd anlächelte, strahlte er.
Hilla kam herein. Zeigte auf Marleen und zischte giftig, wobei jeder ihren Unmut darüber spüren konnte: „Du sollst zur Gutsherrin kommen. Sofort!“ Marleen sprang auf. „Jetzt? Aber ich muss doch erst …“ Sie hatte sagen wollen: „Meine Arbeiten erledigen“, als Oma Siemke sie unterbrach. „Geh nur. Deine Arbeit läuft nicht weg.“ Auf dem Weg zum Schlafraum der Gutsherrin überlegte Marleen, warum sie wohl schon wieder zu ihr gerufen wurde. Sie hatte ihr doch erst vor einigen Tagen einen Rock und eine Bluse geändert. Obwohl es sie nichts anging, wunderte sie sich, dass die Herrin Tag für Tag dünner wurde. In ihrem Zimmer saß und las, während die wechselnden Jahreszeiten an ihrem Fenster vorbeizogen. Sie klopfte, doch niemand rief sie hinein. Erst als sie heftiger gegen die Tür schlug, erklang ein kaum hörbares: „Herein.“
Tilda saß in ihrem Morgenmantel auf der Bettkante. Sie hatte rote Flecken auf den Wangen. Ihr Haar fiel in langen zerzausten Strähnen über ihre Schultern herab. Marleen registrierte das unordentliche Aussehen der Herrin und vermutete, dass sie gerade erst aufgewacht war. Taktvoll sah sie zu Boden, während sie fragte: „Sie haben mich rufen lassen?“ Die Gutsherrin wischte sich hastig mit den Händen durchs Gesicht und übers Haar. Zeigte dann auf den Sessel am Fenster, auf dem das vor kurzem geänderte Kleid lag. Sagte leise: „Das Kleid muss repariert werden.“ Marleen nahm es an sich und betrachtete den langen Riss, der sich vom Ausschnitt bis zur Taille herunterzog. Sie warf Tilda einen raschen Blick zu. Die Gutsherrin war inzwischen nicht mehr rotfleckig, sondern weiß wie die Wand. Hastig sagte Marleen: „Machen Sie sich keine Gedanken. Das kann ich rasch wieder nähen.“ Tilda erhob sich. Marleen sah, wie sie schwankte. Ergriff sie am Arm und begleitete sie zum Sessel. Fragte besorgt: „Möchten Sie eine Tasse Tee trinken?“ Ohne die Antwort abzuwarten, trat sie an das Tischchen, auf dem das unberührte Frühstückstablett stand. Sie legte einen besonders dicken Kluntje in eine Tasse, goss Tee darauf, einen Löffel Sahne und reichte sie Tilda.

Wie in Zeitlupe nahm diese den Tee entgegen und begann vorsichtig daran zu nippen. Marleen sah ihr zu. Einerseits hätte sie sich gern zurückgezogen, aber andererseits sorgte sie sich um die verstört wirkende Frau. Sie betrachtete das Essen auf dem Tablett und überlegte, ob sie Tilda ein Brötchen zubereiten sollte. „Appetit kommt beim Essen“, sagte ihre Mutter immer, wenn die Kinder lustlos auf ihrem Teller herumstocherten. Ohne weiter darüber nachzudenken, halbierte sie eins der noch warmen Brötchen. Bestrich es mit der guten Butter und legte eine Scheibe Käse darauf. Sie reichte es Tilda. Die schüttelte den Kopf. „Nein, danke. Ich möchte nichts essen. Nimm das Tablett bitte wieder mit in die Küche.“ Marleen musste daran denken, wie Hilla jeden Morgen das unberührte Tablett mit einem hämischen Grinsen auf den Tisch in der Küche knallte. Else machte sich auf abfällige Weise darüber lustig und auch Geeske stimmte darin ein. Marleen ärgerte es, dass jeder hinter dem Rücken der Gutsherrin über sie redete, aber keiner den Versuch machte, ihr zu helfen. Bevor sie es verhindern konnte, sprach sie ihre gedachten Worte aus. „Warum essen Sie eigentlich nicht? Es ist doch genug da.“
Tilda hob überrascht den Kopf. Suchte Marleens Blick. Das junge Mädchen hielt ihm in gerader Haltung stand, obwohl sie wusste, dass sie eine Grenze überschritten hatte. Kein Dienstmädchen sprach in so einem Ton zu seiner Herrin. Auch wenn Tilda sich deswegen über sie bei ihrer Mutter beschweren sollte, taten Marleen die Worte nicht leid. Sie konnte nicht zusehen, wie sich ein Mensch, der genug zu essen hatte, verhungern ließ. Doch Tilda reagierte ganz anders, als sie befürchtet hatte. Ihr Blick wurde weich. Beinahe kindlich meinte sie: „Das sagt meine Mutter auch immer.“ Sie trank den Rest aus ihrer Tasse, bevor sie fortfuhr: „Dass meine Mutter sich Sorgen um mich macht, kann ich ja verstehen. Aber warum interessiert es dich, ob ich esse oder nicht?“ Marleen zögerte. Doch Tilda schien eine Antwort zu erwarten, und so sagte sie: „Ich habe das Gemälde in der Diele gesehen und kann einfach nicht verstehen, warum Sie sich seitdem so verändert haben.“ Als die Gutsherrin nicht antwortete, sondern sie nur in stummen Erstaunen ansah, knickste Marleen und verließ mit dem Kleid über dem Arm den Raum.

24. Kapitel

Marleens Worte hatten sie getroffen. Als die Magd hinausgegangen war, stellte Tilda die geleerte Tasse vorsichtig auf das Tischchen neben sich. Erhob sich so langsam wie eine sehr alte Frau, die ihren Beinen nicht mehr vertraute. Zögernd trat sie zu dem langen Standspiegel, in dem sie sich früher, wie ihr heute schien, in einem anderen Leben, gern betrachtet hatte. Inzwischen hing ein Tuch darüber, das sie langsam, mit geschlossenen Augen, herunterzog. Sie wusste, wie sie aussah. Trotzdem erschrak sie, als sie die Augen öffnete. Mit den dünn gewordenen Fingern ihrer ehemals kräftigen Hände fuhr sie über ihre blassen, schmalen Wangen. Griff in ihr blondes langes Haar, das auf ihre mageren Schultern herabfiel. Kraftlos, so wie ihre ganze Erscheinung. Das, sagte sie sich bitter, hatte er aus ihr gemacht.

Früher war sie eine selbstbewusste Frau gewesen. War wie eine Amazone über die Felder der Westermarsch geritten und keine Hürde war ihr zu hoch gewesen. Doch dann hatte sie, gerade achtzehn, Ludolf kennengelernt. Er war mehr als zwanzig Jahre älter und ein Geschäftsfreund ihres Vaters. Der hatte in ihm einen würdigen Nachfolger für seinen Pferdehandel gesehen und beschlossen, dass Ludolf sein Schwiegersohn werden sollte. Auch Tilda hatte sein höfliches, zuvorkommendes Wesen gefallen. Doch Ludolf hatten in erster Linie ihre ansehnliche Mitgift und ihr ungezügeltes Temperament gereizt. Er freute sich darauf, sie zu zähmen.

Schon im ersten Jahr ihrer Ehe wurde ihr klar, dass Ludolf ihr seinen Willen aufzwingen wollte. Wie den wilden Pferden, die ihm zum Einreiten gebracht wurden. Alles, was sie sagte oder tat, wurde in Frage gestellt und als unsinnig zur Seite geschleudert. Im Bett nahm er sie ohne Rücksicht auf ihre Gefühle. Stellte sie vor den Angestellten bloß und brachte auch diese dazu, auf sie herabzusehen. Ihre Freundinnen, mit denen sie sich früher regelmäßig in der Stadt zum Bummeln getroffen hatte, vergraulte er. Sagte ihnen, dass Tilda keinen Wert mehr auf ihre Gesellschaft lege. Zu Anfang hatte sie sich zu seiner Freude gegen die Bevormundung gewehrt. Doch irgendwann damit aufgehört. Hatte kapituliert, wie ein Pferd, das nach langem Bocken aufgab und sich den Sattel auflegen ließ. Ab dem Tag verlor er das Interesse an ihr und bestieg sie nur noch, um sie endlich zu schwängern. Schließlich brauchte er einen Stammhalter, der später das Gut übernehmen sollte. Aber darauf konnte er lange warten, dachte sie mit plötzlich erwachendem Trotz, während sie in den Spiegel sah. Seit einiger Zeit wusste sie, dass sie keine Kinder bekommen konnte. Sie war unfruchtbar. „Kommt vor, wenn Frauen in ihrer Jugend zu viel reiten", hatte der hinzugezogene Arzt bedauernd festgestellt. Tilda flehte ihn an, es Ludolf nicht zu sagen. Denn sie wusste, dass er sie dann ohne einen Pfennig hinauswarf. Sie und ihre Mutter. Und wohin sollten sie dann gehen? Schließlich hatte er ihr Vermögen eingesackt. Der Arzt, der ihren Vater gut gekannt hatte und vom Gutsherren nicht viel hielt, versprach zu schweigen.

Und so bemühte sich Ludolf nach wie vor vergeblich, ihr den gewünschten Sohn einzupflanzen. Obwohl sie sich vor Kurzem noch am liebsten aufgelöst hätte wie Nebel in der Sonne, hatte etwas in Marleens Vorwurf, ob sie sich umbringen wollte, sie berührt. Aufgerüttelt. Sie wollte das Gefühl abschütteln. Doch es klammerte sich hartnäckig an ihr fest. Nahm ihr die Luft, bis sie laut aufschluchzend ein Kopfkissen nahm und wild mit den Fäusten darauf einschlug. Solange, bis die Kraft in ihren dünnen Armen versiegte.

25. Kapitel

Am Abend vor dem Gottesdienst, den Daje mit Pastor Kreuzer abgesprochen hatte, waren bereits ihre ältesten Töchter nach Hause gekommen. In ihre besten Kleider gehüllt standen sie mit ihrer Mutter und den Brüdern am nächsten Morgen vor der Kirche. Dajes Brüder kamen direkt dorthin. Überreichten ihr in einem Kuvert etwas Geld mit den Worten: „Kannst das sicher gut brauchen. Wir drei haben zusammengelegt." Unbeholfen klopfte der Älteste ihr die Schulter. Daje bedankte sich. „Wäre ja nicht nötig gewesen." Schließlich wusste sie,

dass ihre Brüder auch nicht viel besaßen. „Doch, das war es", antwortete Wübbo, „wir können ja sonst nichts für unsere kleine Schwester tun." Ihr jüngster Bruder, der Dorfschiffer, war nicht mitgekommen. Auf ihre Frage antwortete August: „Jörn lässt dich schon grüßen. Er musste eine Lieferung aus Emden holen."
Sie setzten sich alle zusammen in die Kirchenbänke und lauschten der Predigt. Nach den allgemeinen Ankündigungen sagte der Pastor: „Wir wollen heute für Keno beten. Einem Seemann, der vor elf Monaten auf dem Meer sein Leben ließ und seine Familie mit neun Kindern zurücklassen musste. In tiefem Kummer hat seine Witwe erst jetzt die Kraft gefunden, ihren jüngsten Sohn, den ihr Mann nicht mehr kennenlernen durfte, taufen zu lassen. Er erhält den Namen seines Vaters: Keno." Daje spürte die neugierigen, teils mitfühlenden Blicke der Kirchgänger auf sich ruhen. Sie war erleichtert, als der Pastor den Kleinen in Maries Armen getauft hatte. Danach das Vaterunser anstimmte und die Leute nach der Segnung die Kirche verließen. Einige schüttelten ihr vor der Kirche die Hand und wünschten Glück für die Zukunft. Der Pastor begleitete sie mit dem Handwagen, in dem die Jungen unterwegs einschliefen, zum Friedhof hinter den Villen in der Linteler Straße. Eine Weile stand die Familie vor dem Grab, in dem Kenos Eltern die letzte Ruhe gefunden hatten. Betrachteten andächtig seinen Namen. Der Pastor hielt eine kleine Andacht, schüttelte ihnen die Hand. Nachdem Daje ihm etwas Geld zugesteckt hatte, ging er mit einer leichten Verbeugung davon.
Daje hatte zu Mittag einen großen Topf Hühnersuppe gekocht, die sich alle schmecken ließen. Ihre Brüder brachen gleich nach dem Essen wieder auf. Versprachen aber, bald einmal wiederzukommen. „Und wenn du Hilfe brauchst, schreibst du uns einfach." Am Nachmittag kamen Dajes Freunde. Während sie an Keno dachten, meinte Peter plötzlich: „Wenigstens liegt er dort in ewiger Ruhe, wo er am liebsten war. Im Meer." Er bemerkte Dajes betroffenen Gesichtsausdruck. Fügte hastig hinzu: „Ich will dir nicht weh tun, aber wir haben uns immer darüber gewundert, dass Keno überhaupt geheiratet hat. Er war doch Seemann mit Leib und Seele." Hagen warf Daje einen schnellen Blick zu, bevor er meinte: „Das ist nicht richtig. Er wollte

abmustern. An Land arbeiten. Hat mich gefragt, ob ich Arbeit für ihn hätte.“ Daje war überrascht. „Das wollte er? Aber warum hat er mir nichts davon gesagt?“ fragte sie verletzt. Hagen hob die Schultern. „Vielleicht wollte er dich damit überraschen. Aber ich hab eigentlich nicht daran geglaubt, dass er es wirklich macht.“ Er warf Daje einen unsicheren Blick zu. Meinte dann: „Andererseits war er ja auch nicht mehr gesund.“ Daje staunte noch mehr. „Er war krank? Und wieso weiß ich auch davon nichts?“ Hagen schwieg. Dann sagte er leise: „Männer sagen ihren Frauen nicht immer, wenn sie etwas quält.“ Marie betrachtete ihn traurig. Sie wusste, warum ihr Mann litt. Auch wenn er es nie laut gesagt hätte.
Am Nachmittag trennten sich die Freunde. Weil es schon dunkelte und zudem heftig regnete, brachte Hagen zuerst Line und Okka mit Heikos Kutsche zur Bahn und anschließend Marleen zum Gutshof in Westermarsch. Das Mädchen hatte Vertrauen zu ihm. In gewisser Weise war er ihr immer mehr ein Vater gewesen als Keno. Bevor sie aussteigen musste, fragte er: „Geht es dir gut bei Ahlers?“ Marleen zögerte. Dann fielen ihr Johanns Worte ein: „Man spricht nicht über die Herrschaften. Das gehört sich nicht.“ Mit fester Stimme antwortete sie: „Ja, es geht mir gut dort. Mach dir keine Sorgen.“

26. Kapitel

In der Nacht hatte es gefroren. Marleen erschauderte im eisigen Wind, während sie über den Vorplatz zum Stall lief. Sie hatte vergessen, ihr Tuch umzulegen, aber wenn sie sich beeilte, war sie bald wieder in der Wärme der Küche. Im Stall sahen ihr die gemolkenen Kühe neugierig entgegen. Als sie ihnen keine Beachtung schenkte, senkten sie beleidigt die Köpfe. Marleen lachte laut auf und sagte: „Ihr seid genauso dumm wie unsere Rosa zu Hause. Die hat sogar Angst vorm Wetter.“ Noch immer lächelnd betrat sie die Melkkammer und bückte sich zu den Kannen hinunter. Nahm in jede Hand eine und wollte damit zur Tür hinaus. Mit einem erschrockenen Schrei fuhr sie zurück. Ein Mann stand im Rahmen. Im ersten Moment dachte sie, es wäre Johann, der manchmal in den Stall kam, um mit ihr zu klönen. Doch es war nicht der Großknecht, sondern der Gutsherr, der sie mit glasigem Blick anstarrte. Wie sie befremdet feststellte, umgab ihn ein Geruch, den sie angewidert als Alkoholfahne erkannte. Halt suchend stützte er seine Arme rechts und links von der Tür ab. Marleen sah, dass sie so nicht an ihm vorbeikam. Sie entschied sich, höflich zu grüßen und abzuwarten, bis er die Tür wieder freigab. Die Milchkannen stellte sie so lange neben sich auf dem Boden ab.

Der Gutsherr war nicht nur betrunken, sondern auch übel gelaunt. In der letzten Nacht hatte sich seine Frau mit den Worten: „Fasst du mich an, schreie ich das ganze Haus zusammen!“, zum ersten Mal gegen ihn zur Wehr gesetzt. Ihre blitzenden Augen und das entschlossen vorgestreckte Kinn hatten ihn flüchtig an die Frau erinnert, die sie früher gewesen war. Und der Anblick hatte ihn erregt. Aber als er ihr mit Gewalt den seidenen Morgenmantel, den sie um sich geschlungen hatte, wegreißen wollte, hatte sie ihre Drohung wahr gemacht. Geschrien wie aufgespießt. Überrascht hatte er von ihr abgelassen und war hinausgestolpert. Doch die Hitze in seinen Lenden war geblieben. Normalerweise wäre er zum Dampfablassen in die Stadt zu seinen Huren geritten. Dafür war es zu spät und so hatte er sich stattdessen betrunken. Doch der Alkohol hatte seine Lust eher verstärkt und so kam ihm die hübsche Marleen sehr gelegen.
„Wohin so eilig?“, fragte er näherkommend mit trunkener Stimme. Marleen irritierte die Frage. Schließlich konnte er es sich anhand der Milchkannen doch denken. Mit hoch erhobenem Kopf antwortete sie: „Ich hole wie jeden Morgen die Milch. Oma Siemke hat gesagt, ich soll nicht trödeln. Die Knechte haben Hunger.“ Er lachte leise. Es sollte einschüchternd klingen, als er mit schmalen Lippen knurrte: „Die alte Hexe hat gar nichts zu sagen. Ich bin euer Herr. Hier zählt nur, was ich will.“ Marleen wich angeekelt von seiner Schnapsfahne einen Schritt zurück. Ahlers ließ seinen Blick gierig über sie gleiten. Grunzte mit heiserer Stimme: „Ich hab auch Hunger.“ Marleen sah ihn an. Meinte zuvorkommend: „Wenn Sie mich vorbeilassen, geh ich

in die Küche und mach Ihnen schnell Frühstück." Der Gutsherr starrte sie verblüfft an. Er war gewohnt, dass die Mägde vor ihm kuschten. Ängstlich wie Kaninchen in der Falle um sich sahen, wenn er in ihre Nähe kam. Sogar das morgendliche heiße Rasierwasser brachten sie mit Angst in den Augen. Verschwanden wieder so schnell, wie die Mäuse in ihren Löchern, wenn die Katze auftauchte. Aber dieses Weib schien keine Angst zu haben. Im Gegenteil. Ihre graublauen Augen waren klar und trugen einen höflich-distanzierten Ausdruck. Das reizte ihn und er fühlte sich plötzlich wieder stark. Welches Vergnügen würde es sein, dieses Wild zu erlegen.
Marleen ahnte nichts von der Gefahr, in der sie schwebte. Allerdings wurde sie zunehmend ärgerlich. Ihre Wangen röteten sich und in ihre Augen trat ein trotziger Glanz. Gerade wollte sie ihm erklären, dass sie nun wirklich gehen müsste, als Johann hinter ihm auftauchte. Er hatte den Gutsherren gesucht, weil eine seiner trächtigen Stuten Wehen hatte. Mit einem Blick erfasste er die Situation. Sah, dass Marleen zwar ärgerlich, aber unversehrt war. Er musste versuchen, die Aufmerksamkeit des Gutsherren von ihr abzulenken. Johann wusste, dass Ahlers seine Pferde über alles gingen. Sie behandelte er mit der Fürsorge, die er den Menschen in seinem Leben vorenthielt. Wenn die Tiere krank waren, verzichtete er sogar auf seinen nächtlichen Schlaf, bis es ihnen wieder besser ging.
Ruhig begann Johann: „Sofia hat Wehen. Sie sollten sich das ansehen." Ahlers war so auf die junge Frau fixiert, dass er sich nicht einmal umdrehte. Nur barsch antwortete: „Verschwinde. Ich hab zu tun." Johann ließ sich nicht abweisen. Er trat näher. „Ich glaube, das Fohlen kommt bald. Bitte, kommen Sie mit mir!" Langsam schienen seine Worte zu dem betrunkenen Mann durchzudringen. „Nun gut", lallte der, wobei er Marleen einen bedauernden Blick zuwarf, „aber wehe dir, wenn es nicht so ist." Er taumelte, gefolgt von Johann, der Marleen mit der Hand ein Zeichen gab. Sie atmete erleichtert auf und lief, so schnell sie konnte, in die Küche zurück. Stellte die Kanne auf den Tisch und stieß hervor: „Ich kann nichts dafür." Oma Siemke mochte es nicht, wenn die Mägde so ungestüm waren. Streng fragte sie: „Ist der Teufel hinter dir her? Oder warum stürmst du so ins Haus?" Als

Marleen sie nur stumm ansah, fügte sie hinzu: „Wird auch höchste Zeit, dass du kommst. Ich hab doch gesagt, dass du nicht trödeln sollst.“ Gereizt schüttelte sie den Kopf. „Wo habt ihr Mägde nur immer eure Gedanken?“ Der Vorwurf verletzte Marleen. Sie konnte doch nichts für die Verspätung. „Ich hab nicht getrödelt“, hob sie zu ihrer Verteidigung an, „aber… aber…“ Plötzlich fehlten ihr die Worte. Ahlers war schließlich der Schwiegersohn der Alten. Sie konnte ihn doch nicht ihr gegenüber beschuldigen. Was hätte sie auch sagen sollen? Der Gutsherr hat mich aufgehalten? Er wollte… Ja, was wollte der Betrunkene eigentlich von ihr? Das hatte sie ja nicht mehr erfahren, weil Johann hinzugekommen war. Dafür war sie ihm dankbar, aber von Oma Siemke fühlte sie sich ungerecht behandelt.
Tränen stiegen in ihr auf. Sie versuchte sie zu unterdrücken. Als das nicht gelang, lief sie ohne ein weiteres Wort hinaus. Die Treppe hinauf und in ihre Kammer. Warf sich dort auf ihren Strohsack und ließ ihren Tränen freien Lauf. Oma Siemke sah verdutzt hinter ihr her. Dachte: „Was ist denn mit der Magd los?“ Gerade wollte sie ihr nachgehen und zur Rede stellen, als Johann hereinkam. Besorgt fragte: „Ist Marleen hier?“ „Nein!“ erwiderte sie scharf. „Aber sie war hier. Ich hab mit ihr geschimpft, weil sie getrödelt hat. Und da ist sie einfach rausgerannt.“ Kopfschüttelnd fügte sie hinzu: „Ein Benehmen ist das. Die werde ich mir vorknöpfen, sobald ich sie erwische.“ Johann ließ sich mit einem erleichterten Seufzen auf die Bank fallen. Das weckte ihren Argwohn. „Warum interessiert dich das denn?“ Johann, der Oma Siemke vertraute und sich gut mit ihr verstand, schenkte sich Tee in seinen Becher. Da noch keiner der anderen Knechte anwesend war, begann er zögernd: „Der Gutsherr wollte ... hatte … nun ja …“ Er wusste nicht, wie er den Vorfall in der Melkkammer in Worte fassen sollte. Doch Oma Siemke verstand ihn auch so. Sie wandte sich ihm so plötzlich zu, dass der Haferbrei, den sie gerade auf seinen Teller geben wollte, danebenklatschte. Die Kelle drohend erhoben, stieß sie hervor: „Was wollte er?“ Erschrocken stammelte Johann: „Er … er … war in der Melkkammer und wollte … aber …“ Als er sah, wie Oma Siemkes Augen zu Schlitzen wurden, fügte er hastig hinzu: „aber ich konnte das Schlimmste verhindern.“ Die alte Frau ließ die Kelle sin-

ken. Ließ sich auf die Bank ihm gegenüber fallen und sagte aus tiefstem Herzen: „Gott sei Dank, dass du da warst!“ Johann wiegte bedenklich den Kopf von einer Seite zur anderen. „Tja, aber wenn Ahlers nüchtern gewesen wäre …“ Er zögerte kurz, bevor er den Satz mit: „Ich weiß nicht, ob es dann so ausgegangen wäre“, beendete. Plötzlich sah er Marleens Gesicht, mit den vor Wut blitzenden Augen vor sich. „Aber“, fuhr er fort, „sie war sehr wütend und ich glaube, sie hätte sich schon verteidigt.“ Die Alte stand auf. Befüllte die restlichen Teller mit dem Brei. Stellte den Topf auf den Herd zurück, bevor sie sagte. „Auch wenn sie vielleicht wütend war: Sie wäre ihm gewiss unterlegen gewesen.“ Bedrückt fügte sie hinzu: „Das arme Kind! Und ich hab sie auch noch gescholten, weil sie angeblich getrödelt hatte.“
Die Tür wurde geöffnet und Marleen kam herein. Sie hatte sich die Nase geputzt. Die Augen mit dem Wasser aus dem Krug in ihrem Zimmer gekühlt, und war bereit, Oma Siemke ihre Verspätung zu erklären. Als sie Johann sah, zögerte sie. Sie wusste, dass Oma Siemke es nicht mochte, wenn Probleme im Beisein anderer besprochen wurden. Auch sie selbst rügte nie, wenn ein Unbeteiligter dabei war. Marleen warf Johann einen kurzen Blick zu. Der wich ihrem aus, indem er sich über seinen Teller beugte. In dem Moment traten die anderen Knechte mit Geeske und Else ein.

Nachdem die Dienerschaft ihr Frühstück verzehrt und die Küche wieder verlassen hatte, sagte Oma Siemke mit bedrückter Stimme: „Ich überlege, ob es nicht besser wäre, wenn ich dich wieder zurück nach Hause schicke.“ Entsetzt sprang Marleen auf. Rief in heller Panik: „Das dürfen Sie nicht tun! Ich hab nicht absichtlich getrödelt. Der Gutsherr wollte mit mir sprechen und da konnte ich ihn doch nicht einfach stehen lassen. Das wäre unhöflich gewesen.“ Oma Siemke sah auf den Tisch herunter. Dachte voller Abscheu: „Mit dir reden wollte der Schubiack sicher nicht.“ Sie hob den Kopf und sah prüfend in das unschuldige Gesicht der Magd. Ihr fiel ein, dass Johann gesagt hatte: „Ich glaube, Marleen wusste gar nicht, was der Alte von ihr wollte.“

Die sackte neben Oma Siemkes Stuhl plötzlich in die Knie. Flehte: „Bitte, Sie dürfen mich nicht fortschicken! Dann mache ich meiner Mutter Schande. Sie wird enttäuscht sein. Denken, dass ich mich nicht benehmen konnte oder nicht fleißig genug war. Und dann …“ sie überlegte, ob sie es erwähnen sollte, aber es entsprach der Wahrheit und so beendete sie den Satz mit: „darf ich gewiss keine Lehre zur Schneiderin machen. Bitte, bitte, lassen Sie mich das Jahr hier beenden. Ich will mich auch nicht mehr verspäten.“ Oma Siemke erhob sich schwerfällig. Meinte kaum hörbar: „Nun gut. An mir sollen deine Zukunftspläne nicht scheitern. Dann bleib eben, bis die Zeit um ist.“ Marleen dankte ihr mit einem tiefen Knicks und die Alte hoffte, dass ihr die Entscheidung nicht eines Tages leidtun würde.

27. Kapitel

Marie zog das Kleid über ihre Hüften herunter und nahm Janna gegenüber an ihrem Küchentisch Platz. „Es stimmt“, sagte die Hebamme: „du bist schwanger!“ Sie war sehr besorgt und gleichzeitig ärgerlich. Maries zierlichen Körper betrachtend, fuhr sie fort: „Ich hatte Hagen doch verboten, dir beizuschlafen. Warum hat er es trotzdem getan?“ Sie wunderte sich, dass der ansonsten so verantwortungsbewusste Mann sich über ihre Warnung hinweggesetzt hatte. „Dem werde ich was erzählen! Er weiß doch, wie gefährlich eine weitere Schwangerschaft für dich ist. Dass du daran sterben kannst. Er hat mir versprochen, sich von dir fernzuhalten oder zumindest aufzupassen.“

Marie wurde rot. Schämte sich, denn Hagen trug keine Schuld. Sie hatte ihn eines Nachts überrumpelt. Schlaftrunken hatte er sich ihr ergeben und sich anschließend große Vorwürfe gemacht. „Nein, ncin!“, sagte sie hastig zu Janna: „Hagen kann nichts dafür. Ich bin schuld da-

ran. Aber ich will ihm unbedingt einen Sohn schenken. Einen, der später fortführen kann, was er aufgebaut hat. Außerdem“, sie ergriff Jannas raue Hände und flüsterte: „darf er nicht wissen, dass ich schwanger bin. Und ich bitte dich, es ihm nicht zu sagen. Auch Emma, Flora und Daje sollen noch nichts davon erfahren.“ Sie wischte sich eine einzelne Träne von der Wange. Fügte leise hinzu: „Wenn es nicht bleibt, ist es besser, wenn sonst niemand davon weiß.“
Janna krauste die Stirn. Sagte pikiert: „Ich unterliege der Schweigepflicht. Von mir erfährt keiner etwas. Trotzdem fällt es mir schwer, dich zu verstehen.“
Marie stellte sich ans Fenster und sah hinaus. Thore und Eggo spielten vor der Tür mit ein paar anderen Kindern im Schnee, der über Nacht gefallen war. Fröhlich bewarfen sie sich mit Schneebällen. Das helle Kinderlachen drang durchs Fenster zu ihnen. Marie zeigte auf sie und sagte: „Schau, Daje hat Kinder und keinen Mann. Ich habe einen Mann und kein Kind. Es ist der letzte Versuch.“ Janna legte einen Arm um ihre Schultern. Antwortete ernst: „Nun gut. Was auch immer geschieht: Das Schicksal nimmt seinen Lauf.“ Als sie gegangen war, setzte Marie sich neben den Korb, in dem der kleine Keno schlief. Daje war schon früh mit Adda und Mina in die Stadt gelaufen. Sie wollte dort nach günstigen Stoffen für Kleidung schauen. Anschließend zum Schuhmacher, weil die Mädchen neue Klumpen brauchten. Sie hatte gefragt: „Soll ich dir etwas aus der Stadt mitbringen?“ Marie hatte lächelnd abgelehnt. Sie brauchte nichts. Sie wollte nur das Kind behalten.

28. Kapitel

Seit dem zweiten Adventssonntag saß jeden Abend am Ecktisch in der Gastwirtschaft in Esens ein junger Mann. Er hatte braune Augen, goldblonde lockige Haare und ein schmales Gesicht. Wenn Line ihm sein Bier brachte, bedachte er sie mit einem strahlenden Lächeln und sie lächelte automatisch zurück. Sie war die Blicke der

Männer gewöhnt. Schließlich war sie hübsch anzusehen mit ihrem kräftigen blonden Haar, ihren drallen Formen und dem kecken Lächeln. Gerd Harms bemerkte, dass der Gast ihr Interesse entgegenbrachte. Väterlich besorgt, fragte er: „Schäkert der mit dir?" Obwohl Line inzwischen ihren zwanzigsten Geburtstag gefeiert hatte, fühlte er sich für sie verantwortlich. Schließlich hatte deren Mutter schon Elend genug. Line war empört. „Nein! Er ist nur freundlich, und ich, wie zu allen anderen Gästen, auch." Sie machte ein beleidigtes Gesicht. Gerd Harms tat sein Verdacht sofort leid. Als sie fragte: „Wer ist das denn überhaupt? Kennen Sie den?" antwortete er bereitwillig: „Ja, er heißt Anton. Ist von Langeoog und hier bei seinem Onkel zu Besuch." „Zu Besuch?" Line war seltsamerweise enttäuscht. „Nun", sagte sie mit einem Schulterzucken, „dann wird er ja bald wieder gehen." Auch wenn sie ihn sehr hübsch und ansprechend fand, wurde er somit uninteressant. Sie wollte einen Mann zum Heiraten. Keinen, der nur vorübergehend in der Stadt war. Auch wenn Langeoog nicht weit entfernt lag.

Doch am nächsten Abend saß er wieder am Ecktisch. Warf ihr auffordernde Blicke zu und da sie nichts von ihm wollte, brachte sie ihm sein Bier mit der kecken Frage: „Was macht ein Langeooger Jung denn auf dem Festland? Arbeitest du hier?" Er zog sie mit seinem Blick ganz nah zu sich heran und flüsterte: „Nein! Ich will ein schönes Mädchen freien." Mit der Antwort hatte sie nicht gerechnet. Heiße Röte schoss ihr ins Gesicht. Sie war nicht mehr keck, sondern sehr verwirrt. Nach, wie ihr schien, endlosen Minuten riss sie sich aus seinem Blick los und lief aus der Gaststube in die Küche. Okka wusch gerade das Abendbrotgeschirr und musterte ihre Schwester erstaunt. „Wie siehst du denn aus?" Line tauchte ihre Unterarme in einen Eimer mit kaltem Wasser. Fuhr mit ihren Händen über das erhitzte Gesicht und stieß hervor: „Es ist warm in der Gaststube. Ich brauche ein wenig Abkühlung." Sie trocknete sich ab und sagte atemlos: „Hoffentlich gehen die Gäste gleich. Ich bin hundemüde." Mit noch immer stark klopfendem Herzen ging sie zögernd in den Gastraum zurück.

Zu ihrer Erleichterung war Anton fort. Harms sah sie mit gerunzelter Stirn prüfend an. „Wieso bist du gerade hinausgelaufen? Hat Anton dich bedrängt?“ Line stellte eine Lage Schnaps auf ein Tablett und antwortete bestimmt, wobei sie seinem Blick auswich: „Nein! Mir war nur warm.“

Sie war froh, als die letzten Gäste endlich das Lokal verlassen hatten und sie in ihre Kammer gehen konnte. Schlaflos lag sie in ihrem Bett. Wälzte sich unruhig herum, während sie an Antons Worte und seinen glühenden Blick dachte, der sich unverhofft in ihr Herz gebrannt hatte. Halb hoffend, halb bangend wartete sie am nächsten Abend, ob er wiederkam. Und tatsächlich saß er am Ecktisch. Doch dieses Mal lag neben ihm auf dem Tisch eine Laute. Er nahm sie in die Hand. Senkte seinen Blick in Lines Augen, als sie an seinem Tisch stand, und sang, während er die Saiten schlug, mit wohlklingender Stimme direkt in ihr Herz:

„Dat du mien Leevsten büst,
dat du woll weeßt.
Kumm bi de Nacht,
kumm bi de Nacht,
segg wor du heeßt …“

Line stand wie hypnotisiert. Erst als er die Strophe beendet hatte und die anderen Gäste ihm Beifall zollten, fand sie die Kraft, sich aus seinem Blick loszureißen und an den Tresen zurückzukehren. Mit zitternden Knien und bebendem Herzen begann sie die Gläser zu spülen, die dort standen. Warf eines entzwei, und hoffte, während sie die Scherben zusammenfegte, dass Anton nicht noch etwas bestellte. Noch immer raste ihr Herz und erleichtert sah sie, dass er gleich darauf den Gastraum verließ. Doch nicht, ohne ihr noch einen glühenden Blick zuzuwerfen. Gastwirt Harms war glücklicherweise während des Vortrags nicht im Raum gewesen. Bestimmt hätte er von Line eine Erklärung verlangt.

Die nächsten Abende wartete sie mit flatterndem Herzen vergeblich auf Anton. Am Sonntagabend, meistens waren dann nur wenig Gäste da, stand Line allein am Tresen. Ihre Herrschaft war ausgegangen und so bewirtete sie die Gäste, während Okka in der Küche arbeitete. Sie stand gerade am Zapfhahn und füllte die Bierkrüge für ein paar Männer, die am Stammtisch saßen, als Anton hereinkam. Wieder hatte er die Laute dabei. Bestellte lässig ein Bier, das sie ihm mit stark klopfendem Herzen brachte. Als die anderen Gäste baten: „Jung, spiel uns ein Lied!“ sah er Line erneut tief in die Augen. Wartete, bis ihr Blick sich öffnete und sang nur für sie:

„Kumm du um Middernacht,
kumm um Klock een!
Vader slöpt,
Moder slöpt,
ik slap alleen …“

Wie gebannt, seinem Werben hilflos ausgeliefert, nickte sie zustimmend. Erst als ein Gast rief: „Deern, wor blifft min Beer?“, fand sie die Kraft, sich abzuwenden. Mit bebenden Händen brachte sie dem Gast das Verlangte und atmete auf, als Anton mit einem Blick, der ihren ganzen Körper zum Glühen brachte, hinausging. In der Nacht erzählte sie Okka davon: „Der sucht nur ein Abenteuer!“, warnte ihre bodenständige Schwester. Doch Line war bereits rettungslos verliebt. Sonntagabend schob er ihr einen Bierdeckel zu, auf dem einige Worte standen und sang:

„Klopp an min Kammerdör,
fat an de Kling,
Vader meent,
Moder meent,
dat deit de Wind …“

In der Nacht schlich Line sich aus der Gaststätte. Den Bierdeckel mit seiner Adresse in der Hand. „Nimm den Hintereingang!“ hatte er dazu geschrieben. Ihr Herz schlug so laut, dass sie meinte, es müsste das schlafende Esens aufwecken. Sein Onkel wohnte in einem Haus in der Nähe des Witwenstifts. Sie klopfte an die Tür. Befürchtete für einen Moment, dass der Alte öffnen würde und sie davonjagte. Doch

Anton hörte ihr Klopfen. Kam zur Tür und zog sie herein. Bedeckte ihr Gesicht und ihren Hals mit heißen Küssen. Er entkleidete sie langsam, was sie mit geschlossenen Augen zuließ. Etwas später lag sie auf seinem Bett. Zugedeckt von seinem Körper und dahinschmelzend in seiner leidenschaftlichen Umarmung. Erst im Morgengrauen schlich sie hinaus, während er leise zur Laute sang:

„Kummt denn de Morgenstund,
kreiht de ol Hahn,
Leevste min,
Leevste min,
denn mösst du gahn ...“

So ging es bis kurz vor Weihnachten. Okka lag horchend wach, bis sie Line zurückkommen hörte. Jedes Mal warnte sie aufs Neue: „Glaub ihm nicht, was er sagt! Neulich hab ich ihn auch mit einer anderen turteln sehen.“ Line wurde böse. Schrie, wobei Okka Angst hatte, dass ihr Gezeter den Gastwirt und seine Frau wecken könnte: „Du lügst! Du bist nur neidisch, weil dich keiner freit.“ Okka richtete sich aus dem Kissen auf und rief besorgt: „Und wenn du ein Kind bekommst? Wird er dich dann heiraten?“ Line hob den Kopf. Dachte an seine leidenschaftliche Umarmung. Seine geflüsterten Worte: „Du bist die Einzige für mich. Gib dich mir hin. Ich bin immer für dich da!“, und antwortete überzeugt: „Er liebt mich und keine andere. Für immer! Das hat er mir versprochen.“ Okka verbrachte den Rest der Nacht wach und hoffte, dass Line recht behielt. Doch die schlief tief und fest. Erschöpft vom Liebesspiel.

Zwei Tage vor Weihnachten schrieb Line ihrer Mutter, dass sie zum Fest nicht kommen könnten. Ihr Dienstherr bräuchte sie im Gasthaus. Daje bedauerte das sehr, aber es ließ sich ja nicht ändern. Sie packte ein Päckchen mit Geschenken für ihre Töchter. Gab es dem Reichspostboten mit und lud Hagen und Marie zum Fest ein. Auch Emma und Peter und Heiko und Flora. Nach ihrer Meinung sollte niemand den Heiligen Abend allein verbringen müssen. Hagen hatte Aal geräuchert. Daje wollte Kartoffelsalat machen. Und Marie für die Süßigkeiten sorgen. Sie hatte Bonbons gegossen und Pralinen aus Kakao und Mandeln gerollt. Dazu eine Menge Weihnachtskekse gebacken, die sich auf weihnachtlich bemalten Blechtellern häuften. Marie war glücklich. Sie fühlte sich wie eine von zwei Müttern in dieser großen Familie. Hatte Geschenke gekauft, eingepackt und unter Dajes Baum gestapelt. Im nächsten Jahr, dachte sie in stiller Vorfreude, würde ihr eigenes Kind Geschenke bekommen. Aber noch war es ihr Geheimnis. Nicht einmal Hagen wusste davon. Wie zu jeder Weihnacht hatte Daje für ihre Kinder genäht und gestrickt. Auch neue Anziehsachen für die Puppen lagen wieder unter dem Baum. Mehr hatte sie nicht zu verschenken. Aber sie wusste, dass ihre Kinder sich darüber freuen würden.

Marleen saß am Morgen des Heiligen Abend in der Küche des Gutshofs. Sie versuchte, Geeskes greinendes Kind in den Schlaf zu wiegen. Susanna war in der ersten Dezemberwoche innerhalb von zwei Stunden zur Welt gekommen. Wenn ihre Mutter arbeitete, lag sie meist schlafend in einem Korb in der Küche. Abwechselnd kümmerten sich Marleen, Else und auch Oma Siemke um das Mädchen. In der letzten Woche vor dem Fest hatte Marleen zusammen mit den Mägden Gänse und Hühner gerupft und gebraten. Kuchen gebacken und Pudding gekocht. Auf ihre erstaunte Frage: „Wer soll das alles essen?“, hatte Oma Siemke, unschlüssig was sie davon halten sollte, die Schultern gezuckt und gemeint: „Der Gutsherr hat das angeordnet. Er will den Heiligen Abend mit der Dienerschaft gemeinsam feiern und hat mir aufgetragen, an nichts zu sparen.“ Sie hatte seine Anordnung befolgt, aber rechnete immer noch damit, dass er sie im letzten Moment wieder zurückziehen würde. Als sie nun in die Küche trat, und Marleen mit dem Kind auf dem Schoß vor dem festlich gedeckten Tisch sitzen sah, sagte sie: „Tja, es gibt immer wieder Wunder in der Weihnachtszeit. Da warten wir doch mal ab, wie der Abend wird.“ Marleen legte Susanna in den Korb zurück und bat: „Dürfte ich mich bitte von der Feier ausschließen? Ich werde zu Hause erwartet. Meine großen Schwestern kommen nicht zum Fest. Da ist es meiner Mutter wichtig, dass zumindest ich dabei bin." Dafür hatte Siemke Verständnis. „Geh ruhig und grüße deine Mutter von mir." Sie ging in die Speisekammer und kam nach einer Weile mit einem prall gefüllten Korb in der Hand zurück. Sie reichte ihn Marleen und wünschte: „Frohe Weihnachten, mein Kind."

Line wartete am Heiligen Abend vergeblich auf Anton. Voller Sorge, dass er krank sein könnte und gefüllt mit Sehnsucht nach ihm und seiner Berührung, lief sie zum Haus seines Onkels. Doch dort war alles dunkel. Eine Nachbarin sah sie an der Hintertür, durch die Line immer ins Haus geschlichen war. Riss das Küchenfenster auf und rief: „Die sind nicht da! Sind nach Langeoog rübergefahren. Wollten bei dem Jungspund Weihnachten feiern. Ich weiß aber nicht, wann sie wiederkommen." Line bedankte sich und ging unglücklich ins Gasthaus zurück. Sie hoffte sehr, dass Anton zur Silvesterfeier im Gasthaus wieder in Esens sein würde.

Marleen hatte das Weihnachtsfest im Kreise ihre Familie genossen. Zurück auf dem Gut hatte sie gerade ihre Sachen ausgepackt, und sich bei Oma Siemke zurückgemeldet, als die Gutsherrin sie rufen ließ. Tilda saß wie üblich in ihrem Sessel am Fenster. Zu Marleens Überraschung sah sie sehr gepflegt aus. Ihr Haar war in einem Chignon zusammengefasst. Um den Hals trug sie eine Kette, an den Ohren hübsche Creolen und am mageren Körper eines der Kleider, die Marleen geändert hatte. Tilda erhob sich und stellte sich vor den langen Spiegel. Fragte mit einem Hauch Eitelkeit: „Wie gefalle ich dir? Ich hab etwas zugenommen." Marleen hätte beinahe gelacht. Tilda erschien ihr genauso dünn wie vor dem Fest. Um ihr eine Freude zu machen, antwortete sie: „Sie sehen gut aus." Tilda drehte sich vor dem Spiegel hin und her. Lächelte und fragte schüchtern: „Glaubst du, dass ich mich so zeigen kann? Ich würde gern zum Wochenmarkt fahren und zu Sührmanns wegen eines neuen Kleides gehen. Und", sie drehte sich zu Marleen um, bevor sie bat: „ich möchte, dass du mich dabei begleitest." Kindlich fügte sie hinzu: „Hilla soll nicht mitkommen. Sie ist immer so gemein zu mir." Marleen freute sich über das

Anliegen der Gutsherrin. Antwortete strahlend: „Gern komme ich mit! Sagen Sie mir nur, wann Sie fahren möchten.“ Tilda lächelte sich im Spiegel zu. „Am ersten Montag im neuen Jahr.“ Dann setzte sie sich in ihren Sessel zurück und schlug das Buch auf, in dem ein Ritter die schöne Prinzessin rettete.

Oma Siemke konnte nicht glauben, dass ihre Tochter tatsächlich in die Stadt fahren wollte. „Bist du sicher?“ fragte sie, als Marleen es ihr erzählte. Die nickte begeistert. „Ja, ganz sicher! Den ersten Montag im neuen Jahr hat sie gesagt.“ Die Alte seufzte tief auf. „Na, wir werden sehen. Sag Johann früh genug Bescheid, dass er die Kutsche dann bereit hat.“

29. Kapitel

1904

Januar

Marleen hatte vor Aufregung kaum geschlafen, schließlich war sie noch nie in Begleitung einer vornehmen Dame auf den Wochenmarkt gegangen. Sie war sehr gespannt, wie die Marktleute Tilda behandeln würden. Schließlich kam sie von einem reichen Gut und würde auf dem Markt einiges an Geld ausgeben. Nachdem sie ihre morgendliche Arbeit erledigt hatte, klopfte sie an die Schlafzimmertür. Als ein leises „Herein“ erklang, trat sie ein. Ihre Euphorie löste sich auf, als sie sah, dass die Gutsherrin

mit geschlossenen Augen im Bett lag. Enttäuscht trat Marleen näher zum Bett. Beugte sich vor und betrachtete Tilda prüfend. Als sie plötzlich die Augen öffnete, zuckte Marleen erschrocken zurück. Fragte besorgt: „Gutsherrin, sind Sie krank? Wir wollten doch zum

Markt. Johann wartet mit der Kutsche." Statt zu antworten, rutschte Tilda tiefer unter die Decke. Flüsterte: „Ja, ich bin krank. Du musst allein gehen." Sie griff mit ihrer mageren Hand unter ihr Kopfkissen und zog einen beschriebenen Zettel hervor. Bat noch immer flüsternd: „Die Sachen bringst du mir mit. Am wichtigsten ist die Seife mit dem Lavendelduft. Bitte!" Sie zog einen kleinen Seifenrest unter der Bettdecke hervor. Hielt ihn der Magd unter die Nase. „Riech! Nur die Sorte darf es sein!" Marleen schnupperte. Nickte zögernd. „Aber womit bezahle ich die Sachen?" Sie sah sich suchend um. Überlegte, wo Tilda ihren Geldbeutel aufbewahren mochte. Vielleicht auch unter der Bettdecke? Tilda bemerkte Marleens suchenden Blick. Sagte leise: „Oma Siemke wird dir das Geld geben." Als sie nicht weitersprach, sondern erschöpft, als habe sie eine schwere Arbeit erledigt, die Augen schloss, verließ Marleen mit einem flüchtigen Knicks den Raum. Die Alte saß in der Küche. Sie schien nicht überrascht, dass Tilda nicht mitfahren wollte. „Ich hab mir das schon gedacht. Es ging ihr gestern Abend bereits nicht gut." Sie dachte an den Lärm, der aus dem Schlafzimmer ihrer Tochter gekommen war. An das anschließende Stampfen schwerer Stiefel auf der Treppe. Diese Tritte hatten auch die Hoffnung, die sie seit Weihnachten trug, zerstampft. Denn an den Feiertagen war Tilda fast glücklich gewesen. Hatte mit Ludolf und ihr am Baum gesessen, zuvor mit der Dienerschaft gegessen und sich über das Schmuckstück gefreut, das er für sie gekauft hatte. Aber jetzt schien alles wie zuvor zu sein. Mit einem unterdrückten Seufzer holte sie ihren Geldbeutel aus der Schürze. Reichte Marleen einige Münzen. „Das müsste reichen. Über die Sachen, die du bei Sührmanns besorgen musst, erhalten wir eine Rechnung." Marleen war fast zur Tür hinaus, als sie rief: „Nimm trotzdem die Kutsche. Dann bist du schneller wieder hier."

Johann wartete mit dem Einspänner. Marleen setzte sich neben ihn. Schlang die bereitgelegte Decke um sich. Über Nacht hatte es erneut geschneit und es wehte ein eisiger Wind. Auf Johanns fragenden Blick erklärte Marleen: „Die Gutsherrin ist unpässlich. Ich soll die Einkäufe erledigen. Auch zu Bäcker Steevens und zur Molkerei muss ich.“ Johann schnalzte mit der Zunge und das Pferd setzte sich in Bewegung. Er wusste, wo was gekauft wurde. Schon oft hatte er Tilda, Oma Siemke oder eine der Mägde begleitet. Nur Ludolf ritt auf seinem Pferd in die Stadt. An diesem Morgen hatte Johann ihn noch nicht gesehen. Allerdings berichtete Frieso, dass der Gutsherr spät in der Nacht seinen Hengst gesattelt hatte und in einem halsbrecherischen Tempo davongeritten war.

Marleen war in Gedanken bei Tilda. Sie konnte nicht verstehen, warum sie sich so plötzlich gegen die Fahrt in die Stadt entschieden hatte. Sie sah Johann an, der schweigend neben ihr saß. Betrachtete seine kräftigen Hände, die locker die Zügel hielten. Er strahlte Ruhe und Selbstvertrauen aus. Vielleicht konnte er ihr Tildas Verhalten erklären. Während er die Kutsche auf die verschneite Straße lenkte, fragte sie: „Kennst du die Herrin schon lange?“ Johann nickte langsam, bevor er antwortete. „Vier Jahre. Seitdem sie auf dem Gut ist. Ich bin schon länger dort.“

Marleen überlegte. „Hm, war sie denn schon immer so?“ Johann schnalzte mit der Zunge. Das Pferd zog an. Erst als es in einem gleichmäßigen Tempo lief, fragte er: „Was meinst du mit … so?“ Er stellte sich absichtlich dumm, obwohl er über Tilda und den Gutsherren Bescheid wusste. Oma Siemke vertraute ihm und erzählte, wenn sie Kummer hatte. Doch alles, was er erfuhr, war sicher bei ihm aufgehoben. Als Marleen sagte. „Ich meine, es ist doch nicht normal, dass Tilda ständig in ihrem Zimmer hockt. Sie ist die Gutsherrin. Müsste nicht sie, statt Oma Siemke, sich um alles kümmern?“ Johann überlegte, was er antworten sollte. Marleen war sehr aufmerksam. Ihr schien nichts zu entgehen. Ihm gefiel ihre Art, aber sie konnte sich damit auch eine Menge Ärger einfangen. Es war am besten, wenn er sie gleich in ihre Schranken wies. „Ich weiß, dass du für die Gutsherrin nähst. Aber alles andere, das dort passiert, geht dich nichts an.“

Inzwischen fuhren sie durch die von Bäumen gesäumte Alleestraße. Johann gab dem Pferd ein langsameres Tempo vor, denn die Straße wurde belebter. Vor den Häusern spielten Kinder mit ihren Schlitten oder bewarfen sich mit Schneebällen. Ein Junge kam mit seinem Schlitten ins Rutschen. Johann stieß einen scharfen Pfiff aus und brachte das Pferd zum Stehen, bevor es mit den Hufen das Kind verletzen konnte. Streng rief er zu den Kindern hinüber: „Ihr müsst besser aufpassen!“ Erschrocken und heulend lief der Junge zu seiner Mutter, die in der Haustür stand und ihm zu allem Überfluss eine Ohrfeige verpasste. Marleen sah das und bedauerte das Kind. „Das hätte meine Mutter nicht getan. Die hätte sich gefreut, dass ihrem Kind nichts geschehen ist.“ Johann hob die Schultern. „Vielleicht war die Mutter einfach nur furchtbar erschrocken. Und da ist ihr die Hand ausgerutscht. Es war ja auch gefährlich für den Kleinen.“ Langsam fuhr die Kutsche weiter. Seine Hoffnung, dass Marleens Wissbegier durch den Vorfall erloschen war, erfüllte sich hingegen nicht. Als sie über den festgetretenen Schnee auf dem Kopfsteinpflaster der Westerstraße fuhren, sagte sie mit tiefem Mitgefühl: „Ahlers haben keine Kinder. Ist sie vielleicht darum so unglücklich? Eine Freundin meiner Mutter hat auch keine und hat deshalb oft Kummer.“ Johann schmunzelte. Marleen war wirklich sehr hartnäckig. In strengem Ton, womit er andeuten wollte, dass das Gespräch über die Gutsherrin damit für ihn beendet war, sagte er: „Das weiß ich nicht! Und es geht mich auch nichts an.“

Inzwischen waren sie am Gasthof Lentz angekommen. Dort versorgten die Kutscher ihre Pferde mit Wasser. Tranken selbst einen Schnaps oder einen Krug Bier. Unterhielten sich mit den anderen Dienstboten, während sie auf die Rückkehr ihrer Herrschaften warteten. Auch die Kutsche der Gräfin zu Knyphausen aus Lütetsburg stand dort. Ihr Kutscher hob grüßend die Hand. Johann grüßte zurück und freute sich darauf, ein paar Worte mit ihm wechseln zu können. Er kannte ihn, weil er mehrmals mit dem Grafen auf dem Gut gewesen war, um die Pferde anzusehen. Johann straffte die Zügel. Das Pferd blieb stehen. Ohne weiter auf Marleens Fragen einzugehen, drängte er: „Beeil dich! Ich habe nicht viel Zeit.“ Sie war enttäuscht. Hatte gehofft, etwas zu erfahren, wodurch sie Tilda besser verstehen, ihr vielleicht sogar helfen könnte.

Mit gerafften Röcken sprang Marleen aus der Kutsche. Lief mit weit ausgreifenden Schritten durch den Schnee. Wich ein paar Knechten aus, die Schweine und Schafe zum Markt trieben und erreichte wenig

später den Wochenmarkt. Sie bahnte sich einen Weg durch die Menschen, die dort bereits einkauften. Der Markt lockte nicht nur die Norder, sondern auch die Kunden aus den umliegenden Gemeinden wie Hage, Lütetsburg, Oster-, Hager- und Westermarsch und natürlich die Norddeicher an. Auch Marleen hatte die gräfliche Kutsche erkannt. Sie wusste, dass die Gräfin öfter auf dem Markt und auch bei Sührmann einkaufte. Freudig erregt dachte sie, dass sie als fertige Schneiderin vielleicht auch für die Hochwohlgeborene ein Kleid nähen durfte. Doch das würde ja noch dauern. Der Gedanke dämpfte ihre Freude ein wenig. Nach einem Blick auf den Einkaufszettel dachte sie an Johanns mahnende Worte, sich zu beeilen.
Schnell lief Marleen zuerst zum Stand der Seifenfrau. Allerdings verstand sie nicht, warum sie Seife kaufen sollte. Auf dem Gut stellten sie die für den täglichen Gebrauch selber her. Was sie nicht wusste, war, dass Tilda eine besondere Beziehung zu dem Lavendelduft hatte. Er war für sie eine Art Halt. Wenn sie sich damit wusch und dabei die Augen schloss, fühlte sie sich zurückversetzt in ihr Leben ohne Ludolf. In die Zeit, als sie noch unabhängig und stolz gewesen war. Kein Spielzeug ihres Mannes und dessen Willkür ausgesetzt. Was Marleen auch nicht wusste, war, dass Tilda sie in Gedanken begleitete. Während sie mit geschlossenen Augen im Bett lag, ging sie mit der jungen Magd über den Markt. Stellte sich die neidvollen und bewundernden Blicke vor, die ihr wie früher gefolgt waren. Ein warmes Gefühl durchströmte sie bei dem Gedanken, wieder ein Teil der Gesellschaft zu sein. Nicht ein Wesen, dem die Kraft fehlte, aus dem Bett zu steigen. Aus Angst vor dem Leben mit ihm. Bei dem Gedanken wich das warme Gefühl und machte der Kälte Platz, die im Raum herrschte. Frierend zog sie die Decke bis an ihr Kinn hoch. Sie würde versuchen zu schlafen, bis sie Marleens leichten Schritt auf dem Flur hörte.

Marleen stand an dem Stand der Seifenfrau. Roch an den verschiedenen Seifenstücken und betonte auf die Frage, was sie denn wünsche: „Die mit dem Lavendelduft.“ Sie kannte das Kraut. Ihre Großmutter hatte immer ein Beutelchen mit den getrockneten Blüten unter ihr Kopfkissen gelegt. Ihre Erklärung: „Das hilft gegen Schlaflosigkeit.“

Vielleicht konnte die Gutsherrin auch schlecht schlafen, dachte sie, während sie sich von der Bäuerin drei Stück Seite in Papier wickeln ließ und bezahlte. Weiterschlendernd begutachtete sie die Angebote der anderen Händler. Sie boten ihre Waren auf dem vom Schnee gesäuberten Boden oder direkt in den mitgebrachten Kisten an. „Kartoffeln, beste Qualität", rief ein Bauer. Ein anderer: „Äpfel, schöne Äpfel. Leute, esst Äpfel." Marleen schüttelte auf sein Angebot, doch zwei Pfund zu kaufen, bedauernd den Kopf. Sie besaß kein eigenes Geld. Außer Kartoffeln und Äpfeln wurden von den Bauern Honig und Schmalz, Schinken, Würste und verschiedene Kohlsorten angeboten. Getrocknete Erbsen, Bohnen und Linsen. Aufgefädelte gelbe, getrocknete Bohnen, die an Bändern hingen. Sogenannte updrögt Bohnen. Marleen lief bei ihrem Anblick das Wasser im Munde zusammen. Weiterschlendernd gewahrte sie Steinguttöpfe mit eingelegtem Sauerkraut, Gurken und Schnippelbohnen. Frische Gemüse fehlten wegen der Jahreszeit. Daneben gab es Stände mit Hand- und Näharbeiten.

Auch Emma war dort und pries ihre Pullover und Strümpfe an. Sie war gerade mit einer Kundin beschäftigt, die nicht den verlangten Preis bezahlen wollte. Marleen blieb abseits stehen und beobachtete das Geschehen. Wortreich und heftig gestikulierend versuchte die Kundin den Preis zu drücken. Emma blieb ruhig. Schüttelte immer wieder den Kopf, während sie den Pullover zurück zu den anderen legte. Der Frau, noch immer freundlich, einen schönen Tag wünschte und sich einer anderen Kundin zuwandte. Marleen wartete gespannt, wie es weiterging. Tatsächlich war auch die Kundin beeindruckt. „Ich hätte den Pullover aber gern!", sagte sie mit quengelnder Stimme. Emma sah mit hochgezogenen Augenbrauen von der neuen Kundin zu ihr hin. Antwortete gelassen: „Sie kennen den Preis." Sich erneut der anderen zuwendend, fragte sie zuvorkommend: „Was kann ich für Sie tun?" Doch bevor die antworten konnte, rief die andere. „Schon gut, schon gut! Ich nehme ihn zu dem Preis. Aber wehe, wenn er fusselt!" Emmas Gesicht lief rot an. Am liebsten hätte sie der Kundin den Pullover um die Ohren geschlagen. Mühsam beherrscht antwortete sie: „Meine Wolle ist die Beste hinter dem Deich! Die fusselt nicht!!!"

Von den scharfen Worten eingeschüchtert, reichte ihr die Kundin das verlangte Geld. Ließ sich die Ware einpacken und ging rasch davon. Da Emma gleich darauf mit der anderen Kundin beschäftigt war, machte Marleen sich nicht bemerkbar, sondern ging vor sich hinschmunzelnd weiter. Sie würde Tilda davon erzählen und sie vielleicht sogar damit zum Lachen bringen.

Eine Ecke des Marktplatzes war eingezäunt. Die Knechte der Bauern, die zusammenstanden und sich unterhielten, hatten dort zuvor die Schweine und Schafe hineingetrieben. Marleen sah die Bauern mit den Kunden über die Preise verhandeln und mit Handschlag den Kauf besiegeln. Größere Tiere, wie Pferde oder Rinder, wurden am Beestmarkt angeboten. Auch Hühner, Enten und Gänse fanden an diesem Morgen ihre neuen Besitzer. Etwas weiter standen die Fischer vom Deich. Sie fuhren mit ihren Kuttern zum Fischen hinaus, solange das Wasser offen war. Hagen war auch da. Fragte erstaunt: „Was machst du denn hier?“ „Ich muss einkaufen. Die Gutsherrin wollte mich begleiten, aber sie ist leider unpässlich.“ Mit verhaltenem Stolz fügte sie hinzu: „So hab ich den Auftrag, die Einkäufe zu erledigen.“ Hagen betrachtete sie nachdenklich. „Du scheinst dort tatsächlich gut zurechtzukommen.“ Marleen nickte geschmeichelt. „Ich tue nur meine Pflicht. Will meiner Mutter schließlich keine Schande machen.“
Hagen lächelte. „Das freut mich.“ Er wog einer Kundin zwei Pfund Muscheln ab. Nahm das Geld entgegen und sagte: „Das Jahr auf dem Gut ist ja fast vorbei. Deine Mutter wird froh sein, wenn du ihr wieder zur Hand gehst. Sie hat viel Arbeit und sieht müde aus.“ Die wie nebenbei hingeworfenen Worte trafen Marleen. Fast trotzig warf sie ein: „Nach dem Jahr werde ich eine Ausbildung zur Schneiderin machen. Das hat meine Mutter mir versprochen.“ Hagen antwortete nicht. Sie sah an seinem Blick, dass er eine andere Antwort erwartet hatte. Als sich eine Kundin an ihr vorbeidrängte, sagte Marleen: „Tschüss! Grüß Marie von mir.“ Die auf dem Zettel aufgeführten Seidenstrümpfe sollte sie bei Sührmann in der Westerstraße kaufen. Sie kannte das Geschäft seit Kindertagen. Denn Daje kaufte dort ihr Nähgarn für die aufgetrennten Kleider und manchmal günstige Stoffreste. Wenn Mar-

leen sie begleiten durfte, war sie immer zu den Näherinnen gegangen, die in einem hinteren Teil des Geschäftes arbeiteten. Hatte ihnen bewundernd beim Zuschneiden oder Vernähen der teils kostbaren Stoffe zugesehen. Sich dabei gewünscht, eines Tages dort alles zu lernen, was es über das Schneidern zu wissen gab.

Sie legte die Einkaufsliste auf den Tresen. Reena Meiners, die Verkäuferin, warf einen Blick darauf. Fragte erstaunt: „Bist du im Auftrag deiner Mutter hier?“ Marleen schüttelte den Kopf. „Nein, im Auftrag der Herrin von Gut Ahlers. Ich bin dort in Stellung.“ Ungefragt fuhr sie fort: „Ich nähe auch für sie.“ Reena schwieg verblüfft. Sie hatten sich schon gewundert, dass die Gutsherrin nicht mehr in den Laden kam. Sonst hatte sie zweimal im Jahr eine neue Garderobe in Auftrag gegeben. War regelmäßig zur Anprobe erschienen und hatte nur die besten Stoffe verlangt, die teilweise in Frankreich oder Italien bestellt worden waren. Ungläubig fragte sie: „Sie lässt sich Kleider von einer Magd nähen?“ Ihr Missfallen war deutlich herauszuhören. „Aber kannst du das denn?“ Marleen lächelte bescheiden. „Nun, bisher habe ich nur Änderungen vorgenommen. Ich würde ja gern ein neues Kleid für sie nähen. Aber dafür muss ich noch mehr über das Nähen lernen. Deshalb will ich eine Schneiderlehre machen.“ Sie bekam keine Antwort, denn die Verkäuferin notierte gerade die goldfarbenen Knöpfe, die drei Paar Seidenstrümpfe, die verschiedenfarbige Nähseide und das spitzenbesetzte Nachthemd auf einem Lieferschein.

Uda Sührmann, die Frau des Ladeninhabers, hatte das Gespräch verfolgt, während sie eine andere Kundin bediente. Nachdem sie diese zur Tür gebracht hatte, kam sie näher. Fragte interessiert: „Und wo willst du so gut nähen lernen?“ Reena Meiners legte den Lieferschein auf die Waren und wickelte alles in braunes Packpapier ein. Schob das Päckchen Marleen über den Tresen zu. Auch sie schien auf eine Antwort zu warten. Die ließ nicht lange auf sich warten. „Hier im Geschäft. Aber ich muss erst das Jahr auf dem Gut beenden. Danach kann ich zu Ihnen kommen.“ Erwartungsvoll strahlte sie die Frauen an. War enttäuscht, als man sich stattdessen nach Daje erkundigte. „Wie geht es deiner Mutter eigentlich? Wir haben sie lange nicht gesehen." Da Marleen gelernt hatte, in allen Situationen höflich zu bleiben, antwortete sie freundlich: „Es geht ihr gut. Sie hat viel Arbeit." Uda Sührmann nickte ihr verabschiedend zu. Als Marleen sich nicht vom Fleck rührte, drehte sie sich noch einmal um und sagte: „Ich werde mit meinem Mann sprechen. Komm wieder, wenn du auf dem Gut fertig bist. Dann sehen wir weiter." Es war keine Zusage, aber Marleen verließ mit einem siegesgewissen Lächeln das Geschäft.

Johann trank bei Lentz sein Bier aus. Meinte abschließend zu dem Knecht des Grafen: „Ich richte es dem Gutsherren aus. Sicher wird er sich bei euch wegen der Zuchtstute melden." Er verabschiedete sich und holte von der gegenüberliegenden Molkerei die Milchprodukte und bei Bäcker Steevens den bestellten Korinthenstuten. In der Seilerei Koch die Seile, die der Gutsherr in Auftrag gegeben hatte. Zurück an der Kutsche, in der Marleen bereits saß, fiel ihm ihr zufriedener Gesichtsausdruck auf. „Wem bist du denn über den Weg gelaufen, dass du so strahlst?" Marleen stopfte die Decke über ihren Beinen an den Seiten fest, bevor sie feierlich antwortete: „Bald mache ich eine Lehre zur Schneiderin. Und wenn ich erst meine eigene kleine Schneiderei habe …" Sie brach ab. Sah zu Johann, der ein Lachen zu unterdrücken schien. Angriffslustig fragte sie: „Warum lachst du? Traust du es mir nicht zu?" Er nahm die Zügel fester in die Hand. Schnalzte mit der Zunge, worauf die Pferde anzogen und antwortete bedächtig: „Dir trau ich alles zu! Du wirst es schaffen. Davon bin ich überzeugt." Sie forschte in seinem Gesicht, ob er sich wirklich nicht über sie lustig machte. Sein Ausdruck war ernst und auch seine Worte schien er so zu meinen. „Ja", wiederholte er, „du lässt dich nicht unterkriegen." Marleen runzelte die Stirn. „Warum sollte ich das tun? Kein Mensch sollte das. Egal ob Mann oder Frau."
Er seufzte leise. „Für eine Frau bist du ganz schön rebellisch. Ist deine Mutter auch so?" Marleen überlegte. „Nein, sie ist ruhig und besonnen. Oma Siemke erinnert mich oft an sie. Auch meine Mutter ist sehr fleißig und bescheiden." Nachdenklich, als fiele es ihr erst jetzt auf, schloss sie mit erstauntem Unterton: „Wenn ich darüber nachdenke, kann ich mich nicht daran erinnern, dass sie sich jemals über irgend-

etwas beklagt hat. Nicht einmal, als mein Vater verunglückt ist.“ Johann warf ihr einen kurzen Blick zu, bevor er meinte: „Dann scheinst du dein Wesen nicht von ihr zu haben.“ Marleen dachte über seine Bemerkung nach. Mit gekrauster Stirn hakte sie nach: „Findest du, dass ich mich ungebührlich benehme? Zu vorlaut bin?“ Johann grinste. „Ich mag dich, wie du bist. Obwohl…“ er zögerte, bevor er vorsichtig hinzufügte: „Männer eigentlich keine Frau wollen, die eine eigene Meinung hat.“ Marleen nickte heftig. „Jaja, ich weiß. Eine Frau soll schweigsam, gehorsam und fleißig sein. So hat meine Mutter uns erzogen.“ Johann lachte laut auf, bevor er in liebevollem Ton antwortete: „Ach ja? Dann hat ihre Erziehung bei dir aber nicht gefruchtet. Zumindest nicht, was die Schweigsamkeit und den Gehorsam betrifft.“ Sie lachte ebenfalls. „Dann ist es ja gut, dass ich nicht heiraten will.“

Als Johann nicht antwortete, stupste sie ihn leicht an. „He, sag doch! Willst du heiraten?“ Er nickte zögernd. „Ja, irgendwann sicher. Aber erst muss ich mir etwas aufbauen. Schließlich will ich meiner zukünftigen Frau etwas bieten können.“ Marleen hob stolz ihren Kopf. Ihre Augen blitzten, als sie sagte: „Ich werde mein eigenes Geld verdienen und nie heiraten. Will nicht, wie meine Mutter, ein Kind nach dem anderen bekommen.“ Über sein Gesicht flog ein Ausdruck der Enttäuschung, während er leise antwortete: „Alle Frauen wollen heiraten und Kinder kriegen. Ich kenne jedenfalls keine, die das nicht will.“ Marleen überlegte. „Meine Schwestern wollen auch heiraten. Aber“, fuhr sie energisch fort, „ich bin anders.“ Johann warf ihr einen bedauernden Blick zu. „Sieht so aus. Aber was tust du, wenn du dich plötzlich verliebst? So sehr, dass du nichts anderes mehr wünschst, als zu heiraten und Kinder zu kriegen?“

Marleen lachte herzhaft, bevor sie meinte: „Verlieben? Glaubst du? Ich weiß nicht so recht. Außerdem“, fuhr sie plötzlich ernst fort: „kann es doch nicht so erstrebenswert sein, zu heiraten. Sieh dir die Gutsherrin an! Sitzt den ganzen Tag in ihrem Zimmer und scheint jeden Lebensmut verloren zu haben.“ Johann schüttelte den Kopf. „Dazu sag ich nichts. Es geht mich nichts an. Und dir kann ich ebenfalls nur raten, den Mund zu halten.“ Oma Siemke hatte ihm erzählt,

dass Marleen für Tilda nähte und diese nach den Anproben immer sehr aufgekratzt war. „Sie lebt richtig auf", hatte sie voller Hoffnung gemeint. „Aber ich mache mir auch Sorgen. Kriegt er raus, dass Tilda das Mädchen mag, wird er nicht damit einverstanden sein." Johann befürchtete, dass der Alte es schon wusste und Marleen in der Melkkammer zeigen wollte, was er von ihr hielt. Nämlich, dass sie nur ein dummes Mädchen war. Gerade gut genug, um es zu besteigen. Aus Angst um sie bat Johann: „Sei klug und beschränke dich darauf." Anspielend auf den Morgen in der Melkkammer fügte er hinzu: „Mit dem Alten ist nicht gut Kirschen essen. Du hast ihn ja neulich erlebt." Marleen winkte lachend ab. „Ach, das! Der war doch betrunken. Trotzdem hätte ich gern gewusst, was er von mir gewollt hat." Sie wandte sich ihm zu. Fragte mit unschuldigem Blick: „Hat er anschließend etwas zu dir gesagt?" Johann starrte sie verblüfft an. Wusste sie tatsächlich nicht, in welcher Gefahr sie sich befunden hatte? Einerseits war er froh darüber, andererseits konnte es jederzeit wieder passieren, dass der Alte ihr zu nahe kam. Bevor er sich äußern konnte, meinte Marleen: „Kann es sein, dass die Gutsherrin Angst vor ihm hat, weil er zuviel trinkt?"
Johann lenkte die Kutsche auf den Hof. Zuckte die Schultern und schwieg. Marleen sprang aus der Kutsche. Legte ihre Hand kurz auf Johanns Arm und sagte ernst: „Ich werde versuchen, mich um meine Angelegenheiten zu kümmern. Danke, dass du mich begleitet hast." Während er die Kutsche zur Remise lenkte, sah er ihr nach, wie sie mit leichtem Schritt über den Vorplatz lief. Eine hübsche, fröhliche und fleißige Frau, so wie er sie sich wünschte. Und plötzlich hoffte er, dass sie es sich mit dem Heiraten noch einmal überlegte.

30. Kapitel

Marleen lief sofort zu Tildas Schlafzimmer. Hoffte, dass sie inzwischen wach und aus dem Bett war. Sie hatte ihr so viel zu erzählen. Tatsächlich saß die Gutsherrin in dem Sessel am Fenster. Sie trug einen Morgenrock und goldfarbene Plüschpantoffeln an den Füßen. Als Marleen nach ihrem Befinden fragte, antwortete sie: „Es ging mir heute Morgen nicht gut. Aber ich habe dich in Gedanken auf den Markt begleitet." Eifrig beugte sie sich vor. „Erzähl, ob es so war, wie ich es mir vorgestellt habe."

Marleen war glücklich, ihre Erlebnisse mit jemandem teilen zu können. Fröhlich berichtete sie von Emmas Feilschen um den Pullover und dem Einkauf bei Sührmann. „Sie haben nach Ihnen gefragt." Tilda hob ihre Augenbrauen. „So? Was haben sie denn gesagt?" „Sie fragen sich, warum Sie nicht mehr Ihre Kleider dort nähen lassen. Aber ich hab gesagt, dass ich inzwischen für Ihre Kleider zuständig bin." Sie zögerte kurz, bevor sie hinzufügte: „Allerdings waren sie darüber sehr erstaunt. Meinten, Sie wären sehr eigen." Das stimmte zwar, aber Tilda konnte sich auch vorstellen, dass dem Geschäft ihre Aufträge fehlten. „Du machst deine Arbeit gut und das ist die Hauptsache." Trotzdem ärgerte sie die Vorstellung, dass die Frauen dort über ihr Fernbleiben Vermutungen anstellten und keiner die wahren Gründe wusste. Auch die junge Magd nicht. Und plötzlich war es ihr wichtig zu erfahren, was Marleen über sie dachte.

„Fragst du dich auch, warum ich den ganzen Tag hier im Zimmer hocke? Meiner Mutter die Arbeit überlasse und nicht mehr in die Stadt fahre?" Marleen fühlte sich ertappt. Schließlich hatte sie mit Johann darüber gesprochen. Während sie spürte, wie ihr die Röte ins Gesicht stieg, überlegte sie, was sie antworten sollte. Sie beschloss zu sagen, was sie dachte. „Ja, das tue ich, obwohl es mich nichts angeht. Aber ich frage mich nicht aus Neugier, sondern weil ich Sie mag und nicht verstehe, warum Sie sich so verändert haben. Dafür muss es doch einen Grund geben." Die Gutsherrin erhob sich langsam aus ihrem Sessel. Trat dicht vor Marleen hin und sagte sanft: „Du bist eine kluge junge Frau." Sie trat einen Schritt von ihr fort und begann leise:

„Meine Eltern waren vermögend und ich das einzige Kind. Ich lernte meinen Mann durch meinen Vater kennen. Er war Pferdehändler und sie machten miteinander Geschäfte. Weil ein Sohn meinen Eltern verwehrt blieb, lehrte mein Vater mich schon in jungen Jahren alles, was es über Pferde zu wissen gibt. Sein Plan war es, mir einen Mann zur Seite zu stellen, der gemeinsam mit mir sein Geschäft weiterführen sollte." Sie seufzte tief auf, bevor sie unterstrich: „Er sah ihn in Ludolf. Und ich zu Anfang auch." Tilda trat an den Spiegel. Riss das darüber hängende Tuch herunter und sagte leise: „Als ich hierher kam, sah ich aus wie die Frau auf dem Pferd." Sie drehte sich zu Marleen und klagte bitter: „Und jetzt sieh dir an, was aus mir geworden ist!"
Nach einem Moment legte sie die Hände vor ihr Gesicht. Wandte sich ab und bat: „Häng' den Spiegel bitte wieder zu. Ich kann meinen Anblick nicht ertragen." Marleen war von Tildas Worten tief getroffen. Sie warf das Tuch zurück über den Spiegel, während die Gutsherrin nach Worten suchend im Raum hin- und herlief. Plötzlich stehenblieb und sagte: „Schon im Laufe des ersten Ehejahres erkannte ich seinen wahren Charakter. Merkte, dass er alle Menschen nur für seine Zwecke benutzt und bedingungslosen Gehorsam erwartet. Von seinen Angestellten, und auch von mir, seiner Frau." Als sie nicht weitersprach, sondern ans Fenster trat und hinaussah, überlegte Marleen mit gekrauster Stirn, warum Tilda sich nicht dagegen gewehrt hatte. Die beantwortete die gedachte Frage, als hätte Marleen sie laut gestellt: „Anfangs hab ich mich gegen ihn gewehrt, aber ich hatte keine Chance. Und irgendwann …" Sie brach ab. Schüttelte den Kopf und stieß übergangslos hervor: „Weißt du eigentlich, dass er der Vater von Geeskes Kind ist?"
Die Worte trafen Marleen so unvorbereitet wie ein heimtückischer Schlag. Entsetzt zuckte sie zusammen. Tilda ließ sich erschöpft in ihren Sessel fallen. Doch bevor Marleen sich von ihrem Schrecken erholen konnte, sprang sie wieder auf. Rief mit plötzlich schriller Stimme: „Wieder ein Nachkomme, dem er das Gut nicht vermachen kann! Was sollten auch die Leute sagen, wenn er einem seiner … seiner …" sie spie das Wort förmlich aus, „Bastarde das Gut übergäbe. Wo es ihm doch so wichtig ist, was die Leute über ihn denken. Ha",

fuhr sie mit überschnappender Stimme fort, „wenn der wüsste, wie sie in Wirklichkeit über ihn reden. Der Scheinheilige!“ Ihre Augen wurden zu Schlitzen. Sie atmete ein paar Mal tief ein und wieder aus, diese Regung ließ Marleen groteskerweise denken, ob Oma Siemke auch ihrer Tochter den Rat „Tief durchatmen, bevor du etwas sagst, was dir anschließend leid tut“ gegeben hatte.
Etwas ruhiger sagte Tilda: „Jetzt weißt du Bescheid. Also nimm dich in Acht, solange du hier bist. Ich will nicht, dass du sein nächstes Opfer wirst.“ Nach einem Moment fügte sie aus tiefstem Herzen hinzu: „Oft wünsche ich mir, dass ihn der Teufel holt.“ Marleen war sehr blass geworden. In ihrem Kopf wirbelten die Gedanken durcheinander. Nahmen dann nach und nach Form an und zogen ihr den Boden unter den Füßen fort. Halt suchend wich sie bis zur Tür zurück. Lehnte sich dagegen, als ihr bewusst wurde, vor welchem Schicksal Johann sie bewahrt hatte. Denn nichts anderes, als sich an ihr zu vergehen, hatte der Gutsherr in der Melkkammer im Sinn gehabt. Ein warmes Gefühl der Dankbarkeit für Johann, dass er im richtigen Augenblick gekommen war, stieg in ihr auf. Plötzlich ergab auch der aufgelöste Zustand von Geeske, in dem sie an Marleens zweiten Tag aus dem Waschhaus gekommen war, einen Sinn. Ihr abgerissenes Schürzenband, der verstörte und gehetzte Gesichtsausdruck. Doch nicht Frieso war schuld daran, sondern der Gutsherr. Im Stillen leistete sie dem Knecht Abbitte. Dass der Gutsherr ihn zur Heirat mit Geeske gezwungen hatte, wusste sie schließlich. So hatte er sich aus seiner Pflicht gezogen. Dabei rücksichtslos das Lebensglück des Knechts und der Magd zerstört.
„Ich will hier fort“, schrie es plötzlich in ihr. „Nach Hause, zu meiner Mutter. Und wenn ich ihr erzähle, was hier passiert, wird sie nicht denken, dass ich ihr Schande gemacht habe, sondern es verstehen.“ Tilda schien ihren inneren Aufruhr nicht zu bemerken. Sie ließ sich auf ihr Bett sinken und bat: „Geh bitte! Ich möchte jetzt schlafen.“ Verstört brachte Marleen ein „Wie Sie wünschen“ heraus. Auf dem Flur lehnte sie sich an die Wand. Am liebsten hätte sie sofort ihr Zimmer aufgesucht und ihre Sachen gepackt. Doch nachdem sie sich beruhigt hatte, entschied sie sich dagegen. Es waren nur noch wenige

Wochen, bis sie ihr Dienstjahr beendet hatte. Dann würde sie ihr Dienstbüchlein mit einer hoffentlich guten Beurteilung bekommen und die fünf Reichsmark Lohn für das vergangene Jahr.
Entschlossen hob sie ihren Kopf und ging in die Küche zurück. Oma Siemke saß am Tisch. Ihr Gesicht in den abgearbeiteten Händen vergraben. Ihre Schultern bebten unter heftigem Schluchzen. Als Marleen hereinkam, verstummte das Weinen abrupt. Hastig wischte die alte Frau sich die Tränen aus dem Gesicht und tat, als kämen sie von den Zwiebeln, die sie gerade schälte. Plötzlich erkannte Marleen, dass Oma Siemke dem Gutsherren genauso ausgeliefert war wie ihre Tochter. Eine Frau ohne Rechte, aber mit vielen Pflichten. Die dankbar sein musste, dass sie ein Dach über dem Kopf hatte. Sanft berührte sie die Schulter der alten Frau. Sagte leise: „Die Gutsherrin schläft. Ich habe die Einkäufe in ihr Zimmer auf das Tischchen gestellt." Sie trat zum Herd. Rührte den Eintopf um und schwor sich, über das Gehörte niemals ein Wort zu verlieren.

31. Kapitel

Line wartete jeden Abend darauf, dass Anton in die Gaststube kam. Doch der Januar teilte sich bereits, da war er noch immer nicht erschienen. „Ich geh noch mal zu ihm", sagte sie am Abend zu Okka, „vielleicht ist er ja krank geworden." Ihre Schwester ließ sie ziehen. Line tat ja doch das, was sie wollte. Die verliebte junge Frau ging durch das stille, nur vom Vollmond erhellte Esens. Ihre Schritte knirschten auf dem festen Schnee. Sie schrak zusammen, als die Kirchenglocke zwölf schlug. Vorsichtig sah sie um sich. Doch kein anderer Mensch war zu sehen. Alle schienen warm und sicher in ihren Betten zu schlafen.

Line hatte zwar etwas Angst, so allein im Dunkeln, doch wollte sie endlich Gewissheit haben. Und der Wunsch gab ihr den Mut an der

Hintertür des Hauses zu klopfen. Als sich nichts tat, klopfte sie erneut, diesmal kräftiger. Mit den Worten: „Was um Himmels willen …?“ wurde die Tür wenig später aufgerissen. Vor ihr stand ein älterer Mann im langen Nachthemd. Eine Schlafmütze auf dem Kopf und eine flackernde Kerze in der Hand. Er starrte die junge Frau an und knurrte: „Was willst du denn mitten in der Nacht hier?“ Line trat ins Licht. Knickste und sagte höflich, doch mit stark klopfendem Herzen: „Guten Abend. Entschuldigen Sie die Störung, aber ich wollte mich erkundigen, wie es Anton geht. Ist er vielleicht krank? Kann ich vielleicht etwas für ihn tun?“ Der Alte hielt die Lampe höher, um sich die junge Frau näher ansehen zu können. Dann wurde ihm klar, was sie wollte.

Im ersten Moment wollte er lachen. Sie auslachen, weil sie dem Schönling auf den Leim gegangen war. Doch dann sah er die Sorge in ihren Augen und antwortete: „Das tut mir leid, aber Anton ist Anfang des Jahres mit einem Schiff nach Indien aufgebrochen. Er ist jetzt Seemann auf großer Fahrt.“ Line traute ihren Ohren nicht. Stammelnd brachte sie hervor: „Aber … aber … wann kommt er zurück?“ Der Alte hob die freie Hand. „Das kann ich dir nicht sagen. Vielleicht bleibt er dort. Vielleicht auch nicht. Er ist ein recht unruhiger Geist.“ Mit einem: „Gute Nacht“, wollte er die Tür schließen. Lines Fuß schoss vor. „Nein! Warten Sie bitte. Wie kann ich ihn erreichen?“ In seine Augen trat ein wachsamer Ausdruck. Er kniff sie leicht zusammen, während er fragte: „Hat er dich geschwängert?“ Line wurde rot. Was man im Dunkeln zum Glück nicht sah. Trotzdem spürte der Alte ihre Verlegenheit. Gedehnt fragte er: „Oder hat er versprochen dich zu heiraten, wenn du mit ihm das Bett teilst?“ Sie nickte zögernd. „Tja, min Deern, das tut mir leid! Du bist nicht die einzige, der er das versprochen hat. Sei nur froh, dass er dich nicht geschwängert hat. Bei dem Tunichtgut ist nämlich nichts zu holen.“ Damit schloss er endgültig die Tür und ließ Line am Boden zerstört stehen.

Kenos Heuer war verbraucht. Und von der kleinen Entschädigung, die die Reederei mit der Reichspost geschickt hatte, war ebenfalls kaum noch etwas übrig. Daje saß in ihrer Küche und überlegte, wie es wei-

tergehen sollte. Das Waschen auf Meiers Hof und das Putzen in der Norddeicher Straße fiel ihr zunehmend schwer. Hagen hatte vor einiger Zeit angeboten, ihr finanziell unter die Arme zu greifen. „Wir haben genug Geld. Du kannst es ruhig annehmen. Ich will es nicht einmal zurück." Aber Daje wollte kein Geld geschenkt. Auch bei Meta ließ sie nicht mehr anschreiben. Das verbot ihr der Stolz. Sie musste eine Arbeit finden, die regelmäßiger Geld einbrachte.
Der Zufall half ihr dabei. Sie war in der Stadt, um einige Besorgungen zu machen. Unter anderem sollte sie für Emma, die öfter unter saurem Aufstoßen litt, ein Magenmittel kaufen. Sie betrat die Apotheke gegenüber dem „Jerusalem". Während sie vor dem Tresen wartete, hörte sie die Frau des Apothekers verzweifelt rufen: „Und wer wäscht und bügelt jetzt deine Kittel?" Sie konnte seine Antwort nicht verstehen. Als er hereinkam und nach ihren Wünschen fragte, kam seine Frau hinterher und schimpfte: „Ich hab ihr dauernd gesagt, dass sie zum Arzt gehen soll! Jetzt liegt sie im Bett und wer weiß, wann sie wieder hochkommt. Was mach ich denn jetzt?" Daje stand und starrte sie an. Bevor sie noch darüber nachdenken konnte, bot sie an: „Ich bin Wäscherin und bügele für andere. Wenn Sie wollen, mach ich das auch für Sie." Nach der ersten Überraschung, dass die Lösung ihres Problems so schnell vor ihr stand, strahlte die Frau über das ganze Gesicht. Lief nach hinten und kam wenig später mit einem mittelgroßen Wäschesack zurück. Legte ihn auf den Tresen und sagte: „Nehmen Sie! Es wäre schön, wenn wir die Sachen schnell zurückbekommen könnten. Sie sehen ja", ihr kritischer Blick fiel auf den fleckenübersäten Kittel ihres Mannes, den er trug, „wie nötig es ist." Wenig später war Daje, den ersten Auftrag im Handwagen, auf dem Weg zurück zum Deich.
Als sie die Sachen zwei Tage später zurückbrachte, war die Apothekerfrau begeistert. „Das haben Sie sehr gut gemacht. Wenn Sie möchten, empfehle ich Sie weiter." Das war Daje recht. Und schon in der nächsten Woche erhielt sie eine Liste mit Namen und Adressen. Daje bedankte sich herzlich für die Vermittlung. Die Apothekerfrau lächelte. „Wäre ich von ihrer Arbeit nicht überzeugt, hätte ich Sie nicht weiterempfohlen. Aber so kann ich es mit gutem Gewissen tun." Sie

zeigte auf die Liste. „Das sind die Namen der Kunden, die Sie am besten gleich aufsuchen sollten. Ich hatte ihnen gegenüber erwähnt, dass Sie heute in die Stadt kommen.“ Als Daje gegen Mittag zum Deich zurückkehrte, lagen in ihrem Handwagen verschieden große Wäschebeutel mit unterschiedlichem Inhalt. Überwiegend waren darin Kragen und Chemisettes, die Männer, statt eines Oberhemdes, unter ihrem Anzug trugen. Dazu gerüschte Jabots, die Frauen über ihren Blusen und Kleidern trugen. Es erforderte große Sorgfalt und Kraft, diese Teile zu bügeln. Das konnte nicht jeder. Und natürlich lag im Wagen auch der Beutel mit zwei Kitteln des Apothekers. Auf dem Rückweg holte Daje die Jungen bei Marie ab und machte sich zu Hause sofort an die Arbeit. Adda und Mina halfen, die Wäsche zu spülen und aufzuhängen. Als sie die Sachen am Samstag wieder auslieferte, nahm sie stolz das erste Geld für ihre Arbeit in Empfang. Inzwischen sehnte sie den Tag herbei, an dem Marleen wieder zu Hause war. Ihre Tochter könnte das Einsammeln, Waschen und Fortbringen übernehmen. Sie würde nur noch bügeln. Dann konnte sie auch mit dem Waschen und Putzen für die Bauern aufhören. Und ein weiterer Gedanke nahm Form an. Doch bevor sie den in die Tat umsetzen konnte, musste sie mit Hagen sprechen.

Da sie ins Dorf zum Einkaufen musste, ging Daje zuvor am Hafen vorbei. Hagen saß auf seinem Kutter. Er säuberte die Holzkisten und Körbe, in denen vor kurzem noch die Muscheln und der Granat gelegen hatten. Wie immer war er erfreut, Daje zu sehen. „Wenn du einen Moment wartest“, schlug er vor, „gehen wir zusammen zu Marie und trinken eine Tasse Tee mit ihr. Ich bin gleich fertig.“ Daje schüttelte den Kopf. „Nein, ich würde gern mit dir allein sprechen. Ich habe eine Entscheidung getroffen. Aber Marie wird damit nicht einverstanden sein.“ Hagen setzte sich zu ihr auf einen der Poller. Sah ihr fragend in die Augen. „Was hast du vor?“ Als sie sagte: „Ich will das Haus verkaufen und in die Stadt ziehen“, antwortete er nicht gleich. Daje ließ ihren Blick über die im Wasser liegenden Kutter und Schaluppen gleiten. Verfolgte mit den Augen den Raddampfer, der gerade den Hafen verließ, und seufzte leise. „In Norden hab ich inzwischen einen festen

Kundenstamm. Den werde ich erweitern, wenn Marleen zurück ist. Ich wollte dich fragen, ob du mir bei der Suche nach einem Käufer für das Haus hilfst.“ Hagen sah sie an und nickte dann langsam. „Das mach ich! Und beim Umzug helfen wir dir alle.“
Dankbar drückte Daje seine Hand. Erleichtert, dass er nicht versuchte, ihr die Entscheidung auszureden.

Wieder zu Hause, nahm Daje sich sofort den Stapel sauberer Kragen, Kittel und sonstiger Wäsche vor. Am Vorabend hatte sie sie gestärkt, eingesprengt und zusammengerollt. Die Mädchen waren in der Schule und die Jungen spielten draußen. Keno war bei Marie. Die Mädchen wollten ihn auf dem Rückweg von der Schule dort abholen. Und durften bestimmt nicht eher gehen, bevor sie bei Marie zu Mittag gegessen hatten.
Daje hatte sich vorgenommen, Keno in der Zeit, in der sie noch am Deich wohnte, so oft wie möglich zu Marie zu bringen. Auch wenn es ihr manchmal einen Stich versetzte, zu sehen, dass der Junge, der sich gut entwickelte und inzwischen seine ersten Schritte tat, Marie für seine Mutter hielt. Erst neulich hatte er „Maamma“ gesagt und dabei seine Ärmchen in ihre Richtung ausgestreckt. Daje hatte die eifersüchtige Anwandlung verdrängt und sich als kleinlich bezeichnet. Schließlich hatte sie neun Kinder, die sie so nannten und Marie kein einziges. Sie wischte mit dem Schüsseltuch über ihren großen Tisch. Legte eine wollene Decke darauf und ein weißes Laken darüber. Sie nahm den Bolzen aus dem Herd und steckte ihn in ihr neues Bügeleisen, das sie bei Eisenwarenhändler Cremer erworben hatte. Es war recht teuer gewesen, aber seine Frau, für die sie ebenfalls bügelte, hatte angeboten, es mit der wöchentlichen Wäschelieferung so lange zu verrechnen, bis es bezahlt war. Gegen elf stand Emma mit ihrem Strickbeutel in der Tür. Ganz selbstverständlich setzte sie Teewasser auf und sich hinter den Tisch auf die Bank. Sie begann zu stricken. Allerdings sehr unkonzentriert. Ständig fielen ihr Maschen von der Nadel, die sie dann mit einem unwilligen Seufzen wieder aufnehmen musste. Irgendwann ließ sie das Strickzeug sinken und sah Daje an. Sie schien etwas loswerden zu wollen, aber nicht zu wissen, wie.

Daje half ihr unbeabsichtigt mit der Frage: „Weißt du übrigens, wie es Peter geht? Er kommt gar nicht mehr zu Besuch. Sonst saß er mindestens einmal die Woche hier und erzählte mir seinen Kummer." Zu ihrem Erstaunen wurde Emma rot. Antwortete verlegen: „Nun ja, du hast doch vor einiger Zeit mal gesagt, dass er eine Haushälterin braucht. Ich hab mich angeboten und er hat ja gesagt. Jetzt koch, putz und wasch ich für ihn. Und außerdem …" In ihre Augen trat ein verschämter Ausdruck, bevor sie fortfuhr, „sind wir uns näher gekommen." Daje stellte ihre leere Teetasse zurück. Fragte verständnislos: „Näher gekommen? Was meinst du damit?" Emma verdrehte die Augen. „Wir tun uns gut." Endlich verstand Daje, was sie ihr sagen wollte. Bevor sie ihre Freude darüber ausdrücken konnte, fügte Emma hastig hinzu: „Er will mich heiraten und dann ziehen wir zusammen." Daje lächelte. „Das ist sehr anständig von ihm. Ich freue mich für euch."
Wenig später ging Emma, und Daje kehrte zu ihrem Bügeleisen zurück. Während sie bügelte, dachte sie daran, wie lange Emma und Peter sich schon gekannt und erst jetzt zueinander gefunden hatten. Aber so war es im Leben: Alles hatte seine Zeit. Und sie hatte sich schon gewundert, dass er seine Wäsche nicht mehr brachte. Bei dem Gedanken fiel ihr ein, dass sie am nächsten Tag die Wäsche selbst austragen musste. In der letzten Woche hatten Adda und Mina das übernommen und waren ohne Geld zurückgekehrt. Auf Dajes Vorwurf: „Ihr müsst solange warten, bis die Kunden euch das Geld geben, hatten sie sich mit den Begründungen: „Frau Santjer hatte kein Geld mehr. Und Frau Kahlen kein Kleingeld", zu rechtfertigen versucht. Auch wenn Daje über die steigende Zahl ihrer Kunden glücklich war, konnte sie es sich nicht leisten, die Wäsche gratis zu bügeln. Allein für das Lob: „Das haben Sie aber gut gemacht", konnte sie nichts kaufen. Verärgert beschloss sie, das Geld einzufordern. Nach dem Prinzip: Kein Geld, keine saubere Wäsche. Zu den eingeschüchtert blickenden Mädchen sagte sie: „Am Samstag geh ich selbst. Wollen doch mal sehen, ob sie bezahlen."

32. Kapitel

Schon früh machte Daje sich auf den Weg in die Stadt. Die gebügelte Wäsche lag säuberlich gefaltet in den einzelnen Wäschebeuteln im Handwagen. Als erstes steuerte sie das Haus der Familie Kahlen an. Zögernd wurde die Tür einen Spalt weit geöffnet. Die Haushälterin war erfreut. „Oh, schön! Dann kann der Herr morgen in der Kirche ja einen frischen Kragen tragen.“ Sie wollte den Wäschebeutel mit den fünf gebügelten Kragen entgegennehmen. „Frau Kahlen bezahlt dann beim nächsten Mal.“ Daje hielt den Beutel fest. „Nein!“, sagte sie bestimmt, „Sie haben schon beim letzten Mal nicht bezahlt. Und wenn Sie mir das Geld nicht geben können, möchte ich bitte Frau Kahlen sprechen. Oder ich nehme die Sachen wieder mit.“ Die Haushälterin schrumpfte vor Verlegenheit. „Ich bekomme Ärger“, sagte sie, „wenn kein sauberer Kragen da ist.“ Daje blieb hart. „Das tut mir leid. Aber ich brauche das Geld!“ Die Frau überlegte. Meinte dann: „Warte einen Moment.“ Sie schloss die Tür. Nach einer ganzen Weile, in der Daje dachte, ob man sie vielleicht vergessen hatte, wurde die Tür wieder geöffnet. „Hier hast du das Geld für die letzte Lieferung. Und zwei Kragen von heute. Nächste Woche nehmen wir dann die anderen.“ Daje dankte ihr und ging stolz davon. Sie würde sich nicht unterkriegen lassen. Schon gar nicht von den Frauen, die in ihrem Leben noch nie etwas getan hatten, außer einen gut situierten Mann zu heiraten und die unangenehmen Dinge ihren Haushälterinnen zu überlassen. Sie musste jeden Tag arbeiten, aber sie konnte wenigstens für sich und ihre Kinder sorgen. Einen Moment dachte sie darüber nach, wie es gewesen wäre, wenn Keno jeden Morgen zum Hafen gegangen wäre. Dort sein Geld verdient und am Abend bei ihr am Herd gesessen hätte. Tag für Tag. Lange Zeit hatte sie sich das gewünscht. Doch immer öfter schlich sich inzwischen die Überlegung ein, ob er das tägliche Einerlei ausgehalten oder ihm die Seefahrt nicht gefehlt hätte. Sie schob den Gedanken gleich wieder von sich. Denn auch wenn Keno dauerhaft zu Hause gewesen wäre: Sie hätte nie ein Leben wie die Frauen der wohlhabenden Leute führen können. Ihre Familie gehörte nun mal der Arbeiterschicht an.

Als sie bei Santjer die Wäsche abliefern wollte, versuchte auch die, sie zu vertrösten. „Nächste Woche, ja?“ Daje wandte sich mit der Wäsche zum Gehen. Auf die erstaunte Frage: „Wo wollen Sie hin?“, rief sie über die Schulter: „Kein Geld, keine Ware!“ Der empörte Ausruf: „Das können Sie nicht machen! Was bilden Sie sich ein?“, ließ sie unbeeindruckt. „Zahlen Sie, dann bekommen Sie die Wäsche.“ Eigentlich widersprach es ihrem gutmütigen Naturell, so zu handeln. Bei weniger betuchten Leuten hätte sie vielleicht mit sich reden lassen. Allerdings wusste sie, dass Herr Santjer zwar Geld hatte, seine Frau aber nur wenig Haushaltsgeld bekam. Frau Santjer schien zu überlegen. Meinte dann: „Ich hab zwar kein Geld, aber du kannst zu unserem Bürovorsteher gehen. Wenn du ihm sagst, dass ich dich geschickt habe, gibt er dir die Summe.“ Als Daje zögerte, fügte sie: „Kannst du mir glauben!“, hinzu.

Wenig später hatte Daje, was sie wollte. Bei den anderen säumigen Kunden ging sie ebenso vor. Sie riskierte zwar, dass die dann in Zukunft einer anderen Wäscherin den Auftrag erteilten. Doch darauf konnte sie keine Rücksicht nehmen.

33. Kapitel

Tilda lag im Bett. Frierend schlang sie die Arme um ihren abgemagerten Körper. Das Essen, das ihr am Morgen gebracht worden war, hatte sie nicht angerührt. Tilda sah zu dem Korb mit den Einkäufen, den Marleen vor ein paar Tagen auf das Tischchen neben dem Sessel gestellt hatte. Sie dachte an die Freude auf ihrem Gesicht, mit der sie hereingestürzt war. Die dem Entsetzen gewichen war, nachdem sie ihr die Wahrheit über sich erzählt hatte. Während Tränen der Schwäche und Scham aus ihren Augen liefen, schlief sie ein. Sie erwachte erst, als Hilla mit dem Abendessen ins Zimmer kam. Doch Tilda stellte sich schlafend. Die Zofe warf nur einen flüchtigen Blick zum Bett. Fühlte sich unbeobachtet, während sie die Einkäufe in dem Korb inspizierte. Mit einem hinterhältigen Grinsen ließ sie zuerst ein

Stück Lavendelseife, dann ein Paar Seidenstrümpfe in ihrer Schürzentasche verschwinden.
Tilda war es egal, ob Hilla sie bestahl oder sie bei Ludolf anschwärzte. Sie quälte nur der Gedanke, dass Marleen nicht mehr kommen durfte. Denn als Ludolf von ihrem geplanten Ausflug zum Wochenmarkt erfahren hatte, war er wutentbrannt in ihr Zimmer gestürmt. „Zum Wochenmarkt willst du? In deinem Zustand? Damit die Leute reden? Was trichtert das Miststück dir ein? Ich werde ihr verbieten, zu dir zu kommen. Hilla kann sich um dich kümmern. Sonst niemand. Für deine Kleider werden wir eine andere Näherin finden. Wer weiß, was du dieser dummen Magd alles erzählst, das sie dann weitertratscht." Er war immer wütender geworden. Sie hatte seinen Ausbruch teilnahmslos über sich ergehen lassen. Nur dagesessen und ihn stumm angesehen. Ihr Gesicht blass, fast durchscheinend und umgeben von ihrem blonden, über die Schultern fallenden Haar.
Was sie nicht wusste war, dass sie ihm für einen winzigen Moment fast leid tat. Er sekundenlang bedauerte, was aus seiner ehemaligen Zuchtstute geworden war. Das Gefühl wich aber schnell der Geringschätzung, die er ihr entgegenbrachte, seitdem sie sich nicht mehr gegen ihn wehrte. Er verachtete sie wie die Hunde, die winselnd ihren Schwanz einzogen, wenn er sie mit gezielten Tritten aus dem Weg scheuchte. Mit dem Bedürfnis, sie zu verletzen, hatte er teuflisch hervorgestoßen: „Am besten wäre es, wenn ich mich von dir scheiden ließe! Jeder hätte dafür Verständnis. Unfruchtbar und unfähig wie du bist." Als auch daraufhin jede Reaktion ausgeblieben war, hatte er sie brutal zum Bett gezerrt, sich auf sie geworfen und genommen. Zu seinem Ärger ließ sie den Akt so leblos wie eine Strohpuppe über sich ergehen. Erst als er wütend und unbefriedigt fortgeritten war, um sich bei einer Hure zu holen, was er zu Hause nicht bekam, war sie aus dem Bett gekrochen. Hatte sich ihr wundes Geschlecht gewaschen. Das zerrissene Hemd gegen ein anderes getauscht. Sich danach tieftraurig ins Bett gelegt und gewünscht, endlich zu sterben.

Dass Marleen während ihrer Arbeit auf dem Gut nicht mehr in Tildas Nähe durfte, erfuhr sie von Oma Siemke. Als sie in die Nähstube wollte, um eines der noch dort liegenden Kleider zu ändern, sagte die Ältere: „Das brauchst du nicht mehr.“ Sie sah die Enttäuschung in Marleens Blick. Aber sie konnte es nicht ändern. Denn Ludolf war auch bei ihr gewesen. Hatte gewettert: „Wie kannst du zulassen, dass diese dumme Magd bei meiner Frau ein- und ausgeht? Ich hatte den Umgang zum Anprobieren der Kleider erlaubt. Sonst nichts! Du scheinst keine Kontrolle über die Dienstboten zu haben. Ich befehle dir, dafür zur sorgen, dass das Personal gehorcht. Sonst schmeiß ich dich zusammen mit deiner Tochter aus dem Haus und dann könnt ihr sehen, wo ihr bleibt.“ Oma Siemke hatte stumm genickt. Doch um Tilda tat es ihr leid. Marleen hatte ihr gut getan, aber sie wusste auch, dass Ludolf seine Drohung wahr machen würde. Und was sollte dann aus ihnen werden? Ohne Geld und ohne Dach über dem Kopf? Leider hatten sie und ihr Mann Ludolfs wahres Wesen erst kennengelernt, nachdem er mit Tilda verheiratet war. Doch keiner hatte geahnt, dass in dem charmanten Gutsherrn so ein unmoralischer und diktatorischer Mann steckte.

34. Kapitel

Seit sie schwanger war, fühlte sich Marie oft müde. Janna hatte erst vor wenigen Tagen besorgt auf ihre geringe Gewichtszunahme und ihr blasses Äußeres hingewiesen: „Du musst mehr essen, besonders rotes Fleisch. Und den schwarzen Traubensaft trinken, den ich dir mitgebracht habe. Du bist zu dünn. Und blutarm scheinst du auch zu sein.“ Sie hatte Marie eine Flasche mit einem Sud aus Kräutern gereicht und angeordnet: „Davon nimmst du jeden Tag einen Esslöffel voll. Er ist gut für die Blutbildung.“ Gehorsam schluckte Marie jeden Morgen beim Frühstück den bitteren Saft, und hoffte, dass er half.

In der vergangenen Nacht hatte sie schlecht geschlafen. War erst gegen Morgengrauen in einen leichten Schlaf gefallen. Sie erwachte, weil Hagen neben ihrem Bett stand und leise sagte: „Ich fahr jetzt raus und anschließend zum Ausliefern in die Stadt. Kann heute spät werden.“ Sie hatte ein schlechtes Gewissen, dass er sich sein Frühstück hatte selbst machen müssen. Wollte ihm zeigen, dass sie eine gute Ehefrau war und aus dem Bett steigen. Doch ihr Körper gehorchte ihr nicht. Er schien wie aus Blei. Matt fiel sie zurück aufs Kissen. In seine Augen trat ein beunruhigter Ausdruck, der sie hastig sagen ließ: „Mach dir keine Sorgen. Ich hab nur schlecht geschlafen. Ich glaube, es ist besser, wenn ich noch ein Weilchen liegen bleibe.“ Hagen wusste noch immer nichts von ihrer Schwangerschaft, aber er hatte plötzlich Angst um sie. Die Blässe in ihrem Gesicht und der Schweiß auf ihrer Stirn waren nicht normal. Besorgt fragte er: „Soll ich Doktor Kremer holen?“ Nach ihrem letzten Beischlaf hatte Hagen sich die größten Vorwürfe gemacht, dass er sie geschwängert haben könnte. Hielt sich seitdem von ihr fern, aber zu seiner großen Erleichterung schien nichts passiert zu sein. Marie strich ihm zärtlich über die Wange. Meinte beruhigend: „Vielleicht bekomme ich eine Erkältung.“

Da er wusste, dass Daje die Kinder nicht brachte, sagte er: „Bleib liegen, solange du willst. Ich beeile mich.“ Er fühlte sich hin- und hergerissen zwischen dem drängenden Tuten der Nebelhörner der Kutter, die hinausfuhren, und seiner leidenden Frau. Er wusste aber, dass er gehen musste, wenn er an diesem Tag noch etwas fischen wollte. Er küsste Marie auf die Stirn und riet: „Schlaf dich aus.“ Bevor er zum Hafen ging, klopfte er bei Emma, die ein paar Häuser weiter wohnte und bat sie, im Laufe des Vormittags bei Marie vorbeizugehen. „Es geht ihr nicht gut. Vielleicht hat sie sich verkühlt.“ Emma versprach es. Sie hatte es sowieso vorgehabt, weil sie der Freundin von Peters Heiratsantrag erzählen wollte. „Mach dir keine Sorgen“, beruhigte sie ihn, „ich kümmere mich um sie.“ Nachdem Hagen das Haus verlassen hatte, schlief Marie wieder ein und träumte. In ihrem Traum schob sie einen Kinderwagen vor sich her, in dem ein Kind mit blondem, lockigem Haar und strahlend blauen Augen lag. Auf ihrem Gesicht erschien ein Lächeln, das der plötzlich auftretende Schmerz in ihrem Unterleib löschte. Es dauerte eine Weile, bis sie ganz wach war und ihr klar wurde, dass nicht das Kind, sondern der Schmerz Realität war. Mühsam richtete sie sich ein wenig auf. Doch als sie den sich schnell vergrößernden dunklen Fleck zwischen ihren Beinen sah, sank sie aufs Bett zurück. Heiße Tränen schossen ihr aus den Augen. Strömten haltlos ihre Wangen hinab, so wie das zarte Leben aus ihrem Unterleib.

Emma war erst kurz bevor Hagen zu ihr gekommen war, nach Hause zurückgekehrt. Sie hatte bei Peter übernachtet. Auch wenn es sich vielleicht nicht schickte, hatten beide ihr Zusammensein genossen. Zudem würden sie bald verheiratet sein. Sie zog eine frische Bluse an und ging dann zu Maries Haus. Klopfte kräftig an die Tür. Als niemand öffnete, trat sie ein. Die Küche war leer. Ein unbenutzter Teller und eine saubere Tasse standen auf dem Tisch. Das Wasser im Kessel auf dem Herd war heiß. Doch gefrühstückt hatte Marie anscheinend noch nicht. Vorsichtig stieß Emma die Tür zur Schlafkammer auf. Marie lag auf dem Rücken. Die Bettdecke war zurückgeschlagen. Ihre Augen geschlossen. Emma wollte sich wieder zurückziehen, als sie das leise Stöhnen hörte, das aus Maries leicht geöffneten Mund kam. Das Geräusch machte ihr Angst. Im Dämmerlicht der Kammer konnte sie jedoch kaum etwas sehen. Sie trat zum Fenster. Zog vorsichtig die Gardine zur Seite.
Mit Schrecken sah sie im Tageslicht den großen Blutfleck, der sich auf Maries Nachthemd ausbreitete. Für einen kurzen Moment hoffte sie, dass deren monatliche Blutung sie im Schlaf überrascht hatte. Sie ging zum Bett. Schüttelte Marie leicht an der Schulter. Als diese nicht reagierte, ließ sie sich vorsichtig auf den Rand des Bettes nieder und zog die federleichte Frau in den Arm. „Marie! Was ist passiert? Sprich mit mir!“ Deren Lider flatterten wie die Flügel eines schönen Schmetterlings. Doch sie war schon zu schwach, um die Augen zu öffnen. Mühsam flüsterte sie: „Mein Kind …“ Plötzlich wusste Emma, was Marie fehlte. Sie war schwanger. Verschiedene Situationen, die das bestätigten, fielen ihr ein. Marie an einem Jäckchen strickend, was die Frauen kommentarlos hingenommen hatten. Die Emsigkeit, mit der sie ihr Heim putzte und schmückte. Das sanfte Strahlen, das sie seit

einiger Zeit umgab. Panik stieg in Emma auf. Der Blutfleck vergrößerte sich und mit jedem Tropfen, den Marie verlor, wurde ihr Gesicht blasser. Emma hätte am liebsten um Hilfe gerufen. Aber würde jemand sie hören? Darauf konnte sie nicht warten. Entschlossen legte sie Marie sanft zurück aufs Bett. Mit zwei Schritten war sie am Kleiderschrank. Zog eines der blütenweißen, akkurat gebügelten Laken aus dem Stapel heraus, und riss es in Streifen. Sie legte einen zusammen und drückte ihn fest zwischen Maries Beine. Hob deren Unterleib an und legte auch darunter ein paar größere Stücke des Lakens. Dann schlug sie ihr leicht auf die Wangen. Rief erneut: „Marie, wach auf." Doch Marie reagierte nicht mehr. Emma hielt sie fest im Arm. In ihrer Not begann sie zu beten und hoffte auf ein Wunder.

Janna war auf dem Weg zum Einkaufen ins Dorf. Ihr waren die Kluntjes ausgegangen. Doch ohne die schmeckte ihr der Tee nicht. Während sie am Deich entlanglief, dachte sie an Marie. Sie machte sich große Sorgen um die zierliche Frau. Zwar war sie diesmal der festen Meinung, dass es gut ging, aber Janna glaubte nach all den Fehlgeburten und ihrer langen Erfahrung nicht mehr daran. Aber sie behielt ihre Befürchtungen lieber für sich, denn Marie würde sie nicht hören wollen. Einer plötzlichen Eingebung folgend beschloss sie, bei der Schwangeren vorbeizuschauen.

Heiko hatte Doktor Kremer aus der Stadt geholt. Er gab Marie eine Spritze mit einem Stärkungsmittel. Sie hatte viel Blut verloren. Mit besorgt gekrauster Stirn warf er einen Blick auf das blutleere Gesicht, das fast mit dem Weiß des Kissens verschmolz. Dann nickte er Janna vielsagend zu. Die hob die Schultern und seufzte. Gemeinsam gingen sie in den Wohnraum zurück. Emma hatte inzwischen eine Kanne Tee gemacht. Schweigend saß sie mit Daje und Flora in Maries gemütlicher Küche. Alle drei hatten geweint. „Wie konnte sie nur so dumm sein?" schimpfte Flora, ihre Gefühle damit überspielend. „Hat sie denn gar nicht an ihre Gesundheit gedacht?" Hagen war noch auf See und würde erst später die schlimme Nachricht erhalten. Emma bot auch dem Arzt eine Tasse Tee an. Der lehnte mit den Worten ab: „Ich

muss weiter. Passen Sie gut auf sie auf. Ich weiß nicht, ob sie es schafft." Er zögerte. „Vielleicht wäre es besser, sie ins Krankenhaus zu bringen, aber der Weg über das Kopfsteinpflaster ist in ihrem Zustand auch gefährlich." Gründlich wusch er seine Hände in dem Wasser, das Emma ihm in einer Schüssel anreichte. „Wir passen auf Marie auf, Herr Doktor", versicherte sie: „Wenn es ihr schlechter geht, lassen wir Sie sofort holen." Von den Worten beruhigt, machte er sich mit seinem Einspänner auf den Weg zurück in die Stadt.
Janna sank auf einen Küchenstuhl. Daje schob ihr eine Tasse Tee zu. Die Hebamme dankte ihr mit einem müden Lächeln, bevor sie erzählte: „Marie hat viel Blut verloren. Aber Doktor Kremer hat einen Tee hiergelassen, der vielleicht hilft, die Blutung zum Stillstand zu bringen. Außerdem sollt ihr Marie Rinderbrühe kochen, damit sich neues Blut bilden kann. Und sie muss ganz ruhig liegen bleiben." Sie hob die Hände und fügte bedrückt hinzu: „Mehr können wir im Moment leider nicht für sie tun." Sie sah die Freundinnen der Reihe nach an. „Am besten haltet ihr abwechselnd bei ihr Wache. Sie darf auf keinen Fall allein bleiben." „Heute kann ich das übernehmen", bot Daje an, „meine Mädchen können sich um die Jungen kümmern. Und Maries Wäsche nehme ich auch mit." Flora wischte sich resolut die Tränen vom Gesicht und erklärte: „Erst heute Morgen hab ich Fleisch für eine kräftige Brühe aufgesetzt. Ich hol schnell einen Topf voll." Emma entschied, sich die nächsten Tage um Marie zu kümmern. „Ihr habt selbst genug Arbeit. Stricken kann ich auch hier. Wenn ihr mich zwischendurch ablöst, kriegen wir das schon hin!" Janna wusste, dass sie sich auf die Frauen verlassen konnte und ging, um endlich ihre Einkäufe zu erledigen.

Während Flora nach Hause lief, um die Fleischbrühe zu holen, trat Daje zu Marie in die Kammer. Sie setzte sich auf den Stuhl neben dem Bett. Betrachtete das bleiche Gesicht und die fahlen, eingefallenen Wangen. Der Anblick machte ihr Angst. Trotzdem konnte und wollte sie nicht glauben, dass die Freundin, die noch am gestrigen Tag ihr Häuschen und sogar die Fenster von außen geputzt hatte, mit dem Tode rang. Während sie saß und ihre schlaffe Hand hielt, fielen ihr plötzlich die Worte ein, die Marie vor einigen Wochen zu ihr gesagt hatte. „Würdest du bitte Hagen heiraten, wenn ich sterbe?“ Daje hatte sie entsetzt angesehen und geantwortet: „Was redest du für einen Unsinn? Warum solltest du sterben?“ Marie hatte stur den Kopf geschüttelt. „Ich weiß schon lange, dass er eigentlich dich heiraten wollte, aber Keno schneller war. Da hat Hagen eben mich genommen. Und ich kann ihm nicht einmal ein einziges Kind gebären.“ Daje war nicht bereit gewesen, ihr zu glauben. Energisch hatte sie gesagt: „Hagen hat sich nie für mich interessiert! Weder damals noch heute. Das bildest du dir nur ein. Er ist Kenos Vetter und mir ein guter Freund. Mehr nicht.“ Doch wie durch einen erleuchtenden Blitz hatte sie plötzlich die Szene am Hafen vor Augen. Hagens Blick, der sie so verwirrt hatte. Sollte er tatsächlich … Sie schob den Gedanken weit von sich. Es waren die Befürchtungen einer schwerkranken, unglücklichen Frau, die damit gerechnet hatte, zu sterben und vorher alles regeln wollte.

Daje umschloss die zarte Hand ihrer Freundin mit beiden Händen und flüsterte: „Du wirst nicht sterben. Wir brauchen dich. Hörst du? Und Hagen liebt dich, das weiß ich genau.“ Als Marie nicht reagierte, fügte sie ein flehendes: „Bitte, bitte Marie, werde wieder gesund!“, hinzu. Es war still und dämmrig im Raum. Daje wurde plötzlich müde und schlief ein. Sie erwachte, weil Marie sanft ihre Hand drückte und mit schwacher Stimme sagte: „Daje, es tut mir sehr leid, dass ich die Jungen im Moment nicht nehmen kann, aber …“ Die legte einen Finger auf die Lippen. „Psst! Du sollst nicht sprechen. Du musst dich schonen.“ Als Marie die Augen wieder schloss, fuhr Daje fort: „Mach dir keine Sorgen. Es ist alles geregelt.“ Marie hielt die Hand weiter umklammert und flüsterte: „Sag mir die Wahrheit. Muss ich sterben?“ Daje wünschte sich Kraft für die richtigen Worte. Behutsam sagte sie: „Der Arzt meint, dass du viel Blut verloren hast, aber eine gute Chance, gesund zu werden.“ Marie öffnete die Augen und sah sie prüfend an. Daje hielt ihrem Blick stand. Ein zärtliches Lächeln umspielte den Mund der Kranken, während sie leise sagte: „Du konntest noch nie lügen.“ Gleich darauf war sie wieder eingeschlafen.

Flora kam mit einem Tablett herein, auf dem eine Schale mit dampfender Suppe stand, und ein Becher mit dem Arzneitee. Sie stellte es auf dem Tischchen neben Maries Bett ab und flüsterte: „Glaubst du, dass sie etwas essen kann?“ Daje sah sie an und wusste plötzlich, was sie tun musste. „Ja“, sagte sie resolut, „das kann sie. Dafür werde ich sorgen.“ Sie weckte Marie, indem sie ihr mehrmals sanft über die Wange strich. Stopfte ihr eins der Paradekissen, das mit einem in rotblauem Garn gestickten Spruch: „Ruhet sanft“ versehen war, in den Rücken und befahl: „Du musst essen.“ Löffelweise fütterte sie die Freundin mit der Rinderbrühe. Was vorbeilief, wischte sie fort, aber sie gab nicht eher Ruhe, bevor die Schale leer war. Sie stellte sie zur Seite und sagte: „Jetzt kannst du weiterschlafen. Ich wecke dich für die nächste Mahlzeit.“ Marie lächelte mit geschlossenen Augen. Flüsterte: „Ich fühle mich so schwach. So, als wäre alles Leben zusammen mit dem Kind aus mir herausgelaufen.“ Daje strich ihr das feuchte Haar aus dem Gesicht. „Schlaf jetzt! Ich pass auf dich auf.“

Als Hagen vom Hafen zurückkam und Emma ihm das Unglück berichtete, war er entsetzt. Fiel neben Maries Bett auf die Knie. Umschlang sie mit seinen kräftigen Armen und weinte wie ein Kind. Klagte sich an, Schuld an ihrem Unglück zu sein und schwor, sie keinen Augenblick aus den Augen zu lassen. „Sie muss leben!“, sagte er voller Inbrunst. Daje sah ihm ernst in die Augen und versprach: „Dafür werden wir sorgen.“

35. Kapitel

Marleens Dienstjahr auf dem Gut war zu Ende. Genau ein Jahr, nachdem sie es begonnen hatte. Während sie ihre wenigen Sachen in den Koffer zurücklegte, war sie einerseits froh. Andererseits bedauerte sie, dass sie Tilda nicht hatte helfen können. Ihre Mutter sagte oft: „Jeder ist seines eigenen Glückes Schmied.“ Doch dem Spruch konnte Marleen nicht mehr so ohne Weiteres zustimmen. Im letzten Jahr hatte sie feststellen müssen, dass alles Schmieden nicht half, wenn man nicht die Kraft dazu besaß.

Sie packte ihre wenige Habe in den alten Koffer. Putzte die Kammer, in die am selben Tag ein anderes junges Mädchen einziehen würde. Sie wollte sich nur noch von Oma Siemke und Tilda verabschieden, dann konnte ihre Zukunft beginnen. Im Wohntrakt klopfte sie an deren Schlafzimmertür, die gleich darauf geöffnet wurde. Hilla fragte frech: „Was willst du denn hier?“ Marleen reckte sich. Sagte knapp: „Ich möchte mich von der Gutsherrin verabschieden. Heute ist mein letzter Tag.“ Hilla betrachtete sie von oben bis unten. „Wer glaubst du zu sein, dass sie Wert darauf legen könnte? Sie wird froh sein, wenn sie dich nicht mehr sehen muss. Außerdem schläft sie und ich werde sie wegen dem albernen Ansinnen einer dummen Magd nicht wecken.“ Marleen versuchte um sie herum ins Zimmer zu sehen. Aber Hilla baute sich in der Tür auf und raunzte: „Verschwinde endlich! Du hast hier genug angerichtet.“ Marleen wusste nicht, was sie damit meinte, aber sie drehte sich herum und ließ die Zofe ohne einen Gruß stehen. Sie ging in die Küche.

Oma Siemke stand am Herd und führte die neue Magd Gisa, die am Morgen gekommen war, in ihren Aufgabenbereich ein. „Du musst daran denken, dass das Feuer nie ausgeht.“ Marleen lächelte. Das hatte sie vor einem Jahr auch ihr aufgetragen. Und sie hatte es nie vergessen. Die Alte drehte sich ihr zu und sagte: „Komm bitte mit in den Salon.“ Marleen folgte ihr. Dort gab Siemke ihr nicht nur ihren Jahreslohn und das Dienstbüchlein, sondern legte für einen Augenblick ihre abgearbeiteten kleinen Hände um ihre Schultern. Sagte eindringlich: „Niemand weiß, was das Leben für dich bereit hält, aber ich wünsche dir, dass du nie den Mut oder deine Ziele aus den Augen verlierst.“ Sie trat einen Schritt zurück, bevor sie leise hinzufügte: „Ich hoffe, dass du uns nicht in allzu schlechter Erinnerung behältst und niemandem erzählst, was du hier gesehen und gehört hast.“ Sie trat an den Schrank. Nahm ein in Papier gewickeltes Paket heraus. Legte es Marleen in den Arm und sagte: „Das ist für dich! Wenn du alles über das Nähen gelernt hast, kannst du dir daraus ein Kleid schneidern. Das passende Garn hab ich dazugelegt.“

Marleen dankte herzlich und ließ Grüße für ihre Tochter bestellen. „Ich durfte leider nicht mehr zu ihr. Hilla meinte, sie würde schlafen.“ Oma Siemke nickte. „Danke! Ich werde ihr selbst deine Grüße ausrichten. Tilda wird sich darüber freuen.“ Von Johann hatte Marleen sich schon am Abend zuvor verabschiedet. Als sie zum letzten Mal die Kannen geschrubbt und anschließend die Eier im Hühnerstall aufgesammelt hatte, war er zu ihr gekommen. Etwas verlegen hatte er erst vor sich auf den Boden und dann sie angesehen. Seine Hand ausgestreckt und gesagt: „Ich hoffe, dass wir uns eines Tages wiedersehen.“ Marleen hatte mit kräftigem Druck seine Hand geschüttelt. Gelacht und geantwortet: „Du kannst deiner zukünftigen Frau ja ein Kleid von mir schneidern lassen. Du findest mich in dem Bekleidungsgeschäft in der Westerstraße.“ Johann hatte in feierlichem Ton versprochen: „Ich werde dich finden. Bis dahin pass gut auf dich auf.“
Marleen verließ den Gutshof und freute sich auf die Zukunft. Es war schließlich nur noch eine Frage von Tagen oder höchstens Wochen, bis sie mit ihrer Schneiderlehre beginnen durfte. Mit jedem Schritt wurde ihr leichter ums Herz und sie konnte es kaum abwarten, endlich wieder zu Hause zu sein.

Tilda stand hinter der Gardine ihres Schlafzimmers und sah Marleen nach, wie sie über den Hof davon ging. Erst als sie aus ihrem Blickfeld verschwunden war, setzte sie sich mit einem unterdrückten Seufzer in ihren Sessel zurück. Schlug das Buch auf, das auf dem Tischchen neben ihr lag und vertiefte sich darin. Hilla nahm das Tablett mit dem unberührten Essen an sich und brachte es mit einem triumphierenden Grinsen in die Küche zurück.

36. Kapitel

Marleen zog den Handwagen, in dem sie die Päckchen mit der gebügelten Wäsche sorgfältig verstaut hatte, von der Norddeicher Straße aus Richtung Marktplatz. Seit fast drei Monaten war sie wieder zu Hause. Doch ihrem Ziel war sie noch keinen Schritt nähergekommen. Bisher hatte sie nichts anderes getan, als ihrer Mutter beim Waschen der fremden Wäsche, im Haushalt und bei der Beaufsichtigung ihrer jüngeren Geschwister zu helfen. Für ein Gespräch über Marleens Zukunft war noch keine Zeit gewesen.

Daje bügelte und wusch nicht nur für andere, sondern kümmerte sich dazu noch immer um Marie. Inzwischen war es nicht mehr deren körperliche Gesundheit, die den Freundinnen Sorgen machte, sondern die seelische. Die Trauer um den Verlust des Kindes umgab sie wie eine undurchdringliche Hülle. Nichts konnte ihren Kummer lindern. Auch Hagen litt und machte sich große Vorwürfe. Obwohl er nichts von der Schwangerschaft gewusst hatte. Der Schock saß tief. Daje hatte viel Überredungskunst gebraucht, damit er seine Frau in der Obhut der Freundinnen zurückließ und wieder zum Fischen hinausfuhr. Während Marleen über das Kopfsteinpflaster lief und dabei den Handwagen rumpelnd hinter sich herzog, dachte sie darüber nach, wie sehr das Kinderkriegen das Leben der Frauen beeinflusste und einschränkte. Die eine bekam zu viele und war darüber unglücklich. Andere, so wie Marie, konnten keines bekommen und waren ebenfalls unglücklich. Das richtige Maß, stellte sie fest, schien es dabei nicht zu geben.

Es war Ende Mai und die Bäume auf dem Marktplatz standen in voller Pracht. Auf den Bänken am Glockenturm saßen alte Männer, die ihr Pfeifchen rauchten oder einen Priem kauten und den sonnigen Tag genossen. Kinder spielten an der Pumpe vor dem Rathaus, während ein paar Hausfrauen dort Wasser zapften. Marleen, am Deich aufgewachsen, kannte keinen der Stadtbewohner. Trotzdem rief sie ein freundliches: „Moin“ zu ihnen hinüber und erntete wohlwollendes Kopfnicken oder auch ein freundliches: „Moin“, während sie am Glockenturm vorbei Richtung Kirche lief. Je näher sie ihr kam, desto bedrückter wurde sie. Am liebsten hätte sie einen weiten Bogen um das von einem weißen Zaun umgebene Stückchen Grün gemacht. Denn jedes Mal, wenn sie daran vorbei lief, löste der Anblick Trauer und Unverständnis in ihr aus.

Daje hatte ihr die Bedeutung des Landstücks erklärt. Vor Jahren, als der Friedhof neben der Kirche noch belegt wurde, waren die Selbstmörder der Stadt dort verscharrt worden. Ohne christlichen Segen. Seit Marleen das wusste, lehnte sich ihr Gerechtigkeitssinn dagegen auf, dass Menschen, denen der Mut zum Leben abhanden gekommen war, so behandelt worden waren. Sie hatte Daje danach gefragt. „Mutter, wenn ein Mensch sich selbst das Leben nimmt, muss er doch sehr verzweifelt sein. Warum sollte er es denn sonst tun?“ Diese hatte die Schultern gezuckt und gemeint: „Sicher. Dort liegen zum Beispiel Mädchen, die in Schande geraten waren und von den Eltern deshalb verstoßen wurden. Und Menschen, die so arm waren, dass sie lieber von eigener Hand gestorben sind, statt jämmerlich zu verhungern. Jeder von ihnen hat sein Schicksal.“ Nach einer Weile hatte sie sanft hinzugefügt: „Aber wer weiß. Vielleicht hat Gott ja ein Einsehen mit diesen Sündern und lässt sie auch ohne kirchlichen Segen in seinen Himmel hinein.“ Die Antwort hatte Marleen ein wenig getröstet. Denn sie wollte sich nicht vorstellen, dass ihr Gott so grausam war und den Verzweifelten einfach die Himmelstür vor der Nase zuschlug, auf dass sie ewig in der Hölle schmoren mussten. Plötzlich musste sie daran denken, dass ja auch Geeske eine in Schande geratene junge Frau gewesen war. Was hätte sie wohl getan, wenn Frieso nicht bereit gewesen wäre, sie zu heiraten?

Sie schüttelte die düsteren Gedanken ab und betrat wenig später die Apotheke. Die erste Kundin auf ihrer Liste. Sie dankte für das Tütchen Hustenbonbons, das ihr zusammen mit dem Geld für die Wäsche über den Tresen geschoben wurde. Päckchen für Päckchen brachte Marleen anschließend in der Innenstadt und darüber hinaus, die Wäsche zurück zu ihren Besitzern. Das eingenommene Geld klimperte bei jedem Schritt lauter in ihrer Schürzentasche. Eigentlich hätte sie jetzt nach Hause zurückkehren können, aber sie schlug den Weg in die Westerstraße ein. Sie wollte ihrer Zukunft ein wenig auf die Sprünge helfen. Das Bekleidungsgeschäft war geöffnet und zu ihrer Erleichterung war Uda Sührmann da. Sie bat Marleen einen Moment zu warten. Lief in den hinteren Raum und holte ihren Mann. Hero Sührmann betrachtete die junge Frau ausgiebig. Fragte mit sonorer Stimme: „Und du willst bei uns arbeiten? Als was denn?“ Marleen sah ihm direkt in die Augen, während sie antwortete: „Ich will alles über das Schneidern lernen, was es darüber zu lernen gibt.“ Der strenge Mann musste unwillkürlich lächeln. Die junge Frau schien genau zu wissen, was sie wollte. Nun, dachte er bei sich, man würde sehen, wie ernst sie es meinte. „Gut“, sagte er bedächtig, „aber bevor ich das entscheiden kann, muss ich mit deiner Mutter sprechen. Glaubst du denn, dass sie das Lehrgeld aufbringen kann?“ Marleen zögerte. Daran hatte sie nicht gedacht. Trotzdem sagte sie überzeugt: „Sicher kann sie das.“ Sie dankte ihm höflich mit einem Knicks und machte sich auf den Weg zurück zum Deich.

Durch Maries Fehlgeburt hatte Daje ihren Entschluss, in die Stadt zu ziehen, zwar verschoben, aber nicht aufgegeben. Sie wartete nur noch auf den richtigen Zeitpunkt. Am Morgen war Flora zum Besuch bei Marie eingeteilt. Daje war froh darüber. Denn der Schmerz in ihrem Bein, der sie schon länger quälte, war stärker geworden. „Wenn das so weitergeht“, dachte sie, „muss ich Janna fragen, was das sein könnte. Oder den Arzt aufsuchen.“ Daje sah auf die Uhr. Stellte fest, dass es bereits elf war. Sie betrachtete den Stapel Wäsche, der gebügelt werden musste und entschloss sich, das im Sitzen zu tun. Für ihr Bein wäre es auf jeden Fall eine Entlastung. Sie sah hoch, als die Tür geöffnet wurde. Aber nicht Marleen kam herein, sondern der Postbote. Mit den Worten: „Ein Gruß aus der Ferne. Hat sicher jemand Heimweh.“ überreichte er ihr einen Brief. Nach einem Blick auf den Absender sah sie, dass er aus Esens kam. Sie schenkte dem Boten einen Schnaps ein und mit einem fröhlichen „Tschüss!“ lief er weiter zum nächsten Haus. Daje stellte das Bügeleisen zur Seite. Öffnete den Brief. Die flehenden Worte sprangen sie an, wie der Hund von Bauer Meier, wenn sie den Hof betrat. Daje las die Zeilen mehrmals. Es war ein typischer Line Brief. Kurz, knapp und egoistisch. Daje schüttelte seufzend den Kopf. Brummte: „Das nun auch noch!“ Faltete das Blatt langsam zusammen und schob es in ihre Schürzentasche.

Den ganzen Weg zurück zum Deich jubelte Marleen innerlich. Ihr Traum wurde wahr. Endlich konnte sie zeigen, was in ihr steckte. In ihrer Vorstellung fühlte sie schon die Weichheit der samtenen Stoffe unter ihren Fingern. Die Rauheit des Brokats und die Feinheit der Seide. Die Glätte des Leinens und die Wärme der Lodenstoffe, die sie verarbeiten würde.
Sie stellte den Handwagen in den kleinen Schuppen und stürmte an ihren im Garten spielenden Brüdern vorbei in den Wohnraum. Rief aufgeregt: „Mutter, stell dir vor. Du sollst bei Sührmanns vorbeikommen und wegen meiner Schneiderlehre mit dem Inhaber sprechen.“ Daje hatte nur mit halbem Ohr zugehört. Meinte: „Das freut mich für dich.“ Marleen sah die Bemerkung als Zustimmung an. War glücklich, dass ihre Mutter keine Einwände hatte. Um ihr eine Freude zu machen, kramte sie das eingenommene Geld aus der Tiefe ihrer Schürzentasche. Legte es auf den Tisch. „Da, Mutter. Alle haben bezahlt. Hab sogar ein wenig Trinkgeld bekommen und von der Frau Apotheker eine Tüte Bonbons. Die mögen die Kleinen doch so gern.“ Daje sah fast gleichgültig auf die Münzen und Bonbons und sagte: „Danke.“ Sonst nichts.
Marleen betrachtete ihre Mutter genauer. Ein ungutes Gefühl stieg in ihr auf. So in Gedanken war Daje auch in der ersten Zeit nach dem Tod ihres Vaters gewesen. Auf ihre Frage: „Ist etwas passiert? Wo sind Adda und Mina?“ warf Daje ihr einen kurzen, fast unwilligen Blick zu. „Die sind in der Schule. Das weißt du doch.“ Marleen war froh, dass es ihren Schwestern gutging, aber es beantwortete nicht ihre Frage. Bevor sie nachhaken konnte, sagte Daje: „Ich brauche eine Tasse Tee. Sonst kann ich nicht richtig denken.“ Die Aussage ließ Marleen erstarren und sie fühlte sich auf den Gutshof zurückversetzt. So ähnlich hatte Oma Siemke gesprochen, nachdem sie mit Geeske

vom Arzt gekommen war. Aber warum sagte ihre Mutter das? Schnell setzte sie Tee auf und rutschte dann erwartungsvoll hinter den Tisch auf die Bank, während Daje noch immer vor sich hinstarrte.
Marleen hielt es nicht mehr aus. „Bitte, Mutter, sag doch, was passiert ist! Ist jemand gestorben?“ Daje schüttelte leicht den Kopf. Antwortete leise: „Nein. Es ist niemand gestorben. Im Gegenteil. Es wird jemand geboren werden.“ Marleen, die gerade den Tee einschenkte, holte tief Luft. Stelle die Kanne zurück. „Was meinst du damit?“ Daje sah ihrer Tochter in die Augen. „Line ist schwanger.“ Sie zog ihre Tasse näher zu sich heran. Nahm einen Schluck, griff in ihre Schürzentasche und zog den Brief heraus. Faltete ihn auseinander und schob ihn langsam zu Marleen hinüber. Die riss ihn an sich und las. Dann legte sie ihn auf den Tisch zurück. Fuhr heftig mit den Händen darüber, als könnte sie die Tatsachen fortwischen. Es stand ihr zwar nicht zu, diese Frage zu stellen, trotzdem tat sie es. „Und was wirst du tun?“
Im ersten Moment wollte Daje antworten, dass das Marleen nichts anging, aber dann wurde ihr bewusst, dass sie auf ihre Hilfe angewiesen war. So sagte sie: „Ich weiß es noch nicht genau. Aber ich werde ihr schreiben, dass sie mir das Kind bringen soll, wenn es geboren ist. Schließlich kann sie es in Esens nicht großziehen.“ Marleen stützte ihr Kinn auf ihre verschränkten Hände. „Und was ist mit dem Vater des Kindes? Muss er sie nicht heiraten?“ Daje schüttelte den Kopf. „Wenn du den Brief gelesen hast, weißt du ja, dass er sich verdrückt hat.“ Da sagte Marleen: „Männer! Sind doch alle gleich.“ Daje starrte sie entsetzt an. „Was sagst du da? Wie kommst du darauf? Du hast doch gar keine Erfahrung mit Männern. Bist doch noch fast ein Kind.“ Marleen hob ihren Kopf. Sagte ruhig, als wäre es alltäglich: „Auf dem Gut hat ein Knecht die Magd geheiratet, die ein Kind vom Gutsherren erwar …“ Sie verstummte, als sie hörte wie Daje scharf die Luft einzog. Erschrocken schloss sie den Mund. Was hatte sie getan? Sie hatte sich doch geschworen, es nie jemandem zu erzählen.
Daje sagte kein Wort. Sah sie nur an. Dann stand sie auf. Sie musste sich bewegen, um das Erfahrene zu verdauen und darauf antworten zu können. Sie ging zum Herd. Nahm mit einer Zange den Bolzen für

das Bügeleisen heraus. Steckte ihn in die Öffnung und wartete, leicht vornüber gebeugt, dass das Eisen sich aufheizte. Die Bügeldecke lag noch auf einer Ecke des langen Tisches. Sie spürte Marleens Blick auf sich ruhen, die auf eine Reaktion zu warten schien. Doch Daje ließ sich Zeit, während sie den ersten Kragen in die Hand nahm. Sie wusste schließlich, dass es Gutsherren gab, die sich an ihren Mägden vergriffen. Aber jetzt überlegte sie, ob sie ihre Tochter unwissentlich in die Höhle des Löwen geschickt hatte. Was hatte das Mädchen dort erlebt? Und war ihr etwas widerfahren, das nicht wieder gutzumachen war? Sich zur Ruhe zwingend, wandte sie sich ihr zu. Wiederholte: „Was sagst du? Wer bekam ein Kind vom Gutsherren?“
Marleen hätte sich am liebsten den Mund zugenäht. Damit nur ja kein Wort mehr entschlüpfte. Warum nur konnte sie nicht einmal den Mund halten? Zögernd rückte sie mit der Wahrheit heraus. Daje bügelte derweil ein besonders stark gerüschtes Jabot. So sorgfältig, bis man sich an den Rändern hätte schneiden können. Dann hatte sie fertig nachgedacht. Nach einer Weile, die Marleen unendlich lang vorkam, räusperte sie sich. Stellte das Eisen zur Seite und fragte, jedes Wort betonend: „Hat er dich auch … angefasst?“ Marleen zuckte zurück. Schlug die Augen nieder, damit Daje nicht hineinsehen konnte. Dann schüttelte sie langsam den Kopf. Aber es war zu spät. Marleen schlug nie die Augen nieder. Dass sie es jetzt tat, war für Daje die Gewissheit: Der Gutsherr hatte auch von ihr nicht die Finger gelassen. „Was hat er getan?“ fragte sie mühsam beherrscht, während es in ihr zu kochen begann. Marleen hob den Blick und antwortete: „Es ist nichts passiert, was meiner Ehre geschadet hätte. Johann, der Knecht, kam zur rechten Zeit dazu.“ Daje wusste, dass Marleen die Wahrheit sagte, denn Ehrlichkeit gehörte zu ihrem Wesen. Sie nahm das Bügeleisen wieder in die Hand. Prüfte es und sagte knapp: „Gut.“ Nachdem sie einen tiefen Seufzer ausgestoßen hatte, fuhr sie fort: „Nun, für deine Schwester wird kein Knecht die Suppe auslöffeln.“
Während Marleen eine weitere Tasse Tee einschenkte, sagte sie: „Bitte, Mutter. Behalte das für dich. Ich hab versprochen, mit niemandem darüber zu sprechen.“ Dajes Gedanken weilten inzwischen bei ihrer ältesten Tochter, die in Schwierigkeiten geraten war. Auch wenn

sie ihre Töchter davor gewarnt hatte, sich mit einem Mann einzulassen, bevor sie verheiratet waren. Es war nun mal passiert. Sie betrachtete Kenos Bild auf dem Schrank und wünschte sich, ihn fragen zu können. Aber sie glaubte auch, dass Keno mit ihr einer Meinung gewesen wäre, das unschuldige Wesen in der Familie aufzunehmen. Ja, dachte sie abschließend, so wird es gemacht und Marleen wird mir bei der zusätzlichen Arbeit helfen. Während sie das nächste Wäschestück aus dem Korb nahm, sagte sie zu ihr: „Schreib deiner Schwester einen Brief. Sie soll vor der Geburt nach Hause kommen. Janna wird ihr helfen.“ Ohne auf eine Antwort zu warten, fügte sie aufgeräumt hinzu: „Du und ich werden uns um das Kind kümmern, bis Line eine andere Lösung gefunden hat.“

Marleen starrte sie an. Dann stieß sie hervor: „Aber Mutter, du hast mir vorhin erlaubt, dass ich eine Lehre zur Schneiderin machen darf. Wie soll das gehen, wenn ich mich um Lines Kind kümmern soll?“ Ihre Stimme war immer lauter geworden. Daje hob die Hand. Befahl streng: „Still! Versprochen habe ich gar nichts. Man würde sehen, hab ich gesagt. Und wie du siehst, gibt es jetzt wichtigere Dinge zu tun.“ Marleen sprang auf. Stemmte die Hände in die Seiten und ihre Erziehung vergessend, stieß sie hervor: „Ich hab die Zeit auf dem Gut nur ausgehalten, weil du gesagt hast, ich dürfte anschließend die Lehre machen. Soll ich jetzt für den Fehler meiner Schwester geradestehen?“ Heftig den Kopf schüttelnd stieß sie hervor: „Das kannst du nicht von mir verlangen!“ Ohne auf eine Antwort zu warten, lief sie wutentbrannt hinaus und knallte die Tür mit Schwung hinter sich zu. Wenig später rannte sie mit geschürzten Röcken am Deich entlang zu Flora.

37. Kapitel

Die Arme in die Seiten gestemmt, musterte Flora zufrieden ihren Vorratsraum. Sie hatte ihn aufgeräumt und gleichzeitig die Marmeladen, Kompottgläser und Dörrfrüchte herausgesucht, die sie als Bäuerin am Montag auf dem Wochenmarkt verkaufen wollte. Viele Gläser standen nicht mehr in den Regalen. Doch bald war die nächste Ernte reif und sie konnte die Johannisbeeren und Stachelbeeren pflücken und verarbeiten. Im Herbst würden dann die Äpfel, Birnen und Mirabellen aus ihrem Obstgarten in Gläsern eingekocht werden müssen. Dazwischen gab es die Bohnen- und Kohlernte.

Darüber hinaus musste sie in der Zeit, in der das Korn geerntet wurde, wie alle Bäuerinnen für die vielen Feldarbeiter kochen. Bisher hatten Emma und Marie ihr dabei geholfen. Doch Marie konnte sie nicht so bald einplanen. Die musste sich erst einmal von der Fehlgeburt erholen. Emma würde sicherlich helfen und auch Adda und Mina konnte sie in

diesem Jahr dafür einstellen. Und sie würde Marleen fragen. Die war schnell und umsichtig. Fürs Feld gab es genug andere Helfer. Und Daje wäre bestimmt froh, wenn ihre Töchter ein wenig Geld oder Lebensmittel nach Hause brachten. Sie fuhr aus ihren Gedanken hoch, als Marleen hereinstürmte.

Erfreut sagte Flora: „Moin, mein Kind! Ich hab gerade an dich gedacht. Willst du mir helfen oder was machst du um diese Zeit hier?"

Die junge Frau stellte sich neben die Bäuerin. Auf dem Weg hierher war ihr Zorn verraucht. Sie war nicht mehr sicher, ob sie Flora von Lines Schwangerschaft erzählen sollte. Aber, dachte sie weiter, das musste sie auch gar nicht. „Tante Flora", begann sie zögernd, „erinnerst du dich daran, dass ich nach dem Jahr auf dem Gut eine Schneiderlehre machen wollte?" Die Bäuerin nickte. „Natürlich weiß ich das noch." Sie betrachtete ihre Patentochter nachdenklich, bevor sie fragte: „Und nun willst du das nicht mehr?" Marleen lief wie ein gefangenes Tier in dem kleinen Raum umher. Ihre Wangen röteten sich und in ihre Augen trat das typische Leuchten. „Natürlich will ich das noch immer, aber Mutter will es mir verbieten. Sie will in die Stadt ziehen, damit die Wege zu den Kunden kürzer werden. Und sie will, dass ich ihr beim Waschen und Bügeln helfe und bei …" Sie brach ab. Entschied sich, Lines Elend erst einmal für sich zu behalten. Flora war zu höflich, um nachzuhaken. Aber sie kannte das Temperament ihrer Patentochter. Sie ging leicht in die Luft, aber kam genauso schnell wieder herunter.

Ruhig begann Flora, die ausgesuchten Marmeladen und Kompottgläser in Körbe zu stellen. Marleen half ihr unaufgefordert. Als sie fertig waren, bat Flora sie in die Küche. „Komm, setz dich. Ich mach uns eine Tasse Tee. Und dann erzählst du mir in aller Ruhe, was passiert ist." Marleen versuchte, Flora ihre Sichtweise verständlich zu machen. Endete mit einem empörten: „Aber Mutter hat es mir versprochen!" Flora nahm Marleens Hände in ihre und begann sacht: „Hab ein bisschen mehr Verständnis für deine Mutter. Sie meint es nicht böse. Für so viele Kinder die Verantwortung zu tragen, ist nicht einfach. War es schon nicht, als dein Vater noch lebte. Glaubst du, dass sie sich so ein Leben ausgesucht hätte?" Marleen zuckte die Schultern. Flora fuhr fort: „Aber es ist nun mal so, wie es ist. Und sie schafft es immer, ohne zu klagen, das Beste daraus zu machen." Marleen nickte langsam. „Ich weiß. Eine Frau soll gehorsam, fleißig und schweigsam sein. So ist Mutter, und so sollen wir auch sein." Als Flora zögernd nickte, denn sie war anderer Meinung, fuhr Marleen etwas schärfer fort: „Doch ich will nicht gehorsam sein! Und ich will sagen, was ich denke. Aber heiraten oder Kinder kriegen will ich nicht. Ich will nur Schneiderin werden und für mich selber sorgen können. Und wenn ich jetzt meiner Mutter helfen muss, kann ich nicht in dem Geschäft lernen. Wie soll das gehen?"

In ihren blauen Augen konnte Flora die Enttäuschung sehen. Sie verstand sie besser, als Marleen sich vorstellen konnte. Als Tochter aus gutem Hause hatte Flora die höhere Töchterschule besucht. Sich jedoch nicht mit dem Gedanken abfinden wollen, einen Mann zu heiraten, den ihre Eltern ihr ausgesucht hatten. Als sie den Bauern Heiko auf dem Markt traf und sich auf den ersten Blick in ihn verliebte, waren ihre Eltern zuerst dagegen gewesen. Aber sie hatte sich durchgesetzt und ihn geheiratet. Alles gelernt, was eine Bäuerin können musste und den eingeschlagenen Weg nie bereut. Sie konnte Marleen gut verstehen und so sagte sie: „Hör zu, mein Kind. Ich werde mit deiner Mutter sprechen. Hab ein wenig Geduld und erfülle bis dahin zu Hause deine Pflicht."

Als Marleen nach Hause kam, lag Daje auf ihrem Bett. Ein ungewohnter und zugleich beängstigender Anblick. Schließlich war es erst Nachmittag. Keno schlief zusammengerollt, an ihrem Fußende. „Mama ist krank!" erklärte Thore mit Tränen in den großen blauen Augen. Sie schob ihn zur Seite. Nach einem prüfenden Blick auf ihre Mutter sah sie, dass die tatsächlich krank aussah. Sie hatte ein hochrotes Gesicht und um den Mund ein blasses Dreieck. Marleen wusste von Daje, dass das immer ein schlechtes Zeichen war. Was fehlte ihrer Mutter? Hatte sie Fieber? Schmerzen? Oder mit was ließ sich ihr Aussehen erklären? Sie kniete sich neben Dajes Bett. Fragte besorgt: „Mutter, was hast du?" Daje öffnete ihre Augen. „Mein Bein! Es tut so weh. Und mir ist so furchtbar heiß und übel." Vorsichtig fühlte Marleen ihre Stirn. Sie glühte. Angst stieg in ihr auf. In ihrer Not fauchte sie ihre Geschwister an: „Mutter hat Fieber und ihr steht herum? Wir müssen Wadenwickel machen, damit es runtergeht." Die kleinen Jungen schraken vor ihrem barschen Tonfall zusammen. Eggo machte vor Schreck in die Hose. Thore begann zu weinen, stammelte schluchzend: „Muss Mama auch sterben?" Marleen schüttelte unwillig den Kopf. „Nein! Sie hat nur Fieber." Adda und Mina folgten stumm ihren Anweisungen, eine Schüssel kaltes Wasser und saubere Handtücher aus der Wäschetruhe zu holen.
Daje ließ die Behandlung ihrer Tochter mit geschlossenen Augen über sich ergehen. Es war ihr unangenehm, so schwach vor ihren Kindern im Bett zu liegen, aber sie hatte die Schmerzen nicht mehr ertragen. Nachdem Marleen hinausgestürmt war, hatte sie zu den Kindern gesagt: „Ich lege mich für einen Moment hin." Doch dann war sie nicht wieder hochgekommen. Marleen legte ihr ein feuchtes Tuch auf die heiße Stirn. Überlegte dabei, was sie tun sollte. Einen Arzt gab es nur in der Stadt. „Ich lauf zu Janna!", sagte sie einer Eingebung folgend,

„vielleicht weiß die, was wir tun sollen.“ Sie trug Mina und Adda auf, die Jungen ins Bett zu bringen. Zu Teela sagte sie: „Du musst allein zu Heikes zum Melken gehen. Er wird es verstehen.“ Gleich darauf lief sie in der beginnenden Dunkelheit am Deich entlang. Sie hatte es sich den Geschwistern gegenüber nicht anmerken lassen, aber auch sie hatte Angst, dass ihre Mutter sterben könnte. Dann wären sie Waisen und dann – für diesen egoistischen Gedanken schämte sie sich gleich darauf – könnte sie ihren Traum ganz aufgeben. „Bitte, lieber Gott!“, betete sie, während sie den Weg zu Jannas Kate einschlug, „lass Mutter wieder gesund werden. Auch wenn sie ihr Versprechen gebrochen hat: Ich will ihr helfen, wo immer ich kann.“

Janna saß in ihrer Kate am Tisch und sortierte Kräutersträuße, die sie gesammelt hatte und in mehreren Reihen an die hölzerne Decke zum Trocknen hängen wollte. Zerrieben würden sie für die verschiedenen Tinkturen und Salben verwendet werden. Davon hatte sie immer einen Vorrat in ihrem Schrank stehen. Die Deichbewohner kamen mit ihren Wehwehchen erst einmal zu ihr, bevor sie sich auf den Weg in die Stadt zum Arzt machten. Inzwischen war es Abendbrotzeit und sie beschloss, Tee zu kochen und dazu Buttermilchbrei mit Schwarzbrot zu essen. Gerade wollte sie die Kanne mit heißem Wasser füllen, als Marleen hereinstürmte und aufgeregt hervorsprudelte: „Mutter ist krank. Sie glüht vor Fieber und ich weiß nicht, was ich außer Wadenwickel für sie tun kann. Hast du ein Mittel, das ich ihr geben könnte?“ Janna überlegte kurz. Trat zu einem Schrank. Nahm ein Fläschchen heraus und sagte beruhigend: „Ich begleite dich. Bin zwar kein Arzt, aber ich will mir ein eigenes Bild machen. Vielleicht ist es ja erforderlich, Doktor Kremer zu holen. Fieber kann schließlich verschiedene Ursachen haben.“ Erleichtert folgte Marleen der Hebamme zurück nach Hause.

Obwohl Janna kein Arzt war, stand ihre Diagnose schnell fest, denn das Erkrankungsbild hatte sie schon oft gesehen. „Du hast eine Venenentzündung und wirst die nächste Zeit im Bett verbringen müssen. Oder“, setzte sie mit einem Blick über die besorgt blickende Kinderschar hinzu, „willst du lieber ins Krankenhaus?“ Dajes geflüstertes:

„Bloß nicht!“, wurde von Marleen bekräftigt. „Ich werde mich um Mutter kümmern. Sag mir nur, was ich tun muss.“ Janna gab ihr eine Paste aus Arnikablüten und einen Beutel mit Lindenblütentee. „Die Paste musst du auf das Bein streichen. Gegen die Entzündung!“, trug sie Marleen auf. „ Den Tee bekommt sie drei Mal am Tag. Der ist gegen das Fieber. Außerdem muss eine von euch nach Norden in die Apotheke gehen und Blutegel holen. Die ziehen das schmutzige Blut aus der Entzündung.“ Als Adda und Mina angeekelt zurückwichen, sagte Marleen: „Ich mach das schon. Aber auflegen tust du die, oder?“ Janna lachte. „Ja. Ich komme morgen früh und mach das selbst. Ich bleibe dann auch so lange, wie es dauert, dabei.“ Marleen brachte Janna zur Tür und dankte ihr für die Hilfe. „Ich passe gut auf sie auf“, sagte sie zum Abschied. Janna lächelte. „Das weiß ich doch, mein Kind. Das Leben ist eben nicht so einfach, wie man es sich manchmal wünscht. Aber alles, was passiert, hat seinen Sinn. Glaube mir!“ Marleen schloss hinter ihr die Tür und hoffte, dass Janna mit ihrer Vorhersage recht behielt. Bevor sie schlafen gingen, teilte sie die Arbeit zwischen ihren Schwestern und sich auf. Sie würden die Wäsche aus der Stadt holen und Marleen würde sie waschen und bügeln. Daje, die das mitbekam, war dagegen. „Das kannst du doch gar nicht!“, protestierte sie. „Lass Emma das machen.“ Doch Marleen wollte ihr beweisen, dass sie sehr sauber bügeln konnte.

38. Kapitel

Nachdem sie in der nächsten Woche den ersten Schwung fertig hatte, präsentierte sie ihrer Mutter das Ergebnis. Zu ihrer Freude musste Daje zugeben: „Das hast du gut gemacht.“ „Siehst du, Mutter“, antwortete Marleen, „du solltest mich nicht unterschätzen. Auf dem Gut war Oma Siemke auch immer zufrieden mit meiner Arbeit.“ Janna legte mehrere Tage lang Blutegel auf die Entzündung in Dajes Bein. Marleen entsorgte die vollgesogenen Tierchen anschließend voller Ekel auf dem Misthaufen. Auch Marie kam täglich vorbei.

„Was kann ich dir Gutes tun, Daje? Du hast mir geholfen. Bitte sag mir, wie ich dir jetzt helfen kann.“ Als sie sah, dass der kleine Keno in das Bett seiner Mutter klettern wollte, und Marleen daraufhin rief: „Keno, nicht! Du tust Mutter weh!“ bot sie an: „Soll ich ihn mit zu mir nach Hause nehmen? Er ist noch so klein und versteht nicht, dass du krank bist.“ Daje betrachtete ihren Sohn, der weinend neben ihrem Bett stand und sagte dankbar: „Ja, damit würdest du uns sehr helfen.“ Schnell waren seine Sachen gepackt und Marie machte sich mit ihm auf den Heimweg.

Marleen war ebenfalls erleichtert, dass sie sich nicht mehr um den kleinen Bruder kümmern musste, der ihr nur zwischen den Füßen herumstand. Denn sie hatte inzwischen nicht nur das Waschen, Bügeln und Kochen übernommen. Montags ging sie, wie sonst ihre Mutter, zu Meiers zum Waschen und am Donnerstag und Freitag zu dem Kaufmann in der Norddeicher Straße zum Putzen. Wenn sie fort war, kam Emma zu ihnen und kümmerte sich um Daje und das Essen. Sie saß auf der Bank und erzählte strickend, was sie auf dem Wochenmarkt erlebt hatte. Oder erzählte Märchen, die Thore und Eggo mit großen Augen verschlangen. Marleen musste zum Putzen. Zögerte, als Emma sagte: „Stellt euch vor, was man mir gestern erzählt hat.“ Marleen sah auf die Uhr. Hoffte, dass Emma schnell auf den Punkt kam. Daje richtete sich in ihrem Bett auf. Froh über alles Neue, dass sie von ihrem unfreiwilligen Nichtstun ablenkte. Sie strickte und nähte zwar im Bett, aber sie durfte das Bein noch nicht belasten.

„Also“, begann Emma, während ihre Hände Reihe um Reihe strickten, „ich habe gehört, dass der Herr von dem Gut“, sie nickte mit dem Kopf zu Marleen, „auf dem du gearbeitet hast, Ahlers, plötzlich verstorben ist.“ Daje und Marleen sahen sich verblüfft an. Emma guckte über ihr Augenglas, das sie seit neuestem besaß, zu ihnen hinüber und fuhr fort: „Genaueres weiß ich aber noch nicht.“ Sie wedelte mit ihrem Strickzeug und fügte einschränkend mit gewissem Stolz hinzu: „Schließlich bin ich nicht zum Vergnügen auf dem Markt.“ In das anhaltende Schweigen murmelte sie: „So ein Pech aber auch. Habe ’ne Reihe zuviel gestrickt.“ Sie strickte zurück und sagte aufgeräumt: „Wird wohl die Tage im ‚Courier‘ stehen.“

Marleen wusste nicht, was sie sagen sollte. Nie hätte sie damit gerechnet, dass dem Gutsherren etwas zustoßen könnte. Die hungernde Tilda war das Sorgenkind gewesen. Sie horchte auf, als Emma fortfuhr: „Ach ja, er war wohl krank. Sagen zumindest die Leute." Sie winkte ab. „Aber die reden ja immer." Marleen öffnete die Tür. Sie musste los, wenn sie nicht zu spät kommen wollte. Emmas nächste Worte: „Wie man noch so hört, soll er ja kein netter Mensch gewesen sein. Trotzdem tut seine Frau mir leid. Ist sicher nicht einfach für sie", begleiteten sie auf dem Weg zur Arbeit. Ihr fiel ein, dass Tilda mal gesagt hatte, sie würde hoffen, dass ihren Mann der Teufel hole. Das hatte der anscheinend jetzt getan. Denn dass ein Mensch wie Ahlers im Himmel willkommen sein würde, konnte sie sich beim besten Willen nicht vorstellen. Sie hoffte, dass Emma bald mehr erfuhr und es ihnen berichtete.

39. Kapitel

Daje erholte sich langsam, aber ihre Krankheit bestätigte sie in dem Entschluss, in die Stadt zu ziehen. Marleen hatte ihr während der Zeit bewiesen, dass sie auf dem Gut viel dazugelernt hatte. Und so plante Daje sie fest in ihr neues Leben mit ein.

Doch Flora hatte das Gespräch mit ihrem Patenkind nicht vergessen. An einem Abend, die Kinder schliefen und sogar Marleen hatte sich nach einem anstrengenden Waschtag zeitig zurückgezogen, kam sie zu Besuch. Daje saß mit hochgelagertem Bein am Herd und stopfte Strümpfe. Es schien ihr viel besser zu gehen und so stellte Flora die

mitgebrachte Flasche Holunderbeerlikör auf den Tisch. Holte Gläser aus dem Schrank und sagte: „Daje, wir müssen über Marleen sprechen." Nachdem sie ihnen eingeschenkt hatte, begann sie: „Du weißt, dass sie eine Schneiderlehre machen möchte." Als Daje nicht antwor-

tete, sondern nur an ihrem Glas nippte, fügte sie hinzu: „Ich bin der Meinung, dass wir sie dabei unterstützen müssen, damit sie eines Tages durch einen richtigen Beruf auf eigenen Füßen stehen kann.“ Daje leerte ihr Glas. Stellte es auf den Tisch zurück. Während sie einen weiteren Strumpf aus ihrem Handarbeitskorb nahm, sagte sie langsam: „So, so. Du verbündest dich hinter meinem Rücken mit meiner Tochter?“ Es war eine ruhige Feststellung, doch Flora kannte sie lang genug, um zu wissen, dass sie verletzt war. Das tat ihr leid, aber Marleen war nicht nur das Kind ihrer Freundin, sondern auch ihr Patenkind. Dadurch hatte sie auch Verantwortung für deren zukünftiges Leben übernommen. Sie würde nicht zulassen, dass ihre Patentochter den nächstbesten Mann heiraten und dann wie die meisten Frauen ein Kind nach dem anderen in die Welt setzen sollte.
„Daje“, begann sie, „das stimmt nicht. Ich hab nicht hinter deinem Rücken gehandelt. Aber ich finde es richtig, wenn wir Marleen dabei helfen, etwas aus ihrem Leben zu machen. Denk doch an dich. Hättest du das Leben gewählt, das du führst, wenn du die Wahl gehabt hättest?“ Daje holte tief Luft. Dann setzte sie sich aufrecht hin. Zum ersten Mal klang ein wenig Aufbegehren in ihren Worten: „Mich hat niemand gefragt, was ich wollte.“ Sie dachte daran, wie selbstverständlich es für alle gewesen war, dass sie Keno heiratete. Sich nicht beschwerte, ein Kind nach dem anderen zu bekommen, während er zur See fuhr. Wie nebenbei die Schwiegereltern bis in den Tod gepflegt hatte und immer bei anderen waschen gegangen war. Keinen hatte interessiert, ob sie das alles wollte. Es wurde erwartet. Und sie hatte, bescheiden und demütig wie sie erzogen war, die Erwartung erfüllt. Ihren Gedanken nachhängend, ließ sie den Strumpf in ihren Schoß sinken. Doch nach einem Moment hob sie ihn wieder auf. Stopfte das nächste Loch und sagte mit einem verhaltenen Seufzer: „Was Marleens Zukunft betrifft … Das ist nicht so einfach.“
Mit gerunzelter Stirn fuhr sie fort: „Line bekommt ein Kind, aber der Vater streitet die Vaterschaft ab. Hat sich auf große Fahrt verzogen.“ Sie hielt kurz inne, bevor sie fortfuhr: „In Esens kann sie es nicht behalten. Also werde ich mich erst einmal darum kümmern.“ Sie verschloss mit einem letzten Stich das Loch in dem Strumpf und sagte

abschließend: „Marleen kann keine Lehre machen. Sie muss mir beim Waschen und Bügeln helfen. Und bei den Kleinen. Außerdem“, sie zögerte einen winzigen Moment, bevor sie hinzufügte: „werde ich in die Stadt ziehen.“ Flora hatte staunend zugehört. Ohne auf den letzten Satz einzugehen, schüttelte sie verständnislos den Kopf und sagte aus tiefstem Herzen: „Ach, du lieber Gott! Line kriegt ein Kind? Und du sollst es aufziehen? Warum zieht sie nicht wieder her? Sucht sich hier Arbeit und kümmert sich selbst darum? Du hast doch genug mit deinen eigenen Kindern zu tun.“ Sie konnte an Dajes Gesicht sehen, dass die mit ihrer Meinung nicht einverstanden war, aber Flora hatte noch nie ein Blatt vor den Mund genommen. Nach einer Weile, in der Daje die Worte verdaute, fuhr sie fort: „Du kannst nicht verlangen, dass Marleen wegen Line auf ein eigenes Leben verzichtet.“
Daje zuckte die Schultern. Antwortete müde: „Wir werden sehen. Aber es läuft nun mal im Leben nicht immer alles so, wie wir es gerne hätten.“ Dajes Entscheidung, in die Stadt zu ziehen, hielt Flora allerdings für sinnvoll. „Das ist eine vernünftige Idee. Auch wenn du uns fehlen wirst. Aber du bist schließlich nicht aus der Welt.“ Sie sah nachdenklich um sich. „Was willst du denn mit diesem Haus machen?“ Daje hob die Schultern. „Ich denke, ich werde es verkaufen. Ich hab schon mit Hagen darüber gesprochen. Er will sich am Hafen umhören.“ Flora nickte bekräftigend. „Ich werde auch mit Heiko sprechen. Vielleicht hat er Verwendung dafür.“

Der Zufall half Daje wenig später, in der Stadt die passende Wohnung zu finden. In der Westerstraße, der Straße der Händler, stand eins der Giebelhäuser leer. Die Frau des Apothekers hatte sie darauf hingewiesen und gesagt, sie dürfe sich auf sie berufen: „Macht immer einen guten Eindruck, wenn man Fürsprecher hat.“ Tatsächlich bekam Daje die Wohnung mit den gedehnten Worten: „Wenn Frau Apotheker Sie empfiehlt …“ Hinter jedem Haus gab es einen kleinen Garten, der bewirtschaftet werden durfte. Die Miete war in der Stadt recht hoch. Heiko hatte ihr das Haus am Deich abgekauft und gesagt: „Vielleicht bauen wir es aus und vermieten es an Gäste.“ Es war nicht viel Geld, das er ihr dafür zahlen konnte, aber es würde ihr den Neuanfang in der

Stadt erleichtern. Zu ihrer und der Freude der Kinder gab es in ihrem neuen Zuhause Gaslicht, das die Norder Gasanstalt inzwischen in vielen Häusern der Stadt verlegt hatte. Daje nahm sich vor, es sparsam zu verwenden. Nur das Wasser mussten sie von der Pumpe vor dem Rathaus holen. Allerdings gab es hinter dem Haus auch eine Zisterne, worüber sie sehr froh war.
Unten im Haus waren zwei nebeneinander liegende Räume. In einem wollte Daje ihre Wohnküche einrichten, in dem zweiten ihre Bügelarbeiten erledigen. Hinter einem Vorhang stand ihr Bett, das sie mit dem kleinen Keno teilen würde. Marleen sollte, wie bisher, auf der Bank schlafen. Oben gab es einen winzigen Raum in denen Mina und Adda mit den beiden älteren Jungen auf ihren Strohsäcken schlafen konnten. Hagen hatte versprochen, Holzrahmen dafür zu bauen. Waschen konnte Daje hinter dem Haus in einem kleinen Anbau. Daneben war ein winziges Häuschen, in dem das Plumpsklo untergebracht war. Wie sie von ihrer Nachbarin erfuhr, kam in regelmäßigen Abständen ein Güllewagen, der den Inhalt der Plumpsklos fortbrachte. Sie hatte die Mädchen in der Marktschule angemeldet und sie durften, obwohl das Schuljahr schon Ostern begonnen hatte, nach den Sommerferien wechseln. Darüber hinaus hatte sie sich entschieden, Marleen ihre Schneiderlehre machen zu lassen. Das Lehrgeld wollte Flora ihrem Patenkind schenken. Denn sie hatte recht. Über Dajes Zukunft hatten andere bestimmt. Aber im Gegensatz zu ihrer Tochter hatte sie die Entscheidung nie in Frage gestellt. Marleen, stellte sie fest, war so anders als sie damals. Selbstsicher und hartnäckig. Sie erinnerte sie oft an ihre Mutter. Die war auch stur und eigensinnig gewesen. Aber wie auch immer: Man würde sehen, was Marleen aus der erhaltenen Chance machte.

Hagen und Peter halfen beim Umzug. Sie luden Dajes Möbel auf Heikos Ackerwagen und transportierten sie in die Stadt. „Gardinenaufhängen, Geschirrausräumen und sowas alles ist Frauensache“, meinte Hagen. Daje lachte, bevor sie vorschlug: „Dabei können die Mädchen mir helfen. Ihr könnt ruhig wieder fahren. Danke für die Hilfe.“ Sie schenkte ihnen einen Schnaps ein und nach einem „Prost“ und „Viel

Glück“ auf den Neubeginn fuhren sie davon. Marie war am Nachmittag mit Keno gekommen. Sie sah sich in dem Durcheinander um und meinte: „Ich glaube, es ist besser, wenn ich Keno wieder mit zu mir nehme. Du musst doch erst einmal sehen, wie alles anläuft. Da ist er sicher nur im Weg.“ Daje zögerte. Er war nun schon seit Wochen bei Marie und Hagen. Aber da er sich dort sehr wohl zu fühlen schien und die Freundin ihn nicht als Belastung sah, strich Daje ihrem Sohn über den Kopf und stimmte zu.

40. Kapitel

Schnell sprach sich in der Stadt herum, dass in die Westerstraße eine Witwe gezogen war, die für andere wusch und bügelte. „Ach, die kenn ich!“, sagten ihre Kundinnen, wenn sie das hörten, „kann man nur empfehlen.“ Da es in der Straße mehrere Bäcker, einen Korbmacher, einen Stellmacher und Wagenbauer, einen Gemüseladen, einen Schuster, Seiler und andere Handwerksbetriebe und Geschäfte gab, kamen nicht nur die Stadtbewohner, sondern auch die Bauern aus der Marsch regelmäßig zum Einkaufen her. Am Tag herrschte daher immer geschäftiges Treiben auf der Straße.

Emma hatte Daje ihre alten Zeitungen zum Einpacken ihres Geschirrs gegeben. So geriet Marleen die Seite mit der groß gestalteten Anzeige zum Tode des Gutsherren in die Hände. Tilda hatte zwar an der Größe nicht gespart, jedoch an der Herzlichkeit mit der nüchternen Aussage: „Mein Mann, der Gutsherr Ludolf Ahlers, ist plötzlich verstorben. In stiller Trauer …“ Tilda, Oma Siemke und die Dienerschaft wurden erwähnt. Sonst niemand. Sie hatte Emma die Seite gezeigt und gefragt, ob es denn sonst keine Verwandten gab. Die hatte laut aufgelacht und geantwortet: „Hätte man seine Bastarde aufgezählt, wäre die Seite sicher voll gewesen.“ Marleen war überrascht, dass Emma davon wusste. Hatte Daje es ihr erzählt? Als sie danach fragte, antwortete

Emma: „Nein, das weiß ich nicht von deiner Mutter. Es ist bekannt, dass er die Finger nicht von anderen Frauen lassen konnte. Doch jetzt ist sie zumindest reich. Hat alles geerbt." Nach einer kurzen Pause, in der sie Maschen zählte, fuhr sie fort: „Na ja, das ist ja auch gerecht. Schließlich hat sie einen Großteil des Vermögens mit in die Ehe gebracht. Ich bin ja mal gespannt, ob sie auf dem Gut bleibt. Obwohl man sich doch fragt, wie sie als Frau die Verwaltung schaffen soll." Emma ließ nachdenklich das Strickzeug auf ihren Schoß sinken, bevor sie hinzufügte: „Na ja. Sie könnte auch einen Verwalter einstellen." Ein tiefer Seufzer folgte ihren Worten. Gleich darauf begannen die Nadeln erneut zu klappern.

Marleen hatte aufmerksam zugehört, war aber nicht zufrieden. Sie wollte wissen, woran der Gutsherr gestorben war. Emma holte tief Luft. „Also", begann sie, dabei Marleen ansehend, „er soll mal wieder betrunken gewesen sein. Dazu ein Herzleiden gehabt haben. Hat ja ziemlich gesoffen, der alte Hurenbock. Man hat ihn erst am Morgen gefunden. Wo und wie, weiß ich nicht. Anscheinend ist es in der Nacht passiert, als alle schon schliefen."

Marleen war sich nicht sicher, ob sie Mitleid mit Tilda empfinden oder froh für sie sein sollte. Am liebsten wäre sie zum Gut gegangen, um es zu erfahren. Das konnte sie natürlich nicht tun. So würde die Frage erst einmal unbeantwortet bleiben. Es sei denn, Emma erfuhr Näheres auf dem Wochenmarkt. Daje war am Morgen endlich zum Bekleidungsgeschäft in ihrer Straße gegangen, um mit Hero Sührmann über die Zukunft ihrer Tochter zu sprechen. Als sie zurückkam, schob Marleen die Gedanken an Tilda von sich. Wollte nur wissen, was Sührmann zu ihrer Mutter gesagt hatte. Daje setzte sich an den Küchentisch. Versuchte wortgetreu wiederzugeben, was der Geschäftsinhaber ihr erzählt hatte. „Also, du musst von sieben Uhr morgens bis um sechs Uhr abends dort anwesend sein. Am Samstag bis um fünf. Am Sonntag, am Tag des Herrn, haben sie geschlossen. Du darfst dort bis zum Oktober anlernen. Wenn du ihren Anforderungen entsprichst, kann es sein, dass sie dir eine dreijährige Lehrstelle geben." Marleens Freude war grenzenlos. Sie zweifelte keine Sekunde daran, den gestellten Anforderungen nicht gerecht zu werden. Sie wunderte sich nur, als Daje unter dem einzigen Vorbehalt: „Aber deine Pflichten zu Hause wirst du deshalb nicht vernachlässigen" allem zustimmte.

41. Kapitel

An ihrem ersten Arbeitstag ging Marleen voller Tatendrang durch die Eingangstür in den großen Verkaufsraum. Das erregte das Missfallen von Keke Swinje, der ersten Näherin. „Fräulein Fischer!", begrüßte sie Marleen mit säuerlichem Gesicht. „Sie haben von hinten durch den Dienstboteneingang hereinzukommen. Nicht durch die Haupttür. Merken Sie sich das!"

Keke konnte die selbstbewusste junge Frau vom ersten Moment an nicht leiden. „Die werde ich schon in ihre Schranken verweisen!", nahm sie sich vor. Als sie erfuhr, dass Marleen auf dem Gutshof Ahlers die Kleider der Gutsherrin geändert hatte, fragte sie sich, was die dazu bewogen haben mochte. Tilda war sehr eigen mit ihrer Garderobe und nur Keke hatte sie nähen oder ändern dürfen. Da die Gutsherrin schon lange keine Kleider mehr in Auftrag gegeben hatte, befürchtete sie, dass sie nicht mehr mit ihrer Arbeit zufrieden gewesen war. Marleen hatte sich die Begrüßung freundlicher vorgestellt. Schließlich müssten die Näherinnen ihrer Ansicht nach froh sein, dass sie eine fähige Hilfe bekamen. Die weiteren Worte der Schneiderin zeigten ihr, dass dem nicht so war. „Außerdem können Sie sich gleich merken, dass Sie hier nur ein Anlehrling sind. Ohne irgendwelche Rechte oder Ansprüche." Marleen knickste kurz. Zu Kekes Ärger behielt sie das optimistische Lächeln bei. Ging in dem hinteren Raum zum Tisch, den man ihr zuwies und setzte sich auf den harten Holzstuhl davor.

Im Raum waren außer Keke Swinje noch vier andere Frauen mit Näharbeiten beschäftigt. Zwei saßen hinter einer Nähmaschine. Sie be-

trachteten die junge Frau von oben bis unten und führten dann ihre Unterhaltung weiter. Die Frau, an deren Tisch Marleen Platz genommen hatte, lächelte ihr jedoch freundlich zu. Marleen lächelte zurück. „Ich bin Ottilie Booken", stellte die ältere sich vor, „und wer bist du?" „Ich bin Marleen Fischer." Keke kam zu ihr, warf einen abgetragenen Rock auf den Tisch und befahl: „Der muss aufgetrennt werden. Aber zerschneiden Sie ihn dabei nicht, Fräulein." Sie legte einen Auftrennhaken dazu. Fuhr fort: „Wir haben schon gehört, dass das Fräulein für Frau Ahlers genäht hat. Allerdings begreife ich nicht, wie die Gutsherrin Sie an ihre teuren Kleider lassen konnte." Giftig fügte sie hinzu: „Aber Kleider enger zu machen ist schließlich keine Kunst. Hier nähen wir auf anderem Niveau."
Während sie mit der Hand über einen dunkelblauen Rock glitt, den eine der Näherinnen gerade säumte, erklärte sie in schulmeisterlichem Ton: „Und unsere Kleider haben alle einen perfekten Sitz. Das erwarten die Kunden. Daher nähen hier auch nur die besten Schneiderinnen der Stadt." Keke freute sich, als das Leuchten in Marleens Augen etwas verblasste. Bevor die erste Näherin an ihren Platz zurückkehrte, gab sie zu bedenken: „Und ob Sie da mithalten können, muss sich erst noch herausstellen." Marleen nickte stumm ob der Maßregelung. Während sie sehr sorgfältig die Nähte auftrennte, schließlich hatte sie das schon oft gemacht, spürte sie Ottilies Blick auf sich ruhen. Er schien sagen zu wollen: „Lass dich nicht unterkriegen."

Tilda saß im Salon, umgeben von Papieren und Kondolenzkarten. Der Bestatter hatte eine Rechnung geschickt. Der Steinmetz einen Kostenvoranschlag für die Grabeinfassung und den Stein, der Ludolfs Grab schmücken sollte. Am liebsten hätte Tilda nichts dergleichen in Auftrag gegeben. Ihn einfach namenlos in der Erde vergessen lassen. Doch ihre Mutter hatte beim Frühstück gesagt: „Die Kränze sind entfernt worden. Du kannst das Grab nicht einfach so brachliegen lassen. Auch wenn er kein guter Mensch war: Jeder hat eine ordentliche Grabstatt verdient. Wenn du das nicht aussuchen willst, werde ich das für dich tun." Tilda hatte das Angebot abgelehnt. „Nein! Du hast schon genug für mich getan. Und du hast recht. Ich mache das." Sie

musste an die Trauergäste denken, die zur Beerdigung gekommen waren. Sie hatten Fragen gestellt und Antworten erhofft. Tilda hatte sich hinter ihrem schwarzen Schleier versteckt und geschwiegen.
Bei der Testamentseröffnung stellte sich heraus, dass sie die Alleinerbin des Vermögens war. Ihr Vater hatte vor der Hochzeit von Ludolf verlangt: „Stirbst du aus irgendwelchen Gründen vor meiner Tochter, erbt sie das ganze Vermögen. Stimmst du der Regelung nicht zu, werde ich der Eheschließung nicht zustimmen." Zähneknirschend und in der Hoffnung, dass sie vor ihm das Zeitliche segnete, hatte Ludolf den Vertrag unterschrieben. Tilda erfuhr erst beim Notar davon und war ihrem Vater im Nachhinein zutiefst dankbar. Am Tag danach wies sie als erstes Hilla die Tür. „Ich kann hier keine Menschen gebrauchen, die andere ausspionieren und sich für etwas Besseres halten als sie sind. Geh wieder dort hin, wo du herkommst!" Die kompromisslosen Worte, die sie mit hocherhobenem Kopf und auf die Tür weisender Hand sprach, ließen die Frau stumm ihre Sachen packen und wenig später das Haus verlassen.
Tilda betrachtete die Beileidsbekundungen, die zahlreich eingetroffen waren, nachdem die Traueranzeige in der Zeitung erschienen war. Seitdem stapelten sie sich auf dem Tisch im Salon. Auch Ludolfs Geschäftspartner hatten ihr kondoliert. In der ersten stand: „Wir bedauern seinen Tod sehr. Er war ein guter Mann …" Sie las die Zeilen laut. Die Bitterkeit in ihrer Stimme erschreckte sie selbst. Aber der Wunsch, die Wahrheit in die Welt hinauszuschreien, war so mächtig, dass er ihr fast die Luft zum Atmen nahm. Sie warf die Karte auf den Tisch zurück. Lief zum Fenster. Riss es auf und atmete tief die frische Luft ein. Nach einer Weile setzte sie sich in den Sessel zurück und nahm sich vor, ihre Gefühle außer Acht zu lassen. Schließlich konnten die Schreiber nicht ahnen, wie ihr Leben mit Ludolf tatsächlich gewesen war. Sie nahm eine weitere Karte in die Hand. Darauf stand: „Ein guter Pferdekenner. Er wird uns fehlen." Es stimmte, dass er ein anerkannter Pferdezüchter war, der bis ins Hannoversche gefahren war, um Pferde zu kaufen und zu verkaufen. Viele hatten seinen Rat geholt, bevor ein Tier den Besitzer wechselte. Jeder von ihnen sein gutes Gespür für Pferde geschätzt. Aber hatten die auch gewusst, was er sonst

trieb? Dass er seine Frau mit den Freudenmädchen in der Stadt betrog und seinen Mägden nachstellte? Oder hatten es alle gewusst und hinter ihrem Rücken über die arme Frau gesprochen, die mit solchem Mann leben musste?
Wieder spürte sie die Hilflosigkeit ihm gegenüber, die sie an den Rand des Todes gebracht hatte. Sie sprang auf. Hin- und herlaufend sagte sie sich, dass sie im Hungern die Lösung ihres Problems gesehen hatte. Aber glücklicherweise war sie sich noch früh genug der Verantwortung gegenüber Siemke bewusst geworden. Denn nach ihrem Tod hätte Ludolf ihre Mutter ohne einen Pfennig vom Gut gejagt. Tilda ballte die Fäuste. Sie hatte ihn gehasst. Und wäre sie kräftig genug gewesen, hätten ihre Gefühle ausgereicht, ihn zu töten. Tilda stellte sich ans Fenster. Legte die Hand auf ihr heftig klopfendes Herz und ließ die Gedanken an die Nacht zu, die seinem Tod vorangegangen war …

Sie hörte seine schweren Schritte schon auf der Treppe. Wusste noch genau, dass sie überlegt hatte, ob sie im Sessel sitzen bleiben, oder sich ins Bett verkriechen und schlafend stellen sollte. Sich dann entschieden, ihn im Sessel zu erwarten. Die Tür war aufgeflogen und Ludolf war hereingestolpert.
„Komm her, du unnützes Weib!“, hatte er gerufen, „ich will dich besteigen. Sonst taugst du ja zu nichts.“ Sie hatte ihn angesehen. Rotgesichtig und betrunken, wie er gewesen war. Seine Gestalt, die schwankend auf sie zugekommen war. Doch plötzlich hatte sie, wie von einer fremden Kraft gesteuert, ihre Hände zu Fäusten geballt. War aufgesprungen und hatte klar und deutlich gesagt: „Fass’ mich nicht an!“ Sein überraschtes Zögern hatte ihr den Mut gegeben, weiterzusprechen. „Du Verbrecher“, hatte sie mit vor Zorn vibrierender Stimme gerufen, „ist dir eigentlich klar, wie viele Menschen du schon ins Unglück gestürzt hast? Nicht nur mich, sondern all die Mädchen, die du missbraucht, geschwängert und anschließend mit einem anderen verheiratet oder sich selbst überlassen hast? Wie willst du jemals diese Schuld sühnen? Wie jemals unserem Herrgott vor das Angesicht treten?“

Sie erinnerte sich daran, wie er sie angestarrt hatte. Tatsächlich musste sie erschreckend ausgesehen haben. Ihr magerer Körper, umhüllt vom Schein des Vollmondes, musste ihm wie ein Racheengel erschienen sein. Gesandt, um ihn zu vernichten. Tilda zwang ihre Gedanken für einen Moment in die Realität zurück. Sie atmete ein paar Mal tief durch. Dann fühlte sie sich der Erinnerung wieder gewachsen. Taumelnd hatte Ludolf einen Schritt von ihr fort gemacht und ihr dadurch den Mut verliehen zu sagen: „Du wirst in der Hölle landen, wenn du dich nicht änderst. Und ich werde dich verlassen, auch wenn ich dann nichts mehr habe. Alles ist besser, als in der Nähe des Teufels zu leben.“ Sie wusste seit langem, dass Ludolf nur in die Kirche ging, um vor den anderen als guter Mensch dazustehen. In Wirklichkeit große Angst vor dem Tag hatte, an dem er sich vor einer höheren Macht rechtfertigen musste. Überrascht hatte sie gesehen, wie er, die Hand auf seine Brust gelegt, immer weiter zur Tür zurückgewichen war und schwankend den Raum verlassen hatte. Erst als seine Schritte auf der Treppe verklungen waren, war sie zitternd in ihrem Sessel zusammengesunken.

Anscheinend war sie dann in einen tiefen, traumlosen Schlaf gefallen, aus dem ihre Mutter sie durch kräftiges Klopfen an der Tür gerissen hatte. Sie erinnerte sich genau an deren Worte: „Tilda! Wach auf! Ludolf liegt im Stall. Er ist tot. Wir müssen den Arzt rufen.“ Sie konnte sich erinnern, dass sie zu ihrer Mutter gesagt hatte: „Tot? Bist du sicher?“ „Ja, er liegt neben seinem Hengst. Er wollte wohl gerade in die Stadt reiten, als es passiert ist.“ Tilda hielt die Erinnerung erneut an. Trat an den Kamin. Schürte das Feuer. Warf reichlich Holz hinein und als es aufloderte, stellte sie sich dicht davor, bis ihr wieder wärmer geworden war. Erst dann ließ sie die Erinnerung an die Worte des Arztes zu: „Es war das Herz! Erst kurz vor Weihnachten hab ich ihn noch gewarnt. Ihm geraten, sein Leben zu ändern, wenn er noch ein paar Jahre leben will.“ Er hatte die Schultern gezuckt und hinzufügt: „Er wollte es versuchen, aber der Vorsatz hat anscheinend nicht lange vorgehalten. Es tut mir leid.“

Tilda erinnerte sich, dass sie ihn nur stumm angesehen und bei sich gedacht hatte: „Herz? Welches Herz? Er hatte doch gar keins.“ Tilda trat vom Kamin ans Fenster. Sah hinaus in die beginnende Dämmerung. Dann setzte sie sich in ihren Sessel, worin sie in seiner Todesnacht vor totaler Erschöpfung eingeschlafen war. Sie saß ganz still und ließ die Erinnerung an den Abend und den folgenden Tag ausklingen. Dachte dann: „Hab ich ihn auf dem Gewissen? Hat sein Herz versagt, weil ich ihm gezeigt habe, wie er wirklich ist?" Doch Sie beruhigte sich damit, dass er auf sein Herz auch keine Rücksicht genommen hatte. Genauso wenig wie auf die Menschen um sich herum …

Mit einem tiefen Seufzer, der den Druck in ihrem Inneren löste, nahm Tilda den Stapel Trauerkarten und warf ihn ins Feuer. Während es aufloderte, dachte sie, dass sie das Mitleid der anderen, ob echt oder falsch, nicht brauchte. Ludolfs Tod und das geerbte Vermögen waren für sie die Chance und Pflicht, ihr Leben wieder selbst in die Hand zu nehmen. Und daraus das Beste für sich und die ihr Anvertrauten zu machen.
Mit diesen zuversichtlichen Gedanken ging Tilda am nächsten Tag durch das Haus. Zum ersten Mal seit seinem Tod fühlte sie die Veränderungen. Denn offensichtlich vermisste ihn niemand. Die Stimmung auf dem Gut war spürbar besser. Von Sonne durchsetzt, auch wenn sie heute nicht schien. Das Personal wirkte fröhlicher und entspannter ohne Ludolfs morgendliche schlechte Laune, die sich regelmäßig über alle ergossen hatte. Nach mehr als zwei Jahren, die Tilda in ihrer Schlafkammer verbracht hatte, betrat sie den Salon, um dort zusammen mit ihrer Mutter das Frühstück einzunehmen. Sie hätte sich gern zu den Mägden und Knechten in die Küche gesetzt, aber davon riet Siemke ihr ab. „Du bist die Gutsherrin und darfst dich nicht unter deine Angestellten mischen. Sie müssen Respekt vor dir haben. Ich bin nur die Mamsell." Tilda betrachtete ihre Mutter mit Zärtlichkeit. Sagte: „Nur? Du bist die gute Seele des Hauses." Sie drückte ihrer Mutter die Hand und fuhr fort: „Was immer du dir wünschst, ich werde es dir erfüllen. Du musst es mir nur sagen." Oma Siemke überlegte, ob es der richtige Zeitpunkt war, mit ihrem größten Wunsch herauszurücken. Aber dann überlegte sie es sich anders. Zuerst musste Tilda als Gutsherrin anerkannt werden und allein klarkommen.

Am nächsten Morgen ging sie nach dem Frühstück mit Tilda in die Küche, um über die anstehenden Arbeiten mit den Mägden zu sprechen. Für Marleen war Gisa gekommen, die sehr schüchtern war und unauffällig ihre Arbeit verrichtete. Bei ihrem Anblick musste Tilda unwillkürlich denken, dass sie ein gefundenes Fressen für Ludolf gewesen wäre. Oma Siemke hielt sich zurück, während Tilda das Wort ergriff. „Wie ihr seht, bin ich wieder gesund. In Zukunft wendet ihr euch bei Fragen bitte an mich." „Heute", fuhr sie fort, „werden wir mit dem Hausputz anfangen. Ihr wisst, was zu tun ist. Am Abend werde ich mir ansehen, was ihr geschafft habt." Obwohl die Mägde in erster Linie ihren Blick auf Siemke richteten, spürte Tilda doch den einen oder anderen Seitenblick auf sich ruhen. Sie fing ihn auf und belohnte ihn mit einem aufmunternden Lächeln. Die Frauen verließen mit einem Knicks den Salon. Machten sich an die Arbeit und als Tilda am Abend die Arbeit kontrollierte und lobte, hatte sie den Eindruck, dass die Mägde sie bereits akzeptierten.
Diese Frage war geklärt, doch eine andere blieb. Sie musste eine Lösung für die Verwaltung des Gutes finden. Doch auch dabei würde ihre Mutter sie beraten können.

42. Kapitel

Marleen war schon eine Weile im Geschäft, aber sie hatte noch kein Schnittmuster in der Hand gehabt oder auch nur eine einzige Naht genäht. Alles, was sie hier bisher hatte tun dürfen, war, Nähte aufzutrennen. Doch das konnte sie seit Kindertagen. Wie sollte sie so Hero Sührmann beweisen, dass sie Talent besaß und es wert war, eine Lehrstelle zu bekommen? Ihre laut gemurmelte Beschwerde: „Wenn das so weitergeht, werde ich ja nie etwas lernen", hörte Ottilie Booken. Sie sah hastig zu Keke und legte einen Finger auf ihre Lippen. Die hatte anscheinend nichts gehört. Und wenn, wäre es Marleen egal gewesen. Sie war schließlich hier, um Schneiderin zu werden und das möglichst schnell.

Am Abend beklagte sie sich bei ihrer Mutter: „Wie soll ich denn nähen lernen, wenn ich nichts tun darf außer aufzutrennen? Ich will endlich wissen, wie man nach einem Schnittmuster aus diesen Heften zuschneidet. Wie man Brokat und diese feinen Seidenstoffe verarbeitet. Und lernen, wie man Plisseeröcke und Biesen näht. Wenn es nach Keke ginge, würde ich den ganzen Tag nur aufräumen, Nadeln aufsammeln, Fenster putzen oder Tee machen." Es war inzwischen dunkel geworden. Durch das Fenster, das mit einer in der Mitte hochgerafften Gardine geschmückt war, die Daje gehäkelt und mit Tee eingefärbt hatte, konnten sie auf die Straße sehen. Nach und nach wurden dort die Laternen angezündet. Sie selbst saßen beim Licht einer dicken Kerze. Daje versuchte an allem zu sparen, und so entzündete sie das Gaslicht über dem Tisch nur, wenn es besonders hell in der Stube sein musste. Die jüngeren Kinder schliefen.

Marleen hatte ihre Mutter beim Bügeln abgelöst. Während Daje ihre geschwollenen und schmerzenden Beine auf einem Hocker ablegte, nahm sie ihr Strickzeug in die Hand und sagte: „Jammer nicht rum! Lehrjahre sind nun mal keine Herrenjahre. Du willst als Schneiderin dein Geld verdienen? Dann gib dir Mühe." Marleen fuhr mit dem Eisen heftig über die Innenseite eines Vorhemdes und schimpfte: „Wie soll ich mir Mühe geben, wenn man mir nichts zutraut? Noch bin ich kein Lehrmädchen. Wenn das so weitergeht, werde ich auch nie eines werden." Daje hob die Schultern. „Sei ein bisschen geduldiger." Doch Geduld war nicht Marleens Stärke. „Wäre es nicht besser, Mutter, wenn ich mich bei Herrn Sührmann beschwere? Er hat schließlich Keke aufgetragen, sich um mich zu kümmern." Aber davon riet Daje ihr ab. „Dazu hast du kein Recht. Sei dankbar, dass du dort arbeiten darfst." Marleen verdrehte die Augen. Dankbar und demütig. Gehorsam und schweigsam. Bestand daraus das Leben der Frauen? Warum bloß war sie nicht als Mann auf die Welt gekommen? Denen standen alle Türen offen.

Obwohl Daje ihr abgeraten hatte, machte sie den Versuch, sich bei ihrem Vorgesetzten zu beschweren. „Meistens muss ich nur putzen und Nadeln aufsammeln", antwortete sie ehrlicherweise, als er sie in der folgenden Woche fragte, wie sie zurechtkäme. „Ich hab noch kein ein-

ziges Mal etwas zuschneiden dürfen oder aufstecken. Nicht einmal ausradeln. Wie soll ich Ihnen beweisen, dass ich Talent habe?" Als er Keke daraufhin nach Marleens Fortschritten fragte, antwortete die: „Von meiner Seite läuft alles vorschriftsmäßig. Es liegt allein an ihr, wie es vorangeht." Ihre Stimme hatte sanft und voller Verständnis geklungen. Aber als sie an Marleen vorbeiging, warf sie ihr einen Blick zu, der sie wie ein Pfeil durchbohrte und ihr bewusst werden ließ, dass sie gerade einen großen Fehler begangen hatte.
Hero Sührmann wunderte sich zwar über die unterschiedlichen Ansichten der beiden Frauen. Stellte die Antwort seiner langjährigen Näherin aber nicht in Frage. „Nun gut", sagte er, „du hast gehört, was Frau Swinje sagt. Gibt dir Mühe und pass auf." Er war schon auf dem Weg in sein Kontor, als er sich noch einmal umdrehte und Marleen fragte: „Hast du wirklich die Kleider von Frau Ahlers geändert?" Die nickte heftig. „Ja! Und sie war immer sehr zufrieden mit mir." Er zögerte. Dann ließ er sich doch zu der Frage herab, die ihn brennend interessierte. „Und weißt du, wo sie inzwischen ihre Kleider nähen lässt?" Marleen knickste und antwortete wahrheitsgemäß: „Das weiß ich nicht." Mehr würde er nicht von ihr erfahren. Trotzig sagte sie sich, dass er doch zum Gut gehen und sich selbst ein Bild machen sollte, wenn er es wissen wollte. Als sie zu ihrem Platz zurückging, kreuzten sich Ottilies und ihr Blick. Die nickte ihr zu. Ihr gefiel die eigenwillige junge Frau und sie überlegte, wie sie ihr helfen könnte.

43. Kapitel

Wie Line in ihrem letzten Brief geschrieben hatte, stand die Niederkunft im Oktober bevor. „Mein Bauch ist sehr dick und das Laufen fällt mir schwer. Und diese Augusthitze ..." Zu Dajes Bedauern schrieb sie kein Wort von dem Vater des Kindes. Nur, dass sie nach der Entbindung wieder in Esens ihrer Arbeit nachgehen würde. Schließlich musste sie Geld verdienen. Der Gedanke an das zukünftige Kind ihrer Tochter ließ sie an ihren jüngsten Sohn denken, der noch immer bei Marie war. Wenn Daje bei ihren sonntäglichen Zusammenkünften erwähnte, dass es an der Zeit wäre, den Kleinen nach Hause zu holen, brach Marie in Tränen aus. Bat flehend: „Nur noch eine Woche! Er tut mir gut. Dann bin ich nicht so traurig.“ Daje hatte bisher immer nachgegeben. Doch inzwischen befürchtete sie, dass Marie ihn am liebsten ganz behalten hätte.

Der Gedanke bestätigte sich wenig später. Nachdem Hagen seine Ware auf dem Markt verkauft hatte, kam er zu Besuch. Das tat er oft. So wie auch Flora und Emma. Einfach nur auf eine Tasse Tee, und ein bisschen klönen. Daje freute sich darüber. Hagen wirkte sehr bedrückt. Bevor sie ihn fragen konnte, ob er Sorgen habe, stellte sie ihr Bügeleisen zur Seite und setzte Tee auf. Er hatte ihr von den Krabben mitgebracht, die er nicht verkauft hatte, und wie immer wollte er dafür kein Geld. Erst als sie die Tassen gefüllt und sich ihm gegenüber gesetzt hatte, fragte sie: „Hast du Sorgen?“ Hagen wich, sehr ungewohnt für den grundehrlichen Mann, ihrem Blick aus. Meinte nach einem Moment: „Sorgen? Nein, so kann man das nicht nennen, aber ich muss dich etwas fragen.“ Daje legte ihre auf seine kräftige Hand und sagte aufmunternd: „Was kann schon so schlimm sein, dass du es mir nicht sagen kannst? Wir haben doch keine Geheimnisse voreinander, oder?“ Hagen lächelte. „Ja, das stimmt.“ Ohne weiter zu überlegen, stieß er hervor: „Ich soll dich von Marie fragen, ob du uns Keno nicht überlassen kannst. Ich meine, dass er als unser Kind aufwächst. Dass wir ihn …“ Vor dem Gesetz als unser Kind annehmen, hatte er sagen wollen. Aber dann fehlte ihm der Mut.

Daje antwortete nicht sofort. Vorsichtig zog sie ihre Hand von seiner zurück. Doch war sie nicht erbost über seine Frage. Schließlich war sie nur eine Bestätigung ihrer Vermutung. Keno war ein liebenswertes Kind, das Maries Familie vollständig machte. Hagen fühlte sich sehr unbehaglich. Doch Marie hatte ihn angefleht, endlich mit Daje zu sprechen. „Bitte! Ich kann Keno nicht wieder hergeben. Es bricht mir das Herz.“ Nachdem Marie dem Tod nur knapp von der Schüppe gesprungen war, hatte Hagen sich geschworen, seiner Frau in Zukunft jeden Wunsch von den Lippen abzulesen. Er leerte seine Tasse, die Daje ihm ein drittes Mal gefüllt hatte. Unsicher, ob er mit seiner Bitte sein gutes Verhältnis zu ihr aufs Spiel gesetzt hatte. Daje war ebenfalls unsicher, wie er ihr Nein aufnehmen würde. Sanft begann sie: „Es tut mir sehr leid, dass ihr keine Kinder haben könnt. Aber Keno ist mein Sohn und das letzte Kind, das ich mit meinem Mann habe. Er soll bei mir und seinen Geschwistern aufwachsen. Grüß Marie und sag ihr, dass ich ihn am Sonntag mitnehmen werde." Sie reichte ihm die Hand. Sah ihm um Verständnis bittend, in die Augen. Während er ihre Hand schüttelte sagte er aus ganzem Herzen: „Das werde ich ausrichten. Ich danke dir, dass du mir die Frage nicht übelnimmst. Aber ich hab mir schon gedacht, dass du nein sagst." Er wusste zwar noch nicht, wie er seiner Frau Dajes Entscheidung überbringen sollte, aber Marie musste sie akzeptieren.

Am Sonntagnachmittag machte sich Daje mit dem Handwagen, in dem Thore und Eggo saßen, auf den Weg zum Deich. Adda und Mina waren schon am Samstag vorausgegangen. Sie hatten Flora beim Backen der Brote geholfen, die die Nachbarn wie üblich gebracht hatten, und beim abendlichen Melken. Marleen hatte nach der Arbeit im Geschäft die Wäsche ausgetragen und war anschließend ebenfalls zum Deich gelaufen. Die Mädchen wollten in der See baden. Im Heuschober schlafen und am Sonntagabend mit ihrer Mutter nach Hause zurückkehren.
Es war ein sehr heißer Sommer. Den hatte Heiko schon im Juni vorhergesagt. Das gute Wetter hatte eine reichliche Ernte gebracht. So war Flora froh über jede helfende Hand. Während Daje die Norddeicher Straße hinauflief, hoffte sie, dass Keno beim Abschied nicht weinte, Marie nicht zu unglücklich war. Zu Dajes Freude stürmte ihr Sohn ihr auf seinen kräftigen Beinen entgegen und drückte sich an sie. Marie, die jede Sekunde mit ihm genossen hatte, traten bei dem Anblick die Tränen in die Augen. Sie schluckte sie tapfer hinunter. Hagen hatte sie gebeten, kein Theater zu machen. „Es ist Dajes Sohn. Vergiss das nicht. Bestimmt darfst du ihn auch in Zukunft sehen oder holen. Aber bitte, mach deswegen keinen Krach!" Hagen hatte die Befürchtung, dass sein gutes Verhältnis zu Daje darunter leiden könnte. Marie bat sie mit einem Lächeln ins Haus. Flora und Emma saßen

schon in der Küche. Sie setzte sich zu ihnen. Daje sagte betont forsch in die Runde: „Heute geht Keno mit mir nach Hause. Wird ja langsam Zeit, dass ich mich wieder selbst um ihn kümmere." Zu Marie gewandt fuhr sie fort: „Allerdings wäre ich froh, wenn du uns öfter besuchen kämst. Schließlich bist du ja seine Patentante."
Marie stimmte etwas getröstet zu: „Natürlich mach ich das. Er wird mir ja sehr fehlen." Sie schluchzte auf. Kämpfte gegen die Tränen an, die ihr seit der Fehlgeburt oft kamen. Daje beschäftigte sich mit ihrem Sohn, bis Marie sich gefasst hatte. Sie zupfte an seinen Fingern, deren Nägel sauber geschrubbt und geschnitten waren. Roch an seinem Haar, das nach Honig duftete und nicht nach ihrer einfachen Seife und merkte, wie sehr er ihr gefehlt hatte. Emma und Flora sahen sich betreten an, als sie begriffen, warum Marie so traurig war. Um sie abzulenken, fragte Emma betont fröhlich in die Runde: „Was gibt es Neues in der Stadt?" Mit dramatischem Augenrollen fügte sie hinzu: „Hier am Deich ist ja wieder nichts passiert. Ich glaube, ich ziehe auch in die Stadt." Da sie das niemals tun würde, und außerdem ja Peter heiraten wollte, der nicht vom Deich fortziehen würde, lachten die Frauen und lösten damit die angespannte Atmosphäre.
Als Daje zusammen mit den Kindern am späten Nachmittag nach Hause ging, bemühte sich Marie, ihren Kummer zu verbergen. Erst als das Grüppchen nicht mehr zu sehen war, ließ sie ihren Tränen freien Lauf.

44. Kapitel

„Ich möchte mal wissen, wann ich endlich zuschneiden darf", sagte Marleen lauter, als sie gewollt hatte. Ottilie, die neben ihr saß, legte einen Finger auf die Lippen. „Psst, nicht so laut. Wenn Keke dich hört!" Die Näherin zog Marleen neben sich. „Bleib hier stehen und sieh zu, wie ich es mache. Auch dabei kannst du lernen." Den ganzen Vormittag schaute Marleen Ottilie auf die Finger. Wie sie die rutschigen, für die Unterbekleidung der Damen benötigten Seiden-

stoffe zuschnitt und zusammensteckte. Keke passte genau auf, dass Ottilie ihr weder die Schere noch Nadeln in die Hand gab. Mit Adlerblick stand sie hinter ihnen und sagte: „Genug geguckt! Nimm den Besen und feg den Boden. Aber denk an die Nadeln. Und der Tee ist auch noch nicht fertig."
Marleen spielte mit dem Gedanken, der ersten Näherin den Besen mit den Worten: „Putzen Sie doch selbst!", vor die Füße zu werfen. Ottilie schien das zu spüren. Sie rief Marleen zu sich an die Schneiderpuppe.

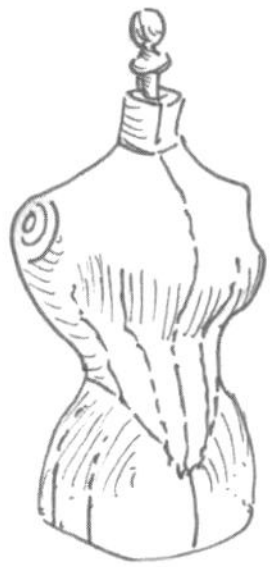

Riet ihr: „Leg dich nicht mit ihr an! Dann bist du hier schneller weg, als du dir vorstellen kannst." Ottilie ärgerte sich wie Marleen, dass Keke die lernwillige junge Frau nicht förderte. Schließlich war es wichtig, neue Näherinnen im Geschäft anzulernen, die später die Älteren ablösen konnten. Nach reiflicher Überlegung fasste sie einen Entschluss. Denn was sie in ihrer Freizeit tat, konnte ihr niemand vorschreiben. Bevor sie am Samstag das Geschäft schlossen, sagte sie leise zu Marleen: „Komm Sonntagnachmittag zu mir nach Hause. Ich werde dir zeigen, was du über das Nähen wissen musst. Mit deiner schnellen Auffassungsgabe wirst du nicht lange brauchen, bis du unser Handwerk richtig beherrschst." Sie erklärte ihr den Weg zu ihrem Haus.
Am Sonntag lief Marleen die Ekelergaste hinauf und saß wenig später neben der Näherin, die eine eigene, wenn auch recht alte Maschine besaß. Hörte aufmerksam ihren Erklärungen zu. Am Abend hatte sie ihr erstes Schnittmuster ausgeradelt und auf Stoff aufgesteckt. Auf Ottilies Bitte: „Du darfst aber niemandem erzählen, dass ich dir privat helfe", nickte Marleen feierlich. Sie würde ganz bestimmt schweigen. Schließlich war sie der Schneiderin sehr dankbar. An den folgenden Sonntagen, die die Witwe sonst allein verbracht hätte, zeigte sie Marleen alles, was eine perfekte Schneiderin wissen musste. Im Geschäft war sie allerdings noch immer nur Zuschauerin. Aber es störte sie nicht mehr. Sie sammelte geduldig und umsichtig die Nadeln auf. Fegte unermüdlich die Fäden vom Boden auf und kochte Tee in der Vorfreude auf den nächsten Sonntag. Auch die großen Schaufenster putzte sie unaufgefordert. Keke registrierte das stillschweigend und

freute sich, dass Marleen sich mit ihrer Untergebenenrolle abgefunden hatte. An einem Sonntag sagte Ottilie lächelnd: „Wenn du weiter so schnell lernst, bist du tatsächlich für Keke eine Konkurrenz. Du wirst unter meiner Anleitung ein ganzes Kleid nähen und das dann Hero Sührmann vorstellen. Mal sehen, was er dazu sagt." Marleen lachte, bevor sie antwortete: „Das bin ich auch. Den passenden Stoff habe ich. Ich bringe ihn das nächste Mal mit."

Edda, Mina und Thore gingen bis mittags in die Schule. Nach dem Essen erledigten sie den Abwasch und wienerten den Herd. Wenn sie am Nachmittag ihre Schulaufgaben erledigt hatten, erwartete Daje, dass sie sich um Eggo und Keno kümmerten. „Geht hinter das Haus zum Spielen!" Doch die Mädchen wollten lieber auf die Straße, denn dort trafen sie die anderen Kinder. „Wenn ihr gut auf die Jungen achtet, erlaube ich es euch. Aber denkt an die Kutschen!" Es war Dajes größte Sorge, dass ihre Kinder vor die Hufe der Pferde geraten könnten, die an ihrem Haus vorbeifuhren. Die Mädchen versprachen es: „Wir bleiben auch auf dem Drüppel sitzen. Wollen nur Lackbildchen mit den Nachbarmädchen tauschen." Sie besaßen ein Heft, in dessen Seiten die Bildchen lagen. Ihre Freude war groß, wenn sie eines dazubekamen, das sie noch nicht hatten. Thore spielte mit einem Jungen aus seiner Klasse. Eggo und Keno saßen dicht bei ihren Schwestern und rollten die Blechautos aus Esens hin und her.
Daje schob die Gardine zur Seite und sah ihnen zu, während sie bügelte. Die Sorgen um die Kinder hatte sie am Deich in dieser Weise nicht gehabt. Dort gab es keine Fuhrwerke oder Tiere, die zum Markt getrieben wurden. Vor den Gefahren des Wassers hatte Daje die Kinder schon frühzeitig gewarnt. Während sie bügelte, drehten sich ihre Gedanken um Adda und Mina. Es wurde Zeit, dass die sich eine Arbeit suchten, die sie nach der Schule erledigen könnten. Sie überlegte, welche Geschäfte dafür in Frage kämen. Bäcker Steevens? Oder der Gemüseladen die Straße hoch? Spontan riss sie das Fenster auf und rief: „Mina, Adda, kommt bitte einmal zu mir." Als die Mädchen vor ihr standen, sagte sie: „Mina, du gehst mal eben in den Gemüseladen und fragst, ob du da nach der Schule aushelfen darfst. Und du, Adda

gehst zu Bäcker Steevens, ob der etwas für dich zu tun hat." Daje hoffte, dass die Mädchen mit einer Zusage zurückkämen. Sie würden dort sicher mit Lebensmitteln bezahlt und konnten so zum Haushalt beitragen. „Bevor ihr geht", ordnete sie an, „schickt ihr mir Eggo und Keno ins Haus. Sonst büxen sie noch aus."

Wenig später waren die Mädchen zurück. „Die Gemüsefrau hat sich gefreut, dass ich ihr helfen will. Sie will mir dafür am Abend von dem Gemüse geben, das sie nicht verkauft hat." Und auch Adda kam mit den Worten: „Der Bäcker ist damit einverstanden, dass ich zum Helfen komme. Er meinte, er könnte mich ja mit Brot und Kuchen bezahlen. Ist dir das recht, Mutter?" Daje nickte zustimmend. „Schön, dann ist das auch erledigt." Sie schloss das Fenster und stellte zufrieden fest, dass ihr Leben geregelte Bahnen annahm. Über die Ankunft ihres Enkelkindes machte sie sich keine Sorgen. Das war schließlich nur vorübergehend.

45. Kapitel

Kalt war der Oktobertag. Regnerisch und windig. Am Abend hatte Line ihre Tasche gepackt. Denn die Hebamme, die Frau Harms ihr geschickt hatte, war am Nachmittag dagewesen. Hatte nach einem Blick auf Lines Bauch gemeint: „Wenn du dein Kind zu Hause kriegen willst, wird es aber Zeit, sich auf den Weg zu machen. Dein Bauch hat sich schon kräftig gesenkt." Es blieb zwar keine Zeit mehr, Daje ihre Ankunft mitzuteilen, aber ihre Mutter würde ja sehen, wenn Line und Okka vor der Tür stünden.

Line war froh darüber, dass die Geburt kurz bevorstand. Seit sie von der ungewollten Bürde wusste, sehnte sie den Tag herbei, an dem sie diese wieder loswerden würde. Von Anton hatte sie nichts mehr gehört. Ihr Stolz verbot ihr, seinen Onkel ein weiteres Mal aufzusuchen. So leidenschaftlich, wie sie sich in ihn verliebt hatte, so groß war jetzt ihre Enttäuschung, dass er sie so hintergangen hatte. „Soll er doch in Indien bleiben!", schimpfte sie, „mit dem Schiff absaufen, oder an der

Cholera sterben! Mir ist das egal, hörst du?“ Okka hörte – und behielt ihre Meinung für sich.
Frau Harms’ größte Sorge war das Gerede der Nachbarn und Gäste. „Erzähl’ bloß niemandem, wem du das Kind zu verdanken hast. Was sollen die Leute sagen, wenn sich herumspricht, dass unser Dienstmädchen von dem Neffen von Meister Jasper schwanger ist? Ich möchte, dass du dich nur noch hinten aufhältst, bis das Kind da ist. Hast du verstanden?“, hatte sie zu der immer dicker werdenden Line gesagt. Der war das recht. Allerdings war Frau Harms auch erleichtert, als sie erfuhr, dass sie nicht nur zur Entbindung nach Hause fahren, sondern das Kind in der Obhut ihrer Mutter lassen wollte.
In der Nacht wälzte Line sich vor Aufregung und einem ziehenden Schmerz im Rücken schlaflos herum. Sie stand auf und erwartete umherlaufend den Morgen. Als Okka erwachte, war Line schon fertig angekleidet. Befahl in ihrem gewohnt herrischen Ton: „Beeil dich! Der Zug fährt bald. Aber vorher holst du mir noch eine Tasse Tee und etwas zu essen.“ Als Okka mit dem Tablett zurückkam, sah sie erschrocken, dass Line sich kreidebleich und schmerzgekrümmt am Bettpfosten festhielt. Keuchend rief: „Okka, hilf mir. Ich glaube, es geht los.“ Gleich darauf breitete sich ein nasser Fleck auf dem Boden aus. Die Verbissenheit, mit der Line bisher ihre Schwangerschaft ertragen hatte, wich jäh einer Panik, die sie schreien ließ: „Oh, Gott! Hilf mir! Bitte, bitte hilf mir! Ich hab Angst!!!“

Okka dachte an die Geburten ihrer Geschwister. Bei einer war sie dabei gewesen, aber sie konnte sich nicht so schnell erinnern, was sie getan hatten. Während Line sich auf dem Bett niederlegte und dort vor Schmerzen um sich schlug, dabei immer spitzere, beinahe hysterische Schreie ausstieß, rannte Okka in die Gaststube, um Frau Harms zu holen.

Am Vormittag hatte Daje mit den Kindern die Kirche besucht. Einige der Kirchgänger waren Kunden von ihr, doch die meisten waren ihr unbekannt. Sie hatte sich gefreut, in den Freunden vom Deich vertraute Gesichter zu entdecken. Sich von ihnen mit den Worten: „Wir sehen uns später bei Emma“ verabschiedet. Marie hatte Dajes Angebot, Keno öfter zu besuchen, angenommen. Regelmäßig begleitete sie Hagen, wenn der in die Stadt fuhr. Während er seine Krabben und Muscheln verkaufte, ging sie in die Westerstraße. Manchmal half sie Daje bei der Wäsche, aber am liebsten achtete sie auf die Jungen.

Als Daje nach der Kirche in die Westerstraße zurückging, wurde sie von einer Frau angesprochen. „Entschuldigen Sie. Sie sind doch die Frau, die für andere wäscht und bügelt?“ Daje nickte erstaunt. „Ja, die bin ich. Warum fragen Sie?“ „Nun“, die Jüngere zögerte, dann meinte sie etwas verlegen: „Ich kann nicht gut mit Nadel und Faden umgehen. Machen Sie auch Änderungen an Kleidern oder Reparaturen?“ Daje schüttelte den Kopf. „Tut mir leid, dafür habe ich keine Zeit.“ Die Frau guckte betrübt. „Das ist schade. Dann hätten Sie in mir eine weitere Kundin gefunden.“ Sie wünschte einen schönen Sonntag.

Daje setzte ihren Weg fort. Überall roch es nach Essen. Auch sie hatte am Samstag beim Schlachter ein Stück Schweinefleisch gekauft. Es in kleine Stückchen geschnitten und mit Zwiebeln, Sauerkraut und Kartoffelstücken zu einem Eintopf verarbeitet. Nach dem Essen räumten die Kinder die Küche auf und während Keno und Eggo eine Mittagsstunde machten, legte Daje ein halbes Stündchen die Beine hoch. Die Frage der Frau ging ihr nicht aus dem Kopf. Einige ihrer Kundinnen hatten ebenfalls schon danach gefragt. Auch wenn sie Flora versprochen hatte, ihrer Tochter bei der Ausbildung zur Schneiderin nicht im Wege zu stehen, war sie oft nahe daran, ihre Zustimmung rückgängig zu machen. Denn wozu musste Marleen lernen, wie man Kleider für wohlhabende Leute herstellte, wenn sie als Flickschneiderin ausreichend Kunden hätte? Auch heute hatte sie gebeten, zu Ottilie Booken gehen zu dürfen. „Glaube mir, Mutter, sie zeigt mir alles, was ich wissen muss. Herr Sührmann wird staunen, wenn er das Kleid sieht.“

Daje hatte sie ziehen lassen. Denn ihre Tochter musste die Erfahrung, dass sie nur eine junge Frau aus einfachen Verhältnissen war, auf die reiche Leute bestimmt nicht warteten, selber machen. „Wer hoch hinaus will, kann tief fallen", murmelte sie, als Marleen hinausging. Sie faltete die Decke, die über ihren Knien lag zusammen, und sah auf die Uhr. Wenn sie pünktlich zur Teezeit bei Emma am Deich sein wollte, wurde es Zeit, sich auf den Weg zu machen. Die wohnte inzwischen mit Peter in dessen Haus. Ihr Elternhaus hatte sie verkauft. Nach einer Trauung im kleinen Kreis war sie nun Frau Peter Schreiner. In ihrer trockenen Art und mit einem verschmitzten Lächeln hatte sie nach der Trauung zu ihm gesagt: „Ich hätte nie gedacht, dass ich mal unter die Haube komme. Und das in meinem hohen Alter. Hast du dir das auch gut überlegt?" Der frischgebackene Ehemann hatte mit strahlendem Gesicht bestätigend genickt und sich den wenigen Gästen zuwendend gemeint: „Das hab ich, denn keine macht so einen guten Klütje wie sie." Emma hatte es glücklich lächelnd als Liebesbeweis angesehen.

46. Kapitel

Okka fand Frau Harms in der Gastwirtschaft. Sie war damit beschäftigt, auf weiß gedeckten Tischen frische Blumen in Vasen zu arrangieren. Sie sah von der Arbeit auf und fragte erstaunt: „Seid ihr noch gar nicht unterwegs? Der Zug fährt doch gleich." Okka knickste flüchtig. „Line hat Wehen! Wir schaffen es nicht mehr nach Hause. Sie wird das Kind hier bekommen müssen. Bitte, sagen Sie der Hebamme Bescheid." Frau Harms krauste verärgert die Stirn. Sie hatten heute Nachmittag eine Verlobungsfeier im Gasthof. Das Schreien einer Frau in den Wehen wäre da fehl am Platz. Aufgeregt stellte sie die Vase aus ihrer Hand auf den Tisch und lief mit Okka in die kleine Kammer neben der Küche.

Mit dem ersten Blick sah sie, dass ihr Dienstmädchen nicht übertrieb. Line schlug tränenüberströmt wild um sich. Frau Harms befahl Okka, zum Haus der Hebamme zu gehen, und dort Bescheid zu sagen: „Es passt mir zwar gar nicht, dass Line hier das Kind kriegt, aber es lässt sich ja nicht mehr ändern." Ihr Gesicht hellte sich auf. „Allerdings hat das den Vorteil, dass du mir am Nachmittag bei der Gesellschaft helfen kannst." Bevor Okka antworten konnte, erklang ein markerschütternder Schrei, dem die folgenden Worte: „Lass mich bloß nicht allein!", folgten. Okka trat zu ihrer Schwester. „Keine Sorge. Ich bin ja da." Sie drehte sich zu Frau Harms. Sagte ungewohnt mutig: „Ich werde Ihnen helfen, wenn Line mich entbehren kann. Wären wir heute nach Hause gefahren, hätten Sie es auch alleine schaffen müssen."

Entschlossen wandte Okka sich zur Tür. „Jetzt sag ich erst einmal der Hebamme Bescheid." Kurz darauf kam sie allein zurück. Worauf Line voller Angst rief: „Wo ist die Hebamme? Mein Kind kommt gleich." Okka setzte sich zu ihr. „Sie hat gesagt, dass es beim ersten Kind lange dauern kann. Du musst Geduld haben. Aber sie kommt bald." Line drehte ihren Kopf auf dem Kissen hin und her. Ergriff Okkas Hand und flüsterte: „Es tut so weh. Ich hasse ihn." Frau Harms ging kopfschüttelnd in die Gaststube zurück. Hoffte sehr, dass das Kind noch vor dem Nachmittag geboren würde.

Hebamme Klara kam gegen Mittag. Baute ihre kräftige Gestalt vor Lines Lager auf und schnauzte: „Was ist hier denn los? Erst schwängern lassen und dann rumschreien? Stell dich nicht so an. Haben schon viele andere vor dir Kinder gekriegt. Bist nicht die einzige, die dabei leiden muss." Sachkundig untersuchte sie die junge Frau. Meinte dann: „Außerdem ist noch keins drin geblieben." Den Spruch sagte sie den Gebärenden immer auf. Seltsamerweise beruhigte er die Frauen. Auch Line. Eingeschüchtert von den vorangegangenen Worten. Beruhigt von dem Spruch. Die nächsten Stunden verbrachte Okka damit, zwischen dem Bett ihrer Schwester und der Küche, hin- und herzulaufen. Sie spülte Geschirr. Polierte Gläser und räumte auf. Setzte für die Hebamme eine Kanne Tee nach der anderen auf, den diese unberührt von den Schreien trank. Auch einige Stücke des Kuchens, den die Verlobungsgesellschaft übrig gelassen hatte, stellte Okka ihr hin. Klara dankte ihr und sagte: „Zum Abendessen hätte ich gern eine Brotplatte."

Es wurde früh dunkel. Okka ging hinaus, um die Fensterläden am Haus zu schließen. Die Gesellschaft hatte sich aufgelöst, nachdem mancher Schnaps auf das junge Paar getrunken worden war. Lines

Gestöhne und Geschrei war glücklicherweise nicht bis in die Wirtsstube durchgedrungen. Nach und nach betraten die abendlichen Stammtischgäste die Wirtsstube. Und noch immer stöhnte Line. Herr Harms kam an die Tür der Kammer. Fragte mit blassem Gesicht: „Dauert es noch lange?“ Die Hebamme zuckte die Schultern. „Das kann man nicht sagen.“ Okka hatte für sie einen Teller mit Broten geschmiert und einen Krug Bier gebracht. Sie selbst mochte nichts essen. Die Sorge um ihre Schwester verdarb ihr den Appetit. Line war vor Erschöpfung eingeschlafen. Beunruhigt fragte Okka: „Was hat das zu bedeuten? Warum schläft sie denn jetzt?“ Die Hebamme beruhigte sie. „Das Kind sammelt Kraft. Ich geh jetzt erstmal pinkeln. Wenn ich wiederkomme, sehen wir nach, wie weit die Geburt vorangeschritten ist.“
Die Hebamme ließ auf sich warten. Sie war noch auf einen Schnack in die Gaststube gegangen und kam mit einem weiteren Krug Bier und zwei Gläsern zurück. „Willst du auch ein Glas?“ Okka schüttelte den Kopf. „Nein, danke.“ Die Hebamme nahm einen kräftigen Schluck. Rieb sich anschließend die Hände und sagte zu Line, die wieder laut aufstöhnte: „Komm, mein Kind. Trink!“ Klara stützte sie, während Line das Glas durstig leer trank. Aufmunternd lobte die Hebamme: „Hast dich bisher tapfer geschlagen. Den Rest schaffst du auch noch.“ Der Alkohol im Bier beruhigte Line. Sie nickte wieder ein. Als sie das nächste Mal wach wurde, untersuchte Klara sie und verkündete erfreut: „Kann bald losgehen.“
Eine Stunde später kam Lines Sohn unter lautem Geschrei seiner Mutter zur Welt. Sie schenkte ihm kaum einen Blick. Lag erschöpft in ihrem Kissen und stieß hervor: „Das war das erste und letzte Kind, das ich bekommen hab. Noch mal mach’ ich das nicht mit.“ Die Hebamme lachte laut auf. Sie wickelte das Neugeborene in ein Tuch und drückte es Okka in den Arm. „Kind, Kind“, sagte sie, „um das zu verhindern, musst du dich von den Männern fernhalten. Und du siehst mir nicht so aus, als wenn du das wolltest. Aber ich frage mich, wenn du es nicht willst, warum du es nicht weggibst. Es gibt Ehepaare, die sich ein Kind wünschen und keins bekommen können.“ Line richtete sich empört auf: „Mein Kind weggeben? Das kommt nicht in Frage.

Meine Mutter wird sich darum kümmern. Ich muss schließlich arbeiten." Die Hebamme warf ihr einen missbilligenden Blick zu. Behielt aber ihre Gedanken für sich. Fragte stattdessen: „Hast du denn einen Namen für dein Bünsel?" Line seufzte gereizt. „Nein, hab ich nicht! Das soll meine Mutter entscheiden."

Frau Harms kam herein. Sie gewahrte das Kind in Okkas Arm. Stieß einen erleichterten Seufzer aus, bevor sie anordnete: „Morgen früh nehmt ihr den ersten Zug nach Hause. Ich will hier kein Getratsche. Und übermorgen seid ihr wieder hier! Ist das klar?" Sie sah Okka an und sagte: „Ich muss in die Gaststube zurück. Brätst du meinem Mann eben die Kartoffeln vom Mittag? Der muss was essen. Hat heute Nachmittag zu tief ins Glas geschaut." Okka sah unschlüssig auf das Kind in ihrem Arm. Klara nahm es ihr ab und legte es in eine Lade der Kommode. „Geh ruhig", meinte sie. „Line wird jetzt erst einmal schlafen und auch das Kind braucht Ruhe."

Okka hatte die Bratkartoffeln gerade fertig, als Gerd Harms in die Küche kam. „Na?", fragte er, „ist das Kind da? Wenn der Jungspund das wüsste…" Er ließ sich schwer auf einen Stuhl fallen. Okka schob ihm den Teller zu und hoffte: „Es ist besser, wenn er es nicht erfährt. Er hat Line nur Kummer gemacht." Der Gastwirt aß die Bratkartoffeln mit Spiegelei. Lehnte sich zurück und meinte nachdenklich: „Line wird nicht die Einzige sein, die ein Andenken von ihm hat. Er ist eben ein Bruder Leichtfuß." Harms bedankte sich für das Essen. Betrachtete seine Magd besorgt und fragte: „Du bist ganz blass. Hast du heute schon eine Mahlzeit gehabt?" Sie schüttelte den Kopf. „Nein, hatte noch keine Zeit." Erneut lief sie zur Kammertür. Sah besorgt hinein. Seufzte erleichtert, als sie ihre schlafende Schwester sah.

Harms lächelte. „Setz dich hin und iss die restlichen Bratkartoffeln. Sonst ergeht es dir noch wie unserem Wappentier." Als Okka ihn fragend ansah meinte er: „Weißt du eigentlich, warum ein Bär unser Wahrzeichen ist?" Sie schüttelte den Kopf. „Nein, das weiß ich nicht." Harms nahm einen kräftigen Schluck aus seinem Bierkrug, den er aus dem Gastraum mitgebracht hatte. Lehnte sich zurück und sagte: „Ich werde dir die Geschichte erzählen, während du isst." Okka setzte sich mit dem gefüllten Teller zu ihm an den Tisch. Er zündete

sich eine Zigarre an. Lehnte sich zurück und erzählte: „Im Jahr 1540 versuchten Belagerer aus der Stadt Bremen die Esenser auszuhungern. Sie wollten sich die Stadt unter den Nagel reißen. Doch der damalige Häuptling Balthasar wollte sich nicht ergeben. Zufällig befand sich damals ein Bärenführer in der Stadt. Auch der Bär hatte Hunger. So einen Kohldampf, dass er wild um sich knurrte. In ihrer Angst sperrten die Bürger ihn in ein kleines Verlies."
Harms nahm einen tiefen Zug aus seiner Zigarre. Stieß langsam den Rauch aus, der Okka zum Husten brachte. Dann fuhr er fort: „Von dem Verlies führte jedoch eine Treppe zu einer kleinen Plattform hinauf. Der Bär, wütend vor Hunger, stieg darauf. Oben angekommen, brüllte er aus Leibeskräften auf die frohlockenden Feinde herab. Schließlich hofften die, dass die Esenser sich ergaben. Doch nun sahen sie, dass die noch genug Essen haben mussten, wenn sie sogar einen Bären durchfüttern konnten. Der war inzwischen so wütend vor Hunger, dass er in seiner Rage die Brüstung zerstörte und die Steine auf die Feinde herabwarf." Harms sah durch die Rauschschwaden zu Okka. Die hatte ihren Teller geleert und zur Seite geschoben. Stattdessen ihren Kopf auf die Hände gelegt und war vor Erschöpfung eingeschlafen. Gerd Harms beendete die Geschichte ohne seine Zuhörerin. „Nun ja", fuhr er für sich fort: „Die Feinde zogen sich zurück, und der Bär erhielt für immer seinen Platz im Esenser Wappen."

Frau Harms kam herein und berichtete: „Die Gäste sind fort und ich geh' jetzt ins Bett." Sie sah auf die schlafende Magd. Schüttelte sie an der Schulter und befahl, als die erschrocken hochfuhr: „Okka, geh schlafen! War auch für dich ein langer Tag." Die junge Frau rieb sich die Augen. Sie stand auf und wollte das Geschirr spülen. „Lass gut sein", sagte ihre Dienstherrin, „das kannst du morgen früh noch machen." Okka wünschte eine gute Nacht und ging in ihre Kammer. Die Hebamme hatte sich die Brotplatte und das Bier mit Line geteilt und versuchte gerade das Neugeborene an deren Brust anzulegen. Das Kleine schlief jedoch immer wieder ein. Klara legte es in die Lade zurück und sagte: „Du musst es immer wieder versuchen. Ich geh jetzt erst einmal nach Hause." Frau Harms schloss ihr die Tür auf. Als sie zurückkam, sagte sie zu Okka: „Ich ziehe deiner Schwester für die Hebamme einen Teil vom Lohn ab, das ist euch doch klar, nicht wahr?" Okka nickte. „Selbstverständlich. Es tut mir leid, dass wir Ihnen so viele Umstände gemacht haben und möchte Ihnen danken, dass Line hier ihr Kind bekommen durfte." Frau Harms lächelte. „Ich hab selber zwei Töchter und bin froh, dass denen das nicht passiert ist. Doch deine Schwester kann sich glücklich schätzen, dich an ihrer Seite zu haben. Für das Kind wird sich hoffentlich auch die richtige Lösung finden."

47. Kapitel

Marleen nähte unter Ottilies Anweisung ein Kleid aus dem beigen Stoff, den Oma Siemke ihr geschenkt hatte. Beim Zuschneiden betrachtete die Schneiderin ihn bewundernd und sagte: „So einen kostbaren Seidenstoff hat man dir geschenkt? Dann müssen sie aber sehr zufrieden mit dir gewesen sein." Marleen krauste die Stirn. „Ist das tatsächlich Seidenstoff?" Ottilie fuhr sacht mit den Fingern über das glatte, matt glänzende Gewebe. Antwortete leise: „Ja! Echte Seide." Für das Kleid vermaß sie Marleen. „Dann passt es dir. Oder wenn du es verkaufen möchtest, einer Frau mit einer ähnlichen Figur." Doch bis auf das Vermessen überließ Ottilie Marleen die Arbeiten an dem Kleid. Und die gab sich große Mühe, alles anzuwenden, was sie zuvor von ihrer Mutter, auf dem Gut und durchs Zusehen im Geschäft gelernt hatte. Sie legte den Stoff über der Brust in zahlreiche Biesen. Dadurch wirkte die Oberweite einer Frau voller. In der Taille nähte sie es eng und ließ es dann in weichem Schwung bis zu den Fesseln fallen. Die langen Ärmel rüschte sie leicht an der Schulter und am Handgelenk fasste sie das Kleid mit einer weißen Manschette ein. Hinten konnte es vom Nacken bis zur Taille geknöpft werden. Unter Ottilies wachsamem Blick bezog sie die Knöpfe mit einem Rest des Stoffes und nähte sie sorgfältig an.

Als alles fertig war, betrachtete Marleen das Kleid kritisch. „Schauen Sie, Frau Booken! Muss ich das nicht noch mal aufmachen? Sind die Stiche gerade genug? Und der Rock? Fällt er richtig? Nicht zu steif?" Ottilie lächelte. Legte ihre Hand auf Marleens Schulter und sagte feierlich: „Das ist dein erstes Kleid, das du ganz allein genäht hast. Es ist wunderschön geworden. Ich bin sehr stolz auf dich." Marleen wandte sich ihr zu. Knickste und sagte aus tiefstem Herzen: „Dankeschön! Ich werde nie vergessen, dass Sie mir soviel Ihrer Zeit gewidmet haben." Ottilie dachte mit Wehmut an die einsamen Sonntage, die nun wieder vor ihr lagen. Aber sie verdrängte den Gedanken und versicherte: „Das hab ich sehr gern gemacht. Du kannst jederzeit zu mir kommen, wenn du Hilfe brauchst. Und jetzt bin ich wirklich gespannt, was Herr Sührmann dazu sagen wird."

Tilda stand vor ihrem Kleiderschrank. Auch wenn sie inzwischen mehr aß, musste sie feststellen, dass sie so schnell nicht wieder in ihre alte Garderobe passen würde. Und während sie ein Kleid nach dem anderen herausnahm und begutachtete, sagte sie sich, dass sie das auch gar nicht wollte. Jedes der teilweise geflickten Kleider erinnerte sie an ihre Ehe. An die Gewalt, die Ludolf ausgeübt hatte, damit sie ihm zu Willen war. Und das konnte sie nicht ertragen. Sie würde eine der Mägde bitten, ihre Schränke auszuräumen und die Kleidung den Diakonieschwestern zu bringen, die auch eine Suppenküche betrieben. Sicher hätten die Verwendung dafür. Sie nahm eins der Kleider in die Hand, die Marleen geändert hatte und legte es auf ihr Bett. Das musste genügen, bis sie etwas anderes bekam. „Ich brauche neue Kleider!", sagte sie zu ihrer Mutter, die kurz darauf hereinkam. Oma Siemke hatte die Wandlung ihrer Tochter nach Ludolfs Tod mit Staunen beobachtet. Befürchtete aber noch immer, dass Tilda sich wieder in ihr Schneckenhaus zurückziehen könnte. Nun stimmte sie begeistert zu. „Eine gute Idee. Wann möchtest du in die Stadt fahren?"
Ihr Vorschlag war gut gemeint, aber anscheinend zu früh. Sie spürte, wie Tilda zurückschreckte. Sie hatte zwar gegenüber den Bediensteten zu einem respektvollen Umgang gefunden, doch schien es noch eine Überwindung für sie zu sein, sich in der Stadt zu zeigen. Siemke

drängte sie nicht. Während sie darüber nachdachte, fragte Tilda: „Weißt du eigentlich, was aus Marleen geworden ist?“ Siemke hob die Schultern. „Ich weiß nur, dass sie eine Schneiderlehre machen wollte. Ob es dazu gekommen ist, kann ich nicht sagen. Vielleicht ist sie auch bei ihrer Mutter am Deich geblieben. Aber“, fuhr sie fort, „es könnte sein, dass Johann es weiß. Sie haben sich manchmal unterhalten, wenn sie die Milch geholt hat.“ Tilda trat ans Fenster. Sah in den regnerischen und windigen Tag hinaus, bevor sie leise sagte: „Das Mädchen hat mich oft an mich erinnert, als ich noch jung war. Sie war mutig und stolz. Ließ sich nicht den Mund verbieten. So war ich auch, bevor …“ Sie brach ab. Zwang sich, nicht zurück, sondern nach vorne zu blicken. Sie räusperte sich kräftig und sagte: „Übrigens: Ich möchte Johann fragen, ob er bereit ist, die Verwaltung des Gutes zu übernehmen. Glaubst du, dass er das kann und auch will?“ Davon war Siemke überzeugt. „Ja! Johann ist ein tüchtiger Großknecht und Manns genug, ein Gut zu verwalten. Er wird dich nicht enttäuschen.“ „Gut“, sagte Tilda. „Dann habe ich eine Sorge weniger.“

48. Kapitel

Die Ostfriesische Küstenbahn ratterte über die Schienen. Bei jeder Erschütterung zuckte Line vor Schmerzen zusammen. In ihren Augen zog sich die Fahrt endlos hin. Der Zug fuhr von Esens nach Dornum und weiter bis Norden. An jeder Station stiegen Leute ein oder aus, bevor er sich langsam wieder in Bewegung setzte. Der Säugling begann zu schreien. Line legte ihn an die Brust. Er saugte sich schmerzhaft fest, wobei ihr die Tränen über das Gesicht liefen. Trotzdem schien er nicht satt zu werden. Immer wieder ließ er die Brustwarze los und brach in Weinen aus. Okka sah ihr zu und sagte nach einer Weile trocken: „Vielleicht ist ja nichts drin in deiner Milch. Mutter würde sagen …“ Line warf ihr einen ungeduldigen Blick zu und raunzte: „Wenn du das so genau weißt, dann nimm du ihn doch! Vielleicht kriegst du das Blag ruhig.“

Okka wiegte den Kleinen in ihrem Arm. Sang leise: „Dat du mien Leevsten büst, dat du woll weeßt, kumm bi de Nacht, kumm bi de Nacht…“ Sie war so versunken in ihren Gesang, dass sie erschrocken zusammenzuckte, als Line sie heftig anstieß und rief: „Sing das Lied nie wieder in meiner Gegenwart, hörst du? Nie wieder!!!“ Sie wich Okkas erschrockenem und verständnislosem Blick aus. Tränenüberströmt wandte sie sich von ihr ab. Sah, sich weitere Tränen verkneifend, aus dem Abteilfenster der Bahn auf die ostfriesische Landschaft. Doch die kahlen Bäume, die wie anklagend die Äste in den Himmel reckten, und die schwarzen Felder, die an diesem trüben Oktobertag an ihnen vorbeizogen, verbesserten ihre Stimmung nicht. Heftig wünschte sie sich, ihr bisheriges Leben hinter sich lassen zu können. Irgendwo ganz neu anzufangen. Der einzige Gedanke, der sie in ihrem Elend tröstete, war der, dass ihre Mutter sicher wissen würde, wie sie das Kind satt bekamen.

Johann hatte seit dem Tod des Gutsherren darauf gewartet, dass Tilda ihn zu einem Gespräch über die Zukunft des Gutes rufen ließ. Auf dem Weg zum Salon keimte in ihm die Hoffnung wieder auf, die er seit Jahren in sich trug. Eigentlich seit dem Tag, an dem er die Ackerbauschule in der Stadt mit einem Einserzeugnis verlassen hatte. Er stammte selbst von einem großen Bauernhof in der Krummhörn. Nachdem sein Vater gestorben war, hatte sein ältester Bruder den Hof übernommen. Ihm angeboten: „Du kannst als Knecht hierbleiben.“ Doch das wollte Johann nicht. Er hatte sich auf verschiedenen Gütern beworben und war bei Ahlers wegen seiner Pferdekenntnisse genommen worden.
Als er in den Salon eintrat, stand Tilda am Kamin, in dem ein kräftiges Feuer loderte. Sie bat Johann, sich zu setzen. Geeske, die ihr zweites Kind erwartete, hatte Tee gebracht. Sie betrachtete Tilda inzwischen mit Respekt und war froh, dass diese sie nicht vom Hof gejagt hatte. Ihre Ehe mit Frieso lief besser, als sie zuerst befürchtet hatte. Er war freundlich, rücksichtsvoll und gut zu dem Kind, obwohl es nicht seines war. Umso größer war seine Freude, dass Geeske nun sein Kind trug. Sie war ihm eine dankbare und gute Frau, wie er sie

sich nicht besser hätte wünschen können. Der Gedanke, auch Geeske vom Hof zu jagen, war Tilda gar nicht gekommen. Geeske war ein Opfer ihres Mannes gewesen. Hilla seine Verbündete. Inzwischen hatte sie Frieso und Geeske die Kate mit den Worten geschenkt: „Nehmt sie als kleine Wiedergutmachung an. Und auch für euren Sohn werde ich finanziell sorgen." Johann betrachtete Tilda unauffällig. Sie hatte sich verändert. Sie war nicht mehr so mager, und ihre grünen Augen schauten ihn klar und interessiert an. Betroffen wurde ihm bewusst, wie sehr sie unter der Herrschaft ihres Mannes gelitten haben musste.

Kerzengerade setzte sie sich ihm gegenüber in den Sessel am Kamin. Räusperte sich und sagte: „Ich weiß noch nicht, ob ich das Gut verkaufe oder verpachte. Aber bis ich eine endgültige Entscheidung getroffen habe, möchte ich, dass du die Verwaltung übernimmst. Mein verstorbener Gatte hat dir vertraut und ich tue es ebenso. Also, denke darüber nach, ob du das willst." Johann sah Tilda in die Augen und sagte: „Das muss ich nicht überlegen. Ich nehme das Angebot an." Sie lächelte scheu und reichte ihm die Hand. „Dann auf ein gutes Miteinander." Er war schon an der Tür, als sie fragte: „Weißt du eigentlich, was aus Marleen geworden ist, nachdem sie von hier fortgegangen ist?" Johann drehte sich ihr zu. Meinte bedauernd: „Nein, aber ich weiß, wo ich danach fragen kann, wenn Sie es wünschen." Tilda nickte. „Ja, das wünsche ich. Bitte, sag mir sofort Bescheid, wenn du etwas erfahren hast." Als Johann hinausgegangen war, fügte sie leise hinzu: „Ich bin ihr zu Dank verpflichtet."

Endlich hielt der Zug am Norder Bahnhof. Line hatte vom Sitzen auf der harten Bank starke Rückenschmerzen bekommen. Als sie sich erhob, spürte sie zudem die Nässe in dem Tuch zwischen ihren Beinen. „Ich hasse alle Männer!", sagte sie aus tiefstem Herzen. Sie drückte Okka den Säugling in den Arm und stieg vorsichtig aus dem Zug. „Wir müssen uns beeilen", befahl sie. „Bevor das Bünsel wieder anfängt zu schreien, will ich bei Mutter sein." Okka umschloss das unschuldige Kind schützend mit beiden Armen und betrat, ihren Beutel über der Schulter, vorsichtig den Bahnsteig. Niemand beachtete sie,

als sie durch die Stadt, an der Zichorienfabrik vorbei, durch die Osterstraße zur Westerstraße liefen.
Dajes Kinder saßen schon im Nachthemd am Tisch und warteten auf ihr Abendbrot. Erstaunt sahen sie auf ihre Schwestern, die plötzlich in der Tür standen. Line war so erschöpft, dass sie sich augenblicklich auf Dajes Bettstatt sinken ließ und einschlief. Okka stand etwas unschlüssig mit dem Kind im Arm. Daje war erleichtert, ihre Töchter zu sehen. Sie hatte sich schon Sorgen gemacht. Zwar hatte sie nicht genau gewusst, wann das Kind zur Welt kommen würde, aber sie hatte schon eher mit Lines Ankunft gerechnet. Nach einem Blick auf ihre schlafende Tochter trat sie zu Okka und schlug das Tuch, welches das Gesicht des Kindes bedeckte, zur Seite. Ein prüfender Blick genügte. „Das ist ja wohl ein Fischer“, stellte sie fest, „hat er schon einen Namen?“ Okka schüttelte den Kopf: „Nein! Hat er nicht.“ Daje nahm Okka das Bündel aus dem Arm und ordnete an: „Mina, mach bitte Tee für deine Schwester. Und du, Marleen, gießt heißes Wasser auf den Stipp. Reicht dann für uns alle. Und für den Kleinen macht mal eben eine Lade frei.“

Am nächsten Morgen ließ Daje ihre frisch entbundene Tochter etwas länger schlafen. In der Nacht hatte sie ihr das Kind zum Stillen gebracht. Aber der Kleine schien nicht satt zu werden. Er schrie und schrie, bis Daje den Zipfel eines Mulltuchs in verdünnte Milch stippte und das Kind aussaugen ließ. Immer wieder, bis es vor Erschöpfung eingeschlafen war. Die Milch in der üppigen Brust ihrer Tochter schien nichts Sättigendes herzugeben. Sie schickte Adda zur Apotheke, um Kindermehl zu kaufen. Auch ein Fläschchen brachte sie mit. Aber nicht nur ihr Enkelkind hatte Daje wach gehalten, sondern auch die Gedanken über die Zukunft ihrer Tochter. Heute mussten sie und Okka erst einmal nach Esens zurück, damit sie ihre Arbeit nicht verloren. Sie trat ans Bett, in dem Line lag und legte ihr die Hand auf die Schulter. „Steh auf! Ihr müsst den Zug bekommen.“
Line hatte tief und fest geschlafen. Sie schrak hoch und befühlte als erstes ihren Bauch. Sank erleichtert zurück, als ihr bewusst wurde, dass sie von der Bürde befreit war. Sie reckte sich und gähnte herz-

haft, bevor sie an den Waschtisch trat, um sich den Schlaf aus den Augen zu waschen. Marleen, Adda und Mina waren schon lange auf. Hatten bereits gefrühstückt und Wasser vom Brunnen geholt. Sie verabschiedeten sich von ihren Schwestern. Marleen musste ins Geschäft und Adda, Mina und Thore in die Schule. Zurück blieben Eggo und Keno, die darauf warteten, dass es hell wurde, damit sie hinaus in den Garten zum Spielen gehen konnten. Okka sah immer wieder auf die Uhr. Die Sorge, den Zug zu verpassen, machte sie unruhig. Schließlich hatte sie ihrer Herrschaft versprochen, pünktlich wieder da zu sein. Viel zu langsam zog Line nach Okkas Meinung ihr Kleid über, das wieder besser passte, auch wenn ihr Bauch noch ziemlich weit vorstand. Aber da sie zur Fülligkeit neigte, fiel es nicht weiter auf.
Line fühlte sich viel frischer und ausgeruhter als am Vortag. Inzwischen freute sie sich sogar auf die Arbeit in Esens und sah es als große Erleichterung, das Kind, das schon wieder vor Hunger schrie, bei ihrer Mutter lassen zu können. Als Okka erneut drängte: „Der Zug fährt gleich! Wir müssen uns beeilen“, spülte Line mit einem letzten Schluck Tee ihr Brot herunter. Strich dem Lütten kurz über die Wange. Dankte ihrer Mutter für die Hilfe und versprach, bei der nächsten sich bietenden Gelegenheit zu Besuch zu kommen. Recht halbherzig gab sie zu: „Er ist schließlich mein Kind.“ Daje nickte mit ernstem Gesicht. „So ist es! Dass du es nur nicht vergisst.“ Ihre Töchter waren schon auf der Straße, als ihr einfiel: „Aber er hat noch keinen Namen!“ Line drehte sich zu ihr um und rief: „Gib du ihm einen!“
Während ihre Töchter mit großen Schritten davongegangen waren, ging Daje ins Haus zurück. Sie betrachtete das Kind in ihrem Arm. Und plötzlich fiel ihr auf, dass er ihrem, vor vielen Jahren totgeborenen Sohn, sehr ähnlich sah. Der Gedanke gab ihr einen Stich. Andererseits tröstete er sie. Und so beschloss Daje, ihrem ersten Enkelkind seinen Namen zu geben: Hauke.

49. Kapitel

Am Morgen hatte es gefroren. Johann lenkte den Einspänner und war froh, dass er seine dicken Handschuhe angezogen hatte. Dünnes Eis knisterte unter den rumpelnden Wagenrädern. Ihre Wollmütze bis über die Augen gezogen und in eine Decke gewickelt, saß Else neben ihm. Langweilte ihn zunehmend mit ihren gehässigen Tiraden über Gisa. Deren Schüchternheit war der dreisten Else ein Dorn im Auge. „Die ist so langweilig!“, tönte sie, „macht immer nur das, was man ihr sagt. Und Tilda…“ Als sie anfing über die Gutsherrin zu lästern, hob er die Hand. „Sei still. Kannst froh sein, dass du eine gute Stelle gefunden hast.“ In seinen Augen war Else eine dumme Frau, die nie einen passenden Mann finden würde. Nicht einmal ein Knecht auf dem Gut war bereit, sie zu ehelichen. Er hatte versucht, sie mit dem einfältigen Hein zu verkuppeln, aber auch der hatte nur gelacht und gesagt: „Da heirate ich lieber eine Kuh.“ Das zustimmende Johlen der anderen war ihm sicher gewesen.

Während Elses Worte ungehört auf Johann niederprasselten, hätte er viel darum gegeben, Marleen neben sich zu haben. Obwohl auch sie ihre Meinung vertrat, waren ihre Worte nie gehässig, sondern voller Interesse und Verständnis gegenüber ihren Mitmenschen. Der Gedanke an Marleen ließ in seinem Magen ein erwartungsvolles Kribbeln entstehen. Er hoffte, dass er sie heute wiedersah.

Line und Okka waren nach Esens zurückgekehrt. Während der Geburt ihres Kindes hatte Line sich zwar vorgenommen, den Männern in Zukunft aus dem Weg zu gehen. Trotzdem konnte sie es nicht lassen, die Blicke der männlichen Vorbeigehenden zu erwidern. Als Okka sie darauf hinwies, winkte sie ab und sagte: „Nur schauen. Davon gibt es keine Kinder. Ich lass keinen mehr unter meinen Rock. Es sei denn, er heiratet mich und will auch mein Kind. Versprochen!“ Okka schwieg dazu. Frau Harms war überglücklich, dass die jungen Frauen zurückkamen. „Dann könnt ihr ja sofort mit der Arbeit beginnen. Heute Nachmittag haben wir eine Trauergesellschaft“, erzählte sie, „die Tische müssen noch eingedeckt werden. Also, an die Arbeit.“ Line sah ihrer Dienstherrin nach und meinte: „Wenn wir das Geld nicht bräuchten ...“ Okka krauste die Stirn. Schüttelte tadelnd den Kopf. „Du bist undankbar! Sei froh, dass sie dich wegen des Kleinen nicht hinauswirft. Außerdem haben wir es hier gut.“ Line lachte. „Dann hätte ich mir eine andere Stelle gesucht. Arbeit gibt es überall.“ Der Meinung war Okka nicht. Sie dachte daran, was eine Kundin neulich beim Bäcker erzählt hatte: „Mein Sohn und auch die Männer meiner Töchter sind nun schon so lange ohne eine Stellung. Inzwischen reden sie vom Auswandern. Aber daran mag ich gar nicht denken.“ Okka nahm sich vor, Line von dem Gespräch zu erzählen.

Johann stellte wie jede Woche, wenn er in die Stadt fuhr, den Einspänner bei Lentz ab. Während Else sich schwerfällig auf den Weg machte, um die bestellten Waren aus den Geschäften abzuholen, versorgte er das Pferd. Er stellte sich an den Ausschank, um einen Doornkaat zu trinken. Andere Knechte standen ebenfalls dort. Deren Bauern saßen, nachdem sie ihre Geschäfte auf dem Markt erledigt hatten, in der Kneipe und unterhielten sich. Einer stand auf und kam zu ihm. Er besaß in Westermarsch einen recht großen Hof. Allerdings war er längst nicht so wohlhabend wie Ahlers. „Na, Johann!“, begann er, dem jungen Mann wohlwollend die Schulter tätschelnd: „Erzähl mal! Wie ist es denn nun wirklich gewesen? Hat einer nachgeholfen, den alten Ahlers um die Ecke zu bringen? Oder war's doch nur das Herz?“ Die anderen lachten boshaft, denn Ludolfs Reichtum war ihnen von jeher ein Dorn im Auge gewesen. Darüber hinaus hatte er einige von ihnen beim Verkauf eines Pferdes übers Ohr gehauen. Seit seinem überraschenden Ableben und dem anschließenden Besuch des Gendarmen aus der Stadt waren die Gerüchte um seinen Tod noch nicht verstummt. Johann hatte von Anfang an dazu geschwiegen. Doch jetzt wurden ihm die Anspielungen zu dumm. Er tippte knapp grüßend an seine Mütze, bezahlte die fünf Pfennige für den Schnaps und trat wieder auf die Straße hinaus.

Dort schob er die Begegnung mit dem Bauern von sich und dachte stattdessen an Marleen. An den Moment, an dem sie damals freudestrahlend aus dem Bekleidungsgeschäft herausgekommen war und verkündet hatte: „Dort werde ich meine Ausbildung zur Schneiderin machen. Du wirst es sehen." Zurückblickend hatte er sich genau in dem Augenblick in sie verliebt. Aber in Anbetracht ihrer Jugend seine Gefühle für sich behalten. Doch sie war in seinem Herzen geblieben.
Mit großen Schritten lief er die Straße hinauf. Vor dem Geschäft mit den spiegelblanken Schaufenstern blieb er stehen. Warf einen kurzen Blick auf seine sauber polierten Stiefel und öffnete entschlossen die Tür zum Verkaufsraum.
Sein Blick fiel auf die Wände, an denen lange Regale befestigt waren, auf denen Stoffballen in unterschiedlichen Farben und Qualitäten lagen. Für einen Moment fragte er sich, wie die Frauen sich bei der großen Auswahl für einen Stoff entscheiden sollten. Große Puppen trugen Kleider, die anscheinend die neueste Mode zeigten und ihn überlegen ließen, wie eine Frau sich darin bewegen konnte. Er wandte seinen Blick mit einem leichten Kopfschütteln ab, als eine Verkäuferin mit der Frage: „Was kann ich für Sie tun?", auf ihn zu kam. Mit einem schnellen Blick erfasste sie seine Gestalt und hatte ihr Urteil gefällt: „Ein Bauerntrampel, der sich im Laden geirrt hat." Als er höflich seine Mütze zog und zu einer kleinen Verbeugung ansetzte, revidierte sie ihr Urteil mit einem: „Scheinbar doch kein Trampel" und war gespannt, was er wollte. „Entschuldigen Sie, aber arbeitet hier eine Marleen?"
Reena Meiners hob erstaunt eine Augenbraue, bevor sie gedehnt fragte: „Wer will das wissen?" Johann deutete eine weitere Verbeugung an. „Die Herrin von Gut Ahlers." Die Verkäuferin staunte. Schließlich wusste man auch hier von Ludolfs Tod. Die wildesten Gerüchte kursierten. Sie wurden den Verkäuferinnen von den Kunden überbracht. Noch am Morgen hatten die sich darüber unterhalten, ob es wahr sei, dass Tilda und ihre Mutter ins Armenhaus müssten, weil Ludolf sein ganzes Vermögen versoffen und verhurt hätte. „Aus dem Grund kommt sie auch nicht mehr", hatte Keke überzeugt vermutet. Dass Tilda nun ihren Großknecht schickte, erstaunte Reena Meiners.

„Die Herrin von Gut Ahlers? Habe ich das richtig verstanden?“ Sie betrachtete Johann genauer. Der verkniff sich ein Lächeln und sagte: „Ja, so ist es. Können Sie mir weiterhelfen?“

Reena hatte sich wieder gefangen. Ihr war eingefallen, dass Marleen auf dem Gut als Magd gewesen war, aber das man jetzt nach ihr fragen ließ ... Zu Johann gewandt, sagte sie knapp: „Warten Sie hier! Ich werde sie holen.“ Marleen stand neben der Schneiderpuppe, an der Ottilie gerade ein Kleid aufsteckte. Es war der neueste Schrei: ein sehr eng anliegendes, ohne Korsage zu tragendes, tailliertes aber hochgeschlossenes Modell, das die Frau eines Richters bestellt hatte. Marleen sah wissbegierig zu, wie Ottilie winzige Biesen absteckte und weitere Abnäher einarbeitete. Als sie ihren Namen hörte, drehte sie sich unwillig um. Reena stand hinter ihr und sagte: „Fräulein Fischer, kommen Sie doch bitte einmal nach vorne. Da möchte jemand Sie sprechen.“

Marleen folgte ihr. Rief gleich darauf erstaunt: „Johann! Was machst du denn hier? Ist die Gutsherrin auch da?“ Sie versuchte, um ihn herum hinauszusehen. Johann schüttelte den Kopf. „Nein, sie ist nicht hier. Ich sollte mich nur danach erkundigen, was aus dir geworden ist. Da ist mir eingefallen, dass du hier lernen wolltest.“ Marleen nickte heftig. „Ja, ich habe eine Anlernstelle. Weiß noch nicht, ob ich danach eine Lehre machen darf. Da gibt es ...“ Eine Person, die mir nicht wohlgesonnen ist, hatte sie sagen wollen. Aber mit einem Blick auf Reena brach sie ab. Sie wusste schließlich nicht, ob die Marleens Kritik nicht brühwarm Keke weitererzählte.

Johann sah sie schweigend an. In seinen Augen war sie noch hübscher geworden. Und erwachsener. Das Kribbeln in seinem Magen verstärkte sich. Und plötzlich bedauerte er sehr, dass sie noch nicht einmal achtzehn war. Marleen sah ihm in die Augen und lächelte. Erst als Keke auftauchte und laut sagte: „Hier wird nicht getratscht, Fräulein Fischer. Gehen Sie sofort an Ihre Arbeit zurück!“, riss er sich von ihrem Anblick los. Stieß hervor: „Ich werde der Gutsherrin ausrichten, dass ich dich gefunden habe. Wohnst du noch am Deich?“ Marleen schüttelte den Kopf und flüsterte: „Nein. Hier in der Straße. Frag nach der Wäscherin. Das ist meine Mutter. Bis hoffentlich bald. Auf Wie-

dersehen.“ Sie sah ihm noch einmal in die Augen. Dann wandte sie sich ab und lief an der verblüfften Keke vorbei in den Nähraum zurück.
Johann verbeugte sich und verließ das Geschäft. Auf der Straße versuchte er sein heftig pochendes Herz zu beruhigen. Ihre Worte: „Bis hoffentlich bald. Auf Wiedersehen“ gaben ihm Hoffnung. Mit einem frohen Lächeln im Gesicht lief er zurück zu Lentz, wo Else schon mit miesepetrigem Gesichtsausdruck auf ihn wartete.

50. Kapitel

Marie saß bei Daje in der Bügelstube. Sie hielt Hauke auf dem Arm. Mit einem hoffnungsvollen Leuchten in den Augen fragte sie: „Kannst du ihn mir nicht geben? Ich würde mich gut um ihn kümmern.“ Es war Ende November und Line hatte ihren Sohn erst zweimal besucht. In der letzten Nacht hatte es kräftig geschneit. Daje stand auf und zog die Gardine vor dem Fenster zur Seite, um auf die Straße sehen zu können. Thore und Eggo spielten dort mit ihrem Schlitten. Sie sah, dass die Jungen sich abwechselnd darauf setzten und jeweils vom anderen ein Stück ziehen ließen. Zwischendurch winkten sie ihr zu. Daje winkte zurück. Dann setzte sie sich zu Marie und sagte: „Ich weiß, wie sehr du dir ein Kind wünschst, aber er ist Lines Sohn. Sie hat gesagt, dass sie ihn zu sich holt, sobald sie es kann.“ „Darf ich dann wenigstens mit ihm spazieren gehen?“ „Ja gern! Das wäre für mich eine große Entlastung. Dann kann ich meine Arbeit tun.“ Marie packte den Kleinen warm in den Kinderwagen, den sie im vorigen Jahr für ihr eigenes Kind gekauft und nicht gebraucht hatte. Keno durfte mitkommen und so liefen sie wenig später die Westerstraße entlang. Er freute sich. Denn er wusste, dass Marie ihm bei Bäcker Steevens eine Rosinenschnecke kaufen würde.
Daje ging zurück an ihr Bügeleisen. Sie hatte sich ein weiteres Kind im Haus einfacher vorgestellt. Hauke schrie manchmal stundenlang. Auch die vergangene Nacht, und sie hatte kein Auge zugetan. Inzwi-

schen waren ihre Nerven zum Zerreißen gespannt. Ein Zustand, den sie nicht kannte. „Ich werde alt!“, sagte sie zu Flora, die wenig später hereinkam. Sie hatte ihre Ware auf dem Markt verkauft, und wollte sich bei Daje mit einer Tasse Tee aufwärmen, bevor sie zurück zum Deich fuhr. In Floras Augen trat ein mitleidiger Ausdruck, als Daje meinte: „Früher hat mir das Geschrei der Kinder nichts ausgemacht, inzwischen...“ Sie schämte sich der Worte, aber sie entsprachen der

Wahrheit. Flora nickte zustimmend: „Du bist Ende der Vierzig. Wäre Line meine Tochter, hätte ich gleich nach Haukes Geburt darauf bestanden, dass sie sich selbst um ihr Kind kümmert. Außerdem glaube ich, dass er seine Mutter vermisst.“ Daje hob leicht die Schultern. „Das glaube ich nicht. Er kennt sie doch kaum.“ „Blut ist dicker als Wasser“, betonte Flora weise: „Unterschätz das nicht.“ Daje lächelte. Sagte mit Galgenhumor: „Für die Sprüche bin ich zuständig, aber wenn der hier zutrifft, bezieht er sich nicht auf Line. Sie scheint ihr Kind nicht zu vermissen. Ich hoffe aber, dass sie bald wieder zu Besuch kommt.“ Als Marie mit den Kindern zurückkehrte, tranken die drei Frauen Tee und wenig später machten sich die Norddeicherinnen auf den Heimweg. So sehr Daje hoffte, dass Line ihren Sohn zu sich nehmen würde, desto weniger mochte Marie daran denken.

Line kam zwei Wochen später. Sie hängte ihre Wolljacke auf einen Haken und trat an die Lade, in der ihr Sohn lag. Tief in Gedanken betrachtete sie ihn. Dann seufzte sie tief auf und verkündete: „Also, Mutter. Ich bin gekommen, um dir zu sagen, dass ich einen Mann kennengelernt habe, der mich heiraten will.“

Daje freute sich. „Wie schön, mein Kind! Dann wird ja doch noch alles gut. Und Hauke bekommt endlich…“ Bevor sie den Satz beenden konnte, fiel Line ihr ins Wort: „Mutter! Ich habe gesagt, dass er mich heiraten will. Von Hauke hab ich nicht gesprochen.“ Daje sah sie entsetzt an. Ihr fehlten die Worte. Line sah ihr Schweigen als Aufforderung weiterzusprechen. „Er will mich heiraten und dann werden wir auswandern.“ Sie legte ein Foto vor ihre Mutter hin, das einen dunkelhaarigen, großen und schlanken Mann zeigte, dessen Blick in die Ferne zu schweifen schien. Als Daje noch immer nichts sagte, fügte sie hinzu: „Das ist Henri und wir wollen nach ‚Amerika'." So wie sie es sagte, klang es, als wäre der andere Kontinent nur einen Katzensprung entfernt und nicht Tausende Kilometer. Daje starrte ihre Tochter an, als habe die nicht nur vorzeitig ihre Unschuld, sondern danach auch den Verstand verloren. Und sie fragte sich, was sie bei der Erziehung ihrer Ältesten falsch gemacht hatte. Nicht einmal durch ihren Fehltritt war Line geläutert. Und jetzt wollte sie auswandern?

Anscheinend hatte sie die Abenteuerlust und den Egoismus von ihrem Vater geerbt, dachte Daje plötzlich und erschrak sogleich über den Gedanken. Aber wenn sie ehrlich war, stimmte er. Auch Keno hatte auf seine Familie keine Rücksicht genommen. Immer alles ihr überlassen. Und plötzlich reichte es ihr. All die Jahre hatte sie ihr Leben klaglos hingenommen. Die von ihrem Vater geplante Ehe. Das harte Leben als Seefahrerfrau. Zwölf Schwangerschaften. Ihr Witwendasein. Den Geldmangel. Und jetzt, nachdem ihr Leben endlich in geregelten Bahnen verlief, bildete ihre Tochter sich ein, dass sie deren Kind großzog und sie selbst fröhlich vondannen ziehen konnte?

Während sie Line noch immer fassungslos ansah, lief das Fass, in das sie lebenslang alles gefüllt hatte, auf einmal über. Der Inhalt ergoss sich in ungewohnt lauten Worten über ihre Tochter. „Wohin willst du? Nach Amerika? Mit einem Mann, den du kaum kennst? Und was wird aus Hauke? Willst du ihn mitnehmen, du egoistisches Weibsbild?"

Line schreckte vor der ungewohnten Schärfe in Dajes Stimme zurück. Dass ihre Mutter sie Weibsbild nannte, klang in ihren Ohren wie ein Schimpfwort. Nur zögernd ließ sie sich auf der Bank hinter dem Tisch nieder, auf die Daje streng zeigte.

Line breitete ihren dunklen weiten Rock aus. Zupfte an ihrer weißen Bluse, deren Manschetten zu Dajes zusätzlichem Ärger schmuddelig waren, und verkündete: „Henri hat in Esens seine Arbeit verloren. Er sagt, dass er in Amerika viel Geld verdienen kann. Für wenig Geld sogar Land kaufen. Und Mägde werden von den reichen Leuten händeringend gesucht." Sie hob das Foto auf und streckte es Daje fast flehend entgegen. „Er ist ein guter Mann! Nicht so wie Anton. Er liebt mich. Will mit mir zusammen etwas aufbauen. Ich hab ihn beim Spazierengehen getroffen. Herr Harms kennt seine Familie. Es sind ordentliche Leute." Etwas lahm fügte sie hinzu: „Sei doch froh, wenn mich noch jemand nimmt." Daje warf einen flüchtigen Blick auf das Foto. Sie interessierte viel mehr, was aus dem kleinen Hauke werden sollte. „Und dein Sohn?", stieß sie hervor. Line seufzte tief auf. „Ja, darum wollte ich mit dir sprechen. Ich kann ihn nicht gleich mitnehmen. Das verstehst du sicher."

Daje verstand gar nichts. Am liebsten hätte sie ihrer Tochter eine runtergehauen. Um sie zur Vernunft zu bringen und ihr klar zu machen, wo ihre eigentlichen Pflichten waren. Da sie aber noch nie eins ihrer Kinder geschlagen hatte, schlug sie stattdessen mit der flachen Hand auf den Tisch und rief: „Hast du denn gar kein Verantwortungsgefühl? Wie kannst du einfach ohne dein Kind so weit fortgehen wollen?" Line sah auf ihre Hände, die ein schmaler Ring aus mattglänzendem Metall schmückte, der Daje erst jetzt auffiel und sagte ruhig: „Er ist doch hier gut aufgehoben. Später, wenn wir …" Daje holte tief Luft. Zwang sich zur Ruhe, was ihr sehr schwerfiel. Denn der Deckel des Fasses ließ sich nicht mehr zurücklegen. Zuviel hatte sich darin angesammelt. Es lief und lief. „Gut", begann sie in einem für sie untypisch beißendem Ton, „da du dich ja anscheinend entschieden hast, kannst du mir sicher auch sagen, wie lange das ‚Später' dauern wird."

Line hob mit flackerndem Blick, der ihre Unsicherheit verbergen sollte, die Schultern. „Das weiß ich nicht! Bei manchen Auswanderern geht das schnell. Henri hat uns in Hamburg einen Platz auf einem Dampfschiff besorgt. Anfang Januar legt es ab. Die Überfahrt dauert ungefähr zehn Tage. In New Orleans holt uns sein Freund ab. Der ist schon länger dort. Er arbeitet auf einer großen Farm auf dem Land. Henri kann dort ebenfalls anfangen und ich im Haushalt der Familie. Und wenn wir die Fahrtkosten abgearbeitet haben, können wir beginnen, Geld zurückzulegen. Wenn wir ein Stück Land erworben haben, kann ich Hauke sicher nachholen." Trotz der vielen „Wenns" begannen ihre Augen vor Begeisterung zu leuchten, während Daje aufstand. Hauke aus der Lade nahm und ihrer zurückweichenden Tochter in den Arm drückte.

Der Kleine hatte die Augen geschlossen und schlief. Ihn interessierten die Auswanderungspläne seiner Mutter nicht. Doch das würde sich ändern, dachte Daje. Irgendwann würde er nach ihr fragen. Und was sollte sie dann sagen? „Warum Amerika?“ fragte sie. „Warum nicht gleich Australien?“ Die Frage war nicht ernst gemeint, doch Line ging sofort darauf ein. Sie strich ihrem Kind fahrig über die blonden Haare und antwortete wichtig: „Da hat Henri auch drüber nachgedacht. Aber er kennt dort niemanden. Und es ist immer besser, wenn es Leute gibt, die da schon länger leben und einem helfen können.“ Wieder hätte Daje ihre Tochter am liebsten gezüchtigt. Aber sie wusste, dass es nichts gebracht hätte. Line war von ihren Plänen überzeugt. Als Daje nicht weitersprach, fuhr sie fort: „Es haben schon viele in Amerika ihr Glück gefunden. Und was Hauke angeht: Er kennt mich doch gar nicht. Sicher hält er dich für seine Mutter.“ Auch dazu sagte Daje nichts. Und was die Glückssuche in Amerika anging ... Sie war am Deich groß geworden. Kannte die fernen Länder nur aus Erzählungen ihres Mannes. Plötzlich wünschte sie sich, dass er da wäre. Er hätte Line die Leviten gelesen. Dafür gesorgt, dass sie …
Aber dann sagte sie sich, dass Line auch einfach heimlich mit dem Mann auf und davon hätte gehen können. Und noch ein Gedanke schlich sich ein. Wahrscheinlich wäre Keno sogar mit den Plänen seiner Tochter einverstanden gewesen. Trotz der Gefahr, die damit verbunden war. Daje kannte die Geschichten über Auswanderer, die nicht einmal die Fahrt auf dem Schiff überlebt hatten. Die an Krankheiten, die oft auf diesen Schiffen ausbrachen, gestorben waren. Aber was würde es nutzen, Line darauf hinzuweisen? Sie würde ihren Kopf durchsetzen. Diese Einsicht überflutete Daje mit aller Macht und als die Wogen sich zurückzogen, ließen sie sie erschöpft zurück. Mühsam erhob sie sich von ihrem Stuhl. Ging zum Herd und bevor sie aus der Pumpe Wasser in den Kessel füllte, sagte sie leise: „Du hast ihm zwar das Leben geschenkt, aber du hast recht, wenn du sagst, dass er dich gar nicht kennt. Ich werde eine Lösung finden, die für alle die beste ist.“
Line wich Dajes Blick aus. Denn sie hatte ihrer Mutter nicht die Wahrheit gesagt. Henri hatte ihr zwar versprochen, sie vor der Über-

fahrt zu heiraten, aber von ihrem Sohn nichts hören wollen. „Ich mache dir so viele Kinder, wie du willst. Aber der Junge ist bei seiner Großmutter besser aufgehoben. Er wird sie als Mutter ansehen." Henri hatte nicht gesagt: „Dein Junge" was Line einen Stich versetzte. Doch ihre Angst, Henri zu verlieren, wenn sie sich gegen seinen Wunsch auflehnte, war viel größer als die Zuneigung zu ihrem Kind. Mit großen Augen sah sie zu ihrer Mutter auf und sagte: „Das hoffe ich. Ich bin froh, dass ich einen guten Mann gefunden habe. Auch wenn..." Sie beendete den Satz nicht. „Auch wenn ich ihn nicht so liebe wie Anton" hatte sie sagen wollen. Doch es war besser, wenn das niemand wusste. Sie stand auf. Legte das schlafende Kind zurück in die Lade. Daje warf ihrer Tochter einen langen Blick zu. Es fiel ihr nichts mehr ein, was sie hätte einwenden können. Sie warf einen prüfenden Blick auf das Bild des jungen Mannes, der mit ihrer Tochter so weit fort wollte und beschloss: „Wir werden eine Nacht darüber schlafen." Als Adda und Thore wenig später hereinkamen und ihre Schwester erfreut begrüßten, sprachen sie über andere Dinge.

51. Kapitel

Tilda hatte Johann zu sich in den Salon gebeten. Nun war sie gespannt, was er herausgefunden hatte. „Marleen arbeitet bei Sührmann. Und sie wohnt nicht mehr am Deich, sondern in der Westerstraße. Ihre Mutter hat sich dort als Wäscherin selbstständig gemacht." Tilda stand am Fenster im Salon und sah in den Schnee hinaus. Betrachtete sehnsüchtig die weiße, unberührte Fläche der Felder. „Ich würde später gern ausreiten." Johann nickte. „Ich werde Ihnen den Hengst satteln." Sie nickte ihm zu. Im Herbst war sie nach der Ernte zum ersten Mal wieder ausgeritten. Voller Trotz auf Ludolfs Lieblingspferd. Sie hatte ihm die Sporen gegeben und war wie früher schnell wie der Wind über die Felder gejagt. Im Sattel hatte sie sich frei gefühlt. Aber, sagte sie sich jetzt, war sie auch schon bereit, sich den kritischen Blicken der anderen auszusetzen? Was würden sie denken, wenn sie ihre abgemagerte Figur sahen? Die bitteren Falten links und rechts neben ihrem Mund, die sie älter wirken ließen als sie tatsächlich war? Würden sie hämische Blicke tauschen? Sich über die einstmals schöne und stolze Tilda lustig machen? Bei Marleen hatte sie diese Befürchtungen nicht gehabt. Dennoch musste sie sich der Gesellschaft anderer Menschen stellen. Je eher, desto besser. Sie wandte sich Johann zu und sagte: „Wir fahren in der nächsten Woche in die Stadt. Ich brauche endlich neue Kleider."

Daje verbrachte eine schlaflose Nacht. Die Sorge um ihre Tochter und deren Vorhaben raubte ihr den Schlaf. Darüber hinaus schrie Hauke wie üblich, was Floras These, dass der Junge seine Mutter vermisste, widerlegte. Die war schließlich da, schlief aber wie ein Stein und hörte sein Geschrei nicht einmal. Daje wanderte mit ihm herum. Dabei reifte in ihr ein Entschluss.

Am Morgen rüttelte sie ihre Tochter wach und sagte, nachdem die anderen das Haus verlassen hatten: „Ich habe eine Entscheidung getroffen." Etwas später saß Line ihr bei Haferbrei und Tee gegenüber. Hauke schlief. Seine blonden, dichten Wimpern warfen einen feinen Schatten auf seine rosigen Wangen. Das helle Haar hatte Daje zu einer winzigen Tolle gekämmt. Es war schon jetzt reichlich und würde sich im Laufe der Zeit sicher zu einer lockigen Haarpracht entwickeln. Er war ein bildhübsches Kind und sie konnte nicht verstehen, wie ihre Tochter dieses Geschenk einem Mann und einer ungewissen Zukunft vorziehen konnte. Zu Line, die mit zerzaustem Haar gähnend auf der Bank saß, auf der sie die Nacht verbracht hatte, sagte sie: „Dein Sohn hat wieder stundenlang geschrieen." Line machte ein betroffenes Gesicht. „Hab ich gar nicht gehört!" Daje glaubte ihr. Line war jung und verfügte über einen gesunden Schlaf. Aber sie selbst hatte dafür in der Nacht reichlich Gelegenheit gehabt, für ihr Kind zu denken. Und sie hatte sich zu einem harten Weg entschlossen. Von dem würde sie nur abweichen, wenn ihre Tochter ihr entgegenkam. Sollte die jedoch auf ihrem Entschluss beharren, gab es kein Zurück.

Während Line hungrig ihren Brei aß, stand Daje auf und trat an den Küchenschrank. Entnahm ihm Feder, Tinte und Papier und sagte:

„Wenn du fertig mit dem Frühstück bist, wirst du einige Zeilen aufschreiben. Damit will ich sichergehen, dass vor deiner Abfahrt in das fremde Land alles geregelt ist.“ Line war sehr erleichtert, dass ihre Mutter nichts weiter gegen die Auswanderungspläne einwandte. Sie brachte ihren Teller und die Tasse zum Waschtisch und sagte erfreut: „Gerne, Mutter. Ich schreibe alles, was du willst.“ Als Daje jedoch zu sprechen begann, wurde Line blass. Die Feder in ihrer Hand zitterte, als sie hervorstieß: „Du … du … willst, dass ich mein Kind Marie und Hagen gebe? Für immer?“ Daje nickte knapp. „Ja“, antwortete sie, „das ist für alle die beste Lösung. Du willst fort. Kannst dein Kind nicht mitnehmen und ich bin zu alt, um nochmals eines aufzuziehen. Ich weiß ja nicht, ob du jemals wiederkommst. Meine Kraft reicht gerade für meine eigenen Kinder und die Arbeit. Du wirst das unterschreiben oder du bleibst hier und erfüllst deine Mutterpflicht. So einfach ist das. Und wenn er zu Hagen und Marie kommt, bleibt er zudem in der Familie.“
Line sah ihre sonst so sanfte, immer verständnisvolle Mutter plötzlich unsicher an. Meinte die ernst, was sie sagte? Sie wusste, dass Marie sich sehnlich ein Kind wünschte. Aber … Während ihr Blick zwischen ihrer Mutter und dem Kind hin und her glitt, musste sie plötzlich an den gut aussehenden jungen Mann in Esens denken, der ungeduldig ihre Rückkehr erwartete. Mit ihr eine Zukunft wollte. Eigene Kinder und dabei nicht lebenslang ihren Fehltritt ansehen müssen. Und Marie? Eine bessere Mutter konnte sie sich für ihren Sohn nicht wünschen. Er hätte eine sorgenfreie Zukunft vor sich. Eltern, die ihn liebten und ihm eine gute Erziehung angedeihen ließen. Ohne weiter zu überlegen, setzte sie ihre Unterschrift unter das Geschriebene. Jetzt konnte sie ohne Ballast in die Zukunft starten.
Daje nahm das Schreiben an sich. Wedelte es hin und her, bis die Tinte getrocknet war und legte es in den Schrank. Sie kam zurück zum Tisch und sagte ernst: „Das ist jetzt endgültig. Du hast alle Rechte auf Hauke mit deiner Unterschrift verwirkt. Ich hoffe, dass dir das klar ist.“ Line zögerte einen winzigen Augenblick. Dann nickte sie zustimmend. Nachdem die Entscheidung gefallen war, konnte sie gar nicht schnell genug fortkommen. Daje hatte Lines Geburtsurkunde rausge-

sucht und sah zu, wie ihre Tochter die wenigen Sachen, die noch bei ihr lagen, in ihren Beutel räumte. Ihre restliche Habe würde in Esens eingepackt werden. Alles zusammen war es nicht viel, das sie in ihr neues Leben mitnahm. Daje bedauerte, den Mann, der in Zukunft an der Seite ihrer Tochter leben würde, nicht mehr vor der Abreise kennenzulernen. Aber sie hoffte, dass er Lines Zuneigung nicht mit Füßen trat, so wie Anton es getan hatte. Auf der Fotografie erschien ihr sein Blick offen und ehrlich. Und was den beiden die Zukunft in dem fremden Land brachte, konnte niemand vorhersehen.
Line drückte ihre Mutter etwas unbeholfen an sich und ging hinaus. Daje stand in der Tür. Das ungute Gefühl, das dabei in ihr aufstieg, kannte sie seit vielen Jahren. Es hatte sie immer überkommen, wenn Keno wieder auf See gegangen war. All die Jahre hatte sie das Gefühl verdrängt. Jetzt ließ sie es zu und auch die Tränen, die ihr lautlos über die Wangen liefen. „Geh mit Gott, mein Kind“, flüsterte sie, bevor sie die Tür zuzog und die Augen schloss.

Marie wusste, dass Line am Tag zuvor nach Hause gekommen war und befürchtete, dass sie Hauke mitnahm, bevor sie sich von ihm verabschieden konnte. Der Gedanke war kaum zu ertragen. Nur noch einmal wollte sie seine weiche Wange an ihrer spüren. Noch einmal seinen Geruch in sich aufnehmen, um ihn nie wieder zu vergessen. Hastig pulte sie die Krabben, die Hagen auf dem Wochenmarkt verkaufen wollte, und fuhr zusammen mit ihm in die Stadt. Während er zum Markt ging, lief sie mit schnellen Schritten in die Westerstraße. Schon draußen hörte sie Hauke weinen. Ihr Herz klopfte heftig, als sie die Tür zu Dajes Wohnraum aufstieß. Ihr Blick glitt durch den Raum, aber nur Daje saß dort, mit dem Jungen auf dem Arm.
Marie schlüpfte aus ihrem Mantel und streckte die Arme aus. Daje reichte ihr erleichtert das schreiende Kind. Kaum hatte er seinen Kopf an die Schulter der jungen Frau geschmiegt, wurde er ruhig und schlief gleich darauf ein. „Ich glaube, er hat auf dich gewartet“, sagte Daje mit einem Lächeln. Marie küsste sein Haar und antwortete: „Das habe ich gehofft. Ich hätte es nicht ertragen, wenn ich ihn nicht mehr

gesehen hätte.“ Fragend sah sie um sich: „Wo ist Line eigentlich? Wollte sie heute nicht wieder fort?“ Fassungslos hörte Marie zu, als Daje erzählte, dass Line auswandern wollte. Sie drückte Hauke immer wieder an sich. Sagte leise: „Wie kann sie so einfach auf ihr Kind verzichten? Vielleicht sieht sie ihn nie wieder! Wenn ihr etwas passiert ... Ich kann das nicht verstehen. Wenn er mein Kind wäre …“ Daje wollte gerade sagen. „Aber das ist er, denn Line …!“ Rechtzeitig fiel ihr ein, dass auch Hagen damit einverstanden sein musste. Es war besser, wenn sie mit der Eröffnung wartete, bis er vom Markt zurück war.

Als er am Nachmittag kam, sagte sie: „Setz dich bitte zu deiner Frau. Ich habe euch etwas mitzuteilen.“ Die beiden sahen sich überrascht an. Daje setzte Teewasser auf und fragte: „Was würdet ihr sagen, wenn Hauke euer Sohn werden würde?“ Marie hielt den Atem an und ergriff Hagens Hand. Daje ließ ihnen Zeit, die Worte zu verdauen. Sie setzte Tee an und nahm dann am Küchentisch Platz. Ihr Blick glitt zwischen den beiden hin und her. Die sahen sich immer wieder an, als könnten sie nicht glauben, was sie gehört hatten. Daje erhob sich und holte das Schreiben aus dem Schrank. Sie reichte es Hagen und nachdem er es gelesen hatte, übergab er es Marie so feierlich wie ein Geschenk. Als der jungen Frau gleich darauf Tränen der Freude über das Gesicht liefen und sie den Kleinen küsste und an sich drückte, wusste Daje, dass sie die richtige Entscheidung getroffen hatte. Maries bange Frage: „Kann sie ihn uns wieder fortnehmen?“, beantwortete sie mit einem Kopfschütteln. „Nein! Dieser Schritt ist endgültig.“

Als die kleine Familie später mit Haukes wenigen Kleidungsstücken das Haus verließ, sah Daje ihnen nach. Doch es war ein Blick ohne Wehmut. Sie musste lächeln, denn Marie schob den Kinderwagen und sah immer wieder hinein, als wollte sie sich vergewissern, dass der Kleine nicht plötzlich verschwand. Hagen fuhr mit seinem Fischkarren langsam neben ihr her. Auch er strahlte über das ganze Gesicht. Auf wundersame Weise hatte sich ihr lang geträumter Traum erfüllt.

52. Kapitel

1905

Weihnachten und Silvester waren vorüber. Doch der Schnee blieb. Immer wieder kam neuer hinzu. Die Fischer am Deich konnten wegen des strengen Frosts nicht mehr hinausfahren und so gab es auf dem Markt nur wenige Verkaufsstände. Nach der Arbeit stapfte Marleen durch die verschneiten Straßen zu Ottilie. Sie wollte ihr selbst genähtes Kleid abholen. Denn am nächsten Tag sollte sie ihre Fortschritte Hero Sührmann im Laden präsentieren. Auf dem Weg dachte sie, wie so oft in letzter Zeit, warum Tilda nicht endlich ins Geschäft kam, um neue Kleidung zu bestellen. Inzwischen musste sie doch kaum noch etwas zum Anziehen haben. Schließlich waren die von ihr mehrfach geänderten Kleider schon damals nicht mehr schön gewesen.

In einem Tagtraum stellte sie sich vor, dass die Gutsherrin ins Geschäft kam. Keke sie bedienen wollte, doch Tilda sie übersah und verlangte: „Wo ist Marleen? Ich will nur von ihr bedient werden." Während sie die Ekelergaste hochlief, stellte sie sich die Enttäuschung in Kekes Gesicht vor. Aber weder Tilda noch Johann waren bisher gekommen. Sie musste daran denken, wie er im Geschäft gestanden hatte. Durch seine höfliche, ruhige Art die Angestellten verblüfft hatte, die Marleen seitdem mit mehr Achtung behandelten. Ob ihr das neue Ansehen am morgigen Tag helfen würde, wusste sie nicht. Da kam es nur auf ihr Können an.

Auf ihr Läuten öffnete Ottilie die Tür. Sie hatte das Kleid in eine saubere weiße Stoffhülle verpackt und sagte: „Musst du gleich wieder fort oder hast du Zeit, eine Tasse Tee mit mir zu trinken? Wir müssen doch unsere Arbeit ein wenig feiern." Marleen nickte zustimmend und folgte der Schneiderin in die Stube. Ottilie hatte den Tisch gedeckt. Einen Apfelkuchen gebacken und bat Marleen, sich zu setzen. Doch ging es ihr nicht in erster Linie um das Feiern. Sie wollte mit Marleen über den morgigen Tag sprechen. Denn es konnte durchaus passieren, dass der nicht so verlief, wie die es sich vorstellte. Denn vor einigen Tagen war Ottilie Zeugin eines Gesprächs zwischen dem Geschäftsführer und Keke geworden. „Was meinen Sie?“, hatte er gefragt, „ob Marleen genug Talent hat, um als Lehrmädchen bei uns zu arbeiten?“ Kekes Antwort war vernichtend gewesen. Mit Leidensmiene hatte sie geantwortet: „Ich glaube nicht. Sie ist faul und liederlich in ihrer Arbeit. Nimmt nichts von dem an, was ich sage und weiß alles besser. Also, wenn sie mich fragen, hat das mit ihr keinen Sinn.“ Ottilie hatte empört die Luft angehalten. Wie konnte Keke so etwas sagen? Es war sehr gemein und entsprach in keiner Weise der Wahrheit. Aber sie hielt sich zurück. Denn wenn er am nächsten Tag das wunderschöne Kleid sah, das Marleen allein genäht hatte, würde er seine Meinung sicher ändern.

Trotzdem begann sie behutsam, als sie Marleen im Wohnzimmer gegenübersaß: „Ich frage mich, warum du deine Mutter nicht unterstützt? Sie wäscht und bügelt und du nähst für die Leute. Ihr hättet sicher reichlich zu tun. Schließlich kann es sich nicht jeder leisten, bei uns im Geschäft ein Kleid anfertigen zu lassen.“ Marleen schüttelte heftig den Kopf bevor sie heftig sagte: „Nein, das möchte ich ja gerade nicht! Ich will für reiche Leute nähen. Flickschneidern kann doch jeder.“ Der Meinung war Ottilie nicht. „Es gibt genug Frauen, die überhaupt nicht nähen können. Und reiche Leute sind sehr anspruchsvoll und mit der Bezahlung oft nicht so genau. Die einfachen Leute sind oftmals angenehmere Kunden. Glaube mir. Ich weiß, wovon ich rede.“ Marleen ließ sich nicht überzeugen. Wandte ein: „Aber die können sich keine teuren Stoffe leisten. Nur Baumwolle oder Linnen. Ab und zu vielleicht mal Chintz.“ Sie dachte an die Menschen in ihrer Umgebung. Das waren einfache Leute. Außer Tilda kannte sie keinen, der sich Brokat- oder Seidenkleider leisten konnte. Nicht einmal Marie, die durch Hagens Einkommen gut dastand, trug etwas anderes als Baumwolle oder Linnen. Aber um gegenüber Ottilie nicht undankbar zu erscheinen, lenkte sie ein: „Ich werde darüber nachdenken, wenn es soweit ist.“ Die Schneiderin legte ihr die Hand auf die Schultern und riet: „Es ist wichtig, dass du

deine Arbeit gut machst. Dann spricht es sich herum und auch wohlhabende Leute werden den Weg zu dir finden. Ich möchte, dass du daran denkst, falls Herr Sührmann dich nicht übernimmt.“ Als sie Marleen zur Tür brachte, sah sie, dass es erneut zu schneien begann. „Lass das Kleid hier. Ich werde es morgen mit ins Geschäft bringen. Sonst wird es noch nass.“
Marleen hatte sich fast eine Stunde bei der Näherin aufgehalten und so war es schon dunkel, als sie durch die Westerstraße nach Hause lief. Bis auf das Licht der Laternen und den Lampenschein aus den Häusern lag die Straße im Dunkeln. Auch ihre Mutter hatte in der Stube das Licht angezündet. Durchs Fenster konnte sie sehen, wie sie zusammen mit Adda und Mina den Tisch deckte. Dann die abgegossenen Kartoffeln aus dem Topf auf die Tischplatte schüttete. Daneben stand schon die Pfanne mit dem Zwiebelstipp. Im Gaslicht wirkte Dajes Gesicht sehr blass und müde. „Erschöpft sieht sie aus“, dachte Marleen betroffen. Mit schlechtem Gewissen wurde ihr bewusst, dass sie in den letzten Monaten zwar ihre Pflichten erfüllt, sich ansonsten kaum Gedanken darüber gemacht hatte, ob Daje das Waschen und Bügeln nicht zu viel wurde. „Wenn ich das Kleid abgeliefert habe“, sagte sie sich, „werde ich Mutter wieder mehr helfen.“

Line stand im Hamburger Hafen in der Menschenmenge, die sich auf das Dampfschiff zubewegte. Beim Anblick der vielen Menschen um sich herum fragte sie sich besorgt, wie alle auf dem Schiff Platz finden sollten. Die wohlhabenden Leute hatten sich schon vor Stunden auf das Oberdeck begeben. Die Damen standen, ihre Hände in ihrem Muff verborgen, und mit dicken Pelzmützen auf dem Kopf an Deck. Sie schauten leicht amüsiert zu, wie die Ärmeren um einen Platz im Zwischendeck kämpften. Einige Herren in feinen Mänteln standen neben dem Kapitän, der sie persönlich an Bord begrüßt hatte. Line sah voller Neid zu den Damen hinauf, während sie in ihrem dünnen Mantel fror. Dabei die Papiere festhielt, die bewiesen, dass sie Frau Henri Pfeiffer war. Wie gern hätte sie auch dort oben gestanden. Wie gern

wäre sie eine der wohlhabenden Damen gewesen, die die Überfahrt in einer der luxuriösen Kabinen verbrachte. Doch sie war jetzt die Frau eines Mannes, der sich in Amerika erst einen Platz erkämpfen musste. Und manchmal quälte sie die Sorge, ob er es schaffen würde, was er sich vorgenommen hatte. Vor drei Wochen hatten sie das Aufgebot bestellt. Am vergangenen Freitag war sie mit Henri in Esens zur Eheschließung auf dem Standesamt gewesen, mit Gastwirt Harms und Henris Vater als Trauzeugen. Anschließend waren sie zum Essen in den Gasthof gegangen. Gern hätte Line ihre Mutter dabeigehabt. Doch die hatte geschrieben, dass sie die jüngeren Geschwistern nicht allein lassen könnte. Aber hatte ihr alles Gute für die Zukunft gewünscht.

Neben der Gangway, die auf das Dampfschiff führte, standen zwei Matrosen. Line sah, wie sie versuchten, die Drängler zurückzuhalten. Und dafür zu sorgen, dass keiner ohne gültige Papiere das Schiff betrat. Auch Line wurde vorwärtsgeschoben. Im Glauben, Henri neben sich zu haben, streckte sie ihre Hand aus. Ergriff erleichtert den Arm neben sich. Sie erschrak, als sie einen Schlag verspürte und eine Frau keifte: „Was fällt Ihnen ein? Lassen Sie sofort meinen Mann los!" Line sah erschrocken in das Gesicht neben sich. Der Mann, der sie mit einem feisten Grinsen anzüglich anstarrte, war nicht Henri. Panisch sah Line sich um. Wo war ihr Mann? Hatte er sie schon verlassen? Hatte sie sich auch in ihm, wie in Anton, getäuscht? Musste sie nun ganz allein die weite Reise in das fremde Land antreten?

Voller Angst versuchte sie einen Weg zurück durch das Gedränge zu finden. Schubste und stieß. Schrie gerade: „Lasst mich doch bitte durch!!!", als sie Henri sah. Er stand, durch einige Personen getrennt, hinter ihr. Er hob die Hand und rief: „Hier bin ich doch! Ich habe dich im Blick. Hab' keine Angst." Er sah ihr fest in die Augen. Line klammerte sich daran fest. Stand still in dem Menschengewühl, bis er an sie herangekommen war. Aufschluchzend warf sie sich in seine Arme. Er strich ihr beruhigend über den Rücken. Wischte die Tränen fort, die ihr aus den Augen gestürzt waren. Und ihre Hand fest mit seiner verschlungen, betrat sie gleich darauf das Schiff, das sie in eine ungewisse Zukunft bringen sollte.

Okka hatte bis zum Schluss nicht geglaubt, dass Line tatsächlich alles hinter sich lassen würde, was ihr bisheriges Leben ausgemacht hatte. Die Mutter, die Geschwister und sogar ihren Sohn, den sie von ihrer großen Liebe bekommen hatte. Auf Okkas Frage. „Und wenn Anton doch zurückkommt und nach dir fragt? Was soll ich ihm sagen?“, hatte Line sie mit Schmerz im Blick angesehen und geantwortet: „Der kommt nicht zurück! Er hat mich verführt und verlassen. Das wird mir mit Henri nicht passieren. Er liebt mich und ich fühle mich wohl in seiner Nähe. Das ist viel wichtiger als Liebe.“ Okka hatte das zwar verstanden, aber nicht, dass Line ihren Sohn zurückließ. „Was hat Mutter denn dazu gesagt, dass Hauke nicht mit euch kommen kann?“ Line war ausgewichen. „Ach, Mutter versteht das. Außerdem hole ich ihn ja rüber, sobald wir dort Fuß gefasst haben.“ Okka hätte ihr Kind nie zurückgelassen. Aber Line war nun mal anders. Sah in allem immer ihren Vorteil und setzte ihren Willen durch. Gern wäre sie auch so gewesen. Aber es war nun mal nicht ihre Art.
Okka vermisste Line schon gleich, nachdem die Kreisbahn mit ihr und Henri davongefahren war. Eigentlich wollte sie nicht ohne ihre Schwester in Esens bleiben. Allein in der Kammer schlafen und die Arbeit verrichten. Am liebsten hätte sie auch gekündigt. Frau Harms schien das gespürt zu haben, als Okka vom Bahnhof zurückgekommen war. Und so hatte sie gesagt: „Du darfst nicht auch noch gehen, Okka. Wir brauchen dich hier. Mein Mann stellt noch ein weiteres Dienstmädchen ein. Ganz bestimmt!“ Während Okka an diesem Tag allein die täglichen Arbeiten verrichtete, hoffte sie, ihre Schwester irgendwann wiederzusehen. Und sie hoffte ebenso, dass das Schicksal auch für sie, noch ein anderes Leben bereithielt.

53. Kapitel

Ende Januar fuhr Tilda mit Johann in die Stadt. Sie trug einen mit Schafsfell gefütterten Mantel. Den hatte ihr Vater ihr vor Jahren nähen lassen. Lange hatte er in ihrem Schrank gehangen, denn Ludolf hatte nicht erlaubt, dass sie ihn trug. Er war ihm nicht elegant genug für seine Frau gewesen. Nun hatte Tilda ihn wieder hervorgeholt. Auslüften und ausbürsten lassen und sich vorgenommen, ihn den ganzen Winter zu tragen. Die große Kapuze über ihr hochgestecktes Haar gezogen, saß sie neben Johann. Im Glanz der Abendsonne, die ihre goldenen Strahlen über den weißen Schnee wandern ließ, bevor sie im Meer versank, wirkte ihr Gesicht rosiger, als es in Wirklichkeit war.

Johann wunderte sich, dass Tilda erst in der hereinbrechenden Dunkelheit in die Stadt fahren wollte. Auch Oma Siemke hatte überrascht ausgesehen, aber geschwiegen. Als die Sonne untergegangen war, wies ihnen nur das Licht der Kutscherlampe den Weg. Sorgfältig setzte das Pferd seine Hufe auf dem festgefahrenen schneeigen, doch holperigen Untergrund. Tilda saß dicht neben Johann. Manchmal spürte sie, wie sein Arm gegen ihren gedrückt wurde. Dann wurde ihr Atem flach und sie wartete auf das Gefühl der Panik, das sie in Ludolfs Nähe immer überkommen hatte. Aber Johann setzte andere Gefühle in ihr frei. Als sein Arm den ihren ein weiteres Mal streifte, empfand sie es als unabsichtliche, harmlose Berührung. Sie fuhren am Wasserturm und am Löwenhaus vorbei. Leise erzählte sie: „Im Löwenhaus war ich schon ein paar Mal. Es gibt dort sehr schöne Fliesen und Möbel. Der Gutsherr ist … ich meine war, öfter mit dem Besitzer zur Jagd. Einige Male war ich auch dabei." Ihre Stimme sank zu einem Flüstern herab als sie hinzufügte: „Doch ich hatte immer Mitleid mit den Tieren. Das hat er mir sehr übelgenommen." Sie dachte an die niedlichen Hasen, die in ihrer Panik im Zickzack über das Feld rasten. Voller Angst vor der Hundemeute und den folgenden Jägern meist vergeblich ein Schlupfloch suchten. Mehrmals hatte sie zu der anwesenden Jagdgesellschaft gesagt: „Ich verstehe nicht, wie Sie Freude daran empfinden, die Tiere zu töten." Sie atmete tief durch, während

sie sich Ludolfs anschließenden Wutausbruch auf ihre Bemerkung vorstellte. Aber dann sagte sie sich, dass das alles vorbei war.
Vor dem Haus, das seinen Namen den beiden beeindruckenden Steinlöwen verdankte, die rechts und links neben der Haustür auf Sockeln standen, brannte Licht. Sein sanfter Schimmer fiel auf die Straße und beschien für einen Moment ihr blasses, angespanntes Gesicht. Johann wunderte sich über ihre Blässe, ahnte aber nichts von ihren Gedanken. Allerdings fragte er sich, wohin Tilda wollte. Denn für einen Besuch in den Geschäften war es längst zu spät. Sie fuhren ein Stück die Westerstraße hoch, da bat sie plötzlich: „Halt bitte an!" Johann brachte das

Pferd zum Stehen und wartete ruhig auf weitere Anordnungen. Tilda schob ihre Kapuze ein wenig zurück, bevor sie leise fragte: „Hast du dich danach erkundigt, wo die Wäscherin wohnt?" Sein Erstaunen verbergend, zeigte er mit der Hand ein Stück die Straße hinauf. „Es ist das Haus dort." Sie holte ein paar Mal tief Luft. Schob die Decke von ihren Knien. Strich den Mantel glatt und ließ sich von ihm aus der Kutsche helfen. Sie sah ihm in die Augen und sagte: „Trink ruhig bei Lentz ein Bier. Ich weiß nicht, wie lange es dauern wird." Johann nickte. „Ich werde hier später auf Sie warten."
Tilda ging die wenigen Schritte bis zum Haus und klopfte an die Tür. Daje öffnete gleich darauf. Sie war es gewohnt, dass abends von bestimmten Dienstmädchen noch Kragen oder Hemden zum Bügeln gebracht wurden. Begleitet von der dringenden Bitte: „Die müssen unbedingt bis morgen Mittag fertig werden. Ich hab's heut über Tag vergessen, sie zu bringen. Wenn die Gnädigste das merkt, krieg ich Schelte." Doch nach genauem Hinsehen stellte Daje fest, dass sie dieses Mal kein Dienstmädchen vor sich hatte. Die Haltung ihres späten Gastes entsprach einer Dame. Bevor Daje nach ihren Wünschen fragen konnte, stieß Tilda hervor: „Guten Abend. Ich bin Tilda Ahlers." Daje verbarg ihr Erstaunen. Bat die elegante Frau herein und bot ihr Platz am Tisch und Tee an. Die nahm beides dankend an.

Während Daje den Tee zubereitete, ließ Tilda ihren Blick durch den Raum schweifen. Alles war sehr einfach, aber sauber und anheimelnd. Beeindruckt sah sie, wie die Kinder auf einen Wink ihrer Mutter, aber ohne ein Wort des Protestes, hinausgingen. Tilda sah auf die ungewöhnlich hübsche Uhr an der Wand. Sah erschrocken, dass Abendbrotzeit war. Entschuldigend begann sie: „Es tut mir leid, aber mir war nicht bewusst, wie spät es schon ist. Vielleicht sollte ich …“ Daje schüttelte lächelnd den Kopf. „Nein. Bleiben Sie. Es ist jeder satt geworden und sowieso Schlafenszeit. Machen Sie sich keine Gedanken.“ Der kleine Keno lag schon schlafend am Fußende ihrer Bettstatt im Bügelraum. Adda und Mina knicksten höflich in Tildas Richtung. Nahmen Thore und Eggo an die Hand und gingen mit ihnen hinauf in die winzige Schlafkammer.

Nachdem Daje den Tee eingeschenkt hatte, setzte sie sich Tilda gegenüber. Auch wenn die nicht danach gefragt hatte, erzählte Daje: „Marleen muss heute länger arbeiten. Sie wird erst nach sieben wieder hier sein.“ Daje wusste nicht, dass ihre Tochter an diesem Tag ihre Fortschritte vorzeigen sollte. Marleen hatte es absichtlich nicht erzählt. Sie wollte erst das Ergebnis abwarten. Das erleichterte Aufatmen ihres Gastes bestätigte die Vermutung, dass sie tatsächlich wegen Marleen gekommen war. Daje verfügte über ein gesundes Selbstbewusstsein. Sie behandelte alle Leute gleich. Egal, welchen Standes sie waren. So machte es ihr auch nichts aus, eine reiche Gutsbesitzerin an ihrem Küchentisch zu bewirten.
Tilda mochte die ältere Frau auf Anhieb. Sie erinnerte sie an ihre eigene Mutter. Marleens Mutter schien sich auch durch nichts aus der Ruhe bringen zu lassen. Sie nahm einen Schluck Tee aus der angeschlagenen Tasse und sagte, sie vorsichtig zurückstellend, als wäre sie aus kostbarstem Porzellan: „Ich möchte mich dafür entschuldigen, dass ich unangemeldet hergekommen bin.“ Daje betrachtete die schöne junge Frau und versuchte sich zu erinnern, was Marleen über sie erzählt hatte. Es war nicht viel gewesen, doch ihr fielen Worte wie: „Oma Siemke ist für uns zuständig. Die Gutsherrin sitzt den ganzen Tag in ihrem Zimmer. Krank? Nein, ich glaube nicht.“ Dass eine der

Mägde ein Kind vom Gutsherren bekommen hatte, wusste Daje auch. Und sie dachte, dass es sicher keine Freude war, mit so einem Mann verheiratet gewesen zu sein.
Emma hatte ebenfalls einiges über ihn erzählt: „War kein guter Mensch. Ein Säufer und Hurenbock. Die Frau wird's bei ihm nicht einfach gehabt haben. Wird wohl froh sein, dass sie ihn los ist." Daje überlegte, ob das Wesen und Verhalten ihres Mannes die Gründe für Tilda gewesen waren, sich in ihrem Zimmer zu vergraben. Die fühlte sich durch Dajes Schweigen genötigt, erklärend hinzuzufügen: „Ich war lange Zeit nicht in der Stadt." Unsicher sah sie zu Daje. Doch nichts in deren Gesicht ließ ihre Gedanken erahnen. Sie sah die junge Frau aufmunternd an, die sich aufrechter hinsetzte und mit neuem Mut sagte: „Ich möchte Ihre Zeit nicht unnötig lange in Anspruch nehmen. Schließlich weiß ich, dass Sie viel Arbeit haben. Vorab die Frage, ob sie wissen, dass Marleen auf meinem Gut für mich genäht hat?" Daje nickte. „Ja, das weiß ich. Meine Tochter hat davon erzählt. Ich hoffe, dass sie die Arbeit zu Ihrer Zufriedenheit erledigt hat." Tilda nickte heftig. „Ja, ja! Es gab keinen Grund zur Klage. Ihre Tochter ist eine sehr fleißige junge Frau. Wir hätten sie gern bei uns behalten, aber Marleen hat ja eigene Vorstellungen von ihrer Zukunft."
Nicht nur Marleen, dachte Daje mit einem Aufkeimen ihres durch die vielen Schicksalsschläge fast verschwundenen Humors. Ich habe noch eine Tochter, die eigene Vorstellungen vom Leben hat. Inzwischen war sie jedoch sehr gespannt, worauf Tilda hinauswollte. Die fuhr fort: „Ich möchte Sie bitten, Ihrer Tochter zu erlauben, mir ein oder zwei Kleider zu nähen."
Daje sah sie verblüfft an. Mit diesem Wunsch hatte sie nicht gerechnet. Fast hätte sie gelacht. Denn wie sollte Marleen mit ihren geringen Kenntnissen ein anspruchsvolles Kleid für eine reiche Dame nähen können? Marleen hatte zwar von den Fortschritten berichtet, die sie bei Ottilie gemacht hatte, aber ein vornehmes Kleid aus edlem Stoff zu nähen, war doch etwas ganz anderes. Warum ging die Gutsherrin nicht ein paar Häuser weiter in das Modegeschäft und ließ sich dort neue Kleidung anfertigen? Tilda deutete Dajes Schweigen falsch. Hastig fügte sie hinzu: „Ich werde sie natürlich gut dafür bezahlen!"

Doch die Bezahlung war nicht Dajes Problem. Sie überlegte, wie sie Tilda begreiflich machen sollte, dass Marleen ihr kein Kleid nähen konnte.

Hero Sührmann wartete, bis alle anderen Angestellten den Laden verlassen hatten. Dann stellte er sich an den Tresen und sagte: „So, Fräulein Fischer. Jetzt möchte ich die Fortschritte sehen, die sie in den letzten Monaten gemacht haben.“
Stolz legte Marleen das Kleid, das Ottilie am Morgen mitgebracht hatte, vor ihn hin. Darin war alles an Techniken vereint, die sie inzwischen gelernt hatte. Keke stand mit gesenktem Blick hinter ihm. Innerlich jubelte sie bereits und wartete nur noch auf sein vernichtendes Urteil, das sie endlich von dieser hochnäsigen und ehrgeizigen jungen Frau befreien würde. Mit unbewegter Miene betrachtete er sehr genau das Kleid von innen und außen. Marleen sah mit angehaltenem Atem und verhaltenem Stolz zu. Sie warf einen vorsichtigen Blick zu Ottilie, die gebeten worden war, bei der Prüfung dabei zu sein. Deren besorgter Gesichtsausdruck verunsicherte sie für einen Moment, aber dann sagte sie sich, dass es keinen Grund dafür gab. Schließlich war mit dem Kleid alles in Ordnung.
Mit gekrauster Stirn blickte Hero Sührmann zu Keke. Nickte stumm, und sagte dann zu Marleen gewandt: „Ich bin sehr enttäuscht von Ihnen, Fräulein Fischer. Dass Sie eine fremde Arbeit als Ihre ausgeben, um damit mein Wohlwollen zu ergaunern, entsetzt mich. Ich hatte Sie für eine ehrliche junge Frau gehalten, die durch Fleiß und Willen unseren Beruf erlernen wollte. Und jetzt das!“ Er nahm das beige Seidenkleid hoch und ließ es mit einem verächtlichem Schnauben wieder auf den Tresen zurückfallen. Keke konnte sich ein hämisches Grinsen nicht verkneifen. Blickte schnell zu Boden, als Marleens fassungsloser Blick sie streifte. Bevor die etwas zu ihrer Verteidigung vorbringen konnte, sagte er zu Ottilie: „Was sagen Sie dazu, dass Fräulein Fischer Ihre Arbeit als eigene ausgibt?“ Die war nicht überrascht. Sie kannte Keke seit langem. Wusste, dass sie gehässig, neidisch und falsch war. Und wenn sie jemanden nicht mochte, nichts unversucht ließ, ihm zu schaden. Marleens fröhlicher, natürlicher Ehrgeiz hatte

ihr von Anfang an widerstrebt. Rasch überlegte sie, was sie tun konnte, um der jungen Frau zu helfen. Keke der Lüge zu bezichtigen, war nicht möglich. Hero Sührmann würde ihr glauben und nicht Ottilie. „Ich muss es trotzdem versuchen“, sagte sie sich und begann vorsichtig. „Das ist so nicht richtig, mein Herr. Marleen hat das Kleid sehr wohl allein genäht. Ich habe ihr nur unterstützend beigestanden.“
Sührmann sah Ottilie prüfend an. Er kannte sie als grundehrliche Person. Doch bevor er etwas sagen konnte, fuhr Keke dazwischen. Sie hielt den Rock hoch, den Marleen an ihrem ersten Tag aufgetrennt hatte. „Und was ist das hier? Zerschnitten! Der ist nicht mehr zu gebrauchen.“ Sie zog die eingeschnittenen Nähte noch etwas weiter auseinander und rief. „Sehen Sie? Die ist ja nicht mal in der Lage, etwas sorgfältig aufzutrennen. Wie sollte Fräulein Fischer dann allein ein Kleid dieser Qualität nähen können?“ Entsetzt sah Marleen, dass der Rock an verschiedenen Stellen eingeschnitten und gerissen war. Sie öffnete den Mund und rief: „Das ist eine Lüge! Das habe ich nicht gemacht.“
Im nächsten Moment wusste sie, dass sie einen großen Fehler begangen hatte. Hero Sührmann hob eine Augenbraue und fragte in eisigem Tonfall: „Wollen Sie damit sagen, dass unsere langjährige Mitarbeiterin den Rock absichtlich zerstört hat? Nur um Ihnen die Schuld zu geben? Das glauben Sie doch selber nicht.“ Marleen tat etwas, das sie sehr selten tat. Sie senkte den Kopf. Doch nicht aus Scham, sondern weil weder Hero Sührmann noch Keke die grenzenlose Enttäuschung in ihren Augen sehen sollten. Um sich zu beruhigen, holte sie ein paar Mal tief Luft. Dann hob sie den Kopf und sagte stolz: „Ja, das glaube ich! Frau Keke hat mich von Anfang an nicht leiden können. Ich schäme mich für sie, dass sie sich zu so etwas herablässt, um mir zu schaden. Ich hingegen wäre dankbar gewesen, wenn sie mich unterstützt hätte. So wie Frau Booken. Dafür werde ich ihr immer dankbar sein.“ Marleens Blick fiel auf das Kleid auf dem Tresen. Das gehörte ihr, und sie würde es mitnehmen. Behutsam legte sie es sich über den Arm und sagte, den Mann ansehend: „Auch von Ihnen bin ich enttäuscht. Aber ich werde auch ohne dieses Geschäft erfolgreich sein. Sie werden es sehen.“ Mit einer leichten Verbeugung zu Hero Sühr-

mann, einem Übersehen von Keke und einem tiefen Knicks vor Ottilie verließ Marleen das Geschäft, das seit vielen Jahren der Mittelpunkt ihrer Träume gewesen war, die sich gerade in Luft auflösten.
Während sie die Straße hinunter nach Hause lief, hätte sie vor Enttäuschung am liebsten geweint. Doch sie schluckte die aufsteigenden Tränen hinunter. Ihr fielen Ottilies Worte ein, die sie am Tag zuvor zu ihr gesagt hatte. Hatte sie da schon gewusst, dass die niederträchtige Keke ihr eine Falle stellen würde? Plötzlich dachte sie: „Hoffentlich verliert Frau Booken ihre Arbeit nicht, weil sie mir geholfen hat."
Während der letzten Meter bis zu ihrer Haustür wurde ihr Schritt immer langsamer. Denn sie überlegte, welche Erklärung sie ihrer Mutter geben sollte. Schließlich würde sie schon am nächsten Tag nicht mehr zur Arbeit gehen dürfen.
Marleen öffnete die Haustür und sah unwillig, dass ihre Mutter Besuch hatte. So musste sie das Bedürfnis, ihr von Kekes Verrat zu erzählen, aufschieben. Darüber hinaus hatte sie großen Hunger. Der Duft des abendlichen Stipps, in dessen Genuss ihre Geschwister offensichtlich schon gekommen waren, ließ ihr das Wasser im Mund zusammenlaufen. Aber auch damit musste sie warten. Schließlich konnte sie nicht essen, während Daje Kundschaft hatte. Der Hunger verstärkte ihre schlechte Laune. Recht unwillig knickste sie flüchtig in Richtung des Gastes. Da sie im Moment weder essen noch ihre Mutter sprechen durfte, würde sie eben versuchen, ihre Enttäuschung beim Bügeln abzubauen und darüber nachdenken, was sie jetzt tun sollte. Ins Geschäft würden sie keine zehn Pferde zurückbringen. Das war ein für alle Mal vorbei. Sie warf dem Gast noch einen prüfenden Blick zu und erkannte, wer da saß. Hunger und schlechte Laune waren vergessen.
Automatisch versank sie in einem tiefen Knicks. Sagte überrascht: „Gutsherrin, was machen Sie denn hier?" Tilda lächelte ihr zu und antwortete: „Guten Abend, Marleen. Ich wollte dich besuchen. Bitte, setz dich zu mir." Nach einem Blickaustausch mit ihrer Mutter, ob die auch nichts dagegen hätte, rutschte sie auf die Bank. Daje schenkte auch ihrer Tochter eine Tasse Tee ein und Tilda erklärte: „Ich habe dich gesucht." Marleen, die sonst nie um eine Antwort verlegen war,

wusste nicht, was sie dazu sagen sollte. Schnell nahm sie einen Schluck Tee. Die Süße des sich auflösenden Kandis und die gehaltvolle Sahne beruhigten ihren hungrig knurrenden Magen. Sie sah zu Tilda und sagte nachdenklich: „Deshalb war Johann also im Geschäft. Ich habe mich gewundert, warum er allein kam.“ Tilda senkte ihren Blick und bekannte leise: „Ich war noch nicht soweit.“ Marleen fiel ein, dass Tilda seit Monaten Witwe war. Aber für Beileidsbekundungen war bereits zuviel Zeit vergangen.
Trotzdem sagte sie teilnahmsvoll: „Das kann ich verstehen! Wir haben vom Tod des Gutsherren in der Zeitung gelesen.“ Tilda neigte den Kopf. Sagte erklärend: „Sein Herz hat versagt.“ Wie für sich, fügte sie murmelnd hinzu: „Obwohl ich immer glaubte, er besäße gar keins.“ Erst als sie die erstaunten Blicke sah, die die beiden Frauen wechselten, wurde ihr klar, dass sie laut gesprochen hatte. Allerdings war Marleen von der Aussage weniger überrascht als ihre Mutter. Schließlich hatte sie gewusst, dass der Gutsherr seine Frau schlecht behandelt hatte und auch sonst kein angenehmer Zeitgenosse gewesen war. Gespannt wartete sie auf Tildas nächste Worte. Die räusperte sich kräftig, bevor sie, das Thema abschließend, meinte: „Wie auch immer: Es ist vorbei.“
Sie drehte sich Marleen zu. Sagte ernst: „Ich bin gekommen, um dich zu fragen, ob du mir ein Kleid nähen kannst. Ich möchte so mager, wie ich noch immer bin, nicht ins Geschäft gehen.“ Marleen musste plötzlich lachen. Es klang ein wenig hysterisch, sodass Tilda verdutzt zurückwich und Daje ihre Tochter entsetzt ansah. „Das kann ich verstehen. Auch ich werde nicht mehr dorthin gehen. Herr Sührmann hat mich soeben entlassen.“ Tilda war sprachlos und Daje fragte, auf die geschickten Hände ihrer Tochter zeigend: „Was sollst du getan haben?“ Marleen hob die Schultern. Und plötzlich hatte das Ganze seine Dramatik verloren. Sie sah die keifende Keke wieder vor sich und den empörten Hero Sührmann und musste noch mehr lachen. Die Tränen liefen ihr dabei über das Gesicht. Es waren Tränen der Enttäuschung, aber auch Erleichterung, dass sie es endlich erzählen konnte.
Sich die Tränen fortwischend, begann sie: „Keke behauptet, ich könnte nicht auftrennen. Dabei kann ich das, seit ich ein kleines Mäd-

chen bin. Sie sagt, ich hätte den Rock einer Kundin zerschnitten, der geändert werden sollte. Und Herr Sührmann hat ihr geglaubt! Als ich ihm mein selbst geschneidertes Kleid zeigen wollte, hat sie behauptet, ich würde lügen und in Wirklichkeit hätte Frau Booken es genäht." Tilda wurde nachdenklich. „Sprichst du von Keke, der ersten Näherin?" Marleen nickte. „Ja! Sie konnte mich vom ersten Tag an nicht leiden. Hat mir nie geholfen. Immer musste ich nur den Boden fegen. Nadeln aufsammeln und Fenster putzen. Nachdem sie erfahren hatte, dass ich Eure Kleider ändern durfte, war es besonders schlimm." Dajes Einwand: „Lehrjahre sind nun mal keine Herrenjahre!" wischte sie mit einer Handbewegung zur Seite und fuhr fort: „Nur Frau Booken hat mir sonntags gezeigt, wie ich richtig zuschneide. Den kostbaren Seidenstoff vernähe." Erklärend fügte sie zu Tilda gewandt hinzu: „Er ist ja viel schwieriger zu verarbeiten. Man muss genau aufpassen, dass er nicht verrutscht. Meine Mutter näht ja überwiegend Kleider aus Wolle oder Leinen." Es klang ein wenig überheblich. Daje machte ein empörtes Gesicht. Bevor sie etwas dazu sagen konnte, warf Tilda hastig ein: „Ich glaube, dass deine Mutter aus einfachen Stoffen ebenfalls wunderschöne Sachen nähen kann. Es kann sich schließlich nicht jeder Seidenkleider leisten. Und ich kann überhaupt nicht nähen."
Marleen sah ihrer Mutter ins Gesicht und murmelte hastig: „Es tut mir leid! War nicht so gemeint." Dann sprang sie auf. Holte das Kleid, das sie beim Hereinkommen auf die Hochzeitstruhe gelegt hatte, in der Daje ihre Wäsche aufbewahrte und meinte, es aus seiner Hülle ziehend, aufgeregt: „Das habe ich ganz allein genäht. Frau Booken hat mir nur beratend zur Seite gestanden." Tilda stand auf und befühlte die leicht knisternde mattglänzende, beigefarbene Seide. Sie erinnerte sich, dass sie einen derartigen Stoff vor einigen Jahren aus Italien hatte kommen lassen. Sich daraus ein Abendkleid nähen lassen wollte. Aber es hatte kein Fest mehr auf dem Gut gegeben und auch keine Einladungen außer Haus. So war der Stoff im Schrank vergessen worden. Interessiert fragte sie: „Woher hast du diesen wunderschönen Stoff? Gibt es den im Geschäft?" Marleen schüttelte den Kopf. Hoffentlich glaubte Tilda nicht, dass sie ihn gestohlen hatte. Hastig fuhr sie fort: „Er war ein Geschenk." Unsicher, ob Oma

Siemke überhaupt befugt gewesen war, ihr den Stoff zu schenken, fügte sie leise hinzu: „Ich habe ihn zum Abschied von Ihrer Mutter bekommen."

Auf Tildas Gesicht erschien zu Marleens Erleichterung ein zärtliches Lächeln, während sie antwortete: „Meine Mutter schätzte dich von Anfang an. Ich freue mich, dass sie ihn dir gegeben hat." Marleen war sehr erleichtert und bot spontan an: „Möchten Sie das Kleid anprobieren? Es müsste Ihnen passen!" Tildas Gesicht bekam Farbe. In ihre Augen trat ein erwartungsvoller Glanz, während sie aufgeregt antwortete: „Ja! Das würde ich sehr gern." Daje drehte sich diskret um, während Marleen Tilda aus dem Kleid half. Es war eins der letzten, die sie für die Gutsherrin geändert hatte. Es passte noch. Offensichtlich hatte Tilda nicht noch mehr abgenommen. Allerdings war es nicht ganz einfach, ihr das neue Kleid anzuziehen. Die kleinen Knöpfe am Rücken mussten geschlossen, die enge Taille und das Vorderteil mit den zahlreichen Biesen zurechtgezupft werden. Als alles richtig saß, holte Daje ihren langen Spiegel, den sie wie einen kostbaren Schatz hütete, aus der Bügelkammer. Sie hielt ihn Tilda vor: „Schauen Sie!", sagte sie begeistert, „es passt perfekt. Wie für Sie gemacht."

Tilda betrachtete sich ausgiebig. Sie drehte sich hin und her. Ihre Wangen röteten sich sanft und betonten das Grün ihrer Augen. Sie brachte den Rock zum Schwingen und bewunderte die sorgfältige Verarbeitung des Kleides. Sich Marleen zuwendend, sagte sie beeindruckt: „Und das hast du ganz allein genäht?" Unsicher, ob Tilda ihr ebenfalls nicht glaubte, nickte sie zögernd. Sie freute sich sehr, dass das Kleid passte. Allerdings besaßen sie fast die gleiche Figur. Marleen hatte das fertige Kleid bei Ottilie in der Wohnstube anprobiert. Auch an ihr hatte es gut ausgesehen. Aber Tilda mit ihrem blonden Haar, dem hellen Teint und dem feinen Schnitt ihres Gesichtes sah damit elfengleich aus. Marleen wechselte einen Blick mit ihrer Mutter, und als die zustimmend nickte, sagte sie zu Tilda: „Ich möchte Ihnen das Kleid schenken. Im Geschäft hat man nicht geglaubt, dass ich es genäht habe. Aber Sie tun das, und darüber bin ich sehr glücklich."

Tilda sah zwischen Marleen und ihrem Spiegelbild hin und her. Fragte gerührt: „Aber warum sollte ich dir nicht glauben? Du bist die ehrlichste Person, die ich kenne. Und du hast …“ Sie brach ab. Drehte sich ein letztes Mal vor dem Spiegel. Warf dann einen Blick zur Uhr und sagte bestürzt: „Oh, schon so spät? Hilfst du mir bitte aus dem Kleid heraus? Es wird Zeit zu gehen.“

Nachdem Tilda wieder ihr altes Kleid angezogen hatte, legte Marleen ihr den Umhang um die Schultern. Schob das Kleid wieder in die Stoffhülle und reichte es ihr: „Bitte, nehmen Sie es mit!“ Doch Tilda lehnte ab. „Nein, ich möchte es nicht. Du hast dir den Stoff auf dem Gut verdient und die Arbeit mit dem Nähen gehabt. Es gehört dir.“ Marleen war ein wenig enttäuscht, dass Tilda das Geschenk ablehnte. Die war schon an der Tür, als sie sich noch einmal umwandte und sagte: „Dieses Kleid gehört dir, aber du wirst mir ein anderes nähen. Ich besorge den Stoff. Wenn ich ihn habe, komme ich wieder.“ Marleen war sprachlos vor Freude. Dann fiel ihr ein: „Aber wir besitzen keine Nähmaschine. Soll ich es mit der Hand nähen?“ Tilda schüttelte den Kopf. „Nein! Johann wird dir eine Maschine bringen.“ Sie hatte kurz überlegt, dass Marleen zum Nähen auch auf das Gut kommen könnte, dann aber davon Abstand genommen. Für sie waren die Anproben ein Grund, regelmäßig in die Stadt zu fahren. Und für Marleens Zukunft war es ebenfalls besser: Ihre Besuche in diesem Haus würden die Aufmerksamkeit der Leute auf sich ziehen. Und dadurch auch andere Kunden auf die Nähstube aufmerksam machen. Sie sah Daje an. „Sie haben doch nichts dagegen?“ Daje betrachtete ihre Tochter mit Stolz. Sie hatte ja nicht gewusst, welches Talent in ihr schlummerte. „An mir soll es nicht scheitern!“, sagte sie: „Schließlich hat Marleen bewiesen, dass sie es kann.“ Tilda war zufrieden. Sie nickte Mutter und Tochter zum Abschied zu. Sagte mit einem Augenzwinkern, das beharrliche Knurren in Marleens Magen erwähnend: „Und jetzt solltest du ganz schnell etwas essen, ehe du umfällst.“ Bevor die Gutsherrin endgültig hinaus auf die Straße trat, sagte sie: „Du hörst bald von mir.“ Marleen knickste. Schloss die Tür und ging zum Herd. Holte die Pfanne mit den von Daje für sie übriggelassenen Kartoffeln mit Stipp und stürzte sich hungrig darauf.

Sie sah voller Hoffnung in die Zukunft, denn sie war sich sicher, dass Tilda ihr Versprechen halten würde.

54. Kapitel

Okka saß am Abend mit Frau Harms in der Küche. Ärgerlich sagte ihre Dienstherrin: „Warum ist es nur so schwer, ein passendes Dienstmädchen zu finden?“ Okka zuckte die Schultern und antwortete: „Die letzte sah doch ganz pfiffig aus. Warum haben Sie die nicht eingestellt?“ Frau Harms seufzte: „Hast du nicht ihren dicken Bauch gesehen? Die war schwanger. Und das haben wir doch gerade hinter uns.“ Sie legte ihre Hand an die Stirn und stöhnte: „Mein Kopf!“ Sie

legte das feuchte Tuch, das Okka ihr brachte, auf die schmerzende Stelle und fuhr fort: „Meine liebe Okka. Wir sind ja so froh, dass wir dich hier haben. Hab noch ein wenig Geduld. Wir werden bestimmt jemanden finden, der dir bei der Arbeit hilft. Mein Mann hat eine Annonce im ‚Harlinger‘ aufgegeben. Wir hoffen, dass sich daraufhin jemand meldet.“ Sie drehte das Tuch, legte die kühlere Seite erneut auf ihre Stirn und sagte: „Es ist wie verhext.“ Okka stand auf. „Ich mache Ihnen eine Tasse Kaffee. Und dann legen Sie sich ein Weilchen hin. Ich schaffe es heute allein, die Gäste zu bewirten.“ Frau Harms nickte dankbar. Nachdem sie den Kaffee getrunken hatte, stand sie auf und ging ins Wohnzimmer hinüber, um ein Stündchen zu ruhen. Okka lief in die Gaststube hinüber und begann, die Tische zu decken.

Tilda hatte eine Aufgabe zu erfüllen. Das Gefühl, gebraucht zu werden, gab ihr Kraft. Gleich am nächsten Morgen ließ sie Johann in den Salon kommen. Ordnete an: „Wir fahren heute noch einmal in die Stadt. Ich muss zu Sührmann.“ Er staunte. Schon am gestrigen Abend war sie ihm verändert erschienen, nachdem sie im Haus der Wäscherin gewesen war. Er wusste zwar nicht, was dort passiert war, aber es schien etwas in ihr bewirkt zu haben. Auf der Fahrt in die Stadt war sie schweigsam. Er nutzte die Gelegenheit zu sagen: „Gutsherrin, während Sie bei Sührmann beschäftigt sind, gehe ich zu Freeses hinüber. Ich muss einige Gerätschaften schweißen lassen.“ Tilda nickte zustimmend. „Tue das. Dann kannst du auch gleich eine Nähmaschine kaufen. Die wird er sicher vorrätig haben. Lass sie ins Haus der

Wäscherin liefern und die Rechnung an mich schicken." Sie überlegte und sagte dann: „Und wenn du damit fertig bist, komm bitte zu Sührmann." Bei Lentz angekommen, strich sie ihre ledernen Handschuhe glatt. Sagte entschlossen: „Bis später."

Johann half ihr aus der Kutsche und Tilda ging mit zügigen Schritten zum Bekleidungsgeschäft. Zwar hatte sie vor einem Tag noch gesagt, sie würde so, wie sie aussah, nicht ins Geschäft gehen, doch hatte Marleens Entlassung ihre Meinung geändert. Die Ungerechtigkeit, die der fleißigen und ehrlichen jungen Frau widerfahren war, konnte sie nicht ertragen. Der Gedanke verlieh ihr Kraft und gab ihr den Mut, die Tür aufzustoßen und hineinzugehen. Mit vorgestrecktem Kinn sah sie der Verkäuferin entgegen, deren Augen sich weiteten, als sie die schwarz gekleidete Frau erkannte. Sie sank in einen tiefen Knicks und hauchte: „Gnädige Frau! Wir haben Sie lange nicht hier gesehen." Tilda blickte auf die wesentlich kleinere Verkäuferin herunter. Antwortete: „Ich war unpässlich. Der plötzliche Tod meines Mannes ... Sie verstehen?" Damit Reena Meiners später noch etwas mehr zum Ausschmücken ihrer Erzählung im Kollegenkreis hatte, legte Tilda ihre Hand in einer dramatischen Geste an die Stirn und fügte hinzu: „Sie glauben ja nicht, wie wir alle darunter gelitten haben." Langsam ließ sie die Hand wieder sinken und fuhr fort: „Aber jetzt ist es an der Zeit, in die Zukunft zu schauen." Reena Meiners legte ihr Gesicht in traurige Falten und antwortete: „Wir haben uns schon gedacht, dass sein Tod schwer für sie sein muss. Ich möchte Ihnen mein herzlichstes Beileid aussprechen." Tilda dankte mit einem leichten Neigen ihres Kopfes, während die Verkäuferin beflissen fortfuhr: „Ich werde Ihnen sofort unsere erste Schneiderin holen. Frau Swinje wird sich freuen, Sie zu sehen. Aber setzen Sie sich doch bitte."

Die Verkäuferin schob ihr einen Stuhl hin und Tilda nahm kerzengrade darauf Platz. Sehr gespannt, wie es weiterging. Schließlich wusste sie ja, wie die Frauen in Wahrheit über sie redeten. Sie freute sich schon auf Keke Swinjes langes Gesicht, das sie gewiss machen würde, wenn sie von ihren Plänen erfuhr. Nur wenige Sekunden vergingen, da stand die vor ihr. „Gnädige Frau!", sagte sie überschwänglich. „Wie schön, dass Sie wieder da sind. Wir haben Sie schon vermisst." Tilda war klar, dass sie damit nicht sie, sondern ihren Geldbeutel meinte. Trotzdem antwortete sie höflich: „Das freut mich. Vielleicht könnten sie mir als erstes die neuesten Stoffe zeigen?" Keke winkte Reena herbei, die etwas abseits stehen geblieben war. „Holen Sie sofort die schönsten Stoffe der letzten Lieferung herbei. Flott, flott." Mit gesenktem Kopf und verhaltener Wut im Bauch hastete die davon und schleppte wenig später verschiedene Stoffballen heran. Sie waren sehr schwer. Aber Keke hielt es nicht für nötig, ihr beim Tragen zu helfen. Als sie auf dem Tresen lagen, schob sie Reena zur Seite und breitete die Stoffbahnen selber aus. Es waren durchweg die teuersten und edelsten, die im Laden vorrätig waren.

Tilda betrachtete die Stoffe genau. Der erste war ein dunkelgrauer Seidenstoff. Der zweite bestand aus dunkelblauem, silberdurchwirktem Brokat. Sie befühlte die Stoffe und sagte zu Kekes Entsetzen: „Haben Sie nichts Einfacheres? Ich brauche ein Tageskleid und eins zum Reiten. Seide und Brokat kommen nicht in Betracht." Keke warf Reena einen Blick zu. Die lief erneut los, um weitere Stoffe zu holen. Sie brachte einen Ballen aus hellgrauem Wollstoff. Einen mit feinen Streifen in beige-grau. Beide Stoffe waren von guter Qualität, aber robuster und für ihre Zwecke eher geeignet. Denn die Zeiten, in denen sie wie eine steife Schaufensterpuppe gekleidet sein musste, waren vorbei. Für das, was sie in der Zukunft vorhatte, brauchte sie bequeme und robuste Kleider. Für einen Moment beneidete sie die Männer, die in ihren Hosen jegliche Bewegungsfreiheit genießen konnten. In kurzer Zeit wählte sie zwei von den Stoffen aus, die Reena jetzt herbeischleppte. Einen aus dunkelgrauem Kammgarn für ein Reitkleid und einen aus fester, dunkelroter Baumwolle für ein Tageskleid.

Inzwischen war auch Hero Sührmann über Tildas Anwesenheit informiert worden. Mit ernstem Gesicht kondolierte er ihr. „Wir waren alle sehr betroffen vom Tod Ihres Mannes. Um so schöner ist es, Sie jetzt hier zu sehen." Tilda nickte verhalten. Antwortete leise: „Danke! Aber es wird Zeit für ein paar neue Kleider." In seine Augen trat ein warmer Glanz. Tilda sagte sich amüsiert, dass er sicher schon die Kasse klimpern hörte. Doch mit den Worten: „Ich brauche auch das passende Nähgarn und Knöpfe", löschte sie den frohlockenden Glanz in seinen

Augen. Stattdessen trat ein irritierter Ausdruck in seinen Blick. Sein „Selbstverständlich!“ kam sehr zögernd über seine Lippen. Gleich darauf wählte Tilda aus der vorgelegten Auswahl geeignete Knöpfe aus. Weiße Perlmuttknöpfe für das Tageskleid und dunkelgraue für das Reitkleid. Sie legte sie zu den Stoffen und trat vom Tresen zurück. Die Tür wurde geöffnet und mit dem leisen Bimmeln der Türglocke trat Johann ein. Tilda lächelte ihm zu. Wandte sich an Hero Sührmann und die Frauen und sagte ihn vorstellend: „Das ist mein Verwalter Johann Schäfer. Bitte packen Sie alles ein. Wir nehmen es gleich mit.“
Keke wurde blass. Sie griff sich an die Kehle und sagte gepresst: „Wie bitte?“ Ihr Blick glitt zwischen Reena Meiners und Hero Sührmann hin und her. Auch die glaubten, sich verhört zu haben. Er fragte ebenfalls: „Wie bitte? Aber Sie wollten doch neue Kleider? Wer soll die denn nähen?“ Tilda lächelte leicht, während sie sagte: „Darüber brauchen Sie sich keine Gedanken zu machen. Ich habe die beste Schneiderin, die ich finden konnte.“ Sie zeigte auf die Stoffe und forderte: „Beeilen Sie sich bitte mit dem Einpacken? Mein Verwalter hat wenig Zeit.“ Tilda wandte sich zur Tür, die von dem verblüfften Geschäftsführer rasch geöffnet wurde. Mit einem: „Vielen Dank und bis zum nächsten Mal“, stolzierte sie vor Johann hinaus. Sie liefen zur Kutsche und nachdem sie sich hineingesetzt hatte, fragte er: „Wohin möchten Sie nun?“ Tilda zeigte die Straße hinunter. „Jetzt besuchen wir Marleen.“ Sie lächelte, während sie sich die Gesichter des Sührmannschen Personals vorstellte und sagte leise: „So langsam finde ich wieder Gefallen an mir.“

55. Kapitel

Die vergangenen Tage hatte es fast ununterbrochen geregnet. Der Weg am Deich entlang war matschig und von Pfützen durchsetzt. Trotzdem machte Flora sich auf den Weg ins Dorf, während sich die Sonne einen Weg durch die Wolken bahnte und endlich wieder einen trockenen und hellen Tag versprach. Flora hatte Kuchen und einige Gläser Eingemachtes in ihrem Korb. Zusammen mit Marie und Emma wollte sie Daje besuchen, denn die hatte Geburtstag. Als erstes holte sie Emma ab. Auch die hatte ein paar Geschenke dabei. Im Dorf wartete Marie schon vor dem Haus. Den kleinen Hauke im Kinderwagen verpackt. Sie strahlte eine tiefe Zufriedenheit aus, während sie neben den Freundinnen herlief. „Stellt euch vor!", erzählte sie aufgeregt. „Hauke schläft seit einigen Nächten durch. So ein braver kleiner Engel. Ich könnte die ganze Nacht an seinem Bett sitzen und ihn betrachten. Ich kann kaum die Zeit abwarten, bis er zu krabbeln beginnt." Emma und Flora lächelten sich an. Emma sagte: „Das dauert aber noch ein Weilchen." Doch das war Marie egal. Seit sie Mutter geworden war, konnte nichts ihr Gemüt trüben. Auch Hagen war stolz auf seinen Sohn. Am Sonntag in der Kneipe amüsierten sich die Fischer schon über ihn. Im Gegensatz zu ihnen, die gern ihr Seemannsgarn spannen, schwärmte er von seinem Sohn. Seinem Leben als Vater. Doch sie ließen ihn gewähren. Schließlich hatte er lang genug darauf warten müssen. Dass Hauke nicht sein leibliches Kind war, erwähnte niemand.

Als sie in der Westerstraße eintrafen, sahen sie zwar die Kutsche in der Nähe von Dajes Haus, brachten sie aber nicht mit ihr in Verbindung. Emma legte einen Finger auf die Lippen und flüsterte: „Leise!" Sie stieß die Haustür auf und stürmte ins Haus. Zusammen riefen sie: „Herzlichen Glückwunsch zum Geburtstag!" Verdutzt blieb Emma auf der Schwelle stehen, sodass Flora und Marie gegen sie prallten. Alle drei starrten auf die junge Frau in dem halbfertigen Kleid, die vor dem langen Spiegel stand und ihnen irritiert entgegensah. Nachdem sie sich von der Überrumpelung erholt hatte, fragte Tilda: „Würde es Ihnen etwas ausmachen, die Tür zu schließen?" Hastig traten die Frauen ein. Daje kam aus dem Garten, in dem sie gerade, dankbar für jeden Sonnenstrahl, die Kundenwäsche aufgehängt hatte. Verwundert betrachtete sie die Freundinnen, die mit bedrücktem Gesichtausdruck beieinander standen und fragte sich, warum sie sie an einem ganz normalen Dienstag besuchten.

Marleen trat aus dem Näh- und Bügelraum. Fragte mit einem schnellen Blick zu Tilda: „Hallo, was macht ihr denn hier?"
Emma fand als erstes ihre Sprache wieder. Sagte zu ihrer Verteidigung: „Wir wollen deine Mutter besuchen. Sie hat doch heute Geburtstag. Aber so wie es aussieht, hat sie selber nicht einmal daran gedacht." Daje lachte. „Geburtstag?" Sie überlegte. Lachte erneut. „Ihr habt recht. Ich habe meinen eigenen Geburtstag vergessen. Aber meine Kinder ja auch. Außer euch hat tatsächlich niemand daran gedacht." Sie ließ die herzlichen Glückwünsche über sich ergehen und bat die Frauen, sich zu setzen. „Ich mache schnell eine Tasse Tee. Kuchen hab ich auch. Hab ihn gestern von Steevens zu dem wöchentlichen Brot bekommen." Marleen bat Tilda, die dem Wortwechsel interessiert folgte, in das Nebenzimmer. Ihr war es sehr peinlich, dass die Gutsherrin so spärlich bekleidet fremden Blicken ausgesetzt worden war. Sie entschuldigte sich dafür. Tilda winkte ab. „Sind ja alles Frauen! Deine Mutter kann froh sein, dass sie so gute Freundinnen hat." Marleen steckte die Ärmel an dem Kleid fest und antwortete leise: „Ja, sie waren ihr schon oft eine Hilfe. Aber dass wir Kinder den Geburtstag unserer Mutter vergessen haben, finde ich trotzdem schlimm." Sie überlegte, während sie Tilda vorsichtig wieder aus dem Kleid half, wie sie das Versäumnis gutmachen konnte.
Nachdem die Gutsherrin in ihr Kleid und den Mantel geschlüpft war und ihren Hut aufgesetzt hatte, ging sie in die Wohnküche zurück. Dort erklang fröhliches Gelächter, das bei ihrem Erscheinen sofort verstummte. Tilda nickte den Frauen etwas wehmütig zu. Sagte zu Daje gewandt: „Auch ich gratuliere Ihnen ganz herzlich und wünsche einen schönen Tag." Daje überlegte flüchtig, ob sie der Kundin auch eine Tasse Tee anbieten sollte. Doch dann entschied sie sich dagegen. Tilda lief zur Tür, die Marleen beflissen öffnete und ging mit den Worten: „Wir sehen uns am nächsten Dienstag" hinaus. Gleich darauf saß sie neben Johann auf der Kutsche.
In Gedanken war sie allerdings noch bei Daje in der Küche. So unsinnig es schien: Sie beneidete die Wäscherin. Auch wenn die, im Gegensatz zu ihr, wenig Besitz ihr Eigen nennen konnte, war sie doch glücklich mit den Menschen, die an ihren Geburtstag dachten und ihr

helfend zur Seite standen. Plötzlich wünschte sie sich, eine einfache Frau zu sein. Zu Johanns Erstaunen stieß sie hervor: „Manchmal hasse ich meinen Stand. Mein Geld erzeugt Neid oder Ehrfurcht bei den Ärmeren und Begierde bei den Geschäftsleuten. Meine Erziehung verbietet mir, mich unter meinen Stand zu begeben. Dabei bin ich doch nichts Besonderes! Im Gegenteil. Jahrelang überlasse ich meiner Mutter auf dem Gut die Arbeit, die eigentlich die meine ist und lass mich ..." „Unterdrücken!" hatte sie sagen wollen. Aber Johann verstand sie auch so. Es war sicher nicht einfach, seinem Stand entsprechend leben zu müssen. Besonders als Frau, die auf ihren Ruf bedacht sein musste. Ludolf hatte sich darüber hinweggesetzt. Aber der war ein Mann gewesen. Johann warf ihr einen mitleidigen Blick zu, dachte: „Arme reiche Frau" und beschloss, ihre selbstanklagenden Worte diskret als nicht gehört abzuhaken.

Auf dem Gut angekommen, bat er sie: „Ich habe ein paar Fragen. Sie betreffen das Gut. Würde es Ihnen in einer Stunde passen?" Tilda nickte tief in Gedanken und ging ins Haus zurück. In der Diele nahm ihr Gila den Mantel und die Handschuhe ab. Sie entwickelte sich in der letzten Zeit zu einem Ersatz für Hilla. Aber auf wesentlich angenehmere Weise. Sie war unaufdringlich, bescheiden und sehr höflich. Trotzdem fehlte Tilda Marleen. Sie bat Gila um ein Kännchen Tee und betrat den Salon. Im Kamin loderte ein Feuer. Sie setzte sich davor und ließ ihren Blick schweifen. Das kostbare Mobiliar. Die blau bemalten Fliesen an der Wand. Die teuren Teppiche auf dem blank gewienerten Holzboden. Sie verglich ihr Haus mit dem der Waschfrau. Dort war alles sehr einfach. Die Möbel aus grobem Holz und der Kokosläufer auf dem Boden hatten sicher einige Jahre auf dem Buckel. Trotzdem war es im Gegensatz zu ihrem Haus ein Heim, in dem sich jeder wohlfühlte. In dem spontan gelacht und gefeiert wurde. Die Magd brachte den Tee und gezuckerten Zwieback. Knickste, und ging wieder hinaus. Bevor sie die Tür hinter sich schließen konnte, sagte Tilda: „Mein Verwalter kommt nachher zu mir. Führe ihn dann bitte in das Arbeitszimmer." Sie betitelte ihn inzwischen vor dem Gesinde nur noch so. Schließlich sollten sie ihn in seiner neuen Stellung anerkennen.

Tilda nahm das Teetablett in die Hände und blieb im Arbeitszimmer einen Moment im Türrahmen stehen. Ludolf hatte ihr zu seinen Lebzeiten verboten, es zu betreten und ihr nie Einblick in die Geschäfte rund ums Gut erlaubt. Doch jetzt musste sie sich einen Überblick verschaffen. Sie war zwar froh, dass Johann die Verwaltertätigkeit übernommen hatte. Trotzdem lag die Entscheidung, wie es in Zukunft mit dem Gut weiterging, in ihrer Hand. Ob sie es verkaufte oder behielt. Wenn sie ganz ehrlich mit sich war, wollte sie eigentlich nicht Gutsherrin sein. Das einzige, von dem sie etwas verstand und an dem ihr lag, war die Pferdezucht. Sie stellte das Tablett auf eine Ecke des riesigen Schreibtisches aus Wurzelmahagoni. Ließ sich zögernd, als säße Ludolf noch an dem Platz, auf dem mit lederbezogenen Sitz seines Schreibtischstuhls nieder.
Anfangs planlos, doch dann immer interessierter begann sie die Papiere durchzusehen, die sich darauf stapelten. Hauptsächlich waren es Lieferscheine über landwirtschaftliche Dinge. Die jährlichen Lohnauszahlungen an die Knechte und Mägde. Lehnsgebühren für die Katen und Landstellen, die ihm gehörten. Pferde, die er gekauft und wieder verkauft hatte. Jedes Blatt nahm sie einzeln in die Hand, bis ihr ein Kaufvertrag in die Hände fiel. Überrascht dachte sie: „Er hat ein Haus in der Stadt gekauft?" Die beigefügte Zeichnung zeigte ein hübsches Anwesen in der Norddeicher Straße. Der Kaufvertrag war von ihrem Norder Notar bestätigt, der in allen Rechtsfragen für sie tätig war. Zunehmend aufgeregt las Tilda den Begleitbrief. Das Haus gehörte tatsächlich zur Erbmasse und somit ihr. Aber was fing sie damit an?
Es klopfte an der Tür und nachdem sie „Herein!" gerufen hatte, trat Johann ein. Sie bat ihn, ihr gegenüber Platz zu nehmen. Er legte eine Mappe vor sich auf den Schreibtisch und sagte: „Es gibt einige Dinge zu klären. Zum Beispiel muss ich wissen, was mit der Pferdezucht werden soll. Dann brauche ich für die kommende Ernte mehr Landarbeiter. Und …" Tilda hob die Hand und legte langsam den Kaufvertrag des Hauses zurück auf den Schreibtisch. Betrachtete Johann eine Weile, bevor sie fragte: „Fühlst du dich hier eigentlich wohl? Ich meine, ist die Arbeit das, was du dir für dein Leben gewünscht hast?"

Johann wusste im ersten Moment nicht, warum Tilda die Frage stellte. Erst als sie sagte: „Ich meine, ob es dein Wunsch war auf einem Gut zu arbeiten. Oder ob du vielleicht lieber einen eigenen Hof besessen hättest“, antwortete er: „Nachdem mein Bruder unseren Hof zu Hause als Ältester übernehmen durfte, musste ich mich entscheiden. Als Knecht dort zu bleiben oder für Fremde zu arbeiten. Ich habe mich entschieden, fortzugehen. Es hat mir nie leid getan. Trotzdem war es immer mein Traum, Verwalter oder sogar Pächter auf einem Gut zu werden.“ Tilda lächelte. „Mein Traum war es, zusammen mit meinem Ehemann die Pferdezucht meines Vaters weiterzuführen. Doch leider ist in meiner Ehe alles anders gekommen als geplant.“

Johann betrachtete die junge Frau, die immer mehr seine Achtung gewann und sagte aufgeregt: „Aber Sie können ihren Traum noch immer verwirklichen. Sie und ich wissen viel über Pferdezucht und darüber hinaus werden die Geschäftsfreunde Ihres verstorbenen Gatten gern wieder mit uns Geschäfte machen. Schließlich waren sie immer zufrieden. Auch wenn er …“ Er wollte sagen: „Manch einen übers Ohr gehauen hat.“ Doch Tilda wusste, was er meinte. Nach einem Moment fügte Johann hinzu: „Die Verbindungen ließen sich ohne großen Aufwand wieder herstellen.“ Tilda spürte, wie seine Begeisterung auf sie übersprang. Trotzdem bremste sie seine Euphorie mit den Worten: „Ich werde darüber nachdenken.“

56. Kapitel

Das Kleid begann Formen anzunehmen. Am Dienstag kam Tilda zur ersten Anprobe herein. Betrachtete sich zufrieden im Spiegel, den Marleen in die Nähstube gestellt hatte, nachdem die Norddeicher Frauen so plötzlich hereingeschneit waren, und sagte: „Es wird wunderschön.“ Auch Ottilie kam nach Feierabend vorbei, um die Fortschritte an dem Kleid zu begutachten. Aber Marleen brauchte ihre Hilfe kaum. Ihr Ergeiz war erneut geweckt und diesmal würde er belohnt werden. Ottilie erzählte bei einer Tasse Tee: „Wenn du wüsstest, welche Spekulationen sie im Geschäft anstellen, um herauszufinden, wer jetzt für die Gutsherrin die Kleider näht. Es ist zum Lachen. Aber noch haben sie keine Ahnung. Und ich werde ganz gewiss nichts sagen." Marleen freute sich. Vor Augen die traumhafte Vorstellung, dass Tilda in ihrem neuen Kleid in das Geschäft stolzierte und auf die Frage, wer denn das Kleid genäht habe, hochnäsig erklärte: „Das war Marleen! Die beste Schneiderin, die ich je hatte." Dann würde der Geschäftsbesitzer ihre Entlassung gewiss bereuen und sie um Verzeihung bitten. Ottilie betrachtete Marleen zufrieden. Sie freute sich, dass die junge Frau einen Weg für sich gefunden hatte. Ihr selbst hatte die Unterstützung von Marleen im Geschäft nicht geschadet. Hero Sührmann war sich bewusst, was er an Ottilie hatte und so war er ohne ein weiteres Wort über die Sache hinweggegangen. Nur seine Haltung zu Keke Swinje hatte sich merklich verändert. Zu Ottilies Genugtuung behandelte er diese jetzt wesentlich strenger und scheute sich auch nicht, sie in ihre Grenzen zu verweisen, wenn sie die überschritt.

Vor ein paar Wochen hatte Daje einen Brief von Line erhalten. Sie und Henri waren gut in Amerika angekommen. Die Überfahrt war nicht so einfach gewesen, schrieb sie, aber Henri hatte ihr in jeder Lage zur Seite gestanden. Nach Hauke erkundigte sie sich nur am Rande mit den Worten: „Ich hoffe, es geht ihm gut." Daje schloss daraus, dass sie ihre Entscheidung nicht bereute. Sie stand an ihrem Bügeltisch. Während sie über die Kragen fuhr, dachte sie über die letzten Jahre nach. Es hatte sich viel in ihrer aller Leben verändert und alle Veränderungen hatten mit Kenos Tod begonnen.

Sie sah zu Marleen, die eifrig an Tildas Kleid nähte. Betrachtete den kleinen Keno und Eggo, die sich zu hübschen, kräftigen Jungen entwickelten. Thore war in der Schule. Am Nachmittag würde sie ihn und Eggo hinausschicken, damit sie das Unkraut hinter dem Haus zupften. Erst danach würden sie zum Spielen auf die Straße gehen dürfen. Dabei würde sie wie jeden Tag hoffen, dass sie keinen Unsinn machten und den Unmut der Nachbarn hervorriefen. Thore half sehr gern bei dem Bauern, der seinen Hof am Ende der Straße betrieb. Dort

holten sie ihre Milch. „Wenn ich größer bin, werde ich auch Bauer“, hatte er zu ihrem Erstaunen erst neulich gesagt. Adda, die jeden Nachmittag im Gemüseladen half, musste demnächst in Stellung. Flora hatte sich erboten, sie bei sich aufzunehmen. „Hab ja genug für sie zu tun. Und sie kann viel bei mir lernen.“ Mina hatte noch ein Jahr Schule vor sich. Sie arbeitete nach der Schule bei Bäcker Steevens. Teela war nach ihrem Dienstjahr in der Konditorei am Neuen Weg geblieben. Sie waren zufrieden mit ihr und sie hoffte noch immer, das Herz des jungen Konditors zu entflammen. „Wart' mal ab“, waren ihre Worte, „ich werde ihm schon noch auffallen.“
Dajes Wünsche, die sie am Silvestertag nach Kenos Tod in den Himmel geschickt hatte, waren sämtlich erfüllt worden. Sie hatte bisher ihre Kinder satt bekommen. Alle waren gesund und ordentlich. Allerdings fiel ihr die Arbeit schwerer als noch vor einigen Jahren. Im kommenden Jahr würde sie achtundvierzig Jahre alt werden. Keno war bei seinem Tod nur wenig älter gewesen. Doch sie hoffte, noch lange zu leben. Der nächste Kragen landete unter ihrem Bügeleisen und ihre Gedanken wanderten weiter. Auch die Träume ihrer Freundinnen hatten sich erfüllt. Maries Traum nach einem eigenen Kind, Emmas späte Heirat. Während sie die Ecken des Kragens befeuchtete, damit sie sich besser bügeln ließen, dachte sie an Okkas letzten Brief. Sie hatte sich darin nicht beklagt, trotzdem meinte Daje, eine gewisse Unzufriedenheit herauszuhören. „Ich vermisse euch und Line. Und noch immer hat Herr Harms kein passendes Dienstmädchen gefunden. Bin mal gespannt, wie lange ich es hier noch aushalte.“ Daje hatte zurückgeschrieben, dass sie den Mut nicht verlieren sollte. Für alles gäbe es eine Lösung.

Für Dajes Haushalt wurde Tilda zu einer guten Fee. Bei jedem Besuch brachte sie etwas mit: Eingemachtes, einen Sack Kartoffeln, Eier. Eine Kanne mit frischer Milch. Oder auch ein Stück Fleisch, das bei Daje aus Sparsamkeit selten auf den Tisch kam. Daje überwand schnell ihren Stolz, die Dinge anzunehmen. Denn Tilda gab von Herzen. „Wir haben viel mehr, als wir jemals verbrauchen könnten“, sagte sie, wenn sie einen gefüllten Korb auf den Tisch stellte. Aber nicht nur Daje bekam Tildas Großmut zu spüren. Die Suppenküche für die Armen in der Stadt erhielt ebenfalls regelmäßig Lebensmittel vom Gut gebracht. Tilda holte das nach, was ihr zu Ludolfs Lebzeiten verboten gewesen war: Gutes den Menschen zu tun, die nicht so begütert waren wie sie selbst. Allerdings machte sie kein Aufhebens davon. Alles geschah in stillem Übereinkommen mit den Beschenkten. Darüber hinaus überlegte sie noch immer, wie sie ihren Traum, die Pferdezucht, wieder aufleben lassen könnte. Und ob es schicklich war, es gemeinsam mit Johann als Verwalter des Gutes zu tun.

Ein paar Tage später saß sie mit ihrer Mutter im Salon. Sie hatten das Frühstück beendet und tranken gerade die letzte Tasse Tee, als Siemke sagte: „Hast du dir dein Haus in der Stadt schon einmal angesehen?“
„Nein, hab ich nicht. Aber es ist auch dein Haus, Mutter. Schließlich ist der größte Teil des Vermögens Vaters Verdienst.“ Sie nippte an ihrem Tee und sagte: „Warum fragst du danach?“ Siemke überlegte. „Nun, wenn wir jemanden finden, der den Haushalt hier auf dem Gut führt, dann könnten wir in die Stadt ziehen. Johann übernimmt das Gut als Pächter oder bleibt Verwalter. Ganz so, wie du das möchtest.“ Tilda starrte ihre Mutter an. Ganz wie sie es möchte? Aber wusste Siemke denn nicht, was ihre Tochter am liebsten wollte? „Mutter, ich will hier bleiben. Pferde züchten. So wie Vater es sich gewünscht hat.“ Siemke blieb ruhig. „Mein Kind“, sagte sie ernst, „du bist Witwe und kannst nicht einfach zusammen mit Johann allein auf dem Gut bleiben. Die Leute werden reden. Ich bin eine alte Frau und möchte mich zurückziehen. Das Haus in der Stadt wäre dafür sicher geeignet. Ich könnte wieder Kontakt zu meinen früheren Bekannten aufnehmen. Zur Kirche gehen. Mich ein bisschen in der Gemeinde nützlich machen und wenn Gott will, in Ruhe noch älter werden.“
Im ersten Moment wollte Tilda ihrer Mutter recht geben. Aber dann ließ sie die Vorstellung, nur wegen der anderen Leute nicht tun zu dürfen, was sie wollte, aufspringen und rufen: „Schickt sich nicht? Weißt

du, wie oft ich mir schon gewünscht habe, eine einfache Frau zu sein?“ Siemke verkniff sich ein Lächeln. Das war wieder ihre Tilda. So wie sie früher gewesen war. Trotzdem gab es Grenzen. Etwas mühsam erhob sie sich aus dem Sessel und antwortete: „Auch einfache Leute können nicht immer tun, was sie wollen. Aber wie wäre es denn, wenn du Johann heiratest? Jeder würde verstehen, dass du einen Mann an deiner Seite brauchst, der dir auf dem Gut hilft. Ich finde, das wäre am vernünftigsten.“ Tilda starrte ihre Mutter an. Heiraten? Nie wieder würde sie sich in diese Art Abhängigkeit begeben. Nein, eher ginge sie ins Kloster. Auch wenn Johann ein guter Mann war, kam es nicht in Betracht. Allein der Gedanke, wieder das Bett mit einem Mann teilen zu müssen, verursachte ihr Gänsehaut. Oma Siemke betrachtete ihre Tochter aufmerksam. Sah das Widerstreben in ihrem Gesicht. Sie lächelte und sagte: „Ich sehe, dass dieser Vorschlag nicht in deinem Sinne ist. Nun gut. Dann tu’, was du für richtig hältst. Du hast doch schon früher keine Rücksicht auf das Gerede der Leute gegeben. Hol dir jemanden, der den Haushalt hier führt und dann züchte weiter Pferde. Johann übernimmt den Verkauf. So bleibst du aus der Öffentlichkeit heraus.“
Tilda betrachtete ihre Mutter bewundernd. Sehr erleichtert, dass sie nicht auf einer Heirat bestand und antwortete: „Du hast recht. Das ist die beste Lösung.“ Am Nachmittag ließ sie Johann rufen und sagte entschlossen: „Wir werden die Pferdezucht weiter betreiben. Ich möchte, dass du die Händler anschreibst oder auf dem Markt ansprichst, die mit dem Gutsherren Geschäfte gemacht haben. Außerdem habe ich mir die Boxen angesehen. Einige müssen repariert und ein paar neue dazu gebaut werden. Ich möchte, dass du mit Holzhändler Janssen sprichst. Der soll herkommen und einen Kostenvoranschlag machen. Ich werde morgen mit meiner Mutter in die Stadt fahren und das Haus in der Norddeicher Straße ansehen. Und“, sie überlegte kurz, bevor sie hinzufügte, „ich brauche eine Haushälterin für das Gut. Meine Mutter möchte sich zurückziehen.“
Johann nickte beeindruckt von ihrer Forschheit und den konkreten Vorschlägen und versprach, sich sofort darum zu kümmern. Er wies Frieso an, Tilda und ihre Mutter in die Stadt zu fahren und nahm

selbst Ludolfs Hengst für den Weg. Tilda saß entspannt neben ihrer Mutter in der Kutsche. Auch wenn Frieso ihr nie das Verhalten ihres Mannes angekreidet hatte, war sie doch froh, dass sie ihm die Pacht für das Häuschen erlassen hatte. Darüber hinaus eine Summe für die spätere Ausbildung des Kindes. Es entspannte ihr Verhältnis. Das Haus in der Stadt entpuppte sich als weiß gestrichene Villa mit leuchtend rotem Dach. War der äußerliche Anblick schon erfreulich, waren die Frauen vom Inneren noch entzückter. Nach einem Rundgang durch die Räume des Hauses sagte Siemke begeistert: „Auch wenn das sicher nicht Ludolfs Plan beim Erwerb des Hauses war – aber hier möchte ich leben." Tilda konnte das verstehen. Die hohen Räume waren hell. Die Decken mit Malereien verziert und die Böden mit dunklem Mahagoniholz belegt. Die Fenster zeigten auf die Straße hinaus und ließen viel Licht herein. Siemke stützte sich auf dem Fensterbrett ab und sagte leise: „Ich lass den Raumgestalter Kröger kommen. Es müssen neue Gardinen an die Fenster. Teppiche auf die Fußböden. Und um neue Möbel kann er sich auch kümmern. Ich möchte hier am Fenster einen großen Hörnstuhl haben. Und wenn er mich fragt, wer das alles bezahlt, sage ich ihm, dass er sich an meine Tochter wenden soll." Sie sagte es mit einem verschmitzten Lächeln und Tilda lächelte zustimmend zurück.

57. Kapitel

Das Tageskleid war fertig. Tilda betrachtete sich im Spiegel. „Es gefällt mir sehr!", rief sie begeistert. Der dunkelrote Stoff fiel von der engen Taille aus in einem weiten Rock an ihr herab. Marleen hatte verdeckte Taschen eingenäht, in denen Tilda ein Taschentuch oder sonstige Utensilien verstauen konnte. Das Kleid wurde am Hals durch einen weißen, auswechselbaren Stehkragen geschlossen und besaß lange Ärmel mit ebenfalls weißen und wechselbaren Manschetten. Es stand Tilda ausgesprochen gut. Sie drehte sich zu Marleen und sagte: „Und jetzt möchte ich, dass du mir aus dem zweiten Stoff ein

Reitkleid nähst. Das brauche ich ganz dringend." Marleen saß auf dem Stuhl vor der Nähmaschine und war erleichtert, dass die Gutsherrin zufrieden war. Die holte aus dem bestickten Lederbeutel, den sie stets bei sich trug, einige Münzen heraus. Legte sie auf den Tisch und sagte. „Das ist für deine Arbeit." Marleen erhob sich langsam und sah auf das Geld. Dann zu Tilda und sagte abwehrend: „Aber das ist zu viel! Wir hatten eine andere Summe vereinbart." Marleen hatte gebeten, die Nähmaschine durchs Nähen der Kleider abarbeiten zu können. Als sie daran erinnerte, schüttelte Tilda den Kopf.

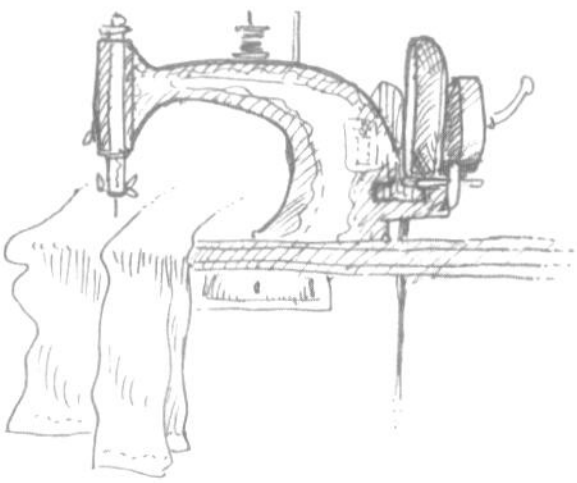

„Damit können wir beim zweiten Kleid beginnen. Dieses ist etwas Besonderes. Damit habe ich meine Würde zurückbekommen. Und das ist unbezahlbar. Ich werde es dir irgendwann hoffentlich noch auf andere Weise vergelten können. Auch wenn es dir nicht bewusst war, hast du mir auf dem Gut sehr geholfen." Marleen stand und wusste nicht, was sie sagen sollte. Mit dem Geld auf dem Tisch konnte sie Nähgarn, und was sie sonst für ihre Arbeit benötigte, kaufen. Und ihre Mutter unterstützen.

Während Tilda andächtig ihr Spiegelbild betrachtete, glitt Marleens Blick durch den Raum. Blieb an dem Tisch hängen, auf dem im Moment Dajes Bügelutensilien standen. Der Tisch hatte bei Heiko auf dem Dachboden gestanden. Er hatte ihn mit den Worten: „Bei uns verstaubt er nur" vorbeigebracht. Ottilie war mit ihrer Schneiderpuppe unter dem Arm gekommen und hatte gesagt: „Hier ist sie gut aufgehoben. Und wenn ich sie mal brauche, komme ich einfach zu dir."

Tilda wandte sich entschlossen von ihrem Spiegelbild ab. „Ich werde jetzt zu Sührmanns gehen und ihnen das Kleid präsentieren. Möchtest du mitkommen und ihre Lobesworte persönlich hören?" Marleen schüttelte abwehrend den Kopf. „Nein! Das möchte ich nicht. Ich befürchte, dass sie wieder nicht glauben, dass ich es genäht habe." Tilda zog die Augenbrauen hoch, während sie überzeugt sagte: „Sie werden es glauben!"

Tilda rauschte hinaus und schritt die Straße hinauf. Blicke, die ihr folgten, nahm sie mit einem würdevollen Neigen ihres Kopfes auf. Sie genoss das Gefühl, nach all der Zeit wieder ein gut sitzendes Kleid zu tragen. Es gab ihr Selbstvertrauen und sie drückte es in ihrem aufrechten Gang aus.
Mit Schwung öffnete sie die Tür des Geschäftes. Blieb stehen und ließ dem Personal Zeit, das Kleid gebührend zu bewundern. Mit gekrauster Stirn kam Keke als erste näher. Setzte ihr Augenglas auf die Nase und sagte: „Wir fragen uns schon die ganze Zeit, wer denn nun die Stoffe, die Sie erworben haben, verarbeitet. Wie ich sehe, tragen Sie ein Kleid bereits." Sie trat näher. Begutachtete jede Naht, und meinte säuerlich: „Ich muss zugeben, dass es sehr sauber verarbeitet ist." Tilda ließ sie schauen und sagte dann: „Meine Schneiderin ist sehr genau. Schade, dass sie hier entlassen wurde. Sie wäre sicher eine Bereicherung für das Geschäft gewesen."
Hero Sührmann kam aus seinem Büro. Er hatte die letzen Worte gehört. „Von wem sprechen Sie? Wen habe ich entlassen?" Tilda betrachtete ihn von oben bis unten. Es war ein gutes Gefühl, in sein verunsichertes Gesicht zu sehen. Mit einem leisen Lächeln sagte sie: „Ich spreche von Marleen. Dieses Kleid hat sie genäht. Und ich glaube, dass es ein großer Fehler war, diese talentierte junge Frau zu entlassen. Sie hätte Ihnen sicherlich weitere zufriedene Kundinnen eingebracht." Der unsichere Ausdruck in seinem Gesicht wich einem entsetzten, während er hervorstieß: „Aber wie kann das sein!? Unsere erste Näherin hat doch gesagt, dass Marleen alles falsch gemacht hat. Wie konnte sie sich so irren?" Tilda hob leicht ihre Schultern. Wandte sich zur Tür. Wartete, bis er sie geöffnet hatte und meinte dann freundlich: „Das kann ich Ihnen nicht sagen. Vielleicht sollte Frau Keke Ihnen die Frage beantworten. Ich wünsche Ihnen noch einen schönen Tag." Sie trat hinaus auf die Straße und eilte zu Lentz, wo Frieso mit der Kutsche auf sie wartete.

58. Kapitel

Johann nahm die Aufgabe, die Geschäftsfreunde des verstorbenen Gutsherrn anzuschreiben oder auf dem Wochenmarkt anzusprechen, sofort in Angriff. Einige Tage später wusste Tilda, wer mit Ludolf Geschäfte gemacht hatte. Johann schrieb ihnen einen Brief und schon wenig später kamen die ersten Verkaufs- und Kaufanfragen zurück. Gemeinsam mit Johann las sie diese durch. „Der Anfang ist gemacht“, sagte sie erfreut. „Nun bin ich sehr gespannt auf die Pferde, die wir begutachten und einschätzen sollen. Aber“, sie wandte sich zu Johann, der ihr gegenüber im Sessel saß, „ich glaube, es ist zu Anfang besser, wenn ich im Hintergrund bleibe.“ Johann nickte zustimmend. „Das denke ich auch. Doch ich werde bei jeder Begutachtung betonen, dass die Herrin des Gutes sehr viel Erfahrung in diesem Bereich hat. Den Kunden anbieten, dass Sie bereit sind, einen Blick auf die Tiere zu werfen.“ Tilda stellte sich ans Fenster. Zog entschlossen die Gardine zur Seite. Sah in den sonnigen Tag hinaus und sagte: „Genauso machen wir es.“ Sie sah zufrieden über ihre weiten Felder. Das wachsende Korn und die blühenden Kartoffelpflanzen. In der Ferne sah man den Deich und sie nahm sich vor, nach dem Tee einen Ausritt dorthin zu machen.

Wenig später hatte die Firma Kröger das Haus in der Stadt fertig eingerichtet. Oma Siemke drängte darauf, umziehen zu dürfen. „Ich werde älter und älter. Wahrscheinlich sterbe ich, bevor ich dort einziehen kann.“ Sie sagte es im Scherz, trotzdem konnte Tilda sie verstehen. Aber sie konnte noch nicht auf ihre Mutter verzichten. „Du hast selbst gesagt, dass die Leute reden, wenn ich hier allein mit dem Personal und Johann lebe. Hab noch ein bisschen Geduld, Mutter!“, bat sie. „Ich finde sicher bald jemanden, der deine Stellung einnehmen kann.“

Tilda stand vor dem Spiegel in der Schneiderstube und ließ sich von Marleen die Ärmel des Reitkleides anstecken. Okka hatte wieder geschrieben und so hörte sie, wie Daje die Worte: „Wie kann ich meiner

Tochter nur helfen?“ entschlüpften. Tilda suchte im Spiegel ihren Blick. Fragte sanft: „Haben Sie Sorgen?“ Daje wackelte mit dem Kopf. „Nun ja. Sorgen nicht direkt, aber meine Tochter ist in Esens sehr allein, seit meine Älteste nach Amerika ausgewandert ist. Sie möchte gerne nach Hause kommen. Aber hier hab ich keine Arbeit für sie. Und ich kann sie auch nicht so einfach mit durchfüttern.“ Tilda war interessiert. „Ihre Tochter sucht hier Arbeit? Was kann sie denn?“ „Ach …“ Daje überlegte und fuhr dann fort: „Eigentlich kann sie alles. Zur Zeit arbeitet sie in einem Gasthaus. Sie ist sehr tüchtig und fleißig und ...“ Bevor Daje den Satz beenden konnte, drehte Tilda sich zu Marleens Unwillen einmal um die eigene Achse und rief erfreut: „Sie soll nach Hause kommen! Ich habe Arbeit für sie.“

Okka traf den übernächsten Sonntag gegen Nachmittag bei ihrer Mutter ein. Frau Harms hatte sie nicht eher gehenlassen wollen, als bis das neue Dienstmädchen eingearbeitet war. Okka platzte in die Frauenrunde und wurde herzlich begrüßt. Als Daje besorgt fragte: „Wie hat Familie Harms denn darauf reagiert, dass du in Zukunft hier arbeiten wirst?“, sagte Okka: „Es war nicht so schlimm, wie ich befürchtet hatte. Sie waren zwar sehr geknickt. Können mich aber auch verstehen. Gestern hat sich zum Glück noch ein zweites Dienstmädchen vorgestellt. Die haben sie genommen und ich hoffe, dass sie die Arbeit so gut macht wie die erste.“ Daje schenkte ihrer Tochter Tee ein. Bat: „Setz dich zu uns, mein Kind. Die Gutsherrin erwartet dich erst morgen früh.“ Okka betrachtete den Jungen auf Maries Schoß und sagte: „Ich kann nicht verstehen, dass Line den Kleinen einfach bei dir zurückgelassen hat, Mutter. Wann will sie ihn denn endlich abholen?“ Marie wurde blass und zog Hauke enger an sich. Fragte entsetzt: „Abholen? Aber er gehört doch jetzt zu uns!“
Okka sah ihre Mutter erstaunt an. Die strich Marie beruhigend über den Arm und erklärte: „Marie und Hagen haben Hauke adoptiert. Er ist jetzt ihr Kind. Wusstest du das denn gar nicht?“ Okka machte große Augen als sie hervorstieß: „Nein! Dann hätte ich doch nicht gefragt. Line hat erzählt, er würde nur so lange bei dir bleiben, bis sie in der Lage wäre, ihn zu sich zu holen.“ Daje seufzte: „Nun, da war sie

nicht ganz ehrlich zu dir. Sie hat ihn Marie und Hagen überlassen, bevor sie nach Amerika gefahren ist. Ich habe das schriftlich und Line hat damit jedes Anrecht auf ihn verloren. Deine Schwester wird mit ihrem Mann bestimmt weitere Kinder bekommen." Okka war es sehr unangenehm, durch ihre Unwissenheit Marie Kummer bereitet zu haben. Doch die fing sich schnell und fragte: „Möchtest du ihn einmal auf den Arm nehmen? Bist doch seine Tante." Das wollte Okka gern. Behutsam nahm sie das Kind aus Maries Armen. Sie drückte ihm einen sanften Kuss auf die Wange, während er sie mit seinen strahlend blauen Augen aufmerksam ansah.

Am nächsten Morgen machte Okka sich auf den Weg zum Gut. Marleen hatte ihr den Weg genau beschrieben und gesagt: „Es wird dir dort gefallen. Die Gutsherrin und Oma Siemke sind sehr nett und die Mägde auch." Als Okka mit ihrem Koffer in der Hand fort war, kehrte Marleen an die Nähmaschine zurück. Dort lag das Reitkleid, das sie für Tilda nähte. Heute sollte sie zur Anprobe kommen. Als es klopfte, öffnete Daje die Tür. Sie wich erstaunt zurück, als sie den Besucher erkannte. „Herr Sührmann! Was führt sie hierher?" Der Geschäftsmann verbeugte sich leicht vor der Wäscherin. „Guten Tag, Frau Fischer. Darf ich kurz hereinkommen? Ich muss mit Ihrer Tochter sprechen." Daje nickte stumm. Sein Kommen hatte ihr für den Moment die Sprache verschlagen. Doch sie überlegte, was er von ihrer Tochter wollte. Sie ging mit ihm in die Nähstube und sagte: „Marleen, du hast Besuch." Daje zog sich in ihren Wohnraum zurück, während er mit einem Blick die Nähmaschine und das halbfertige Kleid auf der Schneiderpuppe registrierte.

Marleen verbarg ihr Erstaunen über den Besuch, war aber nicht bereit, ihn freundlich zu begrüßen. Sie blieb sitzen und reichte ihm nicht die Hand. Er hatte sie der Lüge bezichtigt und das nahm sie ihm sehr übel. So nickte sie nur kurz und wartete ab, was er zu sagen hatte. Der Mann räusperte sich und begann: „Frau Ahlers war bei mir und hat mir erzählt, dass Sie ihr ein Kleid genäht haben. Und dass auch das Seidenkleid von Ihnen geschneidert wurde. Bitte verzeihen Sie mir, dass ich Ihnen nicht geglaubt habe. Ich möchte Ihnen anbieten, wieder für uns zu arbeiten.“ Marleen hörte seine Worte. Wartete auf das Gefühl des Triumphs, aber es blieb aus. Denn sie wusste, warum er ihr das Angebot machte. Er wollte Tilda als Kundin zurückgewinnen. Plötzlich wurde ihr klar, dass sich ihr Traum auch ohne sein Geschäft erfüllt hatte. Sie nähte für eine reiche Frau. Und die war sehr zufrieden mit ihr. Sie sah ihm in die Augen und sagte: „Danke für das Angebot. Aber ich habe inzwischen meine eigene Nähstube und Kunden, die mit meiner Arbeit zufrieden sind.“ Sie zeigte auf den Stapel Kleider, die

repariert oder geändert werden mussten. Höchst erfreut nahmen Dajes Kunden die zusätzliche Dienstleistung an. „Sie sehen: Ich habe genug zu tun.“ Hero Sührmann verbeugte sich leicht. „Gut, wie Sie meinen. Es ist jedoch ein Angebot, das bestehen bleibt. Falls Sie es sich doch noch anders überlegen sollten.“ Er tippte grüßend an seine Stirn und verließ den Raum.

Kaum hatte er das Haus verlassen, kam Daje hereingestürzt. Fragte aufgeregt: „Was wollte er von dir?“ Marleen lächelte. „Er hat mir angeboten, wieder im Geschäft zu arbeiten.“ In Dajes Augen trat ein besorgter Ausdruck, denn sie war sehr zufrieden mit der jetzigen Situation. Als sie unsicher fragte: „Was hast du ihm geantwortet?“ trat Marleen an den Zuschneidetisch und sagte gelassen: „Ich habe dankend abgelehnt. Schließlich habe ich, was ich immer wollte: eine eigene kleine Schneiderei.“

59. Kapitel

Okka lebte sich auf dem Gut schnell ein. Auch wenn sie nach außen hin schüchtern wirkte, so täuschte der Eindruck. Denn sie war durchaus fähig, die Mägde anzuleiten. Oma Siemke hatte schon nach wenigen Wochen ihre Sachen gepackt und war in die Stadt gezogen. Erfreut hatte sie zu Okka gemeint: „Du hast viel Erfahrung! Die

Mägde werden tun, was du ihnen sagst. Außerdem ist die Gutsherrin ja weiterhin hier. Du kannst sie jederzeit fragen, wenn du etwas nicht weißt.“ Doch ihre Besorgnis war unnötig. Okkas ruhige Art und ihre klaren Anweisungen sorgten dafür, dass die Mägde sie nach kurzer Zeit respektierten. Und Okka fühlte sich sichtlich wohl in ihrer neuen Rolle. Sie war nicht mehr nur ein Dienstmädchen, sondern eine Vorgesetzte. Nie hätte sie sich träumen lassen, dass sie mal solch eine Position einnehmen würde. Auch ihr Selbstvertrauen stieg dadurch. Und sie wünschte sich immer öfter einen Mann an ihrer Seite. Auch wenn sie früher den Gedanken immer von sich geschoben hatte. Aber inzwischen gab es einen, zu dem sie sich hingezogen fühlte, doch sie war zu schüchtern, um es ihm zu zeigen. Am Morgen war Renke als erster am Frühstückstisch. Johann hatte ihn zum Großknecht befördert. Das hatte Renkes Ansehen bei den Knechten und seine Selbstsicherheit verstärkt. So traute er sich, die neue Mamsell etwas näher in Augenschein zu nehmen. Er betrachtete bewundernd Okkas schlanke Gestalt. Ihr helles, zu einem Zopf geflochtenes Haar und die Grübchen in ihren Wangen. Er sah ihr tief in die dunkelblauen Augen und bemerkte, wie Okkas Wangen sich daraufhin sanft röteten. Sie sein Lächeln erwiderte, während sie eine besonders große Portion Haferbrei auf seinen Teller füllte.

Tilda saß mit Johann im Arbeitszimmer und betrachtete die Bilder mit den Pferden, die sie kaufen wollten. „Ich habe mit zwei Händlern einen Hengst und vier Stuten ausgesucht. Sie werden sie heute vorbeibringen. Ich hab gesagt, dass die Auswahl einige Tage dauern kann, weil ich sie genau prüfen will.“ Er lächelte. Schließlich wusste er, wer die eigentliche Auswahl treffen würde. Tilda stimmte zu. „Ja, wir können unseren Hengst und die beiden Stuten ebenfalls für die Zucht nehmen. Wie sind die Arbeiter mit dem Ausbau der Pferdeboxen vorangekommen?“ „Sie sind beinahe fertig.“ Tilda erhob sich. Strich den Rock ihres neuen Kleides glatt und sagte: „Ich werde heute in die Stadt fahren.“ Als er hastig anbot, sie zu begleiten, lehnte sie ab: „Ist nicht nötig. Du hast hier genug zu tun. Frieso kann mich fahren." Er zögerte. Fragte dann: „Gehen Sie auch zu Marleen?" Als sie nickte, bekam sein Gesicht einen sehnsüchtigen Ausdruck. Tilda sah das und plötzlich wurde ihr klar, warum Johann sich trotz seiner vielen Arbeit immer angeboten hatte, sie in die Stadt zufahren. Sie sah ihm nach, als er hinausging. Ein großer, stattlicher Mann, dem es sicher nicht schwer fallen würde, eine Frau zu finden. Aber sein Herz war anscheinend schon besetzt, auch wenn die Frau, die es belegte, noch sehr jung war. Johann musste Geduld haben – oder verzichten und sich eine andere suchen.

Sie lächelte. Denn inzwischen glaubte sie, ihn so gut zu kennen, dass er die Geduld vorziehen würde.

Epilog

Marleen steckte das Kleid auf der Schneiderpuppe fest. Es war ein hellblauer Seidenstoff, den Frau Santjer sich bei Sührmann ausgesucht hatte. Wichtig hatte sie gemeint: „Das Kleid brauche ich für den Kaufmannsball nächsten Monat.“ Mit Stolz fügte sie hinzu: „Mein Mann und ich sind dort jedes Jahr eingeladen.“ Marleen fand die Farbe des Stoffs etwas zu hell für die ältere Dame, zumal diese über weit ausladende Hüften und eine große Oberweite verfügte. Aber die hatte sich nicht davon abbringen lassen. So versuchte Marleen, den Schnitt möglichst einfach zu halten. Bisher war die Kundin mit dem Verlauf der Anproben zufrieden und nun hoffte sie, dass auch das fertige Kleid ihr gefiel. Marleen befestigte den zweiten Ärmel und beschloss, nachdem die Kundin wieder gegangen war, eine Pause einzulegen. Sie ging in die Wohnküche hinüber, in der ihre Mutter am Tisch saß.

„Ich hab uns Tee gemacht“, sagte sie mit einem Lächeln. Nachdem Marleen sich gesetzt hatte, fuhr sie fort. „Und wie gefällt Frau Santjer das Kleid?“ Sie freute sich, dass die Geschäftsfrau Marleen den Auftrag erteilt hatte. „Warum nicht?“, hatte sie zu Daje gemeint: „Mit Ihrer Arbeit bin ich doch auch zufrieden.“ Marleen nahm sich ein Stück Birnenkuchen, den Flora bei ihrem gestrigen Besuch mitgebracht hatte, und antwortete, nachdem sie ihn verzehrt hatte: „Ich glaube, es gefällt ihr gut.“ Sie trank zwei weitere Tassen Tee und sprang dann auf. „Ich werde an dem Kleid lieber weiterarbeiten. Sie muss es nächste Woche schon haben. Und auch Frau Rahmann erwartet, dass ich bald mit ihrem Kleid beginne.“ Das war eine der Kundinnen, die sie Tildas Werbung zu verdanken hatte. Daje erhob sich ebenfalls. „Ja, mach das. Ich muss auch zusehen, dass ich das Essen aufs Feuer bekomme. Nachher kommen deine Geschwister aus der Schule.“

Während Marleen sich wieder an die Nähmaschine setzte, begann Daje einen Kohlkopf zu zerschneiden. Dabei fiel ihr ein, dass Johann vor einigen Tagen eine Einladung vorbeigebracht hatte. Und sie fragte sich, ob Marleen die eigentlich schon gesehen hatte. Schnell wischte sie sich die Finger an ihrer Schürze ab. Nahm die Einladung in die Hand. Ging damit zur Nähstube hinüber und sagte, sie Marleen unter die Nase haltend: „Hast du schon gesehen? Die Gutsherrin feiert ihren fünfundzwanzigsten Geburtstag. Und wir sind alle eingeladen.“ Marleen sah von dem Kleid hoch und meinte: „Ich weiß! Johann hat extra betont, dass er hofft, mich dort zu sehen.“ Sie lächelte verschmitzt, bevor sie hinzufügte: „Und ich habe ihm geantwortet, dass ich mich sehr darüber freue.“

Ostfriesische Rezepte

wie sie (hier) im Buche stehen, von Herta Bleeker empfohlen:

Kartoffelsalat

Dafür brauche ich:

1 Kilo Pellkartoffeln
1 große Zwiebel
1 Gewürzgurke süß-sauer
100 Gramm Schinkenwürfel
1 Apfel
¼ Liter gut gewürzte Gemüsebrühe
Pfeffer und Salz zum Abschmecken

Zuerst wasche ich die Kartoffeln und koche sie in einem größeren Topf in circa 30 Minuten gar. Die Zeit nutze ich, um die Zwiebel, den Apfel, die Gewürzgurke und den Schinken in kleine Würfel zu schneiden und die am Vortag gekochte Brühe heißzumachen (Brühe aus dem Glas tut's auch).
Sind die Kartoffeln gar, gieße ich sie vorsichtig ab. Pelle sie und schneide sie in Scheiben. Der eine mag dickere Scheiben, ich mag sie lieber dünner. Die Kartoffeln in eine Schüssel geben und die heiße Brühe darüberschütten. Kurz ziehen lassen. Dann die Zwiebel-Gurken-Apfel-Mischung und die Schinkenwürfel dazugeben. Salz und Pfeffer drüberstreuen und alles vorsichtig unterheben.

Der Kartoffelsalat schmeckt am besten, wenn er gut durchgezogen ist.

Schnippelbohneneintopf

Hierzu brauche ich:

500 Gramm Schneidebohnen
(milchsauer eingelegt; gibt's im Kühlregal)
600 Gramm Kartoffeln
1 Teel. getrocknetes Bohnenkraut
4 Mettwürste oder Räucherwürste
dunklen Pfeffer
Salz (sehr vorsichtig verwenden)
sowie frische oder gefrorene Petersilie, klein gehackt.

Die Bohnen über Nacht wässern, damit sie nicht zu salzig schmecken. Am Morgen spüle ich sie ordentlich ab und bringe sie mit frischem Wasser in einem Topf zum Kochen. Die Kartoffeln schäle ich und schneide sie in kleine Würfel, die ich über die Bohnen schütte. Dann verteile ich das Bohnenkraut darauf und gebe circa 500 ml Wasser dazu. Ganz zum Schluss kommen die vier Würste obenauf. Mit geschlossenem Deckel etwa 40 bis 50 Minuten bei mittlerer Hitze kochen lassen.
Zwischendurch ruhig einmal probieren, ob die Bohnen gar sind. Die Würste rausnehmen und den Eintopf mit Salz und Pfeffer abschmecken. Viele Ostfriesen stampfen den Schnippelbohneneintopf breiig. Wir essen ihn ganz. Die Würste werden extra dazu gereicht.

Snirtjebraa

Dafür brauche ich:

500 Gramm Nackenbraten
500 Gramm Schulterbraten
500 Gramm Schinkenbraten
500 Gramm Rippchen
100 Gramm Schweinefett
125 ml Sahne
4 große Zwiebeln
2 bis 3 Möhren
Salz und Pfeffer nach Geschmack
2 Essl. Mehl zum Andicken der Soße
2 Lorbeerblätter

Das Fleisch in Stücke schneiden. Die Größe ist individuell verschieden. Meine Kinder mögen es gern in größeren Portionen. Üblich sind aber 5- bis 6-Zentimeter-Stücke. Zuerst reibe ich das Fleisch kräftig mit Salz und Pfeffer ein. Danach lasse ich das Schweinefett recht heiß werden und brate die Stücke schön braun an.
Nach dem Braten den Topf zur Seite ziehen und das Fleisch vorsichtig mit Wasser ablöschen. Je nachdem, wie weich man das Fleisch haben möchte, nun 30 Minuten kochen lassen. Danach gebe ich die kleingeschnittenen Möhren und Zwiebeln dazu. Weiter etwa 50 Minuten bei mittlerer Hitze garen lassen. Das Fleisch nach der Garprobe (meine Kinder mögen es am liebsten, wenn es schon leicht zerfällt) aus dem Topf nehmen und warm stellen.
Anschließend verrühre ich das Mehl mit etwas Wasser und dicke damit die Soße an. Das ganze aufkochen und gut mit Salz und Pfeffer abschmecken. Wer möchte, kann die Soße durch ein Sieb streichen. Dazu isst man Salzkartoffeln, Rotkohl, Rote Bete, Kürbis süß-sauer eingelegt und einen kräftigen Senf. Ich reiche dazu auch Rosenkohl, den meine Kinder lieben.

Klütje mit Vanillesoße/Birnenkompott

Hierfür brauche ich:

500 Gramm Mehl
1 großes Ei
40 Gramm Hefe
1 Esslöffel Schmalz
je eine Prise Zucker und Salz
ca. ¼ Liter warme Milch

Ich schütte das Mehl mit der Prise Salz entweder in eine Schüssel oder auf ein großes Holzbrett. In die Mitte des Mehles drücke ich eine Vertiefung. Da hinein kommt die zerbröselte Hefe. Rund um den Krater gebe ich den Zucker.
Nun wird die warme Milch vorsichtig in die Vertiefung gefüllt und mit der Hefe und dem Zuckerrand verrührt. Nach und nach gebe ich immer mehr Mehl zu dem Hefegemisch, bis alles miteinander zu einem glatten Teig verknetet ist. Nun muss der Teig, – ich decke ihn mit einem feuchtwarmen Küchentuch ab – einen warmen Platz finden. Ist der Teig gut aufgegangen, knete ich ihn erneut durch. Dann nochmals 10 Minuten gehen lassen (keine Sorge, er läuft nicht weg!).
Danach nehme ich das Küchentuch. Breite es aus und lege es auf den Tisch. Darauf kommt der Klütje, sprich: der Teigkloß. Nun nehme ich den Topfdeckel und verknote, wobei ich zwischen Klütje und Deckel genügend Platz zum Gehen lasse, die Ecken des Tuches über dem Deckel fest. Am besten macht man das zu zweit. Richtig gebunden ist das Tuch, wenn der Klütje unter dem Deckel hängt. In den zum Deckel passenden Topf fülle ich Wasser. Stelle ihn auf den Herd und hänge den Klütje, wobei der das Wasser nicht berühren darf, in den Topf.
Im Wasserdampf darf der Hefekloß nun eine Stunde gar werden, bevor ich ihn wieder herausnehme. Anschließend löse ich ihn aus dem Tuch. Gebe ihn auf einen großen Teller oder eine Platte und schneide ihn, wie einen Gugelhupf, in Portionsstücke. Dazu gibt es selbstgemachtes Birnenkompott und warme Vanillesoße.

Updrögt Bohnen (für 4 Personen)

Dazu brauche ich: Zwei oder mehr Bänder aufgetrocknete Bohnen (entweder in einem Feinkostladen, auf dem Wochenmarkt oder im Bauern-Hofladen gekauft). Man kann auch selber gelbe reife Bohnen auffädeln und zum Trocknen in einen gut belüfteten Raum unter die Decke hängen. Nach einigen Wochen sind sie gebrauchsfertig.

Hier alle Zutaten:

500 Gramm Bohnen
500 Gramm Kartoffeln
500 Gramm durchwachsener Speck
4 Pinkelwürste oder Mettwürste
Salz und Pfeffer

Ich ziehe die Bohnen von den Bändern und wasche sie sehr gründlich ab. Dann schneide ich sie in circa 2 bis 3 Zentimeter breite Stücke und gebe sie in einen großen Topf. Bedecke sie gut mit Wasser und lasse sie über Nacht einweichen.
Am nächsten Morgen gieße ich das Einweichwasser ab und setze die Bohnen in einem großen Topf mit frischem Wasser wieder auf. Allerdings nur für ungefähr 25 Minuten. Danach schütte ich sie in ein großes Sieb und spüle sie unter fließendem Wasser ab. Nun kommt der Speck zum Einsatz: Ich gebe die Bohnen in den Topf zurück und den Speck obendrauf. Dann fülle ich mit soviel Wasser auf, dass die Bohnen bedeckt sind und nicht anbrennen können.
Damit alles richtig schön weich wird, lasse ich das Gericht knapp 2 Stunden bei mittlerer Hitze garen. In der letzten halben Stunde der Kochzeit lege ich die Mettwürste auf die Bohnen und den Speck. Dabei prüfe ich, ob genug Wasser im Topf ist. Den Deckel lege ich wieder auf und lasse alles weiter garen. Viele Ostfriesen geben nun auch die in Würfel geschnittenen Kartoffeln hinein und stampfen das Gericht anschließend. Wir mögen es lieber, wenn die Kartoffeln extra gekocht und dann dazu gereicht werden. Ganz zum Schluss schmecke ich den Eintopf mit Salz und Pfeffer ab.

Zwiebelstipp

Für den schlichten Klassiker nimmt man:

500 Gramm Zwiebeln,
50 Gramm Fett (entweder Schmalz oder Butter)
50 Gramm Mehl
½ Liter Wasser
Pfeffer und Salz

Die Zwiebeln von ihrer Schale befreien und in feine Ringe schneiden. Das Fett in einer großen Pfanne auslassen und die Zwiebeln darin anbräunen. Bitte nicht schwarz werden lassen, denn dann schmecken sie bitter.
Nun gieße ich langsam das Wasser dazu. Rühre es um und lasse es aufkochen. Das Mehl rühre ich mit etwas Wasser zu einer dickflüssigen Masse an und gebe es unter erneutem Rühren in die Zwiebelmischung. Während das Mehl sich mit Zwiebeln und Wasser verbindet und zu einer sämigen Masse wird, schmecke ich schon mal mit Salz und Pfeffer ab. Dazu reiche ich Pellkartoffeln und Matjes.

Weil's so gut schmeckt, gleich noch zwei Varianten:

Zwiebelstipp mit Krabben

Grundrezept wie oben. Sie müssen am Schluss nur die Krabben dazugeben. Schmeckt sehr lecker zu Pellkartoffeln.

Zwiebelstipp mit Schinken

Grundrezept Stipp. Geräucherten oder gekochten Schinken in Würfel schneiden und zusammen mit den Zwiebeln anbraten. Mit Wasser auffüllen und mit Mehl oder ¼ Liter Sahne andicken.

Sauerkrauteintopf

Hierzu brauchen Sie:

250 Gramm Kassler oder Schweinefleisch
1 großen Esslöffel Schmalz oder Butter
350 Gramm Sauerkraut
500 Gramm Kartoffeln
3 Äpfel
1 Zwiebel
Salz, evtl. Pfeffer

Das Fleisch schneide ich in kleine Stücke. Dann zerlasse ich das Fett in einem großen Topf und brate das Fleisch kräftig an. Das Sauerkraut lockere ich mit einer Gabel auf, denn meistens kauft man es in einem festen Klumpen oder in der Dose. Wer es nicht so sauer mag, kann das Kraut auch kurz unter fließendem Wasser abwaschen. Gut abtropfen lassen und zum Fleisch geben. Die Äpfel schneide ich in Würfel, Zwiebel und Kartoffeln ebenfalls.

Alles drei kommt in den Topf, um sich mit dem Fleisch und dem Sauerkraut zu vereinen. Zum Schluss mit etwas Wasser angießen. Deckel drauf und für 30 Minuten köcheln lassen. In der Zeit verbinden sich die Zutaten und Aromen zu einem leckeren Eintopf.

Und den mögen sicherlich auch Leute, die Sauerkraut sonst nicht so gern essen.

Rinderbrühe

Hierfür brauche ich:

500 Gramm Rindfleisch mit Knochen
1 Bund Suppengrün
(bestehend aus Sellerie, Porree, Möhre)
1 Liter Wasser
1 Zwiebel
Salz

In einen großen Topf gieße ich das Wasser und gebe das Fleisch dazu. Die Möhre bürste ich sauber und schneide sie in Würfel. Die Porreestange schneide ich längs auf und wasche sie ebenfalls gründlich (in den Stangen sammelt sich gerne Sand). Die Zwiebel wird von der Schale befreit und in Würfel geschnitten. Das Gemüse gebe ich zum Rindfleisch. Würze das Ganze mit Salz und Pfeffer und lasse es 2 Stunden bei geringer Hitze langsam garen.
Wenn das Fleisch weich ist, nehme ich es heraus und gieße die Brühe durch ein feines Sieb. Nach dem Abkühlen fülle ich sie in ein Schraubglas.
Im Kühlschrank hält sie sich circa 3 Tage. Aber sie lässt sich auch sehr gut einfrieren. Dann habe ich bei Bedarf einen tollen Fond für verschiedene Suppen. Oder eine kräftigende Brühe zum Trinken.

Kartoffelsuppe

Dazu brauche ich:

500 Gramm Kartoffeln
400 Gramm Pastinaken
1 Zwiebel
1 Esslöffel Fett
Rinderbrühe oder Gemüsebrühe
Salz und Pfeffer
Petersilie

Ich schäle die gewaschenen Kartoffeln und schneide sie in Würfel. Die Pastinaken schäle ich ab. Sie schmecken ähnlich wie Möhren, haben aber die Mehligkeit einer Kartoffel. Das Gemüse eignet sich auch sehr gut für die Babykost. Meine Enkelkinder haben inzwischen einiges davon verputzt.
Aber zurück zur Suppe: Die geschälten Pastinaken werden ebenfalls in Würfel geschnitten, auch die gepellte Zwiebel. Zuerst gebe ich die Kartoffeln in das geschmolzene Fett, dann die Zwiebel und die Pastinaken. Alles kräftig anschwitzen. Nun langsam die Brühe dazugießen. Den Deckel auf den Topf legen und bei mittlerer Hitze garen lassen. Da die Suppe kein Fleisch enthält, bekommt meine Familie ein Wiener Würstchen dazu. Für die Vegetarier nehme ich Gemüsebrühe und verzichte auf Würstchen.
Nach dem Garen die Suppe mit Salz und Pfeffer abschmecken. Frische oder gefrorene Petersilie drüberstreuen.

Dicke Waffeln

Wir nehmen:

250 Gramm Margarine oder Butter
200 Gramm Zucker
2 mittelgroße Eier
1 Päckchen Vanillezucker
500 Gramm Mehl
1 Päckchen Backpulver
½ Liter Milch

Butter mit den Eiern schaumig rühren. Dann den Zucker unterrühren. Die Masse ist gut, wenn sie eine weißliche Färbung annimmt. Nun mische ich das Mehl mit dem Backpulver, siebe es durch und hebe es vorsichtig unter die Eier-Zucker-Masse.
Dann gebe ich die Milch hinzu. Rühre alles noch einmal gut durch. Auf das heiße Waffeleisen gebe ich 2 bis 3 Esslöffel Teig und backe die Waffel in wenigen Minuten goldbraun.
Dazu schmecken heiße Kirschen, Sahne und Vanilleeis mit einem Hauch Puderzucker.

Neejohrskoken

Man benötigt:

¾ Liter Wasser
375 Gramm Kandiszucker
65 Gramm Butter
65 Gramm Butterschmalz
2 Eier
1 Tütchen Vanillezucker
500 Gramm Mehl
Kardamom und Anis

Zuallererst löse ich den Kandis im Wasser auf. Das geht am besten in einem Topf bei kleiner Herdeinstellung. Ich mache das immer schon am Abend vorher. Spart Zeit! In die abgekühlte Zuckerlösung gebe ich Butter und Butterschmalz, das Mehl und die übrigen Zutaten und verrühre sie zu einer dickflüssigen Masse. Um die auch Krüllkes, Hippen oder Neejohrskoken genannten Waffeln backen zu können, brauchen Sie ein Waffeleisen, das speziell für diese Waffelart geeignet ist. Vielleicht hat ja Ihre Mutter, Großmutter oder sogar Urgroßmutter noch ein Exemplar im Schrank. Fragen Sie einfach danach.
Nachdem ich das Eisen auf die notwendige Temperatur gebracht habe, fange ich mit dem Backen an. Eine kleine Menge Teig, meist reicht ein großer Esslöffel oder eine Soßenkelle voll, gebe ich auf das Waffeleisen. Schließe es und schabe eventuell austretenden Teig mit einem Messer vorsichtig ab. Je nach Bräunungsgrad lasse ich die Waffel zwei bis drei Minuten garen. Dann nehme ich sie schnell heraus und drehe sie um den Stiel eines Holzlöffels. Oder ich rolle die Waffelplatte schnell mit der Hand zu einem Hörnchen. Am besten geht es zu zweit. Fragen Sie Ihren Partner oder eine Freundin, ob sie Lust zum Waffelrollen haben: einer backt, der andere rollt.
Ein Tipp zum Schluss: Wenn Sie sich zum Backen vor Ihren Herd setzen und dabei die Dunstabzugshaube anstellen, riecht Ihre Wohnung anschließend kaum. Die fertigen Waffeln gut auskühlen lassen und in eine luftdicht verschließbare Blechdose stapeln.

Zur Autorin

Herta Bleeker, geboren 1955
und Mutter erwachsener Kinder,
lebt in Hage/Ostfriesland.

Mit 45 Jahren schrieb
die gebürtige Ostfriesin
ihren ersten Roman.

2003
„Anna – oder als Urgroßmutter
das elfte Kind bekam“

2006
„Wie eine Feder“

2010
„Kann Liebe warten?“

2017
„Daje – oder die Träume hinterm Deich“